ANNA CAMPBELL
Siete Noches Juntos

Editado por Harlequin Ibérica.
Una división de HarperCollins Ibérica, S.A.
Núñez de Balboa, 56
28001 Madrid

© 2012 Anna Campbell
© 2015 Harlequin Ibérica, una división de HarperCollins Ibérica, S.A.
Siete noches juntos, n.º 86 - 1.7.15
Título original: Seven Nights in a Rogue's Bed
Publicada originalmente por Mills & Boon®, Ltd., Londres

Todos los derechos están reservados incluidos los de reproducción, total o parcial. Esta edición ha sido publicada con autorización de Harlequin Books S.A.
Esta es una obra de ficción. Nombres, caracteres, lugares, y situaciones son producto de la imaginación del autor o son utilizados ficticiamente, y cualquier parecido con personas, vivas o muertas, establecimientos de negocios (comerciales), hechos o situaciones son pura coincidencia.
® Harlequin, HQN y logotipo Harlequin son marcas registradas por Harlequin Enterprises Limited.
® y ™ son marcas registradas por Harlequin Enterprises Limited y sus filiales, utilizadas con licencia. Las marcas que lleven ® están registradas en la Oficina Española de Patentes y Marcas y en otros países.
Imagen de cubierta utilizada con permiso de Harlequin Enterprises Limited. Todos los derechos están reservados.

I.S.B.N.: 978-84-687-6199-2
Depósito legal: M-12090-2015

Capítulo 1

Costa del sur de Devon, noviembre de 1826

Las tormentas partían el cielo la noche en que Sidonie Forsythe encontró su ruina.

Los caballos relincharon salvajemente cuando el destartalado carruaje de alquiler se detuvo en seco. El viento soplaba con tanta fuerza que el vehículo se tambaleaba de un lado a otro incluso parado. Sidonie tuvo escasos segundos para recuperar el aliento antes de que el conductor, una sombra con impermeable, surgiera de la oscuridad para abrir la puerta.

–Hemos llegado al castillo de Craven, señorita –gritó a través de la lluvia.

Por un instante se quedó paralizada ante el terror de lo que esperaba en el interior del castillo.

–No puedo dejar a los caballos aquí. ¿Vais a quedaros, señorita?

Sintió la necesidad cobarde de rogarle al conductor que la llevase de vuelta a Sidmouth, donde estaría a salvo. Podría marcharse sin sufrir daño alguno. Nadie sabría que había estado allí.

¿Qué les ocurriría entonces a Roberta y a sus hijos?

Al recordar el peligro que corría su hermana, Sidonie se puso en movimiento. Agarró su maleta y salió del carruaje. Se tambaleó al encontrarse con el viento. Se esforzó por mantener el equilibrio sobre los adoquines resbaladizos al levantar la mirada y contemplar el inmenso edificio que se alzaba ante ella.

En el carruaje había creído tener frío. En el exterior, sentía que estaba a punto de congelarse. Se estremeció cuando el viento traspasó su capa de lana como un cuchillo sobre la mantequilla. Como para confirmar que acababa de entrar en el reino de los horrores góticos, un rayo iluminó el cielo. El trueno posterior hizo que los caballos se agitaran nerviosamente.

A pesar de su comprensible deseo de volver a la civilización, el conductor no se marchó de inmediato.

—¿Estáis segura de que os esperan, señorita?

Incluso a través del viento, Sidonie advirtió sus dudas. Ella también las tenía, pero se enderezó contra el vendaval.

—Sí. Gracias, señor Wallis.

—Entonces, buena suerte —volvió a subirse a su asiento, azuzó a los caballos y se alejó.

Sidonie levantó su maleta y corrió por los escalones que conducían hacia las puertas. El arco situado sobre la entrada apenas le ofreció protección alguna. Otro rayo en el cielo le ayudó a localizar la aldaba de hierro con forma de cabeza de león. La agarró con una mano enguantada y llamó. Casi no pudo oír el ruido por culpa del viento.

No obtuvo respuesta inmediata. La temperatura pareció descender otros diez grados mientras esperaba bajo la lluvia.

¿Qué diablos haría si la casa estaba vacía?

Para cuando la puerta se abrió y apareció una mujer mayor, a Sidonie le castañeteaban los dientes y estaba temblando como si tuviese fiebre. Una ráfaga de viento hizo titilar la llama de la vela que llevaba la sirvienta.

—Soy... —gritó Sidonie, pero la mujer simplemente se dio la vuelta. Sin saber qué otra cosa hacer, ella la siguió.

Entró en el recibidor plagado de sombras. De las paredes colgaban tapices marrones y oscuros. Frente a ella la chimenea estaba apagada, lo cual intensificaba la sensación de inquietud. Sidonie se estremeció al sentir como el frío del suelo se filtraba a través de las suelas de sus botas. Tras ella, la puerta se cerró de golpe como si anunciara un presagio. Sobresaltada, Sidonie se dio la vuelta y vio a otro anciano sirviente que giraba una pesada llave en la cerradura.

«¿Qué diablos he hecho al venir a este lugar dejado de la mano de Dios?», se preguntó.

Con la puerta cerrada, el silencio del interior se volvió más ominoso que la tormenta del exterior. El único sonido era el agua que goteaba de su capa empapada. El miedo, su fiel compañero desde que Roberta le confesara su problema, se alojó en su estómago como una roca. Cuando había accedido a ayudar a su hermana, había dado por hecho que el tormento, por horrible que fuera, acabaría rápido. Sin embargo, al encontrarse en el interior de aquella inhóspita fortaleza, tuvo la sensación de que nunca volvería a ver el mundo exterior.

«Estás dejándote llevar por tu imaginación. Para ya», se dijo.

Aquellas palabras no sirvieron para aliviar su pánico. Sintió ganas de vomitar mientras seguía al ama de llaves. Tenía la impresión de que cientos de fantasmas la acechaban en cada rincón. Agarró fuertemente el asa de la maleta con dedos entumecidos y se recordó a sí misma la agonía que tendría que padecer Roberta si fracasaba.

«Puedo hacerlo».

Pero la dura realidad era que, aun habiendo llegado hasta allí, todavía cabía la posibilidad de que fracasara. El plan siempre había sido arriesgado. Al llegar allí sola y desprotegida, no pudo evitar pensar que la argucia que habían tramado en Barstowe Hall era endeble hasta el punto de rozar el absurdo. Si al menos sus dudas sirvieran para pensar en una manera alternativa de salvar a su hermana.

El ama de llaves seguía arrastrando los pies frente a ella. Sidonie estaba tan petrificada por el frío que le costaba trabajo obligar a sus piernas a moverse. El hombre no se había ofrecido a recoger su capa ni su equipaje. Cuando miró hacia atrás, había desaparecido como si fuera uno más de los fantasmas del castillo.

Sidonie y su taciturna acompañante se aproximaron a una puerta situada en la pared opuesta, tan imponente como la puerta de fuera. Cuando la mujer la empujó, esta se abrió suavemente y Sidonie entró en una estancia llena de luz y de calor.

Temblorosa, se detuvo frente al extremo de una mesa de comedor que se extendía a lo largo de la sala. La mesa estaba flanqueada por pesadas sillas de roble oscurecidas por los años. Era una habitación diseñada para albergar a una gran multitud, pero, cuando deslizó la mirada por la superficie de la mesa, se dio cuenta de que, salvo por su decrépita guía, había solo una persona más allí.

Jonas Merrick.

Hijo bastardo del escándalo. Rico como pocos. Poderoso entre los poderosos. Y el depravado que aquella noche usaría su cuerpo.

—Señor, la dama ha llegado.

Sin levantarse de su silla en forma de trono al otro extremo de la sala, el hombre alzó la cabeza.

Al verlo por primera vez, Sidonie se quedó sin aliento. Su maleta cayó al suelo y ella agachó la cabeza y ocultó su sorpresa tras la capucha.

Roberta ya se lo había advertido. William, su cuñado, no había tenido piedad al criticar la apariencia y la personalidad de Merrick. Y por supuesto, como todo el mundo, Sidonie también había oído los rumores.

Pero aun así no estaba preparada para ver aquel rostro arruinado.

Se mordió el labio hasta que saboreó la sangre y tuvo que resistir la tentación de darse la vuelta y huir. No podía salir corriendo. Demasiadas cosas dependían de ella. De niña, Roberta había sido la única que la había protegido. Ahora, ella tenía que salvar a su hermana a toda costa.

Levantó la mirada con reticencia para mirar a su anfitrión. Merrick llevaba unas botas, unos pantalones y una camisa blanca abierta a la altura del cuello. Sidonie apartó la mirada de su torso musculoso y se obligó a mirarlo a la cara. Tal vez detectara cierta fisura en su determinación, algún rastro de piedad que le disuadiera de aquel acto atroz.

Al mirarlo con atención se dio cuenta de que aquella esperanza era inútil. Un hombre tan despiadado como para instigar aquel trato demoníaco no se echaría atrás ahora que tenía el premio al alcance de la mano.

El pelo negro y abundante, más largo de lo que dictaba la moda, le caía sobre la frente. Tenía unos pómulos prominentes. Su mandíbula angulosa daba fe de su arrogancia y de su seguridad en sí mismo. Sus ojos la miraban con una expresión de hastío que le asustó más que cualquier mirada apasionada.

Probablemente nunca hubiese sido guapo, ni siquiera antes de que algún agresor de su misterioso pasado le rajara la nariz y la mejilla. Una cicatriz tan ancha como su dedo pulgar recorría su cara desde la oreja hasta la comisura del labio. Otra cicatriz más fina seccionaba su ceja en dos.

Agarró una pesada copa de cristal con una mano blanca y delicada. La luz de las velas se reflejó en el anillo de rubí que llevaba. El vino y el rubí eran del color de la sangre, pensó Sidonie, y acto seguido deseó no haberlo hecho.

—Llegáis tarde —dijo con voz profunda y con el mismo hastío que delataba su actitud.

Sidonie había imaginado que estaría asustada, pero además estaba enfadada. La evidente falta de interés de aquel hombre hacia su víctima le resultaba indignante.

—El viaje ha sido más largo de lo esperado —estaba tan furiosa que no le temblaron las manos cuando se quitó la capucha—. El clima no aprueba vuestros perversos planes, señor Merrick.

Al descubrir su rostro, obtuvo la satisfacción de ver cómo el aburrimiento de su interlocutor daba paso a una expresión de curiosidad y sorpresa. Se enderezó y la miró con odio desde el otro lado de la mesa.

—¿Quién diablos sois vos?

Aquella chica, fuese quien fuese, no se estremeció cuando Jonas le hizo la pregunta. Bajo una melena castaña y alborotada, sus rasgos eran pálidos y hermosos.

Era valiente. Debía de estar muy asustada y muerta de frío, y sin embargo parecía tan tranquila como una estatua de mármol.

O no tanto. Al mirarla con atención, se fijó en que tenía las mejillas levemente sonrojadas. No era la criatura indomable que deseaba aparentar ser.

Y era joven. Demasiado joven para enredarse con un sinvergüenza cínico y egoísta como Jonas Merrick.

Junto a la hermosa joven, la señora Bevan retorció sus manos arrugadas.

—Señor, dijisteis que esperabais a una dama. Cuando ha llamado a la puerta...

—No importa, señora Bevan —sin apartar la mirada de su invitada, despidió al ama de llaves con una mano. Debería estar enfadado porque su presa original hubiese escapado de su trampa, pero la curiosidad pudo más que la rabia. ¿Quién sería aquella mujer?–. Dejadnos solos.

–Pero, ¿esperáis a otra dama esta noche?

–Me parece que no –respondió con una sonrisa irónica–. Os llamaré cuando os necesite, señora Bevan.

Murmurando con desaprobación en voz baja, el ama de llaves se marchó y le dejó a solas con su invitada.

–Deduzco que la encantadora Roberta está ocupada con otros asuntos –dijo él.

Ella apretó sus labios carnosos. Debían de darle asco sus cicatrices, como a todo el mundo, pero, salvo por la rigidez de su cuerpo al entrar en la estancia, su compostura resultaba admirable. La encantadora Roberta le conocía desde hacía años y aún reaccionaba con horror cada vez que se veían.

Estaba de mal humor. Tenía ganas de enseñarle a la mujer de su primo a soportar su presencia sin que se le pusiera la piel de gallina. Pero la llegada de aquella hermosa joven echaba por tierra esa esperanza. Se preguntó si sería compensación suficiente para su decepción. Era difícil de saber. Apenas podía distinguir su cuerpo bajo la capa gastada y empapada que llevaba puesta.

–Soy Sidonie Forsythe –se presentó la chica con la barbilla levantada en actitud insolente. Jonas estaba demasiado lejos para poder distinguir el color de sus ojos, pero sabía que brillaban con resentimiento. Eran grandes y rasgados, lo que le confería una apariencia exótica–. Soy la hija pequeña de lady Hillbrook.

–Mi más sentido pésame –dijo él secamente. Por fin sabía quién era. Había oído que una de las hermanas Forsythe, soltera, vivía en Barstowe Hall, la residencia familiar de su primo, pero nunca antes la había visto.

Buscó algún parecido con su hermana, pero no lo encontró. Roberta, vizcondesa de Hillbrook, era una belleza, pero al clásico estilo inglés. Aquella chica, con su pelo oscuro y aquel aire de sensualidad sin explotar, era otro tipo de belleza completamente diferente. Se agudizó su interés, aunque se aseguró de sonar como si su llegada fuese de lo menos imprevisto.

–¿Y dónde está Roberta esta noche? Si no me he equivocado de fecha, habíamos acordado que disfrutaríamos de una semana el uno en compañía del otro.

Un gesto triunfal iluminó la cara de la chica e hizo que su belleza se encendiera como una antorcha.

–Mi hermana está fuera de vuestro alcance, señor Merrick.

–Y vos no –supuso él con una sonrisa amenazante.

–No.

–Supongo que os ofrecéis en su lugar. Muy considerado, aunque algo presuntuoso dar por hecho que cualquier mujer podría estar a la altura de mis exigencias –dio un trago al vino con una indiferencia diseñada para enfurecer a aquella muchacha que había estropeado sus planes–. Me temo que la obligación no es vuestra. Fue vuestra hermana quien contrajo la deuda de juego, no fuisteis vos, por muy encantadora que sin duda seáis.

Su garganta esbelta y delicada se movió cuando tragó saliva. Sí, sin duda estaba asustada a pesar de su aparente valentía. Él no era un hombre lo suficientemente bueno como para compadecerse de aquella chica valiente. Pero, por un instante, sintió cierta empatía. En otra época había sido joven y había tenido miedo. Recordaba lo que era fingir valentía cuando por dentro estaba muerto de miedo.

Relegó aquella empatía al agujero frío y húmedo donde guardaba todos sus recuerdos.

–Saldad vuestra deuda conmigo, señor Merrick –dijo ella con una voz sorprendentemente fría–. Si no lo hacéis, se quedará en nada.

–Eso dice Roberta.
–El honor le impide...
Jonas soltó una carcajada y al fin vio estremecerse a la chica.
–El honor no tiene cabida en esta casa, señorita Forsythe. Si vuestra hermana no puede pagar con su cuerpo, deberá pagar de la manera habitual.
–Sabéis perfectamente que mi hermana no puede pagar sus deudas.
–Ese es problema de vuestra hermana.
–Sospecho que ya lo sabíais cuando la engañasteis para jugar. Estáis usando a Roberta para vencer a lord Hillbrook.
–Oh, qué acusación tan cruel –dijo él con una consternación teatral, a pesar de lo certeras que fuesen sus sospechas. No había planeado aquella noche para lograr que Roberta cometiera adulterio, pero la ocasión habría resultado tentadora para cualquiera que fuese mucho mejor que él. Sobre todo porque siempre había sabido que el desprecio de Roberta hacia él incluía una importante dosis de fascinación–. Ofreceros en su lugar demuestra lo mucho que queréis a vuestra hermana.
La chica no respondió. Él se puso en pie y recorrió la estancia.
–Si acepto este intercambio, debería ver primero lo que obtengo. Puede que Roberta sea una santurrona, pero es una santurrona increíblemente atractiva.
–No es ninguna santurrona –la señorita Forsythe comenzó a retroceder, pero se detuvo–. ¿Qué estáis haciendo, señor Merrick?
Él siguió avanzando.
–Voy a desenvolver mi regalo, señorita Forsythe.
–¿Desenv...? –en esa ocasión no se molestó en disimular que estaba retrocediendo–. No.
Él sonrió sardónicamente.

−¿Pensáis llevar puesta esa capa empapada toda la noche?

El color de sus mejillas se intensificó. Era realmente guapa con su piel pálida y sus labios carnosos. Ahora que estaba lo suficientemente cerca para verle los ojos, se dio cuenta de que eran de un marrón oscuro y aterciopelado. Se despertó su interés sexual. No era algo tan fuerte como la excitación, sino una curiosidad que pronto podría convertirse en deseo.

−Sí. Quiero decir, no −dijo mientras levantaba una mano temblorosa y enguantada−. Estáis intentando intimidarme.

−De ser así, diría que lo estoy consiguiendo −respondió él con una sonrisa.

Ella se enderezó más aún. Era alta para ser mujer, pero incapaz de llegar a su metro noventa.

−Ya os he dicho por qué estoy aquí. No me resistiré. No es necesario que actuéis como el villano de una ópera.

−¿Soportaréis mis desagradables caricias, pero no permitiréis que os quite la capa? Me parece un poco absurdo.

Ella dejó de retroceder, básicamente porque se chocó contra la pared de piedra que había tras ella. Sus ojos brillaban con rabia.

−No os burléis de mí.

−¿Por qué no? −preguntó él, y estiró la mano para desatar el nudo de su capa.

Ella se apretó contra la pared en un intento inútil por huir.

−No me gusta.

−Os acostumbraréis −le acarició los hombros con las manos y notó la tensión bajo la lana mojada de la capa−. Antes de que hayamos terminado, os habréis acostumbrado a muchas cosas.

−Imagino que tenéis razón −contestó ella con determinación.

–Sabéis que Roberta no vale tanto sacrificio.
La señorita Forsythe, Sidonie, se quedó mirándolo sin acobardarse.
–Sí lo vale. Vos no lo entendéis.
–Me atrevería a decir que no –si la muchacha estaba decidida a caer en la perdición, ¿quién era él para negarse? Sobre todo cuando su olor a lluvia y a mujer resultaba tan atrayente. Cuando le apartó la capa de los hombros y dejó que cayera al suelo, contempló un cuerpo curvilíneo hecho para sus manos.
Ella se quedó con la boca abierta cuando la prenda cayó al suelo y se quedó allí de pie, temblando.
–Estoy preparada –dijo con una determinación truculenta.
–Dudo mucho que lo estéis –Jonas prestó más atención a su atuendo y habló con auténtico horror–. ¿Qué diablos lleváis puesto?
La mirada que Sidonie le dirigió fue de auténtico desprecio.
–¿Qué tiene de malo?
Él contempló con desdén aquel vestido de muselina blanco, demasiado ingenuo para ella, demasiado ligero, demasiado anticuado, demasiado... todo.
–Nada, si os habéis vestido para un sacrificio virginal.
–¿Y por qué no? Soy virgen.
Él puso los ojos en blanco.
–Claro que lo sois. Lo cual hace que me pregunte por qué me ofrecéis vuestra virginidad en vez de dejar que la tonta de vuestra hermana arregle sus propios asuntos.
–Sois muy ofensivo, señor.
Jonas disimuló una carcajada. Sidonie estaba resultando ser más divertida que Roberta. Como poco, Roberta ya se habría puesto histérica. No se imaginaba a aquella valiente diosa recurriendo a semejante teatro. Tal vez aquella fuese su noche de suerte después de todo. Su frustra-

ción por el engaño de Roberta desapareció en vista de la actitud desafiante de aquella hermosa joven. Atrapar a Roberta no había supuesto un gran desafío, por muy satisfactoria que fuese la idea de acostarse con la esposa de su primo, al que tanto odiaba. Seducir a Sidonie Forsythe prometía ser un pasatiempo interesante.

—Es mi mejor vestido —dijo la señorita Forsythe malhumoradamente.

—Puede que cuando tuvierais quince años. ¿Qué edad tenéis?

—Veinticuatro —murmuró ella—. ¿Y vos?

—Soy demasiado mayor para vos —a sus treinta y dos años, tal vez no fuese demasiado mayor, pero tenía mucha experiencia. Y no había empleado esa experiencia sabiamente.

Una súbita esperanza iluminó la expresión de la chica.

—¿Significa eso que me dejaréis ir?

En esa ocasión él se rio abiertamente.

—Ni por lo más remoto.

Quizá saliera corriendo llevada por el miedo. Así que le puso la mano en el hombro, desnudo bajo el fino corpiño que llevaba. Al tocarla, algo inexplicable sucedió entre ellos. Cuando lo miró con ojos asustados, él se dejó llevar por sus profundidades marrones.

—¿A qué estáis esperando? —preguntó ella.

Deberían darle latigazos por atormentarla de ese modo, pero la curiosidad seguía pudiendo más que él. Levantó la otra mano para acariciar su mandíbula. Estando tan cerca de ella, distinguió cada pestaña de sus ojos y las estriaciones doradas de sus iris. Se le dilataron las fosas nasales como si estuviera aspirando su aroma, como estaba haciendo él con ella.

O quizá estuviese tan asustada que le costaba trabajo respirar.

—La pregunta es si corromper a la cuñada de mi enemigo tendrá el mismo caché que corromper a la esposa de mi enemigo –murmuró él.

–Sois un bastardo –respondió ella, y su aliento caliente le rozó la cara.

Jonas sonrió al ver el miedo en sus ojos.

–Eso mismo, *belladonna*.

Lentamente se agachó para posar la boca sobre la suya. Su olor a lluvia inundó sus sentidos y le hizo sentir la anticipación por todo su cuerpo. Ella no se apartó y sus labios permanecieron sellados, pero aquella calidez satinada resultó embriagadora.

Jonas deslizó los labios sobre los suyos, aunque aquello fue más una insinuación que un beso de verdad. A pesar de que su deseo le instaba a poseerla, a pesar de saber que estaba allí para eso, no se aprovechó de la oportunidad. Tampoco le apretó el hombro con más fuerza para mantenerla en su sitio. La agonía del suspense resultaba deliciosa mientras esperaba a que ella se zafara, a que le insultara. Pero se quedó tan quieta como una figurita de porcelana. Pero el calor sutil que advertía bajo sus labios pertenecía a una mujer, no a una figura de porcelana.

Pasados unos segundos levantó la cabeza. Era asombroso que le apeteciese tan poco poner fin a aquel beso tan insatisfactorio. Tomó aliento y luchó contra la tentación de besarla en condiciones. Tal vez no tuviera tanto caché acostarse con la cuñada de lord Hillbrook, pero tenía la impresión de que eso no le detendría.

Ella tenía los ojos desencajados por la sorpresa. ¿Porque la había besado? ¿O porque por un instante lo habría disfrutado?

–¿Por qué dudáis? –preguntó Sidonie con descaro–. Hacedlo de una vez.

Él le acarició la mejilla con el dedo índice.

–Aún no he cenado –respondió antes de soltarla.

Sidonie se tambaleó, pero recuperó el equilibrio con

una velocidad asombrosa. Respiraba entrecortadamente. Él prefería su indignación a su vulnerabilidad. En contra de su voluntad, aquella vulnerabilidad se comía su crueldad como el óxido se comía el hierro.

—¿Queréis cenar conmigo?

Se quedó mirándolo con un odio bien merecido.

—No tengo hambre.

—Una pena. Necesitaréis fuerzas para después.

Dejó que asimilara aquella información mientras se sentaba y hacía sonar la campanilla. La señora Bevan apareció con una velocidad sorprendente. Probablemente estuviese escuchando detrás de la puerta. Las distracciones en el castillo Craven eran tan escasas que apenas podía culparla.

—Podéis servir la cena, señora Bevan —dijo con una alegría que hizo que su ama de llaves le mirase confusa.

—Sí, señor. ¿Y para la dama?

La señorita Forsythe permaneció en pie donde estaba cuando la había besado. Volvía a parecer una estatua de mármol, pero, ahora que la había tocado, Jonas sabía que era de carne y hueso.

—¿Cena para dos?

La chica no reaccionó. Por el amor de Dios, ¿aquel beso había hecho que se tragara la lengua? Esperaba poder convencerla para que volviese a utilizarla, y no para hablar.

Volvió a dirigirse a la señora Bevan.

—No. Solo para uno. Por favor, mostradle a la dama su habitación. El señor Bevan podrá servirme la cena.

—Sí, señor —la mujer salió por la puerta y, tras unos segundos de indecisión, la chica recogió su escaso equipaje y la siguió.

Jonas deseó poder estar presente cuando la señorita Forsythe descubriera que su habitación también era la de él.

Capítulo 2

Tumbada en la cama con dosel, Sidonie se acurrucó bajo las sábanas. En el exterior, la tormenta arremetía contra los muros del castillo. Su rugido hacía que se sintiera aún más indefensa. El miedo la había perseguido desde que Roberta acudiese a ella en Barstowe Hall dos días atrás para pedirle ayuda. El miedo se agarraba a su estómago y se alojaba en su garganta como una piedra. El miedo le dejaba un sabor repugnante en la boca.

Era demasiado tarde para echarse atrás. Lo que Merrick pudiera hacerle no sería nada comparado con las consecuencias si William descubría que su esposa había compartido cama con su enemigo. La temeridad de Roberta los había puesto a todos en peligro. A ella. A Roberta misma. A los hijos de Roberta, Nicholas y Thomas. Pero, ¿cómo podía ella seguir enfadada? Roberta había sido más una madre que una hermana cuando ambas vivían bajo la desastrosa tutela de sus padres. Después Roberta había cambiado la tiranía fría y sarcástica de su padre por la crueldad de su marido. En sus ocho años de matrimonio, Roberta había dejado de ser una chica vivaz y cariñosa y se había convertido en una sombra nerviosa. El único momento en el que Sidonie atisbaba la antigua alegría de su hermana era cuando ganaba en las mesas de juego.

Cuando estaba en racha, Roberta no pensaba en las consecuencias. No resultaba difícil imaginarse a Jonas Merrick convenciéndola para jugar cada vez más. Hasta que finalmente tuvo a la mujer de su enemigo a su merced.

Para salvar su orgullo y librarse del escándalo, tanto William como Roberta mantenían en secreto su crisis matrimonial. Jonas Merrick no podía saber el daño que sería capaz de causar al aceptar el desafío de lady Hillbrook. O tal vez lo imaginaba y no le importaba.

De modo que ahora ella aguardaba en la cama de Jonas Merrick como un cordero a punto de ser sacrificado. Imaginaba que aquella era la habitación de Merrick, aunque la única prueba eran un juego de cepillos de plata sobre la cómoda y la sutil fragancia que impregnaba las sábanas. Cuando la había besado en el piso de abajo, se había infiltrado en sus sentidos de un modo que no podía definir. Y no le gustaba. Sus caricias le habían dejado una marca invisible. Eso le daba casi tanto miedo como lo que ocurriría en aquella habitación. Cuando se lo imaginó aprisionándola contra el colchón con su cuerpo poderoso, sintió ganas de gritar.

El lugar no servía para tranquilizarla. Al contrario, aumentaba su temor y la confundía más. Aquella era la estancia más bizarra que había visto jamás. Había oro por todas partes. En los muebles pasados de moda, en los candelabros de las paredes, en el hilo metálico de las cortinas y de las alfombras. Sidonie se veía reflejada en un ejército de espejos. En vez de cuadros, las paredes estaban cubiertas de espejos. Espejos de cuerpo entero había también en cada rincón. Un espejo sobre el tocador, otro sobre la cómoda, también entre las puertas del armario. Lo más sorprendente e intrigante era el enorme espejo ovalado que colgaba del dosel sobre su cabeza.

La prueba de la vanidad de su anfitrión era desconcertante. Su manera de vestir despreocupada no daba muestras de su arrogancia. Ningún hombre normal disfrutaría viendo reflejada su deformidad.

Reflejada en el espejo del techo vio a una chica pálida tumbada y quieta como un cadáver bajo las sábanas, doradas, por supuesto. Tenía el pelo recogido en una coleta que se deslizaba sobre su pecho. Una chica tumbada allí sola. El señor Merrick no parecía tener prisa por conseguir su premio.

Al principio, Sidonie se había quedado sentada en una silla. Al empezar a temblar ataviada solo con su vestido de muselina mojado, se había puesto el camisón. A medida que pasaban las horas, que marcaba el reloj de bronce situado sobre la vitrina, había pasado a la cama. ¿Por qué alargar los preliminares? No había manera de escapar al desenlace de aquel juego.

Se preguntó amargamente si Merrick mostraría más interés si, en vez de una desconocida inexperta, estuviera esperándole su hermana en la cama. Pero, claro, no había atraído a Roberta hasta allí porque la deseara. Había urdido aquel plan para ganarle un tanto a su primo, lord Hillbrook. Aquella no era más que la última batalla entre dos viejos enemigos.

Agarró las sábanas con fuerza e intentó calmarse, pero no halló el coraje necesario al imaginarse a Merrick dentro de ella. ¿Esperaría de ella que se desnudara? ¿Tendría que... tocarlo? ¿Volvería a besarla? Absurdamente, aquella le parecía la mayor amenaza de todas. El beso la había dejado desconcertada. Había sido inocente como el beso de un niño. Aunque el hecho de que Merrick hubiese abandonado la infancia tiempo atrás despojaba a aquel gesto de inocencia.

Nunca antes la habían besado. Al menos un hombre. No con deseo.

Qué triste que su primer beso tuviera lugar en circunstancias tan sórdidas. Triste y vergonzoso. Porque no le había disgustado el beso, aunque debería haberlo hecho. Se había sentido intrigada más que indignada. ¿Cómo se sentiría cuando sus libertades fuesen más allá de un simple beso?

No, no pensaría en eso. No lo haría...

Era más fácil decirlo que hacerlo, teniendo en cuenta que estaba tumbada en la cama de Merrick.

Aunque su anfitrión hubiese perdido hacía tiempo el derecho legal a utilizar el apellido Merrick. Debería usar el apellido de su madre. Jonas Merrick era hijo de Anthony, difunto vizconde de Hillbrook, y de la amante española que se hacía pasar por su esposa. Cuando el hermano pequeño del vizconde logró destapar el falso matrimonio, Jonas fue declarado bastardo. Tras la muerte de Anthony, su sobrino William heredó el título de Hillbrook y el odio entre Jonas y su primo, que se remontaba a la infancia, se volvió más virulento.

Sidonie se estremeció. Era impensable la reacción de William cuando descubriera que su primo se había acostado con su esposa, pues sin duda el objetivo de aquel plan era que William lo descubriera. Recordar que la vida de Roberta dependía de lo que sucediera en aquella cama sirvió para reafirmar la determinación de Sidonie. Hasta que la puerta se abrió y Merrick entró en la habitación, iluminada solo por las velas.

Sidonie sintió en el estómago un miedo tan pesado y espeso como el alquitrán mientras se recostaba sobre el cabecero. Merrick parecía increíblemente grande de pie en el umbral de la puerta, con los brazos cruzados sobre el torso. La luz de las velas titilaba sobre su rostro, confiriéndole una apariencia demoníaca.

Vestido solo con la camisa y los pantalones, debía de estar helado. Debía de tener una resistencia sobrehumana al frío. Incluso con el fuego encendido en la chimenea,

Sidonie se alegraba de tener las sábanas para mantenerse caliente. Y para ocultarse de su mirada. Lo cual era una tontería. Antes de que acabara la noche, Merrick haría mucho más que mirarla.

Se quedó mirándola con la misma curiosidad que había advertido en el piso de abajo. Ella no tenía ni idea de lo que estaría pensando. Señaló con la barbilla hacia la bandeja que había sobre el tocador.

–No habéis comido mucho.

–No –los nervios le quitaban el apetito. No había comido desde el desayuno, cuando había logrado tragarse una tostada y algo de té. Tragó saliva para humedecerse la garganta y se obligó a imponer a su voz una tranquilidad que no sentía–. Muy amable por haberme enviado la cena.

Él se encogió de hombros como si no fuera nada. En los últimos años, Sidonie había visto poca amabilidad y por eso la valoraba. Merrick también le había enviado agua caliente. Tras viajar durante todo el día, estaba cansada. Era ridículo que un baño pudiera devolverle las fuerzas.

–No interpretéis mi comentario como una queja, pero lo que hacéis es una tontería –la miró como si pretendiera sacarle sus secretos más profundos. Uno de esos secretos le daba más poder sobre él de lo que podría imaginar. Se sintió invadida por la angustia. La información que poseía era peligrosa y sabía perfectamente que no sería bueno tener a Merrick como enemigo.

Se incorporó y se tapó el pecho con la sábana dorada.

–Cuando decís que es una tontería, ¿os referís a acostarme con vos? –preguntó secamente.

Recibió como respuesta una sonrisa irónica. Merrick tenía una boca bonita, expresiva, lo suficientemente generosa como para insinuar que sabía cómo usarla.

–¿Qué ocurrirá cuando os caséis? ¿Cómo haréis para que a vuestro marido no le importe que no seáis virgen?

Ella apretó la mandíbula y habló con determinación.

−Nunca me casaré −se preparó para oír las protestas. A casi todo el mundo le parecía inconcebible que una mujer eligiera la soltería.

−Entiendo −contestó él con expresión neutral−. Supongo que la experiencia de Roberta os ha quitado la idea de la cabeza. Aunque he de decir que William no es un buen ejemplo de mi género.

Ella alzó la barbilla.

−Casi todos los hombres que he conocido han sido malos ejemplos. El egoísmo, la arrogancia y el abuso parecen rasgos inalienables de la personalidad masculina.

−Vaya. Me avergüenzo de mi género.

−Vos no sois una excepción −dijo ella amargamente.

−Por desgracia eso es cierto, milady −se enderezó y se acercó hacia la bandeja−. ¿Qué tenemos aquí?

Ella frunció el ceño confusa. Su actitud no parecía impaciente. Había estado convencida de que insistiría en poseerla nada más llegar. No podía ser enfado lo que sentía por su falta de interés. Pero había algo ruin en el hecho de entregarle su inocencia a un canalla y descubrir que él se mostraba reticente.

Merrick no estaba a la altura de las horribles expectativas. Roberta lo había descrito como un seductor despiadado, un hombre terrible. Al verle la cara por primera vez, Sidonie se había quedado horrorizada, principalmente porque aquellas cicatrices solo podían ser el resultado de una lesión atroz. Ahora, incluso habiendo transcurrido tan poco tiempo desde que se conocieran, podía ver al hombre que había más allá de las cicatrices. Ese hombre no era ningún monstruo. Sus rasgos resultaban más intrigantes que la belleza clásica. La suya era una cara interesante, llena de vitalidad y de inteligencia. Llamativa.

Igual de llamativa que el hombre en sí.

Se preguntó a qué juego estaría jugando mientras le

veía cortar un par de lonchas de queso y colocarlas sobre unos panecillos. Para ser un hombre tan grande, poseía unas manos sorprendentemente elegantes. Con la escasa luz, el rubí de su anillo brillaba como si fuese una advertencia. Había imaginado que sentiría hostilidad y miedo. Y así era. Pero también había allí otras emociones que le costaba definir. Curiosidad, sin duda. Reconciliación, quizá. Algo eléctrico y desconocido.

Aquel interés resultaba más inquietante que el terror o el desprecio. Era consciente de su presencia con una intensidad animal que nunca antes había experimentado.

Merrick le ofreció el plato. Sin pensar, ella agarró un panecillo y le dio un mordisco mientras él se alejaba para apoyarse en el poste situado al pie de la cama. El destello de una sonrisa brilló en sus labios. Sidonie recorrió su labio superior con la mirada. La mezcla de miedo y fascinación que le inspiraba hacía que se sintiera inquieta, nerviosa.

–Pensé que querríais... –comenzó a decir, pero después se preguntó si sería apropiado mencionar sus planes.

–Me lo imagino –Merrick volvió a ofrecerle el plato.

Ella agarró otros dos panecillos.

–¿Por qué estáis aquí?

–¿En este dormitorio? Vaya, señorita Forsythe, sois demasiado tímida.

–No –respondió ella, sonrojada por la vergüenza.

Él devolvió el plato a la bandeja y sirvió dos copas de clarete.

–¿Os referís al castillo de Craven?

–Sí –aceptó la copa de vino y dio un trago. Después otro. El calor del alcohol calmó su inquietud hasta convertirla en un simple murmullo. La mano que agarraba la sábana con nudillos blancos se relajó–. ¿No sería más conveniente seducir a Roberta en Ferney?

Años atrás, Merrick había comprado Ferney, la finca

contigua a Barstowe Hall. Después se había gastado una fortuna creando una residencia adecuada para un vizconde. Adecuada incluso para un príncipe. Sidonie nunca se había aventurado más allá de la puerta, pero lo que había visto desde fuera hacía que Chatsworth pareciese una chabola. Los vecinos siempre andaban murmurando sobre la grandiosidad de la casa. Aunque nunca lo hacían delante de William. Sidonie había aplaudido la audacia del desconocido Jonas Merrick. Hacía que a su cuñado le resultase imposible ignorar el hecho de que, en todos los aspectos salvo la herencia, era un fracaso comparado con su primo.

Merrick siguió sonriendo mientras preparaba más panecillos con queso y se los ofrecía.

–Incluso el más dilatorio de los maridos recuperaría a una esposa infiel cuando lo único que tiene que hacer es cruzar a la propiedad de al lado.

Sidonie aceptó el plato y lo dejó sobre sus rodillas levantadas. Aquel movimiento exigió que soltara la sábana y esta se posara sobre su pecho.

–Puede que tengáis razón –comentó mientras comía–. Y naturalmente os gusta el dramatismo gótico de este escenario.

–Nunca se me había pasado por la cabeza.

Sidonie le dirigió una mirada escéptica y bebió más vino. La copa estaba medio vacía. ¿Cómo había sucedido?

–¿Estáis intentando emborracharme?

–No –él levantó su copa para brindar en silencio.

–No funcionará.

–¿El qué?

–Intentar relajarme con alcohol.

–Me alegra oírlo. No me gustaría pensar que sois tan inocente como para caer en esa trampa –respondió él mientras le quitaba la copa, ya vacía, para devolverla a la mesa junto con la suya–. ¿Habéis terminado con ese plato?

–Sí, gracias –le entregó el plato vacío, que él colocó sobre la bandeja. Había esperado mostrarse fría y orgullosa cuando fuese a despojarla de su virginidad. En su lugar, se sentía confusa y sorprendentemente caritativa hacia el señor Merrick. No era que deseara que hiciera... eso. Pero era difícil convocar la indignación que había alimentado su miedo hasta entonces.

Tal vez el alcohol hubiese hecho su trabajo después de todo. Eso y su amabilidad al asegurarse de que comiera algo. Pobre y tonta Sidonie Forsythe. Renunciando a su castidad a cambio de unos trozos de queso cheddar.

No, aquella debilidad era peligrosa. Si sucumbía sin objetar nada, jamás podría vivir consigo misma.

–Dejad de jugar conmigo –exigió con una súbita aspereza.

Se destapó con ímpetu, se tumbó boca arriba y se quedó mirando hacia el espejo del techo. Un hombre al que le gustara verse mientras estaba con una mujer merecía desprecio. Cielos, ni siquiera se molestaba en disimular lo increíblemente hedonista que era.

Aunque le resultó difícil mantener un silencio reprobatorio cuando el sinvergüenza que quería desflorarla se echó a reír.

–Santo Dios, señorita Forsythe, necesitáis que os aconsejen sobre vuestro vestuario.

–No es más que... mi camisón –respondió ella, negándose a mirarlo.

Sintió un nudo en la garganta cuando él se acercó.

–Ahí hay sitio para seis.

Ella lo miró enojada.

–¿Acaso esperabais que no llevase nada en absoluto? Hace demasiado frío.

El señor Merrick la sometió a una intensa mirada. Sidonie sabía que estaba imaginándosela desnuda y era culpa suya por haber mencionado la posibilidad. Durante toda su vida, la gente le había advertido de que su lengua impulsiva le causaría problemas. Y en aquel momento tenía problemas. No solo porque la actitud del señor Merrick hubiera pasado en un instante de ser despreocupada a interesada. La inspección fugaz que realizó de su cuerpo no duró más de unos pocos segundos, pero aun así cada centímetro de su piel se estremeció. Sintió un nudo en el estómago con una mezcla de vergüenza y excitación. Lo miró a los ojos y entonces deseó no haberlo hecho. Aquel brillo depredador era inconfundible.

—Hay pasos intermedios entre la desnudez y esa tienda de campaña que lleváis puesta —contestó él, y su mirada se agudizó—. ¿Pensabais que me acobardaría con tanta franela?

—He tomado todas las precauciones que he podido —murmuró Sidonie, mirando de nuevo hacia el techo. Aunque, a decir verdad, no se le había ocurrido meter en la maleta algo que no fuera su ropa de cama habitual.

—Subestimáis el poder estimulante de la imaginación —dijo él—. Me intriga descubrir los tesoros que yacen bajo ese tejido ondulado.

Sidonie volvió la cabeza y se quedó mirándolo con un horror mudo. Su aparente desinterés se desintegró y pudo ver en su cara el deseo descarado. El aire estaba cargado de energía sexual. En el silencio, el ruido de la lluvia golpeando las ventanas representaba una intrusión inquietante.

—Quitáoslo —ordenó él suavemente.

Había llegado el momento. Claro que había llegado. Sidonie se había presentado en su puerta y le había invitado a que se acostara con ella. No iba a rechazarla para acostarse temprano con un buen libro. Se incorporó reticente sobre la cama con el corazón desbocado. Con manos temblorosas, agarró el dobladillo de su camisón. Su visión quedó brevemente nublada por el blanco de la franela y después quedó libre. Lanzó la prenda al suelo con un gesto desafiante. Se negó a mirar a Merrick a la cara igual que se negó a mostrar su humillación cubriéndose con las manos.

Por fin fue consciente de la verdadera perversión de aquella estancia llena de espejos. Allá donde mirase, veía su cuerpo desnudo. Una y otra vez. Piel pálida. Pechos respingones. Piernas desnudas.

Reflejado innumerables veces, Merrick se imponía sobre ella, alto, dominante, increíblemente masculino. A la luz de las velas, su camisa suelta brillaba con una blancura que parecía sobrenatural. No se había movido desde que ella se quitara el camisón, pero la tensión de su cuerpo indicaba que cualquier ruego de piedad por su parte sería ignorado. Su postura señalaba que estaba preparado.

El silencio se alargó hasta que Sidonie quiso gritar.

Se giró a la altura de la cintura para mirarlo. En su expresión pudo ver lo que, incluso con su ingenuidad, reconoció como excitación sexual. Sus ojos brillaban como plata encendida. Ya no era el hombre lánguido y tranquilo que le había dado de cenar. Aquel hombre era presa de su apetito.

Sidonie sintió de nuevo el terror en la tripa. El terror y una curiosidad insana. Cuando miró a Merrick, un calor desconocido recorrió su cuerpo. Desde que accediera a ocupar el lugar de Roberta, se había dicho a sí misma que no disfrutaría haciéndolo y, de ese modo, el respeto hacia sí misma, aunque no su virginidad, quedaría intacto. El brillo en la mirada de Merrick indicaba que ese respeto hacia sí misma sería la primera víctima de aquel acuerdo desesperado. Tragó saliva para humedecerse la garganta y agarró las sábanas con fuerza. Estaba tan rígida que temía romperse en dos si la tocaba.

Vio que un músculo se tensaba en su mejilla y que apretaba los puños al detenerse a mirar sus pechos. Los segundos se convirtieron en un fuego abrasador. Para su vergüenza, los pezones se le pusieron erectos. Merrick entornó los párpados y sonrió con arrogancia. Sabía que no le repulsaba, por mucho que ella deseara que no fuera así.

Merrick centró después su atención en el triángulo de vello castaño que había entre sus piernas. Fue como si la hubiera tocado. Un calor ardiente inundó su vientre y le hizo soltar un suave gemido de sorpresa. Juntó los muslos y bajó la mano para cubrirse el sexo.

—Parad —susurró con lágrimas en la garganta que se negaba a derramar.

Él pareció no oír su súplica. En su lugar, se acercó más y deslizó la mano por detrás de su cuello. Ella dio un respingo y después se quedó muy quieta. A través del calor de su caricia, sintió los callos de sus dedos. Tras una breve pausa, Merrick deslizó la mano por su cuello hasta alcanzar el pulso errático de su garganta. A ella le dio un vuelco el corazón y las sensaciones se intensificaron. Su instinto le decía que se apartara, que se tapara con la sábana, que se acobardara.

Pero el orgullo hizo que se quedara quieta.

Él siguió bajando la mano y le acarició la parte superior de los pechos. Después se quedó mirando un pezón erecto. Ella experimentó un placer inesperado. Su respiración entrecortada podía oírse en mitad del silencio. Incluso la tormenta pareció detenerse expectante. Lo miró a la cara y allí encontró el deseo, pero también algo parecido a la sorpresa. El corazón le dio un vuelco y después se aceleró violentamente contra sus costillas.

—Sois preciosa —murmuró Merrick con voz grave. Después le rodeó el pezón con el dedo y acarició su pecho con la mano.

Aquello era demasiado. Sidonie no podía soportar aquellas caricias, por dulces que fueran. Le conferían una falsa apariencia de ternura a lo que, en definitiva, no era más que un sórdido acuerdo de negocios. Se apartó y se tumbó sobre la cama. Por fin reunió el valor para mirar hacia el espejo situado sobre su cabeza. Se quedó rígida, con el cuerpo pálido sobre las sábanas. En su cara veía el miedo y la determinación. Tenía las mejillas sonrojadas.

–Adelante –dijo con una voz estridente que apenas reconoció–. Por el amor de Dios, no me torturéis. Hacedlo sin más.

Durante largo rato el hombre reflejado en el espejo no se movió. Entonces, con una rapidez insólita que hizo que se le desbocara el corazón, agarró la pesada colcha de brocados.

–Perdón, señorita Forsythe –murmuró. No parecía en absoluto el hombre sincero y conmovido que acababa de decirle que era preciosa. Con un gesto de desprecio, cubrió su cuerpo con la colcha. Sidonie se quedó sin palabras por la sorpresa cuando él se dio la vuelta y se dirigió hacia la puerta–. Esta noche no tengo ganas de mártires.

Capítulo 3

Sidonie Forsythe estaba de pie en el enorme recibidor, iluminada por la luz del sol. Llevaba puesta su capa y sujetaba su maleta con una mano.

–¿Qué diablos estáis haciendo? –Jonas atravesó la estancia y se detuvo a escasos pasos de ella.

Por suerte se levantaba temprano, de lo contrario habría llegado demasiado tarde. Se encontraba estudiando los documentos para el proyecto de un canal cuando la señora Bevan había entrado en la biblioteca para anunciar que la dama había pedido usar su carruaje.

Al oír su pregunta, la señorita Forsythe se dio la vuelta. Se quedó mirándolo a la cara y supo que ambos estaban recordando el erótico episodio en su cama. El recuerdo recorrió su cuerpo como el fogonazo de mil cañones. Sus preciosos ojos se oscurecieron con lo que interpretó que sería humillación antes de que la rabia se apoderase de ella.

–¿Nunca os vestís como un cristiano?

De nuevo volvió a sorprenderle. Eso le gustaba. Le gustaba casi tanto como le había gustado ver su cuerpo desnudo la noche anterior. Y eso le había gustado mucho en realidad.

Soltó una carcajada de desprecio.

—Esta es mi casa. Si quiero pasearme en mangas de camisa, lo haré. Si recorro la finca completamente desnudo, me atrevo a decir que es mi privilegio.

Las mejillas de Sidonie se sonrojaron al mencionar él la desnudez. Aquella mañana, Sidonie parecía más radiante. Debía de haber conseguido dormir algo después de que él abandonara su habitación.

A él le hubiera gustado poder hacer lo mismo.

—A mí me da igual lo que llevéis puesto —contestó ella con una determinación tranquila. Jonas habría apostado a que aquella compostura era tan falsa como los beneficios del proyecto para el canal—. Al fin y al cabo no volveremos a vernos nunca.

—Yo no estaría tan seguro de ello —respondió él secamente—. Es un truco malévolo escabullirse sin decir nada.

—No tenemos nada que decirnos.

—¿Eso creéis? —Jonas se volvió hacia la señora Bevan—. Decidle a Hobbs que el carruaje no será necesario.

—Señor Merrick... —comenzó a decir la señorita Forsythe con tono represivo.

Jonas no estaba dispuesto a discutir con ella mientras su ama de llaves estuviera allí presente, escuchándolo todo.

—Tal vez prefiráis continuar con esta discusión en la biblioteca.

—Preferiría abandonar vuestra casa y fingir que estas lamentables horas nunca han tenido lugar.

—Os mostráis muy vehemente para acabar de empezar el día —contestó él con un tono de falso aburrimiento—. Qué agotamiento tan inútil.

—Tal vez para un hombre de vuestra avanzada edad —respondió ella.

Era valiente. Imaginaba lo incómoda que se sentiría en su presencia después de lo que había ocurrido, o no había ocurrido, la noche anterior. Aun así, seguía defendiéndose.

—Al menos dejad que descanse mis ancianos huesos en un cojín mientras me arengáis.
Ella siguió mirándolo con desconfianza.
—Preferiría marcharme.
—Estoy seguro de que sí. Pero Roberta sigue estando en deuda conmigo. ¿O lo habéis olvidado?
Sidonie lo miró con odio.
—No lo había olvidado. Os pagué anoche.
Jonas la miró con una sonrisa perversa.
—Eso es cuestión de opiniones —respondió él señalando hacia la biblioteca—. ¿Señorita Forsythe?
Ella lo miró, después miró a la señora Bevan, que observaba la escena con interés. Sidonie se sonrojó profundamente y asintió de manera abrupta.
—Cinco minutos.
Jonas sabía que no debía abusar de su ventaja. O al menos esperar a estar a solas antes de hacerlo. Abrió la puerta y le hizo pasar a la estancia llena de libros.
Sus hombros se tensaron cuando él le levantó la capa. El vestido blanco que llevaba debajo resultaba tan inapropiado como siempre. Aunque le gustaba el modo en que se ceñía a sus pechos. Apretó la capa con los puños, cedió a la tentación y se inclinó para aspirar su aroma. Aquella mañana no olía a lluvia. En su lugar, olía a jabón de limón. Aun así, aquella fragancia tan corriente despertó el deseo en su sangre. Dejó caer la capa en una silla y se acercó más para desatarle los nudos del impropio sombrero. Quien le eligiera el vestuario debería ser severamente castigado.
Ella le apartó la mano y se le aceleró la respiración, no sabía si por miedo o por excitación. Quizá fuese una mezcla de ambas cosas.
—Parad.
—Solo intento que estéis cómoda —terminó de desatarle el sombrero, se lo quitó y lo dejó sobre la capa.

—Como si os importara mi comodidad. Si fuera así, me dejaríais marchar.

Él sonrió mientras se apartaba.

—Pero eso tendría un desagradable efecto sobre mi comodidad —señaló hacia un sillón de cuero—. Por favor, sentaos.

Ella permaneció de pie en mitad de la habitación.

—No, gracias. Me iré enseguida.

Se acercó a la ventana y se apoyó en el marco para disfrutar del calor del sol. La tormenta de la noche anterior se había esfumado y el día era agradable para el mes de noviembre. Aunque sospechaba que la temperatura en el interior de la biblioteca estaba a punto de bajar varios grados.

Se quedó mirándola fijamente.

—No os tenía por una tramposa, señorita Forsythe.

Ella mantuvo una expresión neutral, aunque debía de saber a qué se refería.

—Yo no he hecho trampas, señor Merrick.

—¿Y cómo llamáis a privarme de vuestra compañía después de prometerme... satisfacción?

Ella palideció y su mano enguantada apretó con fuerza el asa de su maleta.

—Anoche no quisisteis estar conmigo —respondió.

Él arqueó las cejas con incredulidad mientras su creciente deseo le palpitaba en los oídos.

—No sois tan inocente.

Ella soltó un suave gruñido y se dio la vuelta indignada. Jonas advirtió unos tobillos esbeltos. Era interesante que aquella visión resultara tan excitante cuando ya la había visto desnuda.

—Veo que tenéis ganas de bromear.

Jonas apoyó la cabeza en el marco de la ventana y se quedó mirándola.

—No. De lo que tengo ganas es de que se cumpla el trato.

Sidonie Forsythe lo miró con inquietud. Los hombres adultos se estremecían al ver sus cicatrices. ¿Por qué diablos su apariencia grotesca no acobardaba a aquella chica inexperta?

—Os ofrecí mis… servicios; vos los rechazasteis —dejó su maleta en el suelo y apretó la mandíbula—. Estoy en mi derecho a marcharme sin que abuséis de mí.

—Sois toda una abogada, señorita Forsythe. Anoche empleasteis una sofistería similar cuando os presentasteis aquí en lugar de vuestra hermana.

Aunque no lamentaba en absoluto el cambio. Roberta era una criatura guapa, aunque simple, y se habría acostado con ella alegremente. Sobre todo porque, cada vez que la poseyera, sabría que estaba engañando al imbécil de su primo.

Pero la hermana de Roberta…

Sidonie Forsythe era una joya como jamás había visto. No era tan tonto como para dejarla marchar sin más.

—No insistiréis en tener una compensación plena —la inseguridad que siempre había subyacido tras su valentía se volvió evidente—. No después de…

—En teoría os presentasteis aquí con la intención de saldar la deuda tal como estaba —respondió él con frialdad. Se cruzó de brazos para evitar alcanzarla. Un beso ridículamente casto, la leve exploración de su piel desnuda, y ahora el deseo de tocarla se había convertido en un intenso ardor.

—Esto es una locura —se agitó nerviosamente como una yegua que olfateara a un semental—. Si no me prestáis vuestro carruaje, caminaré hasta Sidmouth y allí encontraré un medio de transporte. Son solo tres kilómetros —se dio la vuelta y se alejó.

Jonas corrió hacia ella y la agarró del brazo.

—Esperad.

Incluso a través del tejido de su manga, se produjo de inmediato aquel contacto eléctrico que Jonas había sentido la noche anterior al acariciarle el pecho desnudo. Cuando ella se dio la vuelta con cara de horror, supo que también lo sentía. Y que claramente deseaba no sentirlo. Luchó contra la tentación de estrecharla entre sus brazos. El breve roce de sus labios le había dejado con ganas de más. El recuerdo de su cuerpo le había mantenido despierto casi toda la noche. Y, durante el escaso tiempo que había podido dormir, había soñado con ella. Desnuda. Deseosa. Suspirando de placer mientras la penetraba.

Sidonie se estremeció bajo su mano.

–No hace falta que abuséis de mí.

–Puede que no haga falta, pero me gustaría –murmuró él, y fue recompensado con otro rubor. No recordaba la última vez que se había acostado con una mujer lo suficientemente inocente como para sonrojarse. Las únicas mujeres que se le acercaban ya estaban hartas de los encantos banales de los hombres convencionales–. ¿Qué pasa con la deuda de Roberta?

La mojigatería de la señorita Forsythe se esfumó de inmediato.

–Yo he venido hasta vos. He…

Jonas trató de ignorar el miedo en su rostro. Aquel no era el momento de tener conciencia.

–Da igual –dijo con una despreocupación que no sentía–. Roberta podrá vender algunas joyas para pagarme.

–Eso es imposible –sintió su resistencia temblorosa bajo los dedos–. William lo descubriría.

Ah, por fin habían llegado al meollo de la cuestión.

–Eso espero.

Sintió un vuelco de remordimiento en el estómago al ver las lágrimas que asomaban a los ojos de la chica. Lágrimas que ella disimuló con valentía. La misma valentía con la que se había ofrecido a salvar a su hermana. Sidonie Forsythe era una mujer admirable. Lo cual no hacía que deseara dejarla marchar.

Curioso momento para darse cuenta de que envidiaba a Roberta. Debía de ser maravilloso saber que contaba con el amor incondicional de Sidonie. A él su padre le había querido, de eso no cabía duda, pero había estado demasiado consumido por la pena debido a su esposa y al consiguiente escándalo. Mediante una vida de traiciones y rechazos, Jonas había aprendido a desconfiar del amor. Con demasiada frecuencia ocultaba intereses egoístas. Con demasiada frecuencia resultaba ser un hilo muy fino que se rompía bajo la más mínima presión. Y, aunque fuera la fuerza poderosa y abrumadora de la que hablaban los poetas, llevaba consigo la destrucción. Aun así, Sidonie quería a su hermana lo suficiente como para sacrificarse de aquel modo.

Estaba poniéndose sentimental. Ignoró aquella compasión tan impropia de él y se concentró en la mujer que tenía delante.

Ella le dirigió una mirada sombría.

—Lo sabéis, ¿verdad?

—¿Que William libera su temperamento con su esposa? No lo sabía hasta anoche. Pasé horas despierto, intentando entender vuestro comportamiento —y maldiciendo por haber permitido que el orgullo le exiliara al diminuto camastro ubicado en el vestidor—. Vuestras acciones solo tendrían sentido si las consecuencias de seducir a Roberta fueran nefastas. Y mi primo siempre se ha enfrentado con violencia a la decepción.

Con un vuelco en el estómago, se dio cuenta de que se había llevado la mano a la mejilla marcada por la cicatriz. Con la esperanza de que la señorita Forsythe no hubiera advertido aquel gesto delator, se obligó a bajar el brazo. Endureció el tono.

—Debería haberlo imaginado.

Pobre Roberta. Su vida siendo la esposa de William debía de ser un infierno. Su frenética actividad en sociedad por fin tenía sentido; probablemente le aliviara que su marido no la abofeteara en público. Jonas casi podía perdonarla por cómo se estremecía cada vez que lo veía.

La señorita Forsythe parecía devastada. Su voz sonaba baja y temblorosa.

—Si sabéis… cuáles son las circunstancias de Roberta, la caballerosidad os exige que le perdonéis la deuda.

Él sonrió.

—Igual que el honor, la caballerosidad no es una norma en este juego. Probablemente ya sabréis que soy un bastardo por naturaleza igual que por herencia.

Esperaba que se estremeciera por su manera de hablar, pero ella le plantó cara.

—Si me quedo aquí, quedaré arruinada.

Con un gruñido de desprecio, más hacia sí mismo que hacia ella, le soltó el brazo y regresó a la ventana. Ella fue tras él, se quedó demasiado cerca y lo miró como si buscara algún rastro de bondad en su cara. Su búsqueda sería en vano. El mundo le había convertido en un monstruo. Desde entonces había hecho todo lo posible por estar a la altura de la descripción.

—Debíais de saber eso antes de llegar —se obligó a sonar despreocupado, a pesar de que su proximidad despertara todos sus sentidos de forma tan poderosa. El sol que entraba por la ventana se reflejaba en su melena y le otorgaba tonos dorados y rojizos—. Supongo que a vuestros allegados les habréis contado alguna historia para que se mantengan alejados los próximos siete días.

—No quiero que se mancille mi nombre.

—Tenéis mi palabra de que nuestra… relación permanecerá en secreto —el sarcasmo agudizó su voz cuando siguió hablando—. Disfrutad de vuestra libertad, señorita Forsythe. Esta semana sois libre.

—No tengo libertad para convertirme en una libertina.

—De hecho sí la tenéis.

Sidonie Forsythe era ajena a su atractivo, pero en esencia se trataba de una criatura sensual. Él era un experto en dar placer a una mujer, por muy grotesco que fuera su rostro. Su instinto le decía que dejaría a un lado esa actitud cuando lograra superar sus escrúpulos.

Se quedó mirándolo con evidente desprecio.

—¿Me obligaríais a acostarme con vos sabiendo que la única razón por la que estoy aquí es ahorrarle a mi hermana el sufrimiento físico?

—Ya os dije que no me gustan las mártires.

—Nunca me ofreceré a vos por voluntad propia.

Cuando él le agarró la mano, la descarga eléctrica amenazó con reducir a cenizas su autocontrol. La sentó junto a él en el asiento de la ventana.

—Me gustaría tener la oportunidad de convenceros de lo contrario, *bella*.

¿Cuándo se había vuelto tan importante que se ofreciera a él voluntariamente? En algún momento desde que la besara y viera lo agradable que sería tenerla entre sus brazos cuando por fin se rindiera a sus encantos.

Ella intentó apartarse, pero no lo logró.

—Solo un vanidoso arrogante albergaría la esperanza de hacerme cambiar de opinión en tan solo una semana. No cambiaré de opinión ni en un millón de años.

Jonas intentó disimular una sonrisa. ¿Sentiría ella la intensa energía que fluía entre ambos? No podía creer que él fuese el único que sintiera el deseo, a pesar de que ella lo negara con sus palabras.

—Hacéis que el desafío sea de lo más delicioso.

—No estoy... flirteando con vos, señor Merrick. Solo digo que perdéis el tiempo con este plan absurdo.

—En cuyo caso, regresaréis junto a vuestra hermana de igual modo —respondió él con calma mientras le quitaba un guante. Ansiaba acariciar su piel.

El cinismo de su expresión hacía que aparentase más de veinticuatro años.

–No esperáis perder ni por un instante, ¿verdad?

Él se llevó su mano a los labios y le dio un beso en la palma. Su aroma inundó su cabeza y le embriagó como el más sabroso de los vinos.

–Confío en mi encanto mortal.

Ella apartó la mano. Tenía las mejillas sonrosadas debido a la indignación y a lo que el optimismo de Jonas consideraba que era placer.

–Casi merecería la pena quedarse solo para demostrar que os equivocáis.

–Me alegra que penséis así –la soltó con reticencia. Tocarla hacía que sus pensamientos se volvieran caóticos, y necesitaba todo su ingenio para salirse con la suya–. Os olvidáis del bienestar de vuestra hermana.

Ella se sorprendió. Efectivamente se había olvidado de Roberta.

–Así que seguís queriendo obligarme.

Él se encogió de hombros.

–Solo quiero obligaros a que os quedéis en el castillo de Craven como mi invitada. Cualquier otra cosa más será decisión vuestra.

Ella se enderezó y lo miró con el mismo desdén que había mostrado la noche anterior. ¿Diría que sí? Le sorprendía darse cuenta de lo ansioso que estaba por que se quedara. Conseguiría su propósito antes de que terminara la semana. No le pondría la mano encima hasta que ella accediera a convertirse en su amante, como sin duda haría.

Aun así sintió un nudo de suspense en el estómago mientras esperaba a que respondiera.

Ella tomó aliento de manera temblorosa, pero habló con una firmeza asombrosa para ser una mujer casta a punto de ofrecerse a un canalla.

–Seamos claros, señor Merrick.

–Por supuesto, señorita Forsythe –contestó él inclinando la cabeza con un gesto burlón.

–A cambio de mi presencia en el castillo de Craven los próximos siete días, o mejor dicho seis días, puesto que ya he pasado una noche bajo vuestro techo, os olvidaréis de la deuda de Roberta –dijo ella retorciéndose las manos sobre su regazo–. La deuda quedará saldada.

–Vuestra compañía, *bella*. No os equivoquéis. Os quiero en mi cama y aprovecharé cualquier oportunidad para llevaros hasta ella. No os encerraréis en la torre más alta del castillo.

–No haré trampas.

–Tampoco os encerraréis dentro de vuestra propia cabeza.

Ella se sonrojó.

–No sé qué queréis decir.

–Sí que lo sabéis. Cuando os cuente mis intenciones, me escucharéis. Cuando os toque, y, creedme, os tocaré una y otra vez como ningún otro hombre os haya tocado jamás, no os resistiréis al placer.

–Desde luego parecéis muy seguro, señor Merrick. ¿Tengo elección?

Su sonrisa se volvió taimada. Y triunfante. Había ganado. Por supuesto. En aquel juego en particular, siempre había llevado ventaja. Se negaba a reconocer el alivio vergonzoso que sentía en su interior.

–¿Tiene Roberta alguna joya de la que William no sepa nada?

–Realmente sois un bastardo –respondió ella.

–No os equivoquéis –en esa ocasión sus palabras sonaron vacías. Ella se merecía algo mejor y ambos lo sabían. Jonas estiró las piernas con actitud de superioridad despreocupada.

–Entonces tenemos un trato, señor. Estoy deseando marcharme de aquí en una semana con el orgullo y la inocencia intactos.

–Y yo estoy deseando pasar noches de intenso placer

en vuestros brazos, mi estimada señorita Forsythe –su sonrisa se intensificó mientras oía la victoria a su alrededor como una orquesta de trompetas–. Que gane el mejor.

Ella le dirigió una mirada de desprecio fulminante, aunque el rubor de sus mejillas estropeó el efecto.

–Mejor dicho, que gane la mejor, señor Merrick.

Capítulo 4

¿Qué había hecho?
Sidonie seguía tan acorralada como lo había estado desde que Roberta le pidiera ayuda dos días antes. Debería haber sabido que su intento por marcharse después de una sola noche sería un fracaso. Mientras Merrick la persuadía para que se quedara, ella había luchado desesperadamente por evitar su destino. Pero la amenaza hacia su hermana seguía siendo lo más importante. La última vez que William había perdido los nervios, le había roto a Roberta un brazo y dos costillas. Si descubría que su esposa le había traicionado con su peor enemigo, la mataría.
Al menos Sidonie había recuperado parte del control, pero no subestimaba lo difícil que Merrick se lo pondría para mantener intacta su virtud. Ya le parecía persuasivo y ni siquiera había tenido que esforzarse mucho. Incluso ahora, después de haber prometido que cooperaría, su mente seguía buscando la manera de escapar. Pero no había escapatoria. Solo su determinación por aferrarse a su castidad, por mucho que él la tentara.
«Creedme, os tocaré una y otra vez como ningún otro hombre os haya tocado jamás».
Tuvo que contener un escalofrío al recordar aquellas palabras, que prometían placeres más allá de lo que hu-

biera podido imaginar. Un escalofrío de miedo, pero también un escalofrío provocado por el interés.

—¿Cerramos el trato dándonos la mano? —preguntó él ofreciéndole una mano.

Sidonie se abstuvo de decirle que ya la había tocado suficiente.

—¿Por qué no?

Cuando su mano se cerró con firmeza en torno a la de ella, sintió el calor que recorría su piel. Un calor que amenazó con volverse fuego cuando le dio un beso en la palma.

Cuando le bajó la mano, su expresión astuta le hizo resistirse. En privado admitiría que le resultaba atractivo de maneras que nunca antes había experimentado. Pero, hacia él, seguiría mostrando una actitud desafiante. Y albergaría la esperanza de que su lengua afilada y su carácter quisquilloso sirvieran para salvarla. Se abrían ante ella seis días incómodos en los que sería permanentemente consciente de la presencia de su captor. Pero, sobre todo, serían seis noches.

Le devolvió a Merrick la mirada y reconoció para sus adentros con un nudo en el estómago que seis días podían ser una eternidad. Habían pasado escasos segundos desde que sellaran el trato y ya reconocía lo peligroso que era haber accedido a que la tocara cuando y como quisiera. El recuerdo de sus dedos recorriendo su piel desnuda le hizo ser ajena a sus alrededores. Cambió incómodamente de postura sobre el asiento de la ventana.

Merrick había dejado claros cuáles eran sus planes pecaminosos. Al menos había sido sincero con ella. Una voz sombría en un rincón de su cabeza le recordó que ella no había sido sincera con él. No del todo. No con respecto al descubrimiento que cambiaría su vida para siempre. Apartó la mirada como si temiera que él pudiera leer en su cara los secretos culpables.

–¿Habéis desayunado?

Ella frunció el ceño y se puso en pie, aunque eso significara estar demasiado cerca de él.

–Señor Merrick, a mi corazón no se llega a través del estómago.

Él arqueó sus cejas negras.

–Yo estaba pensando en otras partes de vuestra anatomía que no son el corazón, señorita Forsythe.

–Oh –Sidonie deseó con todas sus fuerzas que no siguiera privándole de la capacidad de hablar. Por el amor de Dios, ¿qué le pasaba? No podía echar por la borda veinticuatro años de rectitud por un simple beso en la mano.

Su pulgar acarició con indiferencia el reverso de su mano. Salvo que nada de lo que hacía resultaba indiferente.

–Teniendo en cuenta lo que seremos el uno para el otro, creo que podemos prescindir de las formalidades. Mi nombre es Jonas.

–Yo sospecho que juega a mi favor mantener las formalidades.

–Estoy convencido de que el resultado será el mismo, lo llamemos como lo llamemos.

–Oh, muy bien –respondió ella, irritada. Se enderezó, apartó la mano y le sorprendió que él se lo permitiera–. Puedes llamarme Sidonie.

¿Por qué no iba a permitírselo? La tenía exactamente donde deseaba. A su alcance.

–Excelente. La idea de susurrarte «señorita Forsythe» al oído mientras te penetro es demasiado excitante.

Sidonie se sonrojó ante aquella imagen tan gráfica.

–No puedes decir esas cosas.

Él sonrió con un molesto aire triunfal y se acercó más.

–Acabamos de empezar y ya pones condiciones, Sidonie.

El temperamento acudió en su ayuda. Tal vez él hablase de su desfloración como algo sin importancia, pero no estaba dispuesta a ceder tan fácilmente.

–Supongo que me acostumbraré a tu vulgaridad.

Sus carcajadas se enredaron en su resistencia como una hiedra que trepara en torno a una vieja torre de piedra.

–Estoy seguro de que sí.

Merrick se dirigió hacia la puerta y la abrió con una floritura.

–¿Vamos al comedor? –preguntó, mirándola con una expresión indescifrable–. Después tal vez podamos cabalgar juntos.

Ella se sonrojó intensamente.

–Señor Merrick...

–¿Quién está siendo vulgar ahora? –preguntó él con una sonrisa perversa–. Tengo que ir a echar un vistazo a la propiedad después de la tormenta. Pensé que te apetecería un poco de aire fresco.

Ella salió con dignidad al pasillo. Seis días. Después sería libre y no volvería a ver al libertino e irritante Jonas Merrick.

Esos seis días prometían tormentos que avergonzarían al mismo diablo.

Cuando Sidonie entró en el establo, Jonas estaba hablando con un hombre bajito y arrugado que sujetaba las riendas de dos caballos de pura raza; una yegua árabe color crema y un enorme capón alazán. Sin interrumpir su conversación, su némesis le dirigió una sonrisa. Sidonie había tardado en cambiarse más de lo previsto, pero él no parecía haberse impacientado. De nuevo volvió a pensar en el contraste entre ambos primos Merrick. William detestaba el más mínimo contratiempo y se enfurecía si alguien se retrasaba.

Los últimos y solitarios años, que había pasado principalmente al mando de Barstowe Hall, no le habían preparado para defenderse de un peligroso libertino. Suponía que en alguna época habría tenido sueños románticos en los que un hombre fascinante centraba su atención en ella. No los recordaba. Cuando adquirió la edad suficiente para comprender la dinámica del vínculo marital, sus sueños se volvieron más prosaicos: llevar una vida independiente y útil donde las decisiones las tomara ella, no un hombre que la tratara como si fuera de su propiedad.

El mozo de cuadras agachó la cabeza para saludarla y desapareció en el interior de los establos. Merrick se quedó mirándola con brillo en los ojos. Una parte era de interés sexual, otra parte de aprobación y otra de algo que ella no lograba interpretar. Fue como si le hiciera una pregunta y ella dijera que sí sin saber a qué estaba contestando.

Trató de ignorar esa inquietante sensación y levantó la barbilla. Apretó la fusta con fuerza.

—Veo que has encontrado el traje de montar —dijo él.

—Y yo veo que estás preparado para cualquier situación cuando viene una dama de visita —respondió ella con frialdad. Al descubrir el estiloso atuendo negro estirado sobre su cama, se había estremecido. Se dijo a sí misma que sus relaciones no eran asunto suyo, pero aquel ligero resentimiento permaneció con ella.

Las arrugas situadas a los lados de sus ojos se acentuaron, lo cual señalaba su sorpresa.

—Nunca he traído aquí a una amante, si eso te preocupa.

—Yo no soy tu amante —dijo ella, molesta al ver que había achacado de inmediato su mal humor a los celos.

—Aun así —contestó él mirándola de arriba abajo—. Te queda bien.

—Me aprieta demasiado. La señora Bevan ha tenido que cambiar los botones. Por eso llego tarde.

–Estás más... dotada que tu hermana.

Sidonie se quedó mirándolo a la cara y se preguntó tontamente si preferiría a una mujer más esbelta. Comparada con las proporciones gráciles de Roberta, ella era una valquiria.

–Roberta no monta a caballo –dijo, mientras se repetía a sí misma que no le importaba lo que aquel bribón pensara de su apariencia.

Más valentía vacía. Estaba convirtiéndose en una experta en la materia.

–No conozco a tu hermana lo suficientemente bien como para saber lo que le gusta; además de jugar a las cartas.

–La juzgas precipitadamente –contuvo el impulso de decirle a Merrick que su hermana no siempre había sido la criatura frágil y arrogante que él conocía. Cuando eran niñas, el afecto de Roberta había sido su único refugio frente a la indiferencia de su madre y al desprecio de su padre.

Él se encogió de hombros.

–Ella no fue más que el medio para llegar a un fin.

Sidonie apretó los labios.

–Eso hace que yo esté donde estoy.

Merrick deslizó el reverso de su mano enguantada por debajo de su barbilla.

–Tú formas parte de una categoría completamente diferente.

La caricia, si aquel contacto fugaz pudiera considerarse como tal, duró solo un segundo, pero Sidonie la sintió hasta en los dedos de los pies. Aquella absurda conciencia física de su presencia se acrecentaba en vez de disminuir.

–Sí, he accedido a no pelear –murmuró con amargura.

–Hace un día demasiado agradable para pelear –contestó él con despreocupación–. Deja que te ayude a subirte a la silla. Kismet se impacienta.

Cuando la agarró por la cintura, ella imaginó que dejaría allí las manos durante unos segundos, pero se limitó a impulsarla para sentarla en la silla, que era una montura de amazona. La preciosa yegua se agitó, pero después se calmó cuando Jonas le habló. Se le daban bien las hembras, pensó Sidonie con otro escalofrío de resentimiento. Fue curioso recordar que Roberta lo había descrito como una criatura horrorosamente fea que le producía pesadillas. Intentó imaginarse cómo sería Merrick sin cicatrices, pero parecían formar parte de él igual que aquella boca sensual y hábil.

Merrick se acercó lo suficiente para agarrar la brida de Kismet.

–Quédate quieta mientras ajusto los estribos.

Le apartó las faldas. Ella esperó expectante a que le acariciara las piernas, pero sus manos se limitaron a apretar los estribos. Algo en la competencia de aquellas manos fuertes y enguantadas le produjo un vuelco en el estómago. Subida al lomo de Kismet, podía ver bien su pelo. Era negro y lo llevaba revuelto, otra señal más de que insistía en que el mundo lo aceptase tal como era.

Merrick se apartó y la miró.

–¿Tienes frío?

Ojalá pudiera disimular sus reacciones.

–No.

Esperó algún comentario sobre sus temblores, pero él simplemente se dio la vuelta para recoger su sombrero del banco que tenía detrás. Se subió a su caballo y a Sidonie se le aceleró el corazón con la admiración de ver aquella fuerza tan elegante.

«Creedme, os tocaré una y otra vez como ningún otro hombre os haya tocado jamás».

Ignoró el recuerdo de aquellas palabras prometedoras y buscó desesperadamente algún tema de conversación más neutral mientras se alejaban trotando del castillo. Resultaba difícil, porque, cada vez que lo miraba, recordaba sus besos y sus caricias.

—¿Por qué a veces te diriges a mí en italiano? Pensaba que hablarías... —recordó entonces que el mundo consideraba a su madre como a una ramera. Sería mejor no tocar el tema de Consuelo Álvarez.

Él arqueó una ceja satírica como si hubiese adivinado cuál era su dilema.

—¿Imaginas que hablo bien español?
—¿No lo hablas?
—Mi madre murió cuando yo tenía dos años. No la recuerdo.
—Oh. Lo siento.

Se hizo un silencio incómodo entre ellos. Cruzaron un campo verde y dejaron los acantilados a su izquierda. Las olas golpeaban las rocas con fuerza. Las gaviotas chillaban por el aire como almas perdidas. Tras ella, el castillo de Craven se alzaba oscuro frente al horizonte. Incluso a plena luz del día, parecía un lugar sombrío.

El silencio se prolongó y se volvió cada vez más incómodo. Los cascos de los caballos sonaban amortiguados sobre la hierba espesa. Ella intentaba encontrar algo de lo que hablar; hablar del tiempo le parecía demasiado banal, pero, cuando estaba a punto de hacer un comentario sobre lo soleado del día, él habló por fin.

—Cuando no logré triunfar en Eton, mi padre me llevó a vivir a Venecia.

Algo en el tono de su voz indicaba que tras sus palabras lacónicas se escondía una historia complicada. Había muchas cosas que ella no entendía, muchas cosas que deseaba saber. Aquella curiosidad febril le resultaba inquietante. Merrick era un desconocido. Sería más fácil que siguiera siéndolo.

Él continuó cuando Sidonie no respondió.

—Apenas volvíamos a Inglaterra.

Ella podía imaginarse por qué. Era demasiado joven para recordar el escándalo original de lord Hillbrook y de la impostora de su vizcondesa, pero los rumores insidiosos habían persistido durante los años. Gran parte de la historia seguía siendo un misterio, por ejemplo cómo Jonas habría acabado con cicatrices en la cara. Sidonie conocía los datos más básicos. Todo el mundo sabía que, durante toda su vida, el padre de Jonas, Anthony Merrick, había defendido la validez de su matrimonio. Tras su muerte, el título de Hillbrook recayó en William, el primo de Jonas. William, que se casó con Roberta Forsythe por su dote poco después de heredar.

Anthony Merrick había conseguido vengarse póstumamente en cierto modo. Había sido uno de los hombres más ricos de Inglaterra y, salvo Barstowe Hall en Wiltshire y Merrick House en Londres, el resto de su fortuna no tenía derechos de sucesión. Al morir Anthony, nueve años atrás, Jonas Merrick había heredado una gran riqueza. William Merrick se había quedado con dos casas ruinosas, deliberadamente desatendidas por su tío, y sin fondos para mantener la dignidad del título Hillbrook.

Desde entonces, la fortuna de Jonas había crecido exponencialmente. Era listo, decidido, innovador y despiadado. Su riqueza le aseguraba la aceptación social, a pesar de ser ilegítimo. William iba de un desastre financiero a otro y ahora estaba al borde de la bancarrota. Con cada fracaso, su odio hacia Jonas se había convertido en una manía. En muchas ocasiones, Sidonie había oído a William maldecir a su primo. Sus ataques hacia Roberta se volvían especialmente violentos después de que Jonas le superase en algo. Algo que servía a Sidonie para recordarle una vez más todo lo que estaba en juego en el castillo de Craven.

Jonas se dirigió hacia el cabo. Sidonie lo siguió por una suave pendiente hacia la vasta extensión de playa. A pesar de la calidez del día, las olas rompían con fuerza en la orilla. De pronto sintió la necesidad de experimentar la velocidad y empezó a galopar. Durante unos deliciosos segundos solo sintió la velocidad, el aire en la cara y los cascos de Kismet sobre la arena. Oyó a Merrick tras ella, pero no miró hacia atrás. Solo por aquel momento necesitaba creerse la fantasía de que podía huir de los problemas.

Fue un momento breve en realidad.

Llegó al otro extremo de la playa y detuvo a Kismet. Se giró sobre su silla y vio a Merrick aproximándose a toda velocidad. Su imponente caballo se detuvo tras ella. El control que ejercía sobre el animal le produjo un escalofrío por todo el cuerpo. Esas manos hábiles que calmaban al impaciente caballo pronto tocarían su cuerpo.

Cuando se inclinó para acariciar el cuello satinado del caballo, levantó la cabeza y la miró. La luz de sus ojos plateados indicó que sabía lo que estaba pensando. Claro que lo sabía.

–¿Ya te sientes mejor? –aquella sonrisa de sus labios le llegó directa al corazón.

Parpadeó. ¿El corazón? No, no, no. Su corazón no formaba parte de aquello. Ya se había acercado lo suficiente al desastre al negociar con su cuerpo.

Merrick advirtió su perturbación.

–¿Qué sucede?

Ella se mordió el labio y eligió la peligrosa sinceridad.

–Siempre se me olvida que pretendes destruirme.

Si no hubiera estado mirándolo con atención, tal vez no hubiera visto el ceño fruncido que oscureció sus ojos. Se dio cuenta de que, si Merrick podía leer sus pensamientos, ella estaba aprendiendo a leer los suyos también. Aquella intimidad creciente iba haciendo que cada vez se resistiera menos, pero no sabía cómo evitarlo.

–No será tan drástico –respondió él–. Este entorno tan gótico le juega malas pasadas a tu imaginación.

Acercó más su caballo hasta que rozó la pierna con la de ella. Estiró el brazo para ponerle una mano en la nuca y enredar los dedos en los mechones de pelo que se le habían soltado después del galope. El calor invadió su piel.

Los nervios se apoderaron de su cuerpo. Aquella maldita promesa de permitirle acceso había sido un error, pero era demasiado tarde para echarse atrás.

–Merrick... –se puso rígida, pero no retrocedió.

–Jonas.

–Jonas, suéltame.

Él la sujetó de manera implacable y se acercó más. Su respuesta fue un susurro sobre sus labios temblorosos.

–Oh, no, Sidonie. Nunca me pidas que te suelte. Aún no. No antes de que hayamos descubierto el paraíso.

–Para –el corazón le latía con tanta fuerza que pensaba que le iba a explotar.

–Lo haría si pudiera.

–Tonterías. Estás jugando conmigo.

–Desde luego, *tesoro*. Pero tu dilema es culpa tuya. Eres tan irresistible que me siento incapaz de... resistirme.

–Haz uso de tu fuerza de voluntad, Merrick. Derrota a tu debilidad.

–Lo intento, querida. Lo intento.

–Te morderé –le aseguró ella, aunque no se movió.

–Yo también te morderé antes de terminar –se quedó mirándole fijamente los labios e hizo que su corazón martilleara con pánico–. Te comeré como a un melocotón maduro, con todo su jugo y su dulzura. Después me relameré.

Sidonie sabía lo suficiente como para darse cuenta de que hablaba del pecado. De algo más que besos, eso estaba claro. Para un canalla como él, los besos debían de ser una tontería.

–Me... me estáis asustando, señor Merrick.

Aunque el miedo fuese solo una parte de lo que sentía. El permiso nunca le había resultado tentador. Nunca había imaginado que le entregaría su cuerpo a un hombre. Pero algo en Merrick encendía su sangre, a pesar de lo que sabía de él y de lo que pensaba hacer con ella.

–Armaos de valor, señorita Forsythe –contestó él, burlándose de sus formalismos. Incluso ella se sentía idiota llamándole señor Merrick cuando estaba a punto de besarla. Su actitud despiadada hizo que su mandíbula se tensara.

–Se acabaron las escaramuzas preliminares, Sidonie. Que comience el juego. Los despojos para el vencedor.

Capítulo 5

Sidonie se preparó para volver a experimentar el beso casto de la noche anterior. Existía la misma intimidad de la que no podía escapar. El mismo placer reticente. El mismo suspense, como si la revelación estuviese fuera de su alcance. Eso ya había sido suficientemente inquietante. Pero aquello fue... más.

El beso fue una invitación inconfundible. ¿A qué? Le faltaba experiencia para saberlo. Lo que sí sabía era que la más mínima señal de cooperación por su parte le traería más problemas de los que podía afrontar. Igual que la noche anterior, permaneció inmóvil bajo sus labios con la esperanza de que su falta de estímulo le desalentara.

Esperanza inútil.

Merrick se tomó su tiempo para que pasara de la resistencia al interés por los detalles físicos. La textura sedosa de sus labios. La calidez de su mano colocada en su nuca. La aceleración desbocada de su corazón. El calor que sentía en la tripa. Aquella sensación desconocida para ella le tentaba para dejarse llevar por el beso. Desconcertada, se apartó. Kismet relinchó y se agitó.

–Shh –dijo Merrick suavemente.

–¿Me hablas a mí o al caballo? –Sidonie se maldijo a sí misma por su voz ronca y delatora.

Él se rio suavemente.

—¿Tú qué crees?

—Creo que deberías parar —Sidonie agarró las riendas con fuerza, pero se cuidó de no volver a inquietar a su yegua.

—Todavía no —respondió él con voz tranquila, pero la excitación que brillaba en sus ojos hizo que se le acelerase la sangre en las venas.

—Entonces acaba de una vez —dijo Sidonie tras un suspiro.

Sus ojos se iluminaron con un humor que enseguida se volvió irresistible.

—No tienes que rogármelo, *tesoro*.

La agarró con más fuerza del cuello, aunque ella ya se hubiese dado cuenta de que sería inútil intentar huir. Le había hecho una promesa y Roberta aún estaba en deuda con él. Besarla iba más allá de las fronteras de su acuerdo, pero sabía desde el principio que había planeado seducirla cuando le había ofrecido el trato.

Merrick deslizó los labios sobre los suyos, le besó las comisuras y después regresó para succionar sutilmente su labio inferior. Sintió entonces un placer mucho más peligroso y atrayente. Emitió un sonido amortiguado de angustia y le puso una mano en el pecho. ¿Para apartarlo o para atraerlo hacia sí? No lo tenía claro.

Cerró los ojos y dejó que él invadiera sus sentidos. Con su aroma masculino, tan extraño y a la vez tan atractivo. Y el latido enfático de su corazón bajo la palma de su mano. La firmeza y la calidez de su boca.

Cuando sacó la lengua para acariciar el lugar donde la había besado, ella dio un respingo. Qué cosa más extraña. Si le hubiera dicho que pensaba lamerla, ella se habría sentido asqueada. Pero, en la práctica, resultaba... intrigante. Soltó otro gemido al agarrarle la camisa con la mano. El poder que sintió bajo la camisa debería haberla aterrorizado. Pero, en aquel momento, esa fuerza despertaba más su curiosidad que su miedo.

Aquel beso ya había empezado a debilitar su sentido común. Ella mejor que la mayoría de las mujeres sabía el coste que suponía entregarse a un hombre, sobre todo a un hombre exigente y dominante. Había visto como su madre se convertía en un fantasma bajo la dominación de su padre. Había visto la impotencia de Roberta frente a William. Sidonie no se engañaba a sí misma y sabía que el encanto de Merrick escondía su voluntad de estar al mando.

Murmuró una protesta incoherente e intentó apartarse, pero él la agarró implacablemente. Siguió besando sus labios. Se detuvo brevemente para saborearla mejor. Sin ser plenamente consciente, ella apretó los labios. Fue su manera de devolverle el beso. Nada más. Y escuchó la satisfacción en su garganta. Sintió un vuelco en el estómago al darse cuenta de que, incluso cediendo tan poco, había cedido demasiado. Intentó una vez más apartarse, pero era demasiado tarde. La mano que tenía en la nuca se curvó y la atrajo hacia él. Más calor. Más ternura. Más besos que la invitaban a lo desconocido.

Para cuando Merrick levantó la cabeza, ella estaba temblando de miedo, de resentimiento y de excitación. Tomó aliento por primera vez en lo que le parecía que era una hora y abrió los ojos. Él estaba tan cerca que tuvo que inclinarse hacia atrás antes de poder enfocar sus rasgos con la mirada. Merrick la observaba con una precaución contradictoria con la dulzura de sus besos.

—No deberías haber hecho eso —deseaba sonar horrorizada en vez de cautivada.

La suave brisa jugaba con su pelo revuelto y hacía que los mechones sueltos se interpusieran en su mirada. Bajo su cuerpo, Kismet se había quedado quieta. El caballo de Merrick olisqueaba las algas marinas de la orilla. A pocos metros de distancia, las olas rompían en la playa. Cuando Merrick la había besado, lo único que ella había oído había sido los latidos salvajes de su corazón. Había estado ajena a todo lo demás. Incluyendo lo que le decía su instinto de supervivencia.

Con un dedo enguantado, Merrick trazó una línea invisible sobre su mejilla. La noche anterior había acariciado su pecho desnudo de la misma forma. El recuerdo trajo consigo la indignación que debería haber sentido cuando había empezado a besarla.

—No —dijo apartándose. Kismet volvió a moverse inquieta con el movimiento abrupto de su amazona.

—Nunca antes te habían besado, ¿verdad? —Merrick no sonaba burlón como de costumbre. Parecía alterado. Sus ojos plateados se habían vuelto suaves como la niebla otoñal y su boca era suave también, carnosa y tan tentadora que le provocaba un intenso deseo.

Parpadeó, horrorizada al darse cuenta de que se había quedado mirándolo como una niña ensimismada con las velas de Navidad.

—¿Qué... qué has dicho?

Merrick la miró casi con ternura. Una advertencia resonó en los rincones más lejanos de su mente. Cuidado. Cuidado.

—Nunca antes te habían besado.

Ella frunció el ceño e intentó encontrarle el sentido a sus palabras.

—Claro que me han besado.

Él arqueó una ceja escéptica.

—Miles de veces, seguro.

Sidonie se sonrojó y agarró con fuerza las riendas para contener el deseo de abofetearlo.

—Bueno, una vez. Me besaste anoche. ¿O acaso no lo recuerdas?

Él deslizó la mano bajo su barbilla y le levantó la cara.

La inspeccionó como si fuera una especie nueva y extraña bajo la lupa de un naturalista.

–Claro que lo recuerdo, *bella*. El recuerdo me atormenta. Es solo que eres más… inexperta de lo que pensaba.

Se sintió ofendida por su atrevimiento a burlarse de su inexperiencia. Liberó entonces su barbilla.

–No tengo por costumbre relacionarme con canallas sin principios. ¿Por qué le das tanta importancia? Ya sabes que soy virgen.

–Oh, sí –algo brilló en sus ojos plateados antes de que entornara los párpados y observara su boca–. Pero eres aún más… virgen de lo que imaginaba.

–No se puede ser más virgen que una virgen –respondió ella.

Merrick se inclinó hacia delante con una intención inconfundible. Sidonie ya estaba harta de besos falsos y burlas sarcásticas. Se giró para evitarlo, Kismet resopló y se movió hacia un lado.

–¡Eh, quieta! –Merrick agarró su brida y la yegua se calmó de inmediato–. Bájate, Sidonie.

Aquel tono brusco erizó todo el vello que no se había erizado cuando se había burlado de su incomodidad.

–El hecho de que deje que me beses no significa que vaya a someterme a ti.

Seguía riéndose de ella.

–Ni siquiera yo soy tan presuntuoso, *bella*. Pero necesitas aprender una lección sobre besos y no puedo hacerlo en condiciones cuando corremos el peligro de caernos de nalgas.

Sidonie pensaba que, si la cara se le sonrojaba más, empezaría a arder.

–No tengo intención de tolerar más comentarios de mal gusto.

–Sentir interés por el placer físico es algo perfectamente natural. No es nada de lo que avergonzarse –se bajó del caballo y ató las riendas del animal a su cuello para que no quedaran colgando–. No tienes por qué disculparte.

Realmente deseaba abofetearlo y apretó el puño.

–No estoy disculpándome.

Él la ignoró.

–Debes de estar muerta de curiosidad.

–Estoy muerta de ganas de arrancarte las orejas.

Merrick le dio una palmada a su caballo en la grupa para que este se alejara trotando, después se acercó a Sidonie, que seguía montada en Kismet.

–La pasión reprimida se vuelve violenta si no se le hace caso.

–Solo si uno está mentalmente trastornado.

–Yo estoy deseando trastornarte, *tesoro*. Ahora, no salgas galopando –agarró la brida de la yegua. Su instinto estaba en lo cierto, porque Sidonie había estado a punto de salir corriendo–. ¿No preferirías descubrir lo que te has estado perdiendo?

–Acabas de mostrarme lo que he estado perdiéndome. Tanto jaleo para nada.

–Hace unos minutos no te quejabas.

Seguía sonriendo. No la tomaba en serio. Quizá porque, durante un segundo de debilidad, había sido tan idiota como para devolverle el beso.

–Me has pillado por sorpresa.

–Entonces esta vez considérate advertida.

Soltó a Kismet y agarró a Sidonie por la cintura. No era una mujer pequeña. Comparada con Roberta, ella era como un caballo torpe. Pero Merrick la bajó al suelo sin esfuerzo.

–Los caballos saldrán corriendo –dijo ella con voz temblorosa, nerviosa por tenerlo tan cerca. El corazón le dio un vuelco en el pecho de una manera desconcertante.

Era insoportablemente consciente de aquellas manos fuertes y duras que la sujetaban.

—Si lo hacen, regresarán a los establos y tendremos que volver andando —como si quisiera demostrar que sus miedos eran infundados, Kismet se alejó unos metros y después se detuvo junto al otro caballo.

—Saldré corriendo —dijo Sidonie sin moverse.

—Te perseguiré.

—¿Por qué molestarse?

La agarró de las manos y ella, estúpida y débil, no las apartó. El peligro repicaba sobre ella como una enorme campana, pero aun así permaneció pegada al suelo.

—Porque eres preciosa, *dolcissima* —respondió él—. ¿No lo sabías?

La noche anterior le había dicho que era preciosa. Antes de marcharse ofendido de la habitación. Parecía tan sincero como entonces. E, igual que entonces, el corazón le dio un vuelco.

—Ese es un truco vil, decirle a una chica que es preciosa.

—¿Y funciona? —preguntó él mientras le quitaba los guantes.

—No —respondió ella, y deseó por todos los medios ser sincera.

—Una pena —dejó caer los guantes al suelo y se quitó los suyos también—. Maldita sea, siempre vas demasiado vestida y resulta de lo más inconveniente.

«No siempre».

El pensamiento quedó suspendido entre ellos como si hubiera sido expresado en voz alta. Era libre de salir corriendo; ya no la sujetaba. «Moveos, moveos», les imploró a sus pies, pero ellos se negaron a obedecer.

—A mí no me parece inconveniente en absoluto.

—Otro lamentable signo de inocencia. Algún día te alegrarás de que te haya enseñado cómo funciona esto.

Ella apretó los labios en señal de desaprobación.

—¿Se trata de un servicio público?

Deseó que no le gustara su risa. Cada vez que oía aquel sonido profundo y musical, caía otro ladrillo más del muro de sus defensas.

—Un hombre ha de ser considerado con los demás hombres.

—Probablemente te den una medalla —respondió ella con voz entrecortada mientras él le rodeaba la cara con las manos. Tomó aliento y se obligó a ser fuerte. Luchó por estirar una columna vertebral que mostraba una vergonzosa tendencia a doblarse hacia él.

Sintió las palmas cálidas de sus manos sobre sus mejillas.

—Un título de caballero como mínimo.

—Por los servicios prestados a las mujeres —intentó parecer sarcástica, pero las palabras le salieron apenas sin aliento.

Una luz brilló en sus ojos grises.

—Oh, pienso servirte, *bella* —antes de que a Sidonie pudiera ocurrírsele otro comentario poco convincente, él agachó la cabeza y la besó en los labios.

Calor. Suavidad. Una incertidumbre temblorosa. El deseo oculto de responder. Jonas saboreó todas esas cosas cuando hundió los labios en los de Sidonie. No sabía por qué le conmovía tanto ser el primer hombre en besarla. Su miembro cobró vida. Su simple presencia le excitaba. Había sido así desde el principio. Fuera cual fuera el poder que poseía, él era incapaz de defenderse.

Mordisqueó y le lamió la comisura del labio con destreza. Era cautivadora. Incluso aunque apenas hubiera cedido más que cuando la había besado la noche anterior. Se estremeció bajo sus manos. Aún no sabía si estaba excitada o asustada. Había visto curiosidad y miedo en sus ojos. Su densa melena castaña le acarició los dedos. Tras cabalgar salvajemente, estaba encantadoramente despeinada. Eso le hizo pensar en todas las veces que querría cabalgar con ella más tarde.

Levantó la cabeza y se quedó mirándola. Tenía los ojos cerrados y agitaba las pestañas sobre sus mejillas sonrojadas. Sus fosas nasales se ensancharon al aspirar los evocadores aromas del mar y de Sidonie.

—Abre la boca, *tesoro* —le dijo mientras le levantaba más la cara—. Abre la boca para mí.

Al oír aquella orden desgarrada, ella abrió los ojos. Por un instante, Jonas se ahogó en aquellas profundidades marrones, otoñales y sensuales.

—¿Abrir...?

Él aprovechó la oportunidad y deslizó la boca en su interior. Ella emitió un sonido de sorpresa e intentó apartarse.

—No.

—*Bella*, no tengas miedo.

Ella dejó de apartarse, pero cerró los labios de nuevo. Él volvió a no pedirle nada más que su inmovilidad. Se quedó allí quieta, aunque su respiración acelerada indicaba que no era indiferente. Se resistió hasta el punto de que Jonas llegó a pensar que iba a volverse loco de deseo.

Solo resistencia, resistencia, resistencia. Una resistencia infinita.

Pero entonces, en el espacio de un segundo al otro, esa resistencia infinita se disolvió. Sidonie le puso una mano en el hombro, suspiró y se inclinó hacia él. Jonas sintió entonces un calor tan poderoso como para derretir el frío de su duro corazón. La mano en su hombro se convirtió en una caricia. Ella abrió los labios y por fin le ofreció la miel de su interior. Saboreó su boca con deleite. Estaba deliciosa. Entrelazó la lengua con la de ella y oyó un murmullo amortiguado de protesta.

Si tuviera una pizca de caridad en su alma, la liberaría. Pero su sabor era tan adictivo como la ginebra para un borracho. Había imaginado alegremente que mantendría la cabeza serena durante aquella lección de besos. En su lugar, ella se burló de su arrogancia. Ella, que nunca había besado a un hombre.

Acarició su lengua mientras exploraba lánguidamente su boca. En esa ocasión sintió un leve movimiento en respuesta. Soltó un suave gemido de aprobación y volvió a atormentarla. Cuando Sidonie le rozó tentativamente la lengua con la suya, la excitación estuvo a punto de hacerle perder el control. Él, experimentado libertino, cautivado por el beso torpe de una virgen. Salvo que, ahora que cooperaba, ya no era torpe. Se mostraba dulce y apasionada. Cuando él deslizó la lengua sobre sus labios, ella imitó el movimiento. Cuando succionó su lengua, ella soltó un suspiro sorprendido y después lo saboreó con tanto placer que el corazón se le aceleró bajo las costillas.

Incluso durante aquella agonía de placer, Jonas no tenía estrategia. Sus manos ansiaban tocar su cuerpo, recorrer cada curva y cada hueco. Pero, si la presionaba demasiado, perdería cualquier ventaja que hubiera ganado. El calor aumentó y amenazó con consumirlo. Aun así, una voz lejana en su cabeza le recordó que aquello debía ser solo una lección. Aflojó los brazos, aunque no logró reunir la fuerza de voluntad suficiente para soltarla por completo. Poco a poco fue apagándose la pasión hasta que acabó rozándole los labios como al principio. Pero ahora ya conocía su sabor. Conocía los sonidos ahogados que hacía cuando se rendía al placer.

Sería magnífico tenerla en su cama.

Se arriesgó a acariciar su boca una última vez y después se apartó. Sidonie estaba sonrojada y tenía los labios rojos y húmedos. Su belleza radiante le provocó un vuelco en el corazón. Un hombre con principios le permitiría regresar junto a su hermana habiendo condonado la deuda. Si se quedaba, él mancillaría su bondad. Arrastraría a aquel ángel a compartir su infierno.

−Oh, Dios −susurró ella mirándolo con unos ojos más dorados que marrones.

−Oh, Dios, desde luego −él sonrió con alegría y no con el cinismo habitual con que se enfrentaba al mundo.

−Si hubiera sabido que un beso era así...

A Jonas le encantaba que no fingiera que no le había gustado el beso, solo por salvar su orgullo. El problema pronto se convirtió en descubrir algo que no le gustara de ella.

−¿Habrías besado a cualquier hombre que se te pusiera delante?

Ella se retiró el pelo de la cara con una mano temblorosa. Jonas vio que poco a poco iba regresando a la realidad y siendo consciente de cómo había sucumbido a sus besos.

−Bueno, tal vez a cualquiera de menos de cuarenta.

−¿Volvemos a hacerlo?

Ella le dirigió una mirada de desaprobación que quedó arruinada por la carnosidad de sus labios.

−Cuando me besas, no puedo pensar.

−Eso está bien.

−Necesito pensar.

−Pues piensa dentro −contestó él riéndose−. No me gusta mojarme y parece que va a llover.

−Oh −respondió ella con sorpresa mirando a su alrededor. Jonas volvió a sentirse excitado al darse cuenta de que había estado tan concentrada en él que no había advertido que el sol había dado paso a una tormenta inminente.

Recuperó a los caballos y volvió a subirla a la silla. Después se montó en Casimir y disfrutó al ver como el viento le deshacía el moño.

–Es un placer ver a una mujer guapa que sabe sentarse bien sobre un caballo.

Ella se sonrojó. ¿Cómo había podido una criatura tan hermosa vivir veinticuatro años sin acostumbrarse a los cumplidos? Abandonaría el castillo de Craven sabiendo lo espectacular que era. Experimentó una sensación desagradable al pensar en su partida y empezó a galopar a lomos de su caballo. Tras él, oyó que Sidonie le daba un grito a Kismet. Juntos cabalgaron por la playa.

Jonas había comenzado aquella batalla convencido de que ganaría, pero tenía el presentimiento de que acabaría rindiéndose tanto como Sidonie se rendiría a él. No estaba seguro de poder permitirse el sacrificio.

Capítulo 6

−¿Otra tortita de langosta?

Sidonie miró con desconfianza al hombre alto y atlético recostado junto a ella en el sofá, con las piernas estiradas sobre una alfombra oriental de color carmesí y cobalto. Merrick no había hecho nada descaradamente seductor desde que la besara, si no tenía en cuenta todas las atenciones que le dedicaba. Aun así, no confiaba en él.

Habría dado cualquier cosa por una silla bien firme, cuanto más incómoda mejor. Si no hubiera sabido que Merrick se burlaría de ella sin piedad, habría agarrado una silla de roble del recibidor. Le dolía la espalda por la postura rígida que mantenía contra la tentación de recostarse. Sospechaba que, si empezaba a recostarse sobre los cojines, acabaría recostándose sobre Merrick. Sabía que su actitud rígida le hacía gracia. La última vez que había bajado la guardia, había sucumbido a sus encantos con una rapidez terrorífica.

Tras el paseo a caballo, la había llevado a aquel cenador de sultán lleno de seda y terciopelo. Fuera la lluvia golpeaba los cristales de las ventanas, pero dentro del castillo todo era cálido y acogedor. Las vidrieras conferían a la estancia una penumbra muy sensual. Los braseros inundaban el aire con un perfume sutil. Aquel serrallo parecía incongruente dentro de aquella sombría fortaleza medieval. Hasta que recordó que allí la norma era la decoración idiosincrásica. No tenía más que pensar en el dormitorio lleno de espejos del piso de arriba.

Una premonición le hizo estremecerse. No, no quería pensar en el dormitorio. Le recordaba a lo que Merrick pensaba hacerle allí.

Estiró más la espalda y Merrick entornó los párpados. Parecía medio dormido, pero permanecía alerta a todo lo que sucedía a su alrededor, incluyendo su resistencia, cada vez más débil. Santo cielo, no tenía que observarla para confirmar su vulnerabilidad. ¿Acaso no había permitido que la besara hasta quedarse sin aliento?

Él no había mencionado los besos. Ella tampoco. Pero, cada vez que lo miraba a los ojos, recordaba la sorprendente intimidad de tener su lengua en la boca.

—No hace falta que sigas dándome comida —respondió, incluso mientras levantaba la tortita de la bandeja de porcelana dorada.

Todo allí era un deleite para los sentidos. Para una chica que había vivido durante años bajo el mando de su cuñado, y un cuñado poco próspero, aquel lujo resultaba abrumador.

—Pero es un entretenimiento maravilloso —Merrick sonrió de un modo que le dio ganas de agarrar su copa de champán, que no había tocado, y tirársela por encima de la cabeza—. Te da miedo de que cada bocado te acerque más a la ruina.

—Hace falta algo más que unas migajas para sobornarme —respondió ella con rotundidad. Antes de que pudiera burlarse de aquella actitud tan poco convincente, dio un mordisco a la tortita—. Entiendo que toleres la actitud excéntrica de la señora Bevan. Qué pena que se haya olvidado de la cubertería.

Merrick dio un trago a su copa. El placer de su rostro

le recordó a su expresión después de besarla. Todo le recordaba a sus besos.

—Qué pena —dijo él con falso arrepentimiento—. Comer con los dedos es tan… primitivo.

Ella se sonrojó. Merrick convertía las palabras más inocentes en una invitación a la perversión.

—Y hablando de actitud excéntrica —continuó mientras levantaba la copa hacia ella para brindar—, no estás en el banco de la iglesia escuchando el sermón del domingo.

—Estoy perfectamente cómoda, gracias —mintió ella.

—Al menos quítate la chaqueta —dijo él tras dar un mordisco a una de las tortitas.

Sidonie apretó los labios y deseó que su sabor no se le hubiera quedado en la boca incluso después de comer. Recordaría haberlo besado hasta el fin de sus días.

—¿Cómo preludio antes de quitarme todo lo demás?

—No me lo tengas en cuenta si siento la necesidad.

A decir verdad, Sidonie tenía mucho calor. La chaqueta de montar le pesaba sobre el vestido de muselina. Tal vez no tuviera sentido ocultar su cuerpo cuando él ya había visto cada centímetro de su cuerpo, pero, después de aquellos besos, necesitaba defensas. Para aliviar el calor del aire y de su mirada, bebió un poco de champán. Él se levantó, llenó una fuente del aparador y se rellenó la copa.

—Yo no quiero más —se apresuró a decir ella, pero Merrick la ignoró y le llenó la copa.

—Prueba esto —se arrodilló ante ella y, con el pulgar y el índice, agarró un pastelito de hojaldre y nueces cubierto de sirope.

El sofá era tan bajo que, al arrodillarse frente a ella, sus ojos quedaron a la misma altura. Sidonie se echó hacia atrás.

—Apártate.

—Estás muy nerviosa, *tesoro* —chasqueó la lengua con

desaprobación–. Y yo que me estoy comportando bien. Si prometo no besarte, ¿dejarás de preocuparte?

–Yo...

Merrick sonrió y colocó el hojaldre entre sus labios. Ella intentó protestar, pero después cerró los ojos y soltó un suave gemido de aprobación.

–Dios mío, ¿qué es?

–Algo que descubrí en Grecia. Insistí en que la señora Bevan aprendiera a prepararlos –después presionó la copa contra los labios de Sidonie hasta que ella bebió.

Abrió los ojos. Él se inclinó hacia ella.

–Algo así de bueno debe de ser pecado.

–Sidonie, Sidonie, siempre igual de puritana.

Con una mano temblorosa, ella agarró otro hojaldre. Comer de su mano la hacía sentir como si fuera su perrito faldero.

–¿Has estado en Grecia? –preguntó antes de dar un mordisco. Aquella dulzura especiada ya no le sorprendió, pero seguía pareciéndole igual de deliciosa.

–¿Crees que la conversación educada me mantendrá a raya?

En realidad, saber cosas de él era más tentador que cualquier dulce.

–No hay que perder la esperanza.

–Ese es mi lema –contestó él apartándose lentamente.

Sidonie tomó aire. Su alivio se evaporó cuando él levantó uno de sus pies y lo colocó sobre sus rodillas dobladas.

–¿Qué estás haciendo?

–Hacer que te sientas cómoda, *cara* –respondió Merrick apretándole el pie para que no pudiera zafarse. En cuestión de segundos ya le había quitado la bota.

–Eso no es buena idea –dijo ella mientras él le quitaba la segunda bota y la dejaba sobre la alfombra junto a su compañera.

Desde el suelo, contempló sus medias de algodón con una desaprobación inconfundible. Era una estupidez, pero se sintió avergonzada por aquella muestra de pobreza. Con manos temblorosas tiró de su falda para taparse los pies.

—Supongo que estás acostumbrado a rameras que se pintan y se visten con seda y encaje.

—¿Rameras que se pintan? Tienes una imaginación desbocada —murmuró él mientras le levantaba la falda para dejar al descubierto sus tobillos.

Sidonie se echó hacia delante y le golpeó la mano con la suya. Se dio cuenta de su error al sentir el calor de su palma en su espinilla.

—¡Merrick, no tienes ningún derecho a desnudarme!

—Solo las medias, *cara*.

—Permitir que me quites la ropa interior va más allá de nuestro acuerdo —se zafó e intentó levantarse. Resultaba difícil escapar de aquel sofá tan mullido. Cuando finalmente logró ponerse en pie torpemente, no le sirvió de nada. Merrick le agarró la mano, tiró de ella e hizo que volviera a derrumbarse sobre los cojines.

—¿Ya estás haciendo otra vez de abogada, *dolcissima*? —le preguntó.

—Los halagos en italiano no consiguen disimular las intenciones desagradables.

Esperaba que se riera de ella, pero Merrick simplemente se echó hacia atrás sobre sus talones y volvió a agarrarle el pie. Le acarició la pierna hasta llegar a la rodilla y después fue bajando de nuevo.

—No son desagradables, te lo aseguro.

El calor de su caricia atravesó el tejido de sus medias y le hizo apretar los dedos de los pies. Nunca antes había pensado que sus pies y sus tobillos fuesen especialmente sensibles, hasta que Merrick había empezado a tocárselos. Le ardía la piel. El corazón le latía acelerado con una mezcla de miedo y de excitación. Levantó la mano para desabrocharse la chaqueta antes de recordar que él malinterpretaría aquel gesto.

Tal vez estuviera arrodillado en el suelo, pero su mirada firme no tenía nada de suplicante. En su lugar, la desafiaba a dejarse llevar y descubrir lo que él sabía y ella no.

–Quítatela.

–Vais demasiado deprisa, señor Merrick.

–Solo tenemos una semana, señorita Forsythe –respondió él mientras deslizaba de nuevo los dedos desde el tobillo hasta la rodilla–. El tiempo vuela.

De pronto aquel juego que practicaba con ella le pareció insoportable. Merrick la tentaba a negar todo aquello en lo que creía a cambio del puro placer de sus caricias. Y por la media sonrisa que asomaba a sus labios. Sintió las lágrimas en los ojos.

–Por favor, para –apenas reconoció aquella voz ahogada–. Por el amor de Dios, para, por favor.

Él frunció el ceño y levantó la mano.

–Sidonie, no iré más lejos.

–Dices eso, pero no hablas en serio –contestó ella mientras se recolocaba apresuradamente la falda–. Y yo caigo en tus trucos como una tonta.

Con una intensa sensación de frustración, Jonas se quedó mirando a Sidonie desde donde se encontraba, arrodillado en el suelo. Cada segundo que pasaba en su compañía aumentaba su excitación. No era tan tonto como para pensar que aquella fascinación era unidireccional. Tal vez ella dijera que no, pero tenía las mejillas sonrojadas y él no podía olvidar que hacía unas horas le había besado. Cuando por fin su columna perdió su rigidez, se reclinó sobre el sofá como una odalisca. Una odalisca con chaqueta de montar.

Debería resultar ridícula. Sin embargo, estaba irresistible.

Apretó los dientes e intentó controlarse. Se volvía cada vez más fuerte la necesidad de deslizar los dedos por esas piernas esbeltas hasta llegar al lugar donde se juntaban. Pero, a cada paso que daba hacia la rendición, sus dudas crecían. Si la presionaba demasiado, saldría huyendo.

La promesa del premio mayor le hizo dejarle el pie en el suelo. Ella levantó las piernas de inmediato y se sentó sobre ellas para que no pudiera tocárselas.

—Sabes que tengo intención de seducirte.

—Lo sé —respondió ella con la voz rasgada, y se frotó los ojos con el reverso de las manos. Jonas intentó decirse a sí mismo que era demasiado mayor y demasiado cínico para que aquel gesto infantil le resultara conmovedor—. Siempre he despreciado a las personas que permitían que la pasión les hiciera perderse.

Él cambió de posición para inclinarse sobre el sofá y apoyar los hombros junto a sus rodillas dobladas.

—Y ahora descubres que la pasión es quien manda.

Su delicada esencia le atormentaba. No podía estar sentado tan cerca de ella sin tocarla. Se giró, apoyó un codo en el sofá y le agarró la mano. Para su sorpresa, ella no la apartó.

—Justo castigo por creerme inmune —contestó ella en voz baja—. Todos los hombres que he conocido eran despreciables. Mi padre era débil, codicioso e incapaz de tolerar una opinión contraria. No podía ser amable ni cariñoso. Aunque no pegaba a mi madre, su tiranía la convirtió en un fantasma que fue apagándose hasta morir cuando yo tenía doce años.

—Lo siento —era cierto. Las mujeres Forsythe tenían una suerte pésima en lo referente a los hombres en sus vidas. Y tampoco era que la relación de Sidonie con él fuese a hacerle mucho bien.

—Mi padre nunca dejó de culpar a mi madre por darle solo dos hijas que no le servían para nada.

La imagen de una vida familiar infeliz que dibujaba era vívida, además de devastadora.

—Eso no es culpa tuya.

Sidonie se encogió de hombros con una despreocupación que Jonas no se creyó.

—El único momento en el que expresó un mínimo de satisfacción con alguna de sus hijas fue cuando William pidió la mano de Roberta. ¿Un lord para la simple señorita Forsythe? Incluso un lord mezquino le resultaba un triunfo. Nuestra familia no tenía influencias y, aunque la dote de Roberta era respetable, no podía considerarse una heredera.

—Las dudas sobre mi nacimiento arruinaron las posibilidades maritales de William —Jonas no disimuló su satisfacción. Al fin y al cabo, William había arruinado casi todas sus posibilidades.

—William cortejó a Roberta como último recurso. Sus ambiciones originales eran mucho mayores. Pero ningún magnate entregaría a su hija a un hombre que, en cualquier momento, podía ser desheredado.

—Aunque no lo ha sido.

—No.

Jonas esperó a que continuara, pero se quedó callada. Él levantó la mirada. Sidonie se había quedado mirando su regazo con los labios apretados en una mueca de infelicidad. Se preguntó por qué. La noche anterior no había tenido problemas en llamarle bastardo a la cara. Aquella reacción tan sentimental a sus orígenes escandalosos le parecía un poco extraña.

—No hace falta que muestres tacto. Estoy acostumbrado a que la sociedad no me acepte. He tenido años para asimilar la ilegitimidad.

¿Sabría que mentía? Porque claro que mentía. Ser bastardo era para él una herida que nunca se curaba. Cuando, finalmente, Sidonie levantó la mirada, sus ojos no mostraron desprecio. En su lugar parecían inexpresivos, como nunca antes los había visto.

—No... no debe de haber sido fácil para ti criarte como heredero —murmuró con reticencia y, para su sorpresa, le apretó la mano con más fuerza, como si quisiera ofrecerle su consuelo.

—Forma parte del pasado. ¿Qué sentido tiene reabrir viejas heridas? —se fijó entonces en sus labios, tan suaves—. ¿Estás segura de que no me dejarás besarte?

—Debo ser sabia.

—La sabiduría es una virtud sobrevalorada, *amore mio*.

—Tú no sabes mucho sobre la virtud —respondió ella con una mirada de incredulidad.

—La virtud es mi enemiga. He estudiado mucho sobre ella.

Jonas vio que estaba buscando algún comentario ácido y decidió ayudarla.

—¿Cómo conseguiste escabullirte de Barstowe Hall?

—Con la ayuda de Roberta.

—Aun así, seguro que había algún guardia en la puerta del jardín vigilando a los admiradores que quisieran ver a la dulce Sidonie.

—William es quien me vigila a mí desde que muriera mi padre hace seis años —respondió ella.

Jonas perdió el deseo de sonreír. En su lugar, una desagradable sospecha se alojó en su estómago.

—Dios, dime que ese sinvergüenza no te pega a ti también.

—Jonas, me estás haciendo daño en la mano.

—Soy muy torpe —murmuró él, y aflojó la mano—. Si te ha pegado, le haré pedazos.

—William nunca me ha pegado —Sidonie le acarició la mejilla; era la primera vez que lo tocaba voluntariamente.

En sus ojos vio una ternura que no recordaba haber visto antes, ni siquiera cuando la había besado.

—¿Por qué ibas a estar tú a salvo? —preguntó. Pero, al contemplar aquel hermoso rostro que expresaba fuerza y fascinación, adivinó el por qué. Jonas no pensaba en el despreciable de su primo con algo que no fuera vergüenza. Pero, bajo la mirada limpia de Sidonie, tal vez incluso a William le quedase un vestigio de honor.

—Principalmente vivimos separados —Sidonie hizo una pausa y recuperó su inexplicable incomodidad anterior—. Yo me encargo de administrar Barstowe Hall con lo poco que él envía. Y siempre hay trabajo que hacer para una literata como yo. Últimamente he estado catalogando la biblioteca de William —hablaba con reticencia, aunque Jonas no imaginaba por qué. El tema no era controvertido. Se mostraba tan nerviosa hablando de su vida con William y con Roberta como cuando él la tocaba. Casi.

—¿Algo interesante?

Ella evitó mirarlo a los ojos.

—Tu padre se llevó todos los libros de valor antes de su muerte, como bien sabes.

Describía su existencia como un trabajo arduo. Y solitario. Pero Jonas se obligó a sonreír.

—¿Y qué inspiró la súbita bibliofilia de mi primo?

—Quiere vender lo que le queda, claro. Ya sabrás que está al borde de la bancarrota. Lo que le quedaba de la dote de Roberta lo gastó a principios de año en un proyecto de minas de esmeraldas en los mares del sur.

—A mi primo nunca se le dieron bien los negocios.

Ella le dirigió una mirada de desaprobación.

—No tienes por qué mostrarte tan arrogante. Sabes que está ansioso por competir contigo.

—Si hubiera sabido ahorrar cuando heredó, habría podido vivir cómodamente en Barstowe Hall —Jonas se mostró deliberadamente taimado. William era un hombre celoso, mentiroso y fanfarrón. Jamás aceptaría la vida como un tranquilo terrateniente mientras su primo bastardo le daba la espalda al mundo–. Él es su peor enemigo.

–No me importaría jactarme de los desastres de William si mi hermana y mis sobrinos no fuesen a acabar en la pobreza con él.

–¿Y qué pasa con tu pobreza? Te apresuras a preocuparte por el destino de Roberta y de sus hijos.

Ella alzó la barbilla.

–Dentro de dos meses cumpliré veinticinco años. William dejará de ser mi tutor y yo recibiré una pensión del testamento de mi padre. No es mucho, pero eso me alejará de mi cuñado y de su ira. Tengo planes para un futuro útil. Pienso fundar mi propia casa y enseñar a leer a chicas indigentes para que puedan labrarse ellas también un futuro.

Imaginarse a Sidonie sacrificando su vida como una solterona maestra de escuela le parecía un desperdicio, pero era lo suficientemente listo como para no decirlo. Había visto el brillo decidido en su mirada al mencionarle su plan.

–Me sorprende que William no te haya casado con nadie. Sobre todo si ya tienes una dote.

–Hablaba en serio al decir que nunca me casaría –fuera lo que fuera lo que vio en su sonrisa, le incomodó lo suficiente para intentar apartarse. Él no la soltó. Empezaba a tener la fantasía de no soltarla nunca.

–No todos los maridos son como William. O como tu padre.

Su expresión se volvió sombría.

–Pero eso es cuestión de suerte, ¿verdad? La ley le da al marido el poder sobre su esposa. Yo valoro demasiado mi opinión como para sacrificarla en favor de otro. Y no hay escapatoria; el contrato es de por vida. Una mujer casada es poco más que una esclava.

—En Almack's esa no es una opinión muy popular.

Ella se encogió de hombros.

—Durante seis años he dependido de William y le he visto presumir y amedrentar. A pesar de que la dote de mi hermana era lo que le daba de comer. Mientras siga soltera, no estaré a merced de los errores de nadie salvo de los míos propios.

—¿No quieres tener hijos?

—No a costa de mi libertad.

—Planteas un camino muy solitario —contestó él—. ¿Qué me dices del amor?

—¿Amor? —escupió la palabra como si le diera asco—. Me sorprendes, Merrick. No sabía que conocieras ese concepto.

—Asombroso, ¿verdad?

Esperó a que hiciera algún comentario despectivo, pero Sidonie permaneció en silencio. Tal vez por ese silencio, decidió revelar la verdad que nunca mencionaba. Jamás.

—No soy tonto. He visto la devoción. Mi padre amó a mi madre hasta el día de su muerte. Se le rompió el corazón cuando la perdió. Y el corazón se le rompía de nuevo cada vez que el mundo la llamaba «ramera».

Maldición, había hablado demasiado. Lo supo en cuanto vio que ella palidecía. Había sobrevivido toda su vida solo, sin confiar en nadie más que en sí mismo. Sin embargo aquellas sorprendentes confidencias le situaban bajo el hechizo de Sidonie.

Tenía que recordar que el aislamiento le ofrecía seguridad, por muy atractivos que fueran sus ojos y su compasión femenina.

Capítulo 7

Cuando Sidonie entró en el comedor aquella noche, Merrick se levantó de su silla ubicada al otro extremo de la mesa. Llevaba chaqueta y un pañuelo en el cuello, y parecía recién salido de cualquier salón de recepciones londinense, si ignoraba las marcas de su cara. No era de extrañar que viese a la vida como a su adversaria. Había pagado muy caro todo lo que tenía; y su herida más profunda aún permanecía. Había sido declarado bastardo. Nada podía cambiar eso. Nada salvo la certeza que ella ocultaba y que no podía revelar sin poner en peligro a la gente a la que quería.

Su amargura cuando le había hablado de sus padres aún resonaba en su cabeza, aunque se hubiese dado cuenta de inmediato de que había hablado con demasiada franqueza. Había vuelto a ser el acompañante complaciente, aunque áspero, que había podido ver desde que llegara al castillo. El clima les había obligado a quedarse dentro toda la tarde y ella había disfrutado explorando la biblioteca. Pero, nada más mirarlo a la cara, supo que volvía a ser el depredador que la había enfurecido y aterrorizado la noche anterior.

El miedo le daba náuseas.

–¿No te gusta mi vestido? –preguntó con la barbilla levantada.

—¿No te gusta a ti?
—Nunca antes había tenido ropa así —en algún momento desde su llegada, Merrick había pedido algunos vestidos a Sidmouth. Aquella noche llevaba un vestido verde oscuro que la señora Bevan le había arreglado para que le quedase bien.
—Podrías darme las gracias.
—Supongo que una expresión verbal de gratitud será suficiente.
Él fingió una cara de dolor.
—Vaya, señorita Forsythe, ¿sospecháis que tenga motivos ocultos?
—No son ocultos.
Se quedó muy quieta mientras se acercaba a ella.
—Date la vuelta.
—No soy ningún juguete de tu colección.
Su sonrisa tuvo algo de perverso.
—Oh, sí que lo eres, *carissima*.
—Este juguete tiene pinchos —murmuró ella sin moverse.
—Te manejaré con cuidado —la rodeó mientras la sometía a una inspección que pareció durar una hora entera. Hacía que el aire vibrara a su alrededor.
—Muy bonito —se acercó para recolocarle el encaje que rodeaba su corpiño, increíblemente bajo. Los pezones se le endurecieron a una velocidad vergonzosa. Esperó que no se hubiera dado cuenta.
—Los vestidos son indecentes —dijo ella. La seda del vestido acariciaba su cuerpo como si fuera agua.
—Pero bonitos.
Ella le dirigió otra mirada fulminante. Sus ojos se iluminaron con aquel brillo pecaminoso del que había aprendido a desconfiar.
—Admítelo. Es un vestido precioso y tú estás preciosa con él.

—Está hecho para una cortesana.
Él resopló.
—¿Qué sabes tú de cortesanas, corderilla?
Sidonie entornó los párpados.
—Saber algo de cortesanas no tiene nada que ver con el carácter.
—Aun así te has puesto el vestido —contestó él con una sonrisa de satisfacción.
—La señora Bevan se ha llevado mis vestidos de muselina.
—Seguramente necesite trapos para la cocina.
Sidonie no sabía por qué se quejaba. ¿A quién podía molestarle llevar puesto algo con tanto estilo? Aunque la seda se le pegase al cuerpo, no llamaría la atención en ningún salón de Londres. Sobre todo en una dama que ya no era ingenua.
—Ninguna mujer respetable se pondría este vestido.
Merrick deslizó un dedo por su mejilla.
—Pero, *amore mio*, tú ya no eres una mujer respetable. Eres la amante de un monstruo.
Sidonie notó el calor en la cara y se apartó.
—Aún no.
Las fascinantes arrugas en torno a sus ojos se hicieron más profundas cuando soltó aquella carcajada que siempre le provocaba un escalofrío, a pesar de todo lo que sabía sobre él.
—¿Aún no? Por Júpiter, me das esperanzas.
—Cerdo arrogante.
Merrick apartó una pesada silla de roble de la mesa. Ella se acercó con reticencia. Tal vez fuera un tigre somnoliento mientras la miraba con aquella luz salvaje en sus ojos grises. Pero nunca podría olvidar que seguía siendo un tigre.
—Relájate, Sidonie. Prometo no acosarte mientras comemos.

En vez de ocupar la silla principal, se sentó frente a ella. Agarró el decantador de clarete y sirvió dos copas. Su anillo de rubí reflejó la luz de las velas. Aquella noche no le recordó al color de la sangre. Le hizo pensar en la pasión. Deseó que no fuera así.

Tomó aliento para intentar calmar sus nervios y levantó la copa para beber. En la bodega de William había vinos pasados o jóvenes. Aquel vino, en cambio, sabía muy bien, como algo prohibido. Su calidez fue como la prolongación del calor que sintió en la tripa al mirar a Merrick y ver que estaba observándola, como siempre. Las confidencias de aquella tarde, aunque se las hubiera hecho sin querer, habían intensificado el vínculo que había entre ellos.

Ella luchó por regresar al mundo prosaico, aunque fuera un mundo prosaico de comida gourmet y lujo con un hombre que prometía seducirla con sus palabras.

–Háblame de tus viajes.

Jonas abrió suavemente la puerta del dormitorio mientras sujetaba una vela en la otra mano.

Después de que Sidonie le dejara con el brandy, se había quedado horas en la biblioteca y había subido a la galería, como si estar tres metros por encima del suelo pudiera cambiar la perspectiva de una situación cada vez más complicada. Decidir engañar a William había sido la más simple de las decisiones. Averiguar cómo manejar a Sidonie Forsythe no era tan sencillo. Había intentado no pensar en que estaría esperándole arriba, pero cada libro que abría se nublaba ante sus ojos. Lo único que veía era a ella.

A la mujer que, en aquellos momentos, dormía plácidamente en la cama de la habitación.

Los espejos reflejaban una secuencia infinita de hombres altos vestidos con bata de color escarlata. Apenas podía verse la cara, pero, después de todos esos años, no necesitaba recordar su fealdad. Aun así no podía dejar atrás la costumbre de llenar sus dormitorios de espejos. Había empezado de joven, cuando algunas de sus amantes más vengativas se habían burlado de su fealdad mientras él se perdía en la pasión. Había jurado que ninguna mujer volvería a ver su vulnerabilidad. Más tarde había descubierto otras formas de distraer a sus amantes, pero para entonces ya obtenía un placer sombrío al recordar constantemente su deformidad en comparación con la belleza de sus compañeras de cama.

Se preguntaba por qué sus cicatrices no aterrorizarían a Sidonie. Deberían hacerlo. La gente que le conocía desde hacía años no soportaba mirarlo. Desde la infancia, sus cicatrices le habían convertido en un excluido, algo perverso e inhumano que evitar, algo a lo que no debían acercarse. Era curioso que aquella virgen inexperta se mostrase tan optimista.

Entró y cerró la puerta sin hacer ruido. Sidonie no se movió. Era sorprendente que se sintiese tan cómoda en su cama. Dormía como un bebé.

Se acercó a ella. Había llegado el momento de subir las apuestas. Tras los besos milagrosos de aquella mañana, se había apartado para permitirle tomar aliento. Al final había dejado de dar respingos como un gato asustado cada vez que se acercaba a ella.

Sus argucias habían tenido como resultado unas horas muy agradables. Normalmente no era conversación lo que buscaba en una mujer. Deseaba una cosa y solo esa, ese instante de profunda autonegación cuando penetraba en un cuerpo suave y cálido. Pero en eso, igual que en todo lo demás, Sidonie Forsythe le desconcertaba.

Se quedó mirándola, acurrucada en la cama, vestida con su bata de color champán. Hacía una noche fría, pero no era tan ingenuo como para pensar que ese fuese el motivo por el que se había acostado tan tapada. Se quitó la bata con cuidado. Normalmente dormía desnudo, pero, como concesión a su recato, llevaba una camisa y unos pantalones de seda. Apagó la vela de un soplido y se metió despacio en la cama, con cuidado de no tocarla.

—¿Jonas? —murmuró ella mientras se giraba en su dirección.

El corazón le dio un vuelco al ver que aceptaba tan plácidamente su presencia. Oír su nombre en sus labios hizo que su miembro se pusiera rígido como un roble. Sidonie tenía los ojos cerrados y la boca ligeramente curvada. Cualquier hombre más optimista habría imaginado que se alegraba de tenerlo allí. Al menos no se incorporó gritando.

Emitió otro murmullo somnoliento e inquisitivo y, por encima del ruido de la lluvia que golpeaba las ventanas, Jonas oyó el susurro de las sábanas cuando se movió. Aquel sonido le resultaba increíblemente sensual, pues recordaba a los cuerpos que se juntaban. Se tensó y esperó a que ella le enviara al infierno, pero volvió a quedarse dormida sin más. Tal vez su llegada se mezclase con sus sueños. Eso esperaba. Pero sobre todo esperaba que sus sueños fuesen agradables.

Cerró los ojos e intentó convocar al sueño. La noche anterior apenas había logrado descansar, y el deseo insatisfecho de aquel día le había dejado cansado. Por desgracia el sueño no llegaba. La cercanía de Sidonie le atormentaba. Su dulce aroma. El calor que recorría los escasos centímetros que les separaban. La certeza de que, si movía la mano ligeramente, la tocaría.

Sonrió amargamente y se quedó mirando el espejo del techo. Iba a ser una noche muy larga.

Sidonie salió con reticencias de un maravilloso sueño

en el que se sentía protegida. Santo cielo, estaba acurrucada junto a Merrick como si no hubiera otro lugar en el mundo en el que prefiriese estar. Él la tenía rodeada con un brazo, pegada a su cuerpo. El corazón le dio un vuelco provocado por el miedo y de pronto se desperezó por completo. ¿Cómo había podido dormir con su torturador durmiendo junto a ella?

Debería estar agradecida de que lo único que hubiera hecho fuese dormir. Desde luego agradecía que no estuviese desnudo. Estaba tumbado boca arriba y ella tenía la mejilla apoyada en su pecho, con su camisa como única y débil barrera entre su piel y la de ella. Había amanecido hacía poco. La tenue luz del sol iluminaba el borde de las cortinas corridas. La tormenta debía de haber cesado durante la noche.

Su primer instinto fue salir corriendo antes de que Merrick se despertara y la descubriera allí tumbada, dispuesta a dejarse seducir. Se tensó para apartarse de su cuerpo. Después le miró a la cara y se dejó llevar por la curiosidad, más poderosa aun que el miedo. Sin quitarle el brazo de encima, se incorporó lentamente para contemplar su rostro. Observarlo sin que él lo supiera era un lujo.

Había imaginado que, como la mayoría de la gente, parecería vulnerable mientras dormía.

Pero no era así.

Sus rasgos angulosos seguían siendo toscos. Cualquiera que se fijara en él lo consideraría un bandolero. La barba incipiente de su mandíbula y sus mejillas realzaban aquel aire de pirata.

Y sus cicatrices.

Aquella mañana tranquila tenían una nota discordante. Eran los vestigios de un mal que ella apenas entendía. Le dolía ver aquellas marcas de sufrimiento. Le entristecería cualquier criatura herida, pero con Merrick su reacción era más personal, más fuerte que la indignación. No había rumores sobre cómo se había producido el ataque. Por lo que él le había contado el día anterior, imaginaba que había pasado su juventud viajando con su padre. Tal vez le hubieran hecho las heridas en algún callejón de Nápoles o de Cádiz, o en una pelea en algún rincón salvaje de los países balcánicos.

Apoyó la mano en su pecho para ofrecerle su consuelo silencioso. Bajo la palma sintió su torso duro que subía y bajaba al ritmo de su respiración. Estar allí tumbados le provocaba una profunda sensación de intimidad. Una intimidad que disminuía unas defensas ya de por sí minadas. Se quedó mirando su boca sin darse cuenta. Tan relajada, desprendía una gran sensualidad. No era de extrañar. Desde que lo viera por primera vez, sentado como un enorme gato en su sillón y bebiendo vino, se había dado cuenta de que era un hombre que apreciaba el placer físico. Sintió un peso extraño en la tripa al imaginárselo apreciando también su cuerpo cuando llegara el momento.

Si acaso llegaba...

Santo Dios, ¿ya había capitulado? Cuando su cabeza insistía en que no podía ceder a sus encantos. No estaba solo el peligro de perder su virginidad, aunque no podía arriesgarse a que el mundo se enterase de sus pecados ni a tener un hijo fuera del matrimonio. Más poderosa aún era la absurda convicción de que, si sucumbía, él le quitaría la fuerza que le había hecho aguantar los últimos años y que le abriría las puertas a un futuro productivo y autosuficiente.

Merrick batió las pestañas sobre sus mejillas. Eran negras como el pelo que le caía sobre la frente. Sidonie resistió la tentación de apartarle esos mechones de la cara. Cuando estaba despierto, ella estaba demasiado ocupada discutiendo como para revelar aquella debilidad. Pero, en aquel tranquilo amanecer, ansiaba mostrarle que la vida podía ofrecerle algo más que crueldad.

Su deseo de darle consuelo le hizo pensar. Pretendía buscarle la ruina. Había planeado avergonzar públicamente a Roberta.

Era...

Era el hombre más fascinante que había conocido jamás. La escuchaba con una atención que alimentaba su alma. Le mostraba partes de un mundo que siempre había soñado con descubrir. La hacía reír. La besaba como si fuese a morirse si paraba de hacerlo.

Aquella debilidad frente a su oponente le daba más miedo que despertarse entre sus brazos. Cerró los ojos y rezó en silencio para que su corazón no se ablandara.

Cuando volvió a mirarlo, Merrick abrió ligeramente los ojos y la miró con una intensidad que la hizo estremecerse. Con la luz, cada vez más fuerte, su expresión parecía más desprotegida que nunca. Por un instante vio en sus ojos grises un anhelo comparable al suyo. Dormido no parecía más joven, pero ahora sí. Le dedicó una sonrisa cálida que le atravesó el corazón.

Entonces, en un instante, todo cambió.

La suavidad se evaporó como si nunca hubiera existido. Interpretó el rechazo inequívoco a aquello que hubiera visto en su cara. Debía de estar mirándolo como un cachorro devoto.

Se sintió invadida por la culpa y se echó hacia atrás, pero él apretó el brazo antes de que pudiera escapar. Al mismo tiempo se puso de lado para que las cortinas de la cama ensombrecieran su rostro. La luz del amanecer ya no iluminaba sus cicatrices. Aquel súbito movimiento fue tan violento que sacudió la cama.

Su confusión desapareció. Normalmente Merrick presumía de sus cicatrices y desafiaba al mundo a compadecer su fealdad. Aquella mañana no había tenido tiempo de ponerse su armadura habitual frente a la curiosidad o el desprecio. Con un vuelco en el estómago, Sidonie se dio cuenta de que, a pesar de su actitud desafiante, odiaba sus cicatrices. Las odiaba con toda su alma.

Merrick despreciaría su compasión, así que agachó la mirada. Aun así sintió las lágrimas en los ojos. Estúpida inocente. No pudo evitar sentir el deseo de estrecharlo entre sus brazos y consolarle por una vida de sufrimiento. Un deseo descabellado y peligroso.

–Debo de estar perdiendo mi toque. Si contaminara la pureza de tu cama, seguro que gritarías hasta quedarte sin voz –dijo con aquel desprecio tan familiar, mirándola por fin directamente. Pero, después de aquel momento revelador en el que se había apartado tan abruptamente, Sidonie sabía que su actitud despreocupada no era más que un mecanismo de defensa.

Aquella preciosa sonrisa del despertar adquirió una mueca burlona. Sería tonto por su parte, pero Sidonie lamentó aquel cambio, a pesar de que su cuerpo se pusiera rígido junto a él.

–Nunca me harás gritar –dijo con severidad, aunque en el fondo no se lo creyese.

El rostro de Merrick se iluminó de una forma que ella no entendió.

–No estés tan segura.

De nuevo estaba hablando de perversiones. Al menos sus burlas le recordaron el riesgo que corría en aquella cama. Cuando había accedido a salvar a Roberta, había imaginado mil peligros. Violencia. Violación. Crueldad. Nunca había imaginado que el elemento más arriesgado de aquel plan sería el alma atormentada del señor del castillo.

–¿Qué estás haciendo aquí? –preguntó, intentando que su voz sonara serena.

–No lo suficiente, obviamente.

Con aquellas cuatro palabras, la dulce mañana se volvió oscura y amenazadora. En esa ocasión intentó apartarse de manera más convincente, pero Merrick la recostó sobre su espalda con una facilidad insultante.

—Suéltame —murmuró ella con unos labios helados. El corazón le latía desbocado, llevado por el pánico y por la rabia, principalmente hacia sí misma. ¿Por qué no se había marchado antes de que él se despertara?

Con un brazo rodeándole la cintura, Merrick se incorporó y le puso la otra mano detrás de la cabeza para sujetarla y observarla.

—No en esta vida.

Ojalá no dijera cosas así. Si no hubiera sido tan consciente de la situación, tal vez se lo hubiera tomado en serio. Entonces, ¿dónde estaría ella? Se le alojó el miedo en la garganta. Sería horrible abandonar el castillo de Craven no solo deshonrada, sino además con el corazón roto. Pero se recordó a sí misma que pensaba marcharse con el corazón intacto y con su nombre limpio. Solo deseaba poder creerse sus propios pensamientos.

—Esto no formaba parte del trato —deseó poder reunir la fuerza de voluntad suficiente para decirle que la soltara de un modo convincente. Si insistía, la dejaría en paz. Debería mostrarse furiosa por aquel juego, y lo estaba, pero aun así sentía la ternura en su interior. Nada podía borrar el recuerdo de su cara de horror al despertarse y ver que estaba observándolo. Sidonie sospechaba que estaba atormentándola ahora para evitar que siguiera pensando en aquel instante.

Se acercó más a ella y su aroma masculino la invadió. Intentó controlarse, recuperar el sentido común.

—Debe de haber otro dormitorio —murmuró.

Merrick sonrió de un modo que le hizo preguntarse si habría adivinado la batalla interna que estaba librando contra su parte más débil

—Este es el único apropiado para habitar en él. No tenía pensado dar ninguna fiesta, *tesoro*. Pensaba hacer disfrutar a mi amante de una semana de felicidad carnal. O, mejor dicho, tenía pensado que mi amante me hiciera disfrutar a mí.

Sidonie se tensó al sentir su mano deslizarse lánguidamente por su pelo hasta llegar a su nuca.

–La primera noche dormiste en otra parte.

–El camastro del vestidor no está diseñado para un hombre de más de metro ochenta. No pienso permitir que me destierres allí de nuevo.

–Tal vez yo pueda dormir allí –sugirió ella con falsa dulzura.

Para su sorpresa, él sonrió.

–¿Por qué me desafías cuando sabes que no puedo darle la espalda a un desafío?

–No te conozco en absoluto –respondió Sidonie, para recordárselo a sí misma y para ponerle a él en su sitio. Tuvo que ignorar el deseo de relajarse con sus caricias.

–¿Por qué entonces siento que cuentas hasta los latidos de mi corazón?

Sidonie no sabía si hablaba en serio. Si verdaderamente pudiera tener acceso a sus pensamientos, como él decía. Lo poco que sabía le daba miedo y, al mismo tiempo, le fascinaba. Lo que no sabía le hacía perderse en un océano de deseo.

–Deja de jugar conmigo, Merrick.

–¿Ya no quieres prolongar los preliminares? –se inclinó sobre ella y la presionó con su cuerpo contra el colchón.

Sidonie se retorció, pero él no se movió.

–Quiero que me sueltes.

–No, no quieres –susurró él.

El problema era que no quería, no en lo más profundo, pero no estaba tan embelesada con él como para olvidar todo lo que estaba en juego. Levantó una mano y la colocó sobre su pecho para evitar que se acercara más.

–Para, Merrick.
–Jonas.
Sidonie intentó aferrarse a la realidad.
–Eres un canalla perverso, mentiroso, licencioso, manipulador y malicioso.
–Dilo como si lo pensaras de verdad –se inclinó sobre ella a pesar de la presión de su mano y la besó en la boca. En esa ocasión, no se quedó paralizada por la sorpresa. Tampoco era la chica inocente a la que había besado la primera vez. Conocía el placer que provocaban sus caricias.

Él relajó la mano bajo su cabeza. El brazo que le rodeaba la cintura ya no le apretaba. Por un instante, Sidonie se dobló bajo su pecho como si fuera una flor. Pero después apartó la boca y se retorció hacia un lado hasta tocar el suelo con un pie.

Él la agarró del brazo.

–No te vayas, Sidonie. Estás a salvo aquí. Solo deseo besarte.

Ella le dirigió una mirada escéptica al levantarse y empezar a temblar por el frío de primera hora de la mañana.

–¿Por qué no te creo?

–Porque eres demasiado desconfiada –hizo una pausa–. Y porque eres una mujer lista.

Le acarició la piel sensible de la muñeca. Aquella caricia suave le hizo sentir un vuelco de deseo en el estómago, a pesar de saber que solo quería manipularla para que volviera a sus brazos.

–Si fuera lista, habría salido corriendo nada más ver que te habías metido bajo las sábanas.

Él se incorporó, la camisa le cayó hacia un lado y dejó al descubierto la curva de un hombro poderoso. Al ver su piel bronceada se le quedó la boca seca. Era un contraste en comparación con su cara marcada. Al principio no le había parecido guapo, sin tener en cuenta las cicatrices. A cada hora que pasaba, su atractivo físico aumentaba. En aquel momento, un hombre guapo le habría parecido banal. Por absurdo que resultara pensarlo, había descubierto que le gustaban los hombres oscuros, peligrosos y dañados.

Atormentada, inquieta como nunca lo había estado, a pesar de que apenas la hubiese tocado, se preguntó qué habría sido de la mujer decidida que había llegado al castillo de Craven para enfrentarse a un monstruo. Habían pasado solo dos días y esa mujer se había esfumado.

–Solo un beso, Sidonie. Ese es el precio de la libertad –parecía sincero, no aquel diablo libidinoso que la desafiaba con sus ojos plateados.

Se quedó paralizada. Le parecía demasiado bueno para ser verdad. Podría marcharse habiendo saldado la deuda de Roberta y casi con la misma inocencia con la que había llegado. Pero, además de sorpresa y alivio, aquella idea le hacía sentir una decepción innegable e inaceptable.

–¿Me dejarás volver a Barstowe Hall?

Él frunció el ceño y le soltó la mano.

–¿Estás loca? Ese no era el trato.

–Ah, el trato –repitió ella casi sin voz.

–Qué entusiasmo tan auténtico.

Un beso le parecía un precio demasiado pequeño para escapar de aquella habitación llena de promesas de intimidad.

–¿Cómo podemos medir tu satisfacción?

Merrick recuperó el brillo seductor en la mirada y se recostó sobre las sábanas revueltas con una seguridad en sí mismo que resultaba irritante.

–*Bella*, no espero satisfacción –murmuró–. Solo un beso de buenos días. Nada que te deje una cicatriz de por vida.

Utilizó la palabra «cicatriz» para alardear de sus heridas. Pero a ella sus cicatrices ya solo le parecían un trágico infortunio.

—Habla por ti —murmuró ella, incluso mientras se arrodillaba cautelosamente sobre la cama. El colchón se hundió y le hizo perder el equilibrio hasta acabar con una mano sobre su pecho. El contacto le aceleró el corazón y le hizo sentir el calor. Merrick arqueó las cejas con un gesto burlón cuando ella apartó la mano de inmediato.

Se estremeció al sentir que deslizaba una mano por su trenza. Detuvo los dedos un instante sobre su pecho antes de apartarla. Los pezones se le endurecieron al instante.

—Buenos días, Sidonie —dijo con una ternura de la que ella desconfió.

La ternura era el enemigo invencible. La intensidad de sentimientos de aquella mañana demostraba esa verdad. Podía negar la seducción. No podía negar su vulnerabilidad. Aunque, en realidad, tampoco podía negar la seducción, admitió para sí misma al ver la luz de sus ojos.

Merrick le soltó el pelo y entrecruzó las manos por detrás de la cabeza, lo que hizo que se tensaran los músculos de sus brazos y de su torso. Parecía un pachá medio dormido que contemplaba la selección de mujeres de su harén. Por un instante se quedaron mirándose el uno al otro. Sidonie sintió que el suspense recorría su cuerpo. Él parecía satisfecho dejando que los minutos se diluyeran como las burbujas del champán del día anterior. Vio la expectativa en su mirada, pero nada más profundo. Había levantado el puente levadizo para que ella no pudiera irrumpir en su alma. La luz del día resultó ser menos reveladora que las sombras cuando se había despertado.

—¿Y bien? —ya no soportaba estar allí sentada como un ratón esperando a que el halcón la atrapara.

—¿Y bien, qué?

Sidonie apretó los dientes.

–Me gustaría desayunar antes de que llegue la hora de la comida. ¿No vas a besarme?

–No.

La sorpresa le hizo echarse hacia atrás.

–¿No?

–Realmente no prestas atención cuando firmas un contrato, ¿verdad, *bella*? Eso podría traerte problemas.

Al ver su expresión de superioridad, Sidonie apretó los puños. Estaba tan alterada que no sabía si deseaba abofetearlo, besarlo o salir corriendo de la habitación.

–Ya me ha traído problemas. Si te beso, ¿podemos vestirnos y bajar?

–¿Un beso a cambio del desayuno? Qué prosaica eres bajo esa apariencia tan extravagante, *tesoro*. Qué decepcionante.

Ella ignoró el cumplido. No era extravagante. Era completamente normal.

–¿Tan decepcionante como para dejarme marchar?

–Cualquiera diría que deseas regresar a tu aburrida vida.

Ella frunció el ceño y deseó de nuevo no haberle contado tantas cosas en el cenador del sultán.

–Allí estaba a salvo.

–No si la temeridad de tu hermana ha hecho que acabes en esta situación. Y con un hombre menos… tolerante que yo.

–Es la primera vez que Roberta hace algo así –hacía tiempo que Sidonie había asumido la rabia que sentía hacia su hermana. Simplemente tenía que recordar cómo su hermana ocultaba sus hematomas con una vergüenza que no era suya en absoluto. Recordó los ataques de ira de William. Recordó a los dos hijos de Roberta. No le había quedado más remedio que ofrecerse en su lugar. Pero Merrick tenía razón; era afortunada. Si hubiera sido el villano que su hermana le había descrito, los tormentos serían insoportables.

Merrick le sonrió como si fuese algo muy valioso. Fue una sonrisa mentirosa.

–Tú misma lo has dicho... si tú me besas a mí. No es lo mismo.

–No lo haré. No puedo. No... no sé cómo hacerlo –contestó ella.

Volvió a ver aquella ternura tan peligrosa antes de que él entornara los párpados para disimular su expresión.

–Ayer te di varias clases. No puedo imaginarme a la chica que me mandó al infierno escandalizándose por un simple beso.

Ya había sobrevivido antes a sus besos. Oyó una risa burlona en los rincones de su mente. ¿Sobrevivido? El día anterior había disfrutado con sus besos. Lo miró a los ojos y movió la pierna lo suficiente para que le rozara el costado.

–De acuerdo.

Era solo un beso.

Capítulo 8

Era solo un beso...

Jonas intentó mantener su actitud despreocupada mientras el corazón le daba un vuelco. Por mucho que ansiara agarrar a Sidonie, mantuvo las manos quietas y se estiró ante ella. Si adivinaba hasta dónde llegaba su deseo, saldría huyendo de la habitación. No la atraparía hasta que no hubiese llegado a Sidmouth.

Sidonie se quedó mirándolo fijamente. ¿Qué diablos pensaba hacer? Cuando volvió a moverse, captó su delicioso aroma. Ella estiró la mano y la deslizó por su brazo. Él tensó los músculos al sentir sus caricias.

–Estás muy caliente –murmuró ella, como si hablase para sí misma–. Como un horno.

Jonas intentó encontrar una respuesta, pero, cuando ella metió la mano bajo su camisa y le rozó un pezón, las palabras se le atascaron en la garganta.

–Qué interesante es el cuerpo de un hombre –dijo mientras enredaba los dedos en el vello de su torso. La fricción hizo que se le acelerase el corazón–. No te pareces en nada a las imágenes que he visto de las estatuas.

A pesar de aquella situación tan extrema, a Jonas se le escapó una carcajada ahogada.

–En absoluto.

Ella le miró con desaprobación.

–Las imágenes no muestran el tamaño y el poder.

Jonas se abstuvo de mencionarle el tamaño y el poder de una parte concreta de su anatomía. Se limitó a agarrar las sábanas con los puños.

–Maldita sea, Sidonie, termina con esta tortura.

Sidonie se quedó estudiándolo como si fuese un problema matemático. Su tranquilidad le molestaba. Debería mostrarse nerviosa. Alterada por tener que besarlo.

–Creo que deberías incorporarte –dijo pensativamente.

–Como digáis, milady –se incorporó y apiló las almohadas tras él.

Tras un breve momento de reticencia, le acarició las mejillas con las manos. Él se estremeció automáticamente. No soportaba que nadie le tocara las cicatrices. Ojalá no estuviera marcado. Ojalá fuera joven y puro, caballeroso y digno de ella. Pero no era nada de esas cosas.

Sidonie se inclinó hacia delante y él aspiró su esencia de mujer, cálida y dulce. Después unos brazos suaves le rodearon el cuello, unos pechos cubiertos de terciopelo le acariciaron el torso y sintió su aliento en la cara.

Entonces sus labios se encontraron.

Sidonie sintió que empezaba a perder la seguridad en sí misma. Merrick tenía los brazos estirados a ambos lados de su cuerpo y la boca completamente cerrada bajo sus labios. Esperó a que él se hiciera con el control y la llevase al paraíso.

Pero nada.

Empezó a sentirse insegura. Se fijó entonces en la suavidad de sus labios. Advirtió el leve murmullo de su respiración. El calor de su cuerpo contra su muslo. Movió los labios tentativamente y se apartó cuando empezó a sentir el placer. Él sonrió entonces al ver su inquietud.

—Ni te atrevas a reírte de mí —le dijo ella.
—Jamás.

Sidonie sentía su barba incipiente bajo las palmas de las manos. Tenía acceso a un Merrick secreto que el mundo nunca conocería. En algún momento desde que aceptara su desafío, había dejado de fingir que lo hacía por otra razón que no fuera el deseo de besarlo.

«Qué chica más perversa», pensó.

—¿Os sonrojáis, señorita Forsythe?

Ella se negó a responder. En su lugar, se quedó mirando su boca. Esa boca revelaba demasiadas cosas. Pasión. Humor. Una vulnerabilidad que no admitiría ni aun a riesgo de ir a prisión. Sidonie se humedeció los labios al recordar que esa boca había besado la suya el día anterior.

—Pareces muy satisfecha.

—¿De verdad?

Sin fijarse en las cicatrices, Sidonie le acarició la cara y después le besó las comisuras de los labios. Él dejó escapar un gemido ahogado. Al fin parecía estar llegando a alguna parte. Puso en práctica lo que él mismo le había enseñado, le mordió suavemente el labio inferior y succionó.

Sabía maravillosamente. Salado. Ardiente. Desesperado. Recorrió sus labios con la lengua y después se apartó para mirarlo a los ojos.

—Maldita sea, Merrick, deja de resistirte.

—No te estás esforzando lo suficiente —intentó sonar despreocupado, pero su voz rasgada delataba lo mucho que le excitaba aquel cortejo torpe.

—No he hecho más que empezar —respondió Sidonie.

Jonas se preparó para más besos tentadores. Había necesitado todo su autocontrol para contenerse cuando le había mordido el labio inferior. Había prometido no ir más allá de un solo beso. Tenía que hacer que le revisaran la cabeza.

Sidonie empezó a mordisquearle el cuello.

—Creo que estás andándote por las ramas —murmuró él con una voz temblorosa que fue incapaz de controlar.

—Solo estoy preparando el terreno —respondió ella después de darle un beso en la mandíbula.

En esa ocasión, cuando sus labios se encontraron, Jonas fue incapaz de contenerse. Separó los labios y dejó entrar a su lengua para saborearlo. Soltó un gemido. Ella se tensó y se apartó. Se quedó mirándolo como si quisiera confirmar que era mejor hombre de lo que pensaba. Por desgracia no podía confirmarle tal cosa. Pero lo peor era que la deseaba tanto que estuvo a punto de prometerle que cambiaría, que demostraría que era digno de ella.

Aquello había empezado como un juego matutino. Pero había perdido las ganas de atormentarla. Aun así continuó la conversación sin palabras.

«Te deseo».

«No puedes tenerme».

«Te necesito».

«No eres digno de mí».

«Eso es cierto. Aun así me deseas».

«Sí. Aun así te deseo».

Jonas notó que tomaba aliento. Después, muy lentamente, se inclinó para posar la boca sobre la suya. Fue algo suave, como la caricia del aire en las alas de un ángel.

Por naturaleza, Jonas no era un hombre amable. Desde que la violencia destrozara su infancia, no había conocido la ternura. Construir su imperio empresarial había servido para fortalecer aquel carácter despiadado. Desde la muerte de su padre, no le había importado nadie. Pensaba que su caparazón era lo suficientemente fuerte como para no desarrollar sentimientos por nadie. Pero el beso de Sidonie le atravesó un corazón que hasta entonces consideraba impenetrable.

Ella recorrió sus labios con la lengua y, en esa ocasión, le permitió entrar. Sidonie lo besó sin disimular su placer. Sidonie aprendía deprisa. La rodeó con los brazos y tiró de ella. Hasta ese momento, a pesar de haber intentado seducirla, se había cuidado de no asustarla. Pero ella le había presionado demasiado. Gimió y se mostró a la altura de su pasión. Jonas la colocó bajo su cuerpo y apartó las sábanas con una mano temblorosa. No recordaba la última vez que una mujer le había hecho temblar. Sidonie le hacía temblar.

Se colocó suavemente entre sus piernas. Echó a un lado el camisón de seda hasta encontrar su muslo con la mano. Él no era el único que temblaba. Entre sus brazos, Sidonie temblaba como una hoja en mitad de una tormenta.

Muy lentamente, para no alarmarla, fue subiendo la mano. La idea de acariciar su punto más sensible le hacía arder de deseo. Puso la mano en su monte de Venus y enredó los dedos en sus rizos húmedos antes de hundirlos entre sus pliegues. Ella soltó un grito de sorpresa y se apartó.

Maldición. Había ido demasiado deprisa.

—No... espera —su voz sonaba rota, como nunca antes la había oído. Colocó una mano contra su pecho. El corazón le latía desbocado bajo sus dedos.

Jonas colocó la mano sobre la suya y habló con voz ronca.

—¿Quieres parar aquí?

Ella le miró a los ojos. Viera lo que viera en ellos, se dio cuenta inmediatamente de que no suponía ningún consuelo. Aún la tenía rodeada con un brazo. Necesitaría pocos segundos para volver a pegarla a su cuerpo.

—Sidonie, dame tu consentimiento —le dijo cuando se quedó mirándolo como si él fuese su mayor miedo... y su mayor deseo.

La inseguridad de su mirada se intensificó.

—No puedo.

—Deseas hacerlo.

—Eres la voz de la tentación —respondió Sidonie con el ceño fruncido.

Jonas se quedó mirando su hermoso rostro, esos ojos oscuros, esas mejillas sonrosadas, esos labios rojos que acababa de saborear.

—Ríndete, *tesoro*. Ríndete. Y líbranos a ambos de esta locura.

Sidonie se tensó cuando intentó arrastrarla hacia sí.

—Me diste tu palabra de que la decisión era mía.

Jonas le agarró la mandíbula. Ella siguió mirándolo fijamente y él acabó por rendirse con un suspiro.

—Si abandonas esta casa tal como llegaste, *amore mio*, ambos lo lamentaremos.

Ella relajó su expresión y volvió a ser la mujer receptiva que le había besado al principio. En esa ocasión, Jonas supo que no debía retenerla cuando se levantó de la cama. Se abstuvo de pedirle que se quedara con él. Aunque su vida dependiera de ello, no habría sabido decir si deseaba que se quedara una hora, un día o para siempre.

Sidonie caminaba por la playa mirando hacia el horizonte. ¿Cómo había podido mostrarse tan temeraria con Merrick esa mañana? Tenía suerte de que hubiera mantenido su promesa y la hubiese dejado marchar. Un hombre de su experiencia debía de saber lo cerca que había estado de ceder, a pesar de lo que le dijera su sentido común.

A pesar del sol, soplaba un viento frío. El mar estaba embravecido. La brisa de la tarde le revolvía el pelo. Sus botas se hundían en la arena mientras se alejaba del castillo de Craven. Y de su enigmático dueño.

Merrick no había salido con ella a pasear. Básicamente se había mantenido alejado de ella todo el día. Desde su apasionado interludio en el dormitorio, se había apartado, había vuelto a ser el anfitrión encantador, el contador de historias interesantes. En apariencia, su actitud impecable seguía siendo la misma que el día anterior en la biblioteca. Pero ella sabía que había aumentado intencionadamente la distancia entre ambos. Aquella mañana, durante un breve instante, habían compartido algo más que deseo. Algo sobrecogedor. Algo que trascendía el cuerpo y llegaba hasta el alma. Desde entonces, Merrick había huido de cualquier intimidad emocional.

Insatisfecha, Sidonie se agachó para agarrar una piedra de la arena y lanzarla contra las olas. El movimiento incesante del mar le recordaba a su propia inquietud. Sin dejar de maldecir su susceptibilidad a las argucias de aquel sinvergüenza, recopiló un puñado de guijarros y fue lanzándolos al agua uno por uno. Un gesto estúpido e inútil.

Tan estúpido e inútil como saber el daño que un hombre podía causarle a una mujer y, aun así, sentirse atraída por la destrucción.

Arrojó un pedazo de cuarzo con un fervor insólito. La piedra golpeó el agua con fuerza. Ella suspiró y se mordió el labio. Abrió la mano y el resto de guijarros cayeron de nuevo sobre la arena.

No tenía nada que ganar y mucho que perder si se convertía en la amante de Merrick. Estando lejos de él, era consciente de ello.

Pero, cuando estaba con él...

Cuanto más la tocaba, más deseaba que lo hiciera.

El condenado Merrick le hacía dudar de todo lo que conocía. Cegada por las horribles historias que Roberta le había contado, había imaginado que Jonas Merrick sería como el villano de un cuento de hadas. Sin embargo, aquel hombre era más un príncipe que un ogro. Sufría por él. A pesar de que su conciencia se retorciera como un caballo inquieto cada minuto que pasaba con él.

Porque cada minuto mentía. Aunque solo fuese por omisión. Y la mentira era una mentira atroz que, si nunca salía a la luz, ensombrecería el resto de la vida de Merrick.

Sidonie podía demostrar que Jonas Merrick era el auténtico lord Hillbrook.

Mientras catalogaba la biblioteca de Barstowe Hall unas semanas atrás, había descubierto el acta matrimonial perdida de Anthony Charles Wentworth Merrick, quinto vizconde de Hillbrook, y Consuelo María Albertina Álvarez y Diego. El documento estaba escondido en el interior de un viejo volumen de *Don Quijote*. Como había asegurado el padre de Jonas, un clérigo inglés que estaba de viaje y que pertenecía a una parroquia de Oxfordshire había celebrado la ceremonia en un pueblo español en 1791. El clérigo había muerto antes de regresar a su casa. Cuando los franceses saquearon el pueblo en 1813, los archivos se quemaron. Sidonie había descubierto la única prueba de la boda.

Apretó los puños mientras contemplaba el océano turbulento. No podía contarle a Merrick lo que había descubierto. No sin abandonar toda esperanza de librar a Roberta del infierno violento que era su vida. William era el dueño legal de su hermana, igual que lo era del ganado de su finca. Si no renunciaba a su propiedad, voluntaria o involuntariamente, su esposa quedaría atrapada para siempre.

En aquel momento, el acta matrimonial estaba a salvo en Londres, en el banco de Sidonie. No había compartido su descubrimiento con Roberta; no podía confiar en que su hermana guardase el secreto. En un par de meses, armada con su legado y con aquella información, Sidonie chantajearía a William para que dejase libre a su esposa. Aunque no creía que William fuese a rendirse sin jugar sucio. Los banqueros de Sidonie tenían instrucciones de abrir el sobre sellado y hacer público el contenido si algo le ocurriera a ella.

El día que había descubierto el matrimonio, había querido alejar a Roberta de William, pero había prevalecido la cautela. Sabía lo mucho que le gustaban a William los litigios y había querido asegurarse de la autenticidad del acta. Había escrito a la antigua parroquia del clérigo pidiendo confirmación de sus viajes a España y una copia de su firma para verificarla. Cuando Roberta jugó su desastrosa partida de cartas con Jonas Merrick, ella aún no había obtenido respuesta. En cualquier caso, Sidonie habría ido al castillo de Craven de todos modos. El odio de William hacia su primo rozaba la obsesión. Ni siquiera la poderosa amenaza de perder su título libraría a Roberta del castigo de su marido si este descubría que le había engañado con su enemigo.

Sidonie se había dado cuenta de inmediato de que estaba mal ocultar la verdad por sus propios motivos. Entonces había recordado el último ataque de William a Roberta. Había recordado los años de abusos que habían convertido a su amable hermana en alguien que ella ya no reconocía. Sidonie despreciaba a William porque era un abusón cobarde, pero también le odiaba porque le había robado a su adorada hermana. Roberta, su protectora en la infancia, se había perdido en su propio mundo y ya solo le importaban las cartas y los dados.

Con el acta matrimonial, Sidonie podía apartar a Roberta de la influencia de William y recuperar a la mujer cálida y alegre que debía de seguir existiendo bajo los nervios y las rabietas. El documento le salvaría la vida a su hermana, literalmente, y les daría un nuevo futuro a sus hijos, Thomas y Nicholas.

Pero Sidonie no conocía todavía a Jonas Merrick cuando había hecho aquellos planes tan optimistas.

Aquella tarde nublada en Barstowe Hall, le había resultado fácil guardar silencio. Que ella supiera entonces, mantener el status quo no haría daño a nadie en el aspecto material. William tenía el título, por mucho que despreciara el apellido de la familia; su primo tenía el dinero. Cualquier contratiempo que sufriera el heredero legítimo al perder su herencia se olvidaría con el tiempo.

O eso se había dicho a sí misma. Eso había creído.

Hasta que miró a Jonas Merrick a los ojos y se dio cuenta de lo mucho que lamentaba ser un bastardo. Hasta que su estúpido y anhelante corazón tuvo ganas de hacer cualquier cosa que estuviera en su poder para librarle de su terrible aislamiento.

Unas pocas palabras de su boca y le cambiaría la vida.

Unas pocas palabras de su boca y Roberta quedaría condenada a una vida de sufrimiento.

Se le erizó el vello de la nuca y supo que ya no estaba sola en la playa. Lentamente le dio la espalda al mar. Merrick llevaba una camisa blanca y unos pantalones, pero había cedido al frío y se había echado una chaqueta sobre los hombros. Parecía fuerte y viril. Al recordar como la había besado aquella misma mañana, se olvidó de todo salvo de su presencia.

Caminó hacia ella pisando la arena con determinación.

—¿Has estado aquí abajo maldiciéndome sin parar?

Ella se estremeció al oír su pregunta, aunque hubiese hablado con su habitual sentido del humor. Era como un perro maltratado, dispuesto a gruñir para esquivar una patada.

«Oh, Jonas», pensó.

El corazón le dolía por la compasión que sentía. Estaba tan malherido que no sabía si alguien podría curarlo. Desde luego no sería una chica que había conocido por casualidad y que solo se quedaría allí una semana. Una chica que le traicionaba con cada aliento. Sus decisiones se habían vuelto tremendamente complicadas. Los horrores que había imaginado que le esperaban en el castillo de Craven no eran nada en comparación. Había pensado que solo arriesgaría su cuerpo. En vez de eso, estaba arriesgando su alma.

–¿Sidonie?

–No necesito estar a solas para maldecirte.

–Sospecho que no –se quedó mirándola como si pensara que ocultaba algo.

Claro que ocultaba algo. Y no era solo que, contra todo lo que le dictaba su instinto de supervivencia, lo deseara.

Cuando se acercó, vio que seguía manteniendo la distancia en sus ojos. Debía sentirse agradecida. Si la mantenía fuera de su corazón y de su alma, sería menos probable que quedase como una tonta. Era así como se sentía. Se sentía como si la hubiera dejado fuera, en la nieve, mientras él estaba dentro, sentado cómodamente frente al fuego y bebiendo brandy.

–¿Paseamos? –preguntó Merrick señalando hacia el otro extremo de la playa.

–Sí –respondió ella, a pesar de estremecerse.

Él se dio cuenta de su incomodidad. Se daba cuenta de todo.

–Deberíamos volver.

¿A la casa? ¿Volver a sentir la tensión que existía entre ellos? En cierto modo resultaba más atractivo al aire libre, con el aire revolviéndole el pelo, pensó Sidonie. Pero allí fuera era menos consciente de que, a cada momento que pasaba, la rendición se hacía más inevitable.

–N… no –respondió sin poder evitar tartamudear.

–Como desees –se quitó la chaqueta, se la puso a ella y Sidonie se vio envuelta en el calor y en una mezcla de olores; olor a caballo y a cuero, a mar, pero, sobre todo, el olor de Jonas Merrick. Estar envuelta por su chaqueta era como estar entre sus brazos.

Intentó devolvérsela, aunque sin ganas.

–¿No tendrás frío?

Él se rio y empezó a andar.

–El diablo cuida de sí mismo.

–Ojalá no fueras tan amable –dijo ella con voz apagada mientras se sujetaba el pelo para que no le tapara la cara.

–Nunca soy amable.

–Nunca lo admites en lo más mínimo –murmuró Sidonie, sintiendo los latigazos de la culpa. Tenía la inquietante impresión de que, si comparaba un pecado con el otro, lo que ella estaba haciéndole a Jonas Merrick sería mucho peor que lo que él estaba haciéndole a ella.

Capítulo 9

Jonas no podía soportarlo. Se dio la vuelta para mirarla.

–No te engañes pensando que soy un buen hombre.

Sorprendida, Sidonie se quedó mirándolo. Después levantó la barbilla.

–Creo que eres mejor hombre de lo que crees.

La carcajada de Jonas sonó cargada de amargura.

–Mis pecados me condenan.

Había albergado la esperanza de intimidarla para que no insistiera. Debería haber sabido que se equivocaba.

–Dime uno. Dicen que la confesión es buena para el alma.

Se abstuvo de decirle que él no tenía alma. En otra época habría dicho que eso era categóricamente cierto, pero algún vestigio de honor había cobrado vida bajo la influencia de Sidonie. ¿Por qué si no seguiría siendo virgen después de casi tres días en sus garras?

–Dicen muchas tonterías.

–Has sido tú quien ha sacado el tema de tu perversión. Solo quiero confirmar lo malo que eres realmente –hizo una pausa para apartarse el pelo de la cara. El viento estaba cobrando fuerza–. Dime solo una cosa que hayas hecho que te condene, entonces te dejaré para que medites románticamente sobre todo lo malo que has hecho.

—Muy graciosa —lamentó haberla desafiado. Pero entonces recordó con repugnancia como le había mirado cuando le había prestado su chaqueta. Tal vez la estrategia le incitara a hacerle pensar que era un buen hombre, pero pensar en su inevitable y amarga decepción le hizo estremecerse. Por enésima vez desde que conociera a Sidonie, maldijo aquel inconveniente y reticente honor que se interponía en su camino.

—¿Has matado a alguien?

Se dio cuenta de que ella pensaba que se preocupaba por tonterías.

—No con mis propias manos —respondió antes de darse la vuelta y empezar a andar por la playa.

Ella le alcanzó enseguida.

—Cuéntamelo.

Deseaba mandarla al infierno. En su lugar, se detuvo y la miró. Si estaba tan ansiosa por conocer sus crímenes, se los contaría. Pero ¿cómo elegir una fechoría de todas las que había cometido?

—¿Quieres saber si he matado a alguien?

Ella también se detuvo y mantuvo la distancia entre ambos. Probablemente imaginó que estaba a punto de agarrarla por los hombros y zarandearla.

—Sí.

Entornó los ojos para mirarla y su respuesta le salió con un gruñido desdeñoso.

—Querida, he matado a miles.

Sidonie se agarró la falda con las manos, en parte para conservar su recato frente al viento y en parte para ocultar su súbito temblor.

—No te creo.

Aquella sonrisa de superioridad que había aprendido a odiar se asomó a los labios de Merrick.

—Juro sobre la tumba de mi madre que es cierto.

De inmediato la sorpresa dio paso a la razón. Sidonie supo que estaba jugando con ella. Era un juego sombrío y grotesco, claro, pero en cualquier caso se trataba de un truco.

—¿Cómo?

Su diversión se evaporó y Sidonie se dio cuenta de que se arrepentía de haberle contado lo poco que le había contado.

—No estoy orgulloso de esto, Sidonie. Déjalo estar.

No. No, no, no. Era la primera vez desde los besos de esa mañana en la que conseguía traspasar el escudo de sus emociones. Deseaba saberlo todo sobre él. Tampoco era que pudiera odiarlo. Era trágicamente consciente de que había dejado atrás el punto en el que podría odiarlo. Demasiado tarde para detestar a todo el género masculino.

—Jonas, dime lo que hiciste —dijo con voz tranquila, se sentó en la arena y le hizo un gesto para que la imitara. No sabía si lo haría, pero, tras unos segundos de indecisión, suspiró. Parecía cansado y triste. Aunque no creyera que hubiera matado a miles de personas, fuera lo que fuera lo que hubiera hecho le pesaba en esa conciencia que decía no tener.

Tardó tanto tiempo en responder que empezó a pensar que no lo haría. Pero entonces suspiró de nuevo y comenzó a hablar con un tono sombrío y vacío, como si estuviera describiendo las experiencias de otro hombre.

—He pasado gran parte de mi vida enfadado, Sidonie. Enfadado por ser un bastardo. Enfadado por la vergüenza de mi padre, por mi vergüenza. Enfadado por la arrogancia de William. Enfadado por... —hizo una pausa y Sidonie vio que se llevaba la mano a las cicatrices antes de volver a bajarla—. Bueno, ya te lo imaginas.

—Tenías razones para ello —susurró ella, pero Jonas no pareció oírla.

–Aunque mi padre fuese un hombre rico, yo estaba ansioso por amasar una fortuna que borrase el escándalo de mi nacimiento. Hace tiempo que descubrí que ese tipo de dinero no existe. Pero era joven y aún albergaba la esperanza de que, si no podía ganarme el respeto como heredero de lord Hillbrook, podría ganármelo siendo un hombre que, con su riqueza, controlara el destino de las naciones. Deseaba ser tan rico que el mundo nunca más pudiera volver a hacerme daño.

Sidonie permaneció callada. La noticia de que Jonas hubiera desafiado a su destino no era ninguna sorpresa. Era un luchador. Admiraba eso de él, pero sabía que no estaba de humor para aceptar un cumplido. Lo que decía indicaba que había quedado marcado antes de llegar a la edad adulta. Sentía curiosidad por sus heridas, pero no preguntó nada. Si le interrumpía en ese momento, nunca descubriría su pasado.

–No fui muy exigente con los lugares donde invertía mi dinero o donde mis empresas encontraran mercados.

–¿Infringiste la ley?

–No. Fui lo suficientemente astuto para hacer las cosas legalmente. Pero transgredí miles de normas morales.

–¿Cómo?

Se encogió de hombros.

–De muchas formas. Por ejemplo, ayudé a los otomanos en su opresión. Tenían oro. Yo tenía armas de guerra. Si no tenía en cuenta las consecuencias, era un pacto celestial. Sin embargo, si tenía en cuenta las consecuencias, era un pacto infernal.

Beneficiarse de los horrores de la guerra. Sidonie entendía que eso le pesara en el alma.

–¿Qué te hizo parar? –no le cabía duda de que en algún momento había parado.

–Regresé a Grecia tras la muerte de mi padre. Vi en persona el uso que hacían de mis armamentos. Cuando regresé al pueblo en el que había probado por primera vez el *baklava*, solo encontré fantasmas. Un patriota griego se había refugiado allí de las autoridades y, como represalia, el *Sanjakbey* local había ejecutado a todos los hombres, mujeres y niños del lugar.

Qué horrible. Qué abominable. Sidonie no se molestó en aclarar que Merrick no era personalmente responsable de aquel derramamiento de sangre. Tampoco dijo que no podía estar seguro de que hubieran usado sus municiones para la matanza. Habría sido inútil.

—Doy por hecho que te encargaste de las reparaciones.

Merrick se quedó mirando al mar mientras revivía su antigua culpa.

—Sigues intentando verme como si fuera un hombre mejor de lo que soy.

Sidonie se dio cuenta de que, en algún momento mientras hablaba, le había dado la mano. Intentó apartarla, pero él se la apretó con fuerza.

—¿Te encargaste de las reparaciones?

El tono de su voz al responder fue frío y distante a pesar de la tensión de su cuerpo.

—¿Cómo puedes compensar el asesinato de una familia o una comunidad perdida? Me quedé el tiempo suficiente para localizar a los escasos supervivientes que se ocultaban en las colinas y ayudé a aquellos que querían marcharse. Envío dinero a las pocas almas resistentes que se quedaron. No es suficiente.

—Algo es. Doy por hecho que nunca más volviste a vender material de guerra.

—Había visto con mis propios ojos el resultado de mi codicia. Decidí que podía vivir con menos beneficios. La fábrica de municiones de Manchester es ahora la mayor productora mundial de fuegos artificiales.

A pesar de la seriedad del momento, Sidonie no pudo evitar reírse con admiración.

–Oh, eso es maravilloso, Jonas.
Él se quedó mirándola con desdén.
–¿No has oído nada de lo que acabo de decir?
–Claro que sí –respondió ella con el ceño fruncido.

Él negó con la cabeza, como si le desesperase su sentido común, se puso en pie y se sacudió la arena con la mano que tenía libre. Sidonie se dijo a sí misma que debía hacer algo para mantenerse firme. Al menos retirar la mano. Se la apretó con fuerza. Obviamente, Merrick pensaba que su confesión le haría despreciarle, sin embargo gran parte de lo que había escuchado de su boca era propio de él. Hasta su arranque de imaginación al convertir una fábrica que construía herramientas de muerte en una empresa que producía materiales hermosos hechos para la felicidad.

¿Cómo iba a resistirse a él? Jonas Merrick no se parecía a ningún hombre que hubiera conocido antes.

Desde su lugar, acurrucada en el asiento de la ventana de la biblioteca, Sidonie miró a Merrick, que estaba de pie frente a las estanterías. Aquella estancia era, a su manera, más atractiva que el cenador turco del día anterior. Elegantemente amueblada, como si se encontrase en la residencia londinense de un caballero. Estaba llena de libros, desde el suelo hasta el techo. Los muebles eran de caoba bien pulida. Y, rodeando el espacio en lo alto, una preciosa galería con la barandilla dorada.

Desde que entraran en casa una hora antes, Sidonie no había podido olvidar el dilema que le atormentaba en la playa. Una cosa estaba clara. Tenía que decirle a Merrick que era legítimo. La situación de Roberta era horrible, pero no justificaba robarle a aquel hombre su herencia. Tendría que pensar en otra manera de salvar a su hermana. Se sintió angustiada al recordar que, en los ocho años que Roberta había estado con William, el acta matrimonial representaba su primera posibilidad de salvación. En cualquier caso eso no era asunto de Jonas. Al guardar el secreto, estaba consintiendo que William robase los derechos y privilegios del vizcondado.

La puerta se abrió y la señora Bevan entró en la biblioteca.

—Tenéis visita, señor.

Merrick cerró de golpe el libro que sostenía.

—Dije que nadie podría entrar esta semana, señora Bevan.

La mujer no se dejó intimidar.

—No me atrevo a negarle la entrada al duque de Sedgemoor.

Sidonie vio una expresión extraña en el rostro de Jonas. No era satisfacción, pero tampoco hostilidad.

—¿Dónde está su ilustrísima?

—Esperando en el recibidor, pero no parece ser un hombre paciente.

Merrick sonrió de forma sombría.

—No lo es.

Sidonie se puso en pie y sintió el horror y la humillación en las entrañas. Merrick y ella habían estado tan aislados que casi había olvidado que se arriesgaba a quedar deshonrada por estar allí, no solo ella misma, sino toda su familia.

—No puede saber que estoy aquí.

Merrick volvió a dejar el libro en la estantería con un gesto decisivo.

—Escóndete en la galería. Me libraré de él lo antes posible.

Mientras Sidonie subía la escalera de caracol hacia la entreplanta, la señora Bevan se marchó a buscar al duque. Sidonie apenas tuvo tiempo de agacharse en el suelo de la galería antes de oír que la puerta volvía a abrirse.

–Su ilustrísima –dijo Merrick con frialdad. Algo en su voz le puso el vello de la nuca de punta. Sonaba como el hombre que se había burlado de ella a su llegada.

–Merrick –dijo una voz profunda en tono neutral.

Se produjo una pausa. Llevada por la curiosidad, Sidonie se acercó y se asomó. Desde allí podía verle la cara a Merrick. Estaba de un humor inescrutable, con expresión severa. Lo único que podía ver del duque era su pelo liso y negro y unos hombros envueltos en una chaqueta azul oscuro.

–¿A qué debo el placer? –preguntó Merrick.

–Estaba de paso.

Merrick no se dignó a responder a eso. El castillo de Craven no estaba de camino hacia ninguna parte. Sidonie sabía que esa era la razón por la que lo había escogido para su encuentro con Roberta.

–No he oído el carruaje.

–He venido a caballo desde Sidmouth. Mi hermana Lydia se han instalado en una finca a las afueras del pueblo con su nuevo marido.

El duque se movió y por fin Sidonie pudo verle la cara. Tuvo que contener su admiración. Era increíblemente guapo, con unos rasgos cincelados, como el héroe de una leyenda. Su perfección exterior ponía de manifiesto la fealdad de Merrick. Ambos tenían una altura similar y rondaban la misma edad, pero ahí terminaban las semejanzas.

–¿Y habéis decidido venir a visitar a un hombre con el que no habéis mantenido una conversación privada en más de veinte años?

–Richard me sugirió que viniera.

–Ah, claro, eso lo explica todo.

Tras aquella respuesta sarcástica, se produjo otro de esos silencios cargados de electricidad. Sidonie era incapaz de definir la relación entre ambos hombres. Era más complejo que el simple desprecio o un encuentro entre dos conocidos incompatibles.

—Al infierno con vuestro orgullo, Merrick. Habría dejado que os pudrierais aquí, pero Richard insistió en que os advirtiera de las amenazas de Hillbrook.

En esa ocasión Sidonie no pudo evitar soltar un grito ahogado debido a la sorpresa. ¿Qué diablos le pasaba? Con el corazón desbocado, se agachó de nuevo sobre el suelo de la galería y rezó para que el duque no la hubiera visto.

—¿Qué ha sido eso? —preguntó el duque. Ella no sabía si estaba mirando hacia arriba o no—. ¿Tenéis aquí a una mujer, Merrick? ¿Esa es la razón por la que os escondéis en este maldito lugar? Cuando fui a vuestras oficinas, tardé una eternidad en sacarle al gerente vuestro paradero.

—Ninguna mujer sensata soportaría Devon en noviembre —Jonas sonaba despreocupado. Sidonie rezó para que su tono resultase más convincente para el duque que para ella—. Vuestra imaginación os juega malas pasadas. Las casas viejas están llenas de ratones. Los ruidos se deben sin duda a los roedores que hay dentro de la madera.

El silencio del duque señalaba su escepticismo. A Sidonie se le aceleró el corazón mientras esperaba a que preguntara algo más. Aunque sin duda eso sería una falta de modales para el famoso duque de Sedgemoor. Incluso ella, en su aislamiento, había oído que su ilustrísima era un parangón de decoro y virtud. Le parecía extraño que tuviese relación con el infame Jonas Merrick. Pero debían de compartir algún lazo cordial o empresarial. Si no, ¿por qué estaba allí el duque?

La voz de Merrick se volvió impaciente.

—¿Qué dice William?

—Amenaza con mataros y arruinaros. Dice que os denunciará por prácticas fraudulentas en el proyecto de las minas de esmeraldas. Os odia.

—Eso no es nada nuevo.

—¿Estáis diciendo que no infringisteis las normas al desmontar la empresa?

—Nada que me haga estar al margen de la ley. ¿Les dije cosas a ciertas personas sobre las minas? Quizá. Pero la empresa estaba condenada al fracaso antes de que yo interviniese.

Sidonie sintió el pánico en la garganta. ¿Estaría William pagando su frustración con su indefensa esposa? Nunca antes había logrado librar a Roberta de la violencia de William, por mucho que lo hubiese intentado, pero era una tortura estar tan lejos y no saber qué estaría sucediéndole a su hermana.

—Sois odioso, Merrick —Sidonie levantó la cabeza y vio que la expresión del duque se endurecía con desdén. Al menos tenía la atención puesta en Merrick y no en ningún posible intruso—. Sabía que venir aquí era una pérdida de tiempo. Ya os he advertido como le prometí a Richard. Ahora me iré.

Merrick suspiró audiblemente. La agresividad era evidente en su postura, pero aun así señaló un sillón.

—Sentaos, por el amor de Dios, y tomad una copa antes de iros. Ya habrá anochecido cuando regreséis a la civilización.

—No os molestéis —pero el duque se sentó en uno de los sillones de cuero y vio con insatisfacción como Merrick llenaba dos vasos del decantador.

—A vuestra salud —dijo Merrick mientras alzaba su brandy en dirección a su invitado y se apoyaba con aparente indolencia contra el escritorio.

—Vuestra salud es el motivo por el que estoy aquí —dijo su ilustrísima tras dar un sorbo.

—Mi primo nunca ha ocultado su deseo de expulsar a la escoria bastarda del escudo familiar.

—Richard se lo encontró en White's la semana pasada. Parece que está sufriendo algún tipo de colapso.

—Un colapso financiero. Pidió muchos préstamos para comprar acciones en las minas. Según mis informaciones, no le queda nada con lo que saldar sus deudas.

—Os culpa por ello.

—Debería. Durante toda mi vida he hecho todo lo posible por arruinarlo.

—Que es justo lo que merece, sea cual sea mi opinión sobre vuestros métodos —el duque hizo una pausa—. Pero no puedo evitar sentir lástima por la esposa y los hijos de Hillbrook. Ellos no os han hecho nada.

Jonas se encogió de hombros.

—Con eso no puedo hacer nada. Al menos no morirán de hambre en la calle como muchos otros que cometieron el error de invertir en los descabellados proyectos de William.

Sidonie apretó los puños. ¿Cómo podía hablar así del sufrimiento de Roberta y del destino de sus hijos? Al fin y al cabo, por mucho que Jonas odiara a William, los hijos de Roberta eran sangre de su sangre. Aquella tarde había hablado con más compasión de unos aldeanos griegos que eran desconocidos. El impulso de contarle a Merrick la verdad sobre su nacimiento disminuyó bajo un torrente de ira. Sonaba muy arrogante mientras hablaba de la ruina de William y de la futura pobreza de Roberta.

—No os mostraríais tan optimista si le hubierais oído.

—Ya ha jurado destruirme antes —respondió Merrick antes de dar un trago al brandy—. Y, como veis, por mucho que lo ha intentado, sigo aquí.

—Richard pensó que estaba tan cercano a la crisis nerviosa que merecería la pena tener en cuenta la amenaza.

Sidonie sintió un escalofrío en la espalda. Rezó para que Roberta estuviese bien. Al menos los chicos estaban en la escuela, fuera del alcance inmediato de su padre.

—Puede que Richard y vos me hayáis salvado en el pasado, pero eso no significa que me debáis una vida de protección.

—He venido aquí de buena fe —dijo su ilustrísima mientras le entregaba a Jonas su vaso vacío.

—Y yo reafirmo mi derecho de desoír vuestra advertencia. Agradezco vuestra preocupación, pero puedo protegerme solo de los patéticos ardides de William.

El duque se puso en pie y contempló a Merrick con frustración.

—Se congelará el infierno antes de que el gran Jonas Merrick se digne a aceptar ayuda.

Sidonie vio una expresión extraña en el rostro de Merrick, algo parecido a la vergüenza o al remordimiento. De nuevo se dio cuenta de que, a pesar de las cosas que le hubiese confesado en los últimos días, apenas entendía nada sobre su voluble anfitrión.

—Por experiencia he aprendido que es mejor luchar mis propias batallas.

—No siempre.

Se hizo el silencio, un silencio cargado de palabras calladas que Sidonie solo podía imaginarse.

—No, no siempre. Pero al menos ahora, si fracaso, caeré solo.

Para sorpresa de Sidonie, el duque soltó una breve carcajada.

—Bueno, siempre habéis estado dispuesto a construir vuestro propio camino hacia el infierno. ¿Quién soy yo para ofreceros una cuerda para salir del pozo que habéis cavado?

—Un metomentodo presuntuoso —respondió Jonas—. ¿Sabéis si William está pagando su frustración con su esposa?

Sidonie apretó los puños contra las baldosas del suelo. Merrick no se atrevería a hacer públicas las humillaciones de su familia. El duque pareció sorprendido.

—No sabía que hiciera eso.

Merrick negó con la cabeza.

–Me preguntaba si buscaría otras víctimas, dado que ahora mismo yo estoy fuera de su alcance.

–Richard dijo que no hacía más que decir que erais un engendro del demonio y que lo había demostrado ante los magistrados. Al parecer, Hillbrook llevaba tres días sin ir por su casa cuando se encontraron. Parecía estar bebiendo mucho brandy. Richard pensó que...

–Richard es un chismoso.

La expresión del duque se endureció con arrogancia. Sin apenas conocerlo, Sidonie se dio cuenta de que era un hombre muy contenido. A pesar de los intentos de Merrick de burlarse de él, había mantenido el control.

–Sois un estúpido desagradecido, Merrick. Pero siempre lo habéis sido.

Merrick ejecutó una reverencia burlona.

–¿Qué deseáis, vuestra ilustrísima? ¿Un panegírico de gratitud?

–Le dije a Richard que no nos haríais caso. No nos habéis hecho caso desde Eton. Tengo la conciencia tranquila. Vos, mi querido compañero de la infancia, podéis iros al infierno –el duque se dio la vuelta y salió de la habitación sin mirar atrás.

Merrick se quedó donde estaba, contemplando pensativo la puerta cerrada. Después levantó la cabeza y miró a Sidonie.

–¿Ha sido edificante?

–No –respondió ella con frialdad, se puso en pie y bajó las escaleras hasta tenerlo delante–. En realidad no te importa en absoluto lo que William pueda hacerle a Roberta, ¿verdad?

–Oh, me importa mucho lo que haga William.

Sidonie se volvió hacia la puerta, demasiado furiosa para seguir hablando.

–Tengo que ir a verla.

Merrick se apartó del escritorio y la agarró del brazo.

–Nada de eso.

–Si William está perdiendo la cabeza, y parece que la está perdiendo, mi hermana corre más peligro que nunca.

–Anoche lady Hillbrook estaba pasándoselo en grande en el baile de Nash. Y su marido no estaba. Seguro que te alegra saberlo.

Sidonie estaba demasiado sorprendida para apartarse.

–¿Cómo lo sabes?

Merrick pareció aburrirse, pero ella había descubierto que adoptaba esa expresión como modo de ocultar sus pensamientos.

–Encargué a un hombre que la siguiera cuando me dijiste que William le pegaba. Si le ocurre algo a Roberta, lo sabré.

–No mientas. Estamos en Devon. Roberta está en Londres, a kilómetros de aquí.

–Tengo una red de mensajeros y de palomas por toda Inglaterra. Tardo pocas horas en enterarme de las noticias, esté donde esté. El señor Bevan guarda a las palomas en la torre este. Puedo enseñártelas si quieres.

–Oh –la rabia de Sidonie se evaporó y se le doblaron las rodillas por el alivio al saber que Roberta estaba a salvo. De nuevo Merrick la había dejado sin palabras. Pero la visita del duque le había hecho cambiar de opinión. No le quedaba más remedio que seguir ocultándole a Merrick la verdad sobre su herencia. Necesitaría el acta matrimonial para controlar el comportamiento de William, ahora que se enfrentaba a la bancarrota. Era su única herramienta contra su temperamento–. ¿Por qué ibas a molestarte en hacer eso? Roberta no te cae bien.

–Me apetecía –respondió él encogiéndose de hombros.

–Así que ya sabías que William pensaba denunciarte ante los magistrados.

–Sí.

—Pero su comportamiento es tan errático como para hacer que tu amigo venga hasta aquí.

—Sedgemoor no es mi amigo —dijo Jonas riéndose con amargura.

—Obviamente te recuerda con cariño si está dispuesto a venir hasta el castillo de Craven.

—Compartimos una situación parecida —la soltó y se sentó en el sillón que el duque había dejado vacío. Señaló el sillón que había al lado—. Deduzco que nunca has oído los rumores.

Al sentarse, Sidonie estuvo a punto de sonreír. Para ser un hombre sin un apellido legal, podía comportarse como un auténtico lord.

—Ya sabes que no salgo en sociedad.

—Aun así, conocías todas las historias sobre mí.

—Eres de la familia.

—En Eton, Cam Rothermere, el hombre a quien has visto hoy, Richard Harmsworth, que ha enviado aquí a Cam en una misión fútil, y yo, éramos conocidos como el grupo de los bastardos.

Eso no tenía sentido.

—Pero él es un duque.

—Yo soy el único de los tres que ha sido oficialmente declarado bastardo. Los otros dos son el simple resultado de uniones cuestionables que han hecho hablar a la gente durante años. Como sus padres los reconocieron, Cam y Richard conservaron sus derechos y privilegios. A la madre de Cam le gustaba tanto la familia que compartió sus favores por igual con el difunto duque y con su hermano pequeño. Nadie, al parecer ni siquiera la duquesa, sabe quién engendró a Cam, aunque al menos no puede negarse que su sangre sea Rothermere. Es un auténtico misterio quién engendró a Richard Harmsworth. Su madre nunca admitió quién compartió su cama, pero, al dar a luz a Richard dieciséis meses después de que su marido se marchara a San Petersburgo, el adulterio quedó claro. El difunto sir Lester Harmsworth reconoció al niño como suyo al no tener otro heredero, pero siempre se ha sabido que no estaba presente cuando Richard fue concebido.

Sidonie volvió a sentir la rabia por la indiferencia de Jonas hacia Roberta. Se puso en pie y lo miró con odio.

–Pensé que tú serías la última persona en jactarse de la ilegitimidad de otro hombre.

Él se encogió de hombros sin levantarse.

–Quizá agradezca tener esa compañía en mi estercolero.

–Eso es horrible. Y cruel.

–Pareces decepcionada.

Ella parpadeó para no derramar sus lágrimas. Sabía que no era el mejor momento para desafiarlo. Fueran cuales fueran sus sentimientos hacia su antiguo compañero de estudios, la visita del conde había dejado a Merrick de mal humor.

–Pensé que eras un hombre mejor.

–Ya te dije que no tengo escrúpulos –respondió él riéndose–. Construí mi imperio con actos oscuros. Si esos actos fastidiaron los planes de mi primo, tanto mejor.

–Estoy segura de que con eso no puedes hacer nada –respondió ella sarcásticamente.

–Ah. Así que es eso lo que te tiene tan enfadada.

–Probablemente pueda culparte por todos los hematomas de Roberta –dijo ella–. Solo con oír tu nombre, William se pone como loco.

Si Merrick fuese un gato, se le habría erizado el rabo a modo de advertencia.

–¿Esperas alguna muestra de arrepentimiento?

Sidonie debía apartarse y esperar a que ambos estuvieran más tranquilos. Pero algo en su interior le hizo seguir provocándole.

–Me gustaría recuperar a la hermana que recuerdo, no al

fantasma en que se ha convertido estando casada con William.

Él suspiró y se giró para mirar por las ventanas.

—Si te sirve de consuelo —dijo con un tono menos beligerante—, sospecho que William habría pegado a su esposa aunque yo no me hubiese puesto en su camino. Siempre ha sido un abusón. Incluso antes de convertirse oficialmente en el heredero de Hillbrook, era cruel con los animales y con los niños pequeños. Mi padre le prohibió la entrada en casa antes de que cumpliera los siete años por torturar al hijo de un arrendatario con un hierro candente.

Sidonie estaba tan furiosa que se atrevió a hacerle la pregunta que le rondaba por la cabeza desde su primera noche en el castillo de Craven.

—¿Qué te provocó las cicatrices, Jonas?

Él giró la cabeza y le dirigió una mirada inescrutable.

—Son el resultado de una juventud malgastada. Me atacaron antes de saber cómo defenderme de aquellos que buscaban mi destrucción. Desde entonces he aprendido.

Y en ese momento había levantado esas defensas frente a ella; lo supo sin necesidad de que él se lo dijera. Debía de ser lo que sospechaba. Le habrían atacado en algún lugar del continente cuando viajaba con su padre.

—¿Eso es todo lo que tienes que decir?

—Sí, creo que sí —respondió él sin alterar su expresión.

Sidonie se dirigió hacia la puerta indignada.

—Entonces no puedo más que repetir lo que ha dicho su ilustrísima. Te puedes ir al infierno con tus secretos.

Él se limitó a sonreír con aquellos hermosos labios mientras se acercaba para abrirle la puerta.

—He trabajado para el diablo durante años, *carissima*. No te engañes.

Capítulo 10

A Sidonie le pesaban los párpados cuando Merrick se reunió con ella en el piso de arriba. Era más de medianoche y todavía llevaba el vestido azul que se había puesto antes. Se incorporó sobre una de las sillas doradas situadas junto al fuego, decidida a mantenerse despierta. No volvería a pillarla desprevenida como la noche anterior. Había querido seguir enfadada con él después de cómo había reaccionado en la biblioteca, pero había sido un acompañante tan amable durante la cena que no había podido resistirse. Era difícil seguir criticando a alguien que no reaccionaba en absoluto a sus palabras.

En teoría llevaba horas leyendo, pero su inquietud emocional hacía que le resultara difícil concentrarse. Aquel día habían ocurrido tantas cosas que tenía la cabeza llena de preguntas. Besos, atracción creciente, confesiones, la visita del duque, las amenazas de William. Y la inseguridad con respecto a lo que ocurriría esa noche. ¿Cómo podría mantener su atención el insípido Edward Waverley cuando el fascinante Jonas Merrick podría aparecer en cualquier momento para meterse en su cama?

Tras abandonar el comedor, había intentado buscar sin ganas otro lugar donde dormir. Pero Merrick no había exagerado al decir que casi todo el castillo era inhabitable. Después del picnic, habían quitado los muebles del cenador turco y el fuego no estaba encendido en el vestidor, donde se encontraba el camastro. Aun así había pensado en llevarse algunas mantas del dormitorio y dormir allí, hasta darse cuenta de que ese sería el primer lugar donde Merrick la buscaría. Esconderse solo retrasaría lo inevitable. Y le había prometido mostrarse disponible cuando quisiera.

Oyó que la puerta se abría. Con los nervios a flor de piel, apartó la mirada del libro que no estaba leyendo. Vestido con su bata roja, Merrick era el colmo de la decadencia. En una mano sujetaba un decantador de brandy medio lleno y en la otra dos copas de cristal. Al entrar en la habitación, su anillo captó la luz de las velas.

Sidonie sintió una atracción detestable y se le endurecieron los pezones bajo el vestido.

—Espero que lleves algo de ropa debajo de la bata —dijo antes de poder recordarse a sí misma que su grado de desnudez no era el mejor tema de conversación.

Él sonrió y le mostró sus dientes blancos. Por un momento, Sidonie no vio las cicatrices; solo vio a un hombre increíblemente guapo.

—Señorita Forsythe, de nuevo hacéis que me sonroje.

Sidonie rezó para que no adivinara como su cuerpo vibraba en su presencia. Era muy vulnerable frente a él, sobre todo en momentos así, en los que no actuaba como un sinvergüenza, sino como un hombre provocador e intrigante.

—No quiero que duermas aquí —mantuvo la voz serena con gran esfuerzo, aunque le temblaban las manos al cerrar el libro y dejarlo sobre la mesa de caoba que tenía al lado.

Merrick deambuló por la estancia con un aire despreocupado del que sabía que debía desconfiar. Dejó las copas sobre el tocador y las llenó.

–¿No? –preguntó mientras se acercaba para entregarle un brandy.

–No –repitió ella sin mucha fuerza. Había esperado una reacción más intensa a sus palabras. Levantó la barbilla con una actitud desafiante que le resultó tremendamente impostada y aceptó la copa–. No quiero.

Los únicos sonidos eran el crepitar del fuego y la lluvia que golpeaba los cristales de las ventanas. El clima le recordaba a la noche de su llegada, cuando se había ofrecido a la degradación. En su lugar había encontrado... ¿qué? No estaba segura de saberlo.

Con el mismo aire tranquilo, Merrick escogió la silla ubicada al otro lado de la chimenea de mármol y se sentó con elegancia. Cuando se le separó la bata, ella advirtió que llevaba unos pantalones grises anchos debajo. Se sintió aliviada.

–Muy bien –dijo él, todavía con aquella voz sospechosamente suave.

Aquello parecía demasiado fácil. Ella bebió para recuperar el valor y el brandy le abrasó la garganta.

–Entonces, ¿me dejarás en paz?

Merrick sonrió antes de levantar la copa para brindar. Ella intentó no fijarse en el movimiento de su garganta mientras bebía. Tomó aliento, pero aun así sentía el pecho contraído. Era como si le costase trabajo respirar.

–Claro que no. Te sentirías decepcionada si lo hiciera –la risa añadió tanta calidez a sus palabras que Sidonie ansió estirar las manos hacia la fuente de calor.

«Para, Sidonie», se dijo a sí misma.

–Sobreviviría –contestó secamente–. Dijiste que cooperarías.

–No. Simplemente reconocí tus deseos.

–Serías un político maravilloso –murmuró ella cáusticamente.

–Vamos, *tesoro*. Sabes que no te dejaré sola esta noche. Esta mañana me he despertado en tus brazos. Es un privilegio al que no renunciaré voluntariamente.

Por un instante, Sidonie recordó lo apreciada y a salvo que se había sentido tumbada a su lado. Cuando el último lugar en el que estaría a salvo sería en la cama con Merrick. Apretó los hombros contra la silla y se quedó mirándolo. Rezó para que no viera más allá de su exterior firme y descubriese su corazón susceptible. Aquel Merrick nuevo y distante le hacía sentirse confusa. Habría apostado cualquier cosa a que no estaba tan tranquilo como aparentaba estarlo. Cuando le miró a los ojos, vio que la distancia había regresado. Le dieron ganas de arañarle y golpearle hasta que regresara a ella.

Lo cual era absurdo. Nunca había estado con ella. No en un sentido significativo.

Aquella era la tercera noche de la semana que Sidonie le había concedido. Jonas estaba impaciente. La visita inesperada de Cam le había recordado que solo tenía aquel breve intervalo antes de que el mundo exterior irrumpiese en su soledad. Tal vez fuera un arrogante, pero se había imaginado que ya habría logrado poseerla. No le costaba trabajo identificar las expresiones de su hermoso rostro. Asombro. Irritación. Determinación.

Ninguna de ellas era la reacción que buscaba.

Deseaba que se rindiera sin condiciones.

—Piensas que me tienes donde deseas —dijo ella.

—Puedes confiar en mi honor —respondió él, y hablaba en serio, aunque deseaba que no fuera así. Aquella caballerosidad incómoda iba en contra de sus intenciones de depredador—. Hasta que digas que sí, estarás a salvo.

Sidonie habló tras una pausa muy reveladora.

—No diré que sí —parecía segura, pero Jonas advirtió el modo en que se agarraba la falda con la mano.

El fuego que ardía a su espalda le daba mucho calor, a pesar del frío gélido de fuera. O tal vez el motivo del calor fuese su lujuria. Se encorvó en la silla y dejó caer la bata sobre uno de sus hombros.

–Un caballero no... –Sidonie dejó de hablar y se fijó en el triángulo de piel que había quedado expuesto bajo su bata. Lo miró como si fuese la primera comida después de un mes sin probar bocado. Como si fuera un oasis en mitad del Sahara. Fue como si le tocara, aunque se mantuvo decorosamente al otro lado de la chimenea.

«Oh, Sidonie, deja de torturarte. Deja de torturarme. ¿De qué sirve la virtud si acaba con toda pasión?».

Ella parpadeó como si acabara de regresar al mundo real y Jonas vio el esfuerzo que hizo por apartar la atención de su pecho. Lo miró a la cara, pero supo que no estaba viéndolo realmente. El corazón le latía aceleradamente y tenía la copa agarrada con tanta fuerza que amenazaba con romperla. Si hubiera adivinado que su desnudez produciría aquel efecto incendiario, habría ido por la casa completamente desnudo los últimos tres días. Daba igual que estuviesen en noviembre y que el viento del mar cortase como una espada.

Se inclinó hacia delante para corregir la inclinación de la copa de Sidonie. Ella parecía ajena a todo salvo a la energía sexual que circulaba entre ambos.

Se sonrojó con aquel gesto y se enderezó contra la tapicería dorada. Jonas era un canalla por disfrutar de su confusión, pero le tenía tan alterado que estaba decidido a no ser el único que sufriera. Ella tenía los ojos vidriosos y las mejillas sonrosadas. Se humedeció los labios y eso le dio más ganas de besarlos.

–Señor, yo...

Maldición. Se puso en pie y se acercó para quitarle la copa antes de que derramase el brandy sobre su bonito vestido. Le temblaban los dedos cuando la soltó.

—Shh —dejó la copa sobre la mesita. Ignoró su postura rígida y empezó a soltarle el pelo.

—¡Merrick, para! —exclamó ella golpeándole las manos.

—Tranquila, *bella* —se quedó de pie frente a ella para cortarle cualquier vía de escape.

—No me tranquilizaré —respondió Sidonie mientras intentaba impedirle que extendiera su melena sobre sus hombros. La luz del fuego se reflejó en su pelo, que adquirió tonos dorados, castaños y rojizos; los colores del otoño.

—¿Señor? ¿Merrick? —preguntó él, se obligó a apartar la atención de su escote y le agarró la mano. Notó el suave temblor de sus dedos—. Ya conoces mi nombre.

—¿Qué te propones? —preguntó ella con desconfianza.

Jonas intentó levantarla y, como era de esperar, ella hizo fuerza para mantenerse sentada.

—Prepararme para darte un beso de buenas noches.

Ella le dirigió una mirada de desprecio con la que no logró disimular el deseo que veía en sus ojos oscuros.

—Por favor, márchate de la habitación.

—Qué dura, señorita Forsythe, qué severa. Exiliarme a una habitación fría y solitaria en una noche en la que hasta a una estatua de mármol se le congelarían los testículos.

Ella se sonrojó al oír sus palabras.

—La señora Bevan te encenderá el fuego.

—Cruel además de dura. No tendría un alma caritativa si me viese obligado a despertarla.

—Tú no tienes alma.

Jonas se abstuvo de decirle que, si tenía alma, ahora le pertenecía a ella. Al día siguiente, con la bendición de Lucifer, regresaría a ser el hombre cínico, egoísta y solitario que era. Tiró de su mano con más fuerza y ella se levantó temblorosa.

—No debes decir cosas tan feas con esos labios tan bonitos.

La besó antes de que pudiera responder.

Se quedó rígida entre sus brazos, hermosa, esbelta, disuasiva. Pero en los últimos días, él había aprendido a interpretar sus respuestas. Sidonie había saboreado el placer y la experiencia la había dejado abierta a sus caricias.

—Entrégate, Sidonie —dijo contra sus labios.

Aun así se mantuvo callada y fría bajo sus besos. Él le acarició el pelo, el cuello, los hombros y los brazos, pero evitó deliberadamente sus pechos. Por fin emitió un suave gemido. Se estremeció y la rigidez fue abandonando su cuerpo. Jonas se había preparado para encontrarse con mayor resistencia, pero ella le rodeó el cuello con los brazos y se apoyó en él con un suspiro.

Sin darle oportunidad de protestar, la levantó en brazos y la llevó hasta la cama. La dejó cuidadosamente sobre las sábanas de seda, se tumbó sobre ella y colocó las piernas a ambos lados de las suyas.

Sidonie tiró de su bata y él se la quitó sin dejar de besarla. En los labios, en las mejillas, en la nariz, en los pechos, en el cuello. Emitió un gemido sensual y gutural cuando sus manos se encontraron con la piel desnuda. Le acarició la espalda, hacia arriba y hacia abajo. El deseo de hundirse entre sus muslos estaba volviéndole loco. Se incorporó con impaciencia y tiró de su vestido. La prenda se rasgó hasta la cintura con una facilidad asombrosa. El medio corsé y la camisola transparente apenas lograban tapar su cuerpo.

Le mordisqueó los labios para mantenerla distraída. Y porque no se cansaba de su sabor. El deseo le hizo seguir. No se detuvo a saborearla, a disfrutar. Aunque el placer le inundaba con cada roce de su piel, con cada gemido roto de rendición.

Fue cubriéndole el cuello de besos mientras seguía deslizando los dedos hacia abajo. Aun así se detuvo antes de tocarle el pecho. Cada segundo de aquel encuentro estaba cargado de importancia. No podría haber descrito la sensación aunque hubiera querido. Ella le agarró las nalgas y hundió las uñas en sus pantalones. Jonas cerró los ojos, rezó para mantener el control, rezó para poder darle placer, para sobrevivir a la próxima hora.

Cuando por fin le cubrió el pecho con la palma de la mano, ella gimió bajo sus labios. Le estimuló un pezón con cuidado. Ella se retorció y la presión sobre su miembro erecto le cegó de deseo. Sidonie murmuró su nombre y el sonido fue más agradable que cualquier melodía.

Con los dientes le mordió el otro pezón. De inmediato la dulzura de Sidonie invadió sus sentidos. Gimió y se arqueó. Él bajó la mano hasta alcanzar los rizos suaves que cubrían su sexo. La victoria palpitaba en su corazón. La visión dio paso a la oscuridad. Después la oscuridad se convirtió en luz cuando deslizó los dedos entre sus piernas. Gimió con apreciación contra la piel caliente de su hombro.

Introdujo con cuidado un dedo en su interior. Estaba húmeda y caliente, pero aún no estaba preparada, a pesar de su respiración entrecortada y de los brazos que le rodeaban mientras invadía su cuerpo. Introdujo un segundo dedo y empezó a meterlos y a sacarlos. Volvió a besarla, saboreó su desesperación y acarició con el pulgar su punto más íntimo.

Ella se retorció y gimió. Era increíblemente sensible. Estaba a punto de alcanzar el clímax y él apenas había empezado. La besó con más fuerza mientras la estimulaba y atormentaba con el pulgar. Se tensó y el calor explotó alrededor de sus dedos. Se convulsionó contra su mano durante lo que pareció una eternidad.

Nunca olvidaría el momento en el que vio a Sidonie traspasar el umbral del placer por primera vez. Estaba pálida, salvo por sus mejillas sonrojadas. Tenía los labios rojos e hinchados. Le temblaban los pechos y sus pezones brillaban. Cuando fuera viejo y estuviese triste, sonreiría al recordar que en una ocasión había abrazado a Sidonie Forsythe y le había mostrado el camino hacia la felicidad.

Deseaba recitarle un poema. Deseaba decirle lo que significaba aquel momento. Deseaba...

Pero era humano y lo que le salió pareció el halago vacío de un canalla, aunque las palabras le salieran del corazón.

–Eres preciosa.

Sus palabras rompieron el hechizo de la intimidad. El horror reemplazó al placer de su expresión y volvió a ponerse rígida.

–Suéltame –dijo con voz rasgada mientras empujaba contra sus hombros desnudos.

–Sidonie...

Ya no le hacía caso. Sus esfuerzos por quitárselo de encima se volvieron más frenéticos.

–Suéltame. Ya.

Jonas notó la semilla de la histeria y se echó a un lado de inmediato mientras ella seguía golpeándole los hombros.

–No es...

Se detuvo, porque no sabía qué decir. ¿No era importante? El problema era que sí lo era. Más importante que cualquier otra cosa en toda su vida.

Sidonie se apartó con torpeza, levantó las rodillas y se arrinconó contra el cabecero como si esperase que fuese a saltar sobre ella. Intentó juntarse el vestido con manos temblorosas.

–Te has aprovechado –murmuró como si le odiara. Nunca le había hablado con tanto rencor, ni siquiera la primera noche.

–Sidonie, por favor... –se había quedado sin palabras. Se levantó de la cama con la esperanza de que la distancia física la calmara y le ofreció una mano. Ella se estremeció y se apartó como si estuviera esquivando un puñetazo.

—Soy una estúpida —dijo con la voz rota, y le rompió el corazón cuando se secó los ojos con las manos. Estaba llorando. Jonas se sentía el ser más ruin que había sobre la tierra.

—No lo eres —le aseguró, a pesar de sentir la vergüenza y la tristeza en el estómago. En un intento por aliviar su pena, se atrevió a tocarle el brazo.

Eso también fue un error.

Sidonie se encogió y se levantó de la cama. Jadeando como si hubiera estado corriendo, se quedó de pie en mitad de la habitación. Parecía joven, asustada y arrebatadoramente vulnerable. No se parecía en nada a la sirena que había alcanzado el éxtasis segundos antes. Los espejos reflejaban a una mujer de ojos enormes y oscuros como hematomas. Una mujer orgullosa a pesar de su boca temblorosa.

—*Bella* —Jonas se acercó, aunque la razón le dijera que ella lo interpretaría como una amenaza.

—No me llames así.

—No pretendía disgustarte —no tenía idea del daño que le había causado. ¿Por qué no podía ser una mujer fácil? Salvo que, si lo fuera, no sería Sidonie Forsythe y él ya había llegado a la conclusión de que Sidonie Forsythe era la única mujer a la que deseaba.

—No. Pretendías seducirme antes de que me diera cuenta de lo que te proponías —respondió ella amargamente.

Se contuvo y no le dijo otra palabra cariñosa en italiano. Ambos sabían que había descubierto su plan.

Sidonie no esperó su respuesta y le dirigió una mirada cargada de odio.

—La pena es que siempre sucumbo. Me tocas y se me ablanda el cerebro. No sé cómo lo haces, pero es muy inteligente por tu parte.

Se agarró el vestido con fuerza y retrocedió hacia la puerta. Su magnífica seducción había acabado siendo un completo desastre.

–*Tesoro...* –recordó entonces que no quería sus palabras de cariño.

–No intentes desconcertarme con halagos baratos.

¿Cómo hacerle creer que lo que decía era cierto?

–¿Dónde vas?

–Lejos de ti.

–Estamos en mitad de la noche. Esta es la única habitación cálida de la casa.

Ella apretó la mandíbula con determinación y se quedó mirándolo como si fuese una serpiente. Francamente se sentía como tal.

–No me importa.

–Sidonie, te juro que no te tocaré.

–Después de esta noche, no creo en tus palabras –ya casi había llegado a la puerta.

Jonas contuvo la necesidad de excusarse. Había prometido esperar su consentimiento antes de poseerla. En realidad no había faltado a su palabra, pero las excusas eran palabras vacías. Había pretendido acabar con su resistencia.

–Me iré –le dijo a su pesar. Tendría que pasar otra noche en el camastro del vestidor. Al día siguiente cojearía como un octogenario artrítico.

–No –Sidonie tiró de la puerta y esta se abrió de golpe hasta dar contra la pared y hacer vibrar los espejos.

–No seas tonta.

–No estoy siendo tonta –contestó ella con una mirada de odio.

–Puedes quedarte con el dormitorio –respondió Jonas, y entonces cometió el error definitivo.

Dio unos pasos hasta alcanzarla y la agarró del hombro. Sintió sus huesos delicados bajo la mano y el roce de su pelo sobre sus nudillos. También sintió un rechazo infinito e inconfundible. Había convertido aquello en un auténtico desastre; estúpido ignorante.

Sidonie le dio un manotazo para apartarle la mano con una violencia que le sorprendió.

—No me toques.

Dio un paso hacia atrás, después otro, luego se dio la vuelta y salió corriendo al pasillo.

Capítulo 11

Sidonie corrió ciegamente, tropezándose a su paso. Cualquier cosa con tal de escapar de Merrick y de la horrible y peligrosa tentación. Había perdido la razón. Solo le quedaba el instinto. Lo único que sabía era que necesitaba alejarse de lo que él le había hecho en esa cama.

La alfombra le acariciaba los pies descalzos a lo largo del pasillo. Bajó corriendo las escaleras y sintió el frío de la piedra en las plantas hasta llegar al recibidor, con sus fantasmas y sus tapices desgastados. Recorrió las habitaciones oscuras como si fuera un animal perseguido. La puerta principal se cerraba con llave cada noche al caer el sol y era demasiado pesada para ella, pero podría llegar al jardín por la puerta de atrás.

−¡Sidonie!

Oyó que Merrick la llamaba desde lo alto de las escaleras. Una parte de ella sabía que estaba actuando como una loca, que debía poner fin a aquella huida frenética. Si le decía que no y lo decía en serio, él la dejaría en paz. En eso confiaba.

Era en sí misma en quien no confiaba.

No de haber pasado esos asombrosos minutos entre sus brazos. La había convertido en su criatura y no podía soportarlo. Había pasado su vida jurando que nunca se convertiría en la esclava de ningún hombre. Aun así estaba casi encaprichada de Jonas Merrick. Un hombre maldito y vengativo. Tenía que volver a ser la mujer que era antes de llegar, desterrar de su cuerpo a la criatura licenciosa que gemía y se retorcía de placer bajo las habilidosas caricias de Merrick.

Tiró del picaporte de hierro forjado de las puertas de la terraza. Intentó tomar aliento.

–Ábrete, maldita sea. Ábrete –murmuró entre sollozos mientras manipulaba el pestillo.

Un destello llamó su atención y se fijó en la llave que estaba metida en la cerradura. Por supuesto. Con una mano temblorosa giró la llave, abrió la puerta de cristal y salió a la tormenta. El viento arremetió de inmediato contra ella como si fuera un elefante.

–¡Sidonie, por el amor de Dios, vuelve!

La voz de Merrick sonaba más cerca. Debía de estar en el recibidor.

–Sidonie, ¿dónde estás? Por el amor de Dios, esto no es necesario.

No podía mirarle a los ojos y recordarle haciendo... eso. Con un sollozo ahogado cerró la puerta tras ella y se adentró en la oscuridad bañada por la lluvia.

Maldición. ¿Dónde diablos se había metido?

Jonas oyó cerrarse la puerta trasera de la casa y sintió un vuelco en el corazón. Si Sidonie salía corriendo, correría peligro. Más peligro que si se quedaba dentro. Se imaginó su cuerpo sin vida en el fondo de los acantilados.

Agarró un farol del recibidor y lo encendió con manos temblorosas. Cada segundo que pasaba le parecía una hora. Recogió el abrigo de la silla de roble donde lo había dejado y se lo puso mientras corría descalzo sobre las baldosas de piedra.

Recorrió la casa y salió a la tormenta rezando para que Sidonie no hubiese llegado muy lejos con aquel tiempo. Se encontró de cara con el viento helado y con la lluvia. Se tambaleó y se preguntó cómo una mujer, incluso una tan firme como Sidonie, habría conseguido salir corriendo.

–¡Sidonie!

La fuerza del viento devolvió las palabras a su boca. Intentó levantar el farol para localizarla, pero la luz apenas suponía una defensa contra la oscuridad.

¿Dónde diablos estaba? Podría haber salido corriendo en cualquier dirección. Pero tenía la impresión de que saldría corriendo hacia los acantilados. Salió corriendo hacia allí con la esperanza de que hubiera huido en esa dirección, y al mismo tiempo con la esperanza de que no lo hubiera hecho. No podía correr muy deprisa y cayó al suelo en más de una ocasión.

–¡Sidonie! –santo Dios, tenía que saber que no le haría daño.

Pero había confiado en que no la forzaría y él había estado a punto. Por un momento, mientras ella se convulsionaba con el clímax más dulce que hubiese presenciado jamás, había sentido la necesidad de penetrarla. Era un salvaje y la culpa se aferraba a su estómago.

Debería haberla dejado en paz.

La lluvia que le empapaba el pelo y resbalaba por su cuello, el frío paralizante, todo aquello le parecía un castigo inadecuado para el mal que había causado. Era demasiado tarde para cambiar lo sucedido. Esperaba que no fuese demasiado tarde en general.

–¡Sidonie!

Si no regresaba a salvo...

Se negó a terminar aquel pensamiento. La encontraría. O moriría en el intento.

Cuando levantó el farol, no la vio. Los jardines eran

grandes y estaban llenos de vegetación. Podía estar en cualquier parte. Volvió a gritar su nombre. Nada. La tormenta hacía tanto ruido que tal vez no le oyera. O quizá estuviera demasiado asustada para responder.

Santo cielo, aquello era un auténtico desastre.

¿Debería ir a buscar a los Bevan? Pero, si Sidonie había salido corriendo, cualquier retraso podría significar que caería al vacío por los acantilados. Una caída sería accidental. Era imposible que prefiriese morir ahogada antes que enfrentarse a él.

Sidonie era fuerte. No estaría en el castillo de Craven si no lo fuera. No era de las que sacrificaban la vida antes que la virtud.

¿O sí?

Dios, ¿qué había hecho?

El pánico era una emoción desconocida para él, al menos en la edad adulta. Pero la ida de que Sidonie se hiciese daño le daba mucho miedo.

–¡Sidonie! –gritó de nuevo, pero no estaba allí. Lo notaría si estuviese cerca.

Los rayos transformaban el paisaje en una pesadilla plateada y negra. Tambaleándose, gritando, se abrió paso entre los arbustos hacia el mar. El rugir de las olas se imponía sobre la lluvia y el viento.

Sin duda, Sidonie también lo oiría y se detendría.

Las ramas le golpeaban y le arañaban. Apenas notaba el dolor. El abrigo apenas le protegía, pero no le importaba. Era grande y fuerte. Sidonie era tremendamente frágil frente a aquel clima.

Jadeando, Jonas llegó a una zona de hierba situada sobre las olas violentas. Levantó el farol, pero la luz alcanzaba solo unos pocos metros.

Un rayo iluminó de nuevo el cielo y entonces la vio de pie a algunos metros de distancia. Gracias a la luz blanca advirtió la tensión de su cuerpo. Gracias a Dios no estaba cerca del precipicio, aunque contemplaba el mar embravecido como si esperase el regreso de un amante.

Jonas tomó aliento por primera vez desde que ella desapareciera en la oscuridad. El alivio que sentía hacía que le diese vueltas la cabeza. Estaba viva.

Estaba viva.

Se dio cuenta entonces de que la idea de perderla en el mar le había llenado el corazón de pena. Sacrificaría todo, incluso la esperanza de volver a tocarla, con tal de mantenerla en el mundo. Ni siquiera era necesario que estuviese en su mundo.

No se molestó en volver a llamarla. Si le había oído antes, y debía de haberlo hecho a pesar de la tormenta, no había respondido.

Se aproximó lentamente, en parte por el viento procedente del océano y en parte porque no deseaba asustarla. La última vez que la había asustado la había enviado directa al peligro. Se cortaría el cuello antes de volver a hacerlo.

—¿Sidonie? —preguntó cuando estuvo lo suficientemente cerca para que pudiera oírle.

Ella se dio la vuelta, en sus ojos brillaba algo parecido al odio. Estaba pálida y tenía el pelo empapado.

—Déjame en paz —dijo por encima del bramido del viento.

Jonas sintió un vuelco en el estómago al ver que retrocedía hacia el acantilado. Ahora que la había encontrado, su miedo a que se lanzase al vacío le parecía ridículo. Pero los acantilados eran traicioneros y, si perdía el equilibrio, aquello podría acabar en desastre igualmente.

Estuvo a punto de estirar el brazo hacia ella, pero entonces recordó que lo último que ella desearía sería que la tocara. Dejó caer entonces la mano y habló con toda la autoridad que pudo en mitad de una tormenta.

—Sidonie, vuelve a casa. No es seguro estar aquí.

Al menos ella dejó de apartarse. El viento tiraba de su ropa y tuvo que rodearse el pecho con los brazos. En un escenario menos húmedo, la mirada que le dirigió podría haberle reducido a cenizas.

–No es seguro estar dentro.

No la contradijo. Sidonie deseaba que se fuera al infierno, pero no podía dejarla allí, en mitad de la tormenta. Dejó el farol, se quitó el abrigo y maldijo cuando la lana mojada se le quedó pegada a los brazos. La prenda estuvo a punto de salir volando de sus manos por culpa del viento.

–Toma –se acercó lo suficiente para dejar caer el abrigo sobre sus hombros temblorosos. Apenas le ofrecía protección frente a la tempestad, pero al menos era algo. Ella solo llevaba puesto el vestido echado a perder. Hecho jirones gracias a su impaciencia.

–Pasarás frío –murmuró ella con una voz desprovista de emoción.

Él sonrió, aunque no le apetecía. Tenía ganas de pegarse un tiro por ser tan idiota.

–Sobreviviré –se arriesgó y le ofreció la mano–. Vamos a casa. Por favor.

Ella se quedó mirándole la mano como si fuese cicuta.

–No confío en ti.

Las gotas de lluvia helada le golpeaban el cuerpo como si fueran balas.

–Al menos ódiame dentro, que hace calor.

Sidonie se enderezó con dificultad contra el viento y se recolocó el abrigo. Él esperó alguna respuesta cortante, pero permaneció callada. Después se dio la vuelta y se alejó caminando por la hierba empapada. Se dirigió hacia el hueco en los arbustos por el que había aparecido él. Jonas advirtió sus pies descalzos mientras trataba de mantener el equilibrio y volvió a sentirse culpable. Ella no había pedido nada de eso. Ni siquiera estaba allí por culpa de sus propias deudas, sino por las de su descerebrada hermana, que probablemente estuviera a salvo en la cama. Si no jugándose un dinero que no tenía.

Jonas la agarró cuando ella se tambaleó con la embestida del viento. Al tocarla, notó que la manga del abrigo estaba empapada. Ni siquiera habría enviado a un perro fuera con aquel tiempo. Ella se apartó de inmediato.

–Te he dicho que me dejaras en paz.

Él la agarró con más fuerza y esperó a que recuperase el equilibrio, a pesar de que estuviese enfadada. Solo entonces la soltó.

Había pensado que el abrigo apenas le protegía, pero ahora tenía que soportar la inclemencia del tiempo vestido solo con unos pantalones de seda. ¿Qué imbécil escogía Devon en noviembre para un encuentro amoroso?

Ambos se tambalearon por el jardín. La fuerza del viento le pilló desprevenido. Luchó por mantenerse en pie y oyó gritar a Sidonie. Se dio la vuelta, pero la lluvia caía con tanta fuerza que le nublaba la visión. A través del torrente vio a Sidonie agachada en el suelo con el agua cayéndole sobre la cabeza. Él estaba al límite de sus fuerzas. Ella debía de estar exhausta.

–Maldita sea –dejó el farol en el suelo y se acercó a ella, que estaba hecha un ovillo en el suelo.

Aquella locura había durado demasiado. Hiciera lo que hiciera, Sidonie no podría odiarle más de lo que le odiaba en aquel momento. Recobró las fuerzas y se agachó para tomarla en brazos.

–No me toques –empezó a resistirse, pero estaba demasiado cansada para ofrecer mucha resistencia.

–Ya estoy harto –respondió él con firmeza–. No puedes volver andando a casa.

–Sí puedo –protestó ella, pero Jonas no se dejó intimidar por su actitud desafiante.

–No pienso quedarme aquí de pie, congelándome, mientras discutimos.

–Eres un abusón.
–Déjalo ya, Sidonie. Sé que soy muy malo y que quieres que me vaya al infierno, pero soporta mis manos al menos hasta que estemos dentro.

Esperó a que siguiera discutiendo, pero Sidonie parecía haber llegado al límite de sus fuerzas. Sintió la victoria en el corazón cuando ella le pasó la mano por la nuca. Haciendo equilibrios con el abrigo y con Sidonie, se agachó para recoger el farol.

–Sujeta esto.

Ella agarró el farol sin hablar mientras él avanzaba como podía. No pesaba poco y, con el viento y el abrigo mojado, a Jonas le costaba trabajo moverse.

Las puertas de la terraza se agitaron con el viento cuando entraron. Sidonie estiró el brazo y las cerró tras ellos. A pesar de la lluvia que golpeaba las puertas y las ventanas, el silencio en comparación con el exterior resultaba sorprendente. Un silencio cargado con un sinfín de cosas sin decir.

–Ya puedes bajarme –dijo ella con voz temblorosa mientras se retorcía.

–Estate quieta –le dolían los hombros y las piernas estaban a punto de ceder, pero no pensaba soltarla. Caminó con ella hacia las escaleras dejando charcos de agua tras de sí.

–Puedo caminar –insistió Sidonie.

Jonas no estaba de acuerdo. Entonces recordó que su temeridad le había hecho salir corriendo hacia la tormenta. Se sintió como un estúpido por su arrogancia, se detuvo y la dejó con cuidado en el suelo. Pero entonces todas sus buenas intenciones se desvanecieron.

Ella se tambaleó y se quedó mirando su cara. Jonas deseó que no le mirase así. Como si esperase que lo arreglara todo. No podía arreglar absolutamente nada.

–Oh –murmuró en voz baja. Le dirigió una mirada asustada y empezó a derrumbarse con un movimiento extrañamente elegante.

–Que Dios me perdone –respondió él, y la agarró antes de que cayese al suelo. Volvió a levantarla y sus manos resbalaron sobre su piel mojada–. No discutas.

–No pensaba hacerlo –dijo ella.

Jonas se movía con torpeza debido al cansancio. Pero no la soltaría ni bajo amenaza de muerte. Su lugar estaba entre sus brazos, incluso aunque aquella fuese la última vez que la abrazase.

Cuando entró en el dormitorio, sintió que su cuerpo se tensaba.

–No...

No confiaba en él. Y él no podía culparla.

La dejó suavemente en una silla situada junto al fuego.

–*Bella*, no tienes razones para creerme, pero te juro por la tumba de mi madre que te dejaré dormir en paz después de secarte. Ahora mismo estás empapada y helada.

Sidonie se quedó mirándolo. Él no tenía ni idea de lo que estaría pensando. Finalmente asintió de manera abrupta. Le castañeteaban los dientes y sus labios habían adquirido un tono azulado.

–Muy bien –murmuró.

Jonas la ayudó a quitarse el abrigo. Ella tenía las manos blancas por el frío y sus movimientos eran descoordinados. Él mantuvo la mirada fija en su cara, no en las curvas que se adivinaban bajo su vestido roto.

Atravesó la habitación para alcanzar una pila de toallas del lavamanos. Se colgó una del cuello y empezó a secar a Sidonie con la otra. Salvo por sus temblores, ella permaneció quieta como una muñeca. La primera toalla pronto quedó empapada y empezó con la segunda.

Cuando le hubo secado casi toda la lluvia, dejó caer las toallas empapadas al suelo y se volvió hacia el tocador. Intentó mostrarse inofensivo y le sirvió un brandy. Sujetó la copa mientras ella bebía y esperó a que su mano se enderezase lo suficiente para poder sujetarla. Después, cuando terminó de secarse él, avivó el fuego.

Lentamente, Sidonie fue volviendo a la vida. Recuperó el color en la cara bajo la influencia del licor y del calor. Él sabía que no tenía derecho, que había prometido actuar como un caballero, pero no pudo evitar quedarse mirándola. Cualquiera que pasara por allí probablemente hubiera dicho que Sidonie estaba hecha un desastre. Tenía el pelo enredado y húmedo. Bajo el dobladillo rasgado del vestido se veían sus pies descalzos, arañados y sucios.

Para él estaba adorable.

Siempre estaba adorable. A pesar de sus valientes esfuerzos por dejar al margen sus emociones, estaba perdida e irrevocablemente enamorado de Sidonie Forsythe.

Y era tarde para hacer algo al respecto.

Era demasiado tarde.

Capítulo 12

Completamente agotada, Sidonie vio como Jonas arrancaba una manta de la cama. Se la ofreció mientras se acercaba.

–Tienes que quitarte la ropa mojada.

No pensaba que se le hubiera calentado la sangre suficientemente para sonrojarse. Pero se sonrojó. ¿Cómo podía estar sentada frente a él medio desnuda? Intentó juntarse el vestido y derramó el brandy con torpeza.

Él rescató la copa y la colocó sobre la mesita.

–No pasa nada.

–No puedo… –murmuró ella con la voz rota. Unas lágrimas humillantes resbalaron por sus mejillas. Se acurrucó contra la silla para ocultar aquella horrible pérdida de control.

–Me daré la vuelta –le aseguró él. Consiguió soltarle una mano de los jirones del vestido y la puso en pie.

–Estás comportándote como un caballero –dijo ella con desconfianza, aunque el hipo echó a perder el efecto admonitorio.

En vez de declarar sus buenas intenciones, él le entregó la manta y se dio la vuelta.

–Desnúdate y envuélvete con la manta.

A pesar del cansancio, Sidonie no pudo evitar quedarse mirando su cuerpo. Era como si estuviese desnudo. Los pantalones de seda se pegaban a sus nalgas firmes y a sus muslos poderosos. Era tan fuerte que hacía que todo a su alrededor vibrase. Deseaba odiarlo, aunque solo fuera para desplazar la culpa que sentía en el estómago, pero le resultaba imposible. La había rescatado de la lluvia y ahora cuidaba de ella con gran cariño. Se estremeció y arrugó los dedos de los pies para hundirlos en la alfombra turca y recuperar así la circulación.

Su ropa estaba tan destrozada que, tras unos movimientos rápidos, cayó al suelo. Miró a Jonas con desconfianza mientras agarraba la manta, pero él no se dio la vuelta.

Después miró hacia el espejo.

Estaba a punto de maldecidle por hacer trampas, pero entonces vio su cara reflejada. Congelada como estaba, ansiosa por aferrarse a la poca decencia que le quedaba, dejó la manta colgando de sus dedos helados.

Jonas tenía los ojos cerrados y parecía estar sufriendo.

Debía de estar muerto de frío, pero aquello le parecía algo más. Aquella agonía procedía de algo más importante que la simple incomodidad física. Parecía como si todas sus esperanzas hubieran quedado reducidas a cenizas.

Sintió entonces la necesidad de consolarle. Estiró una mano hacia él.

Se mordió el labio y se dijo a sí misma que aquello era absurdo. El hecho de que se sintiera desgarrada después de los acontecimientos de aquella noche no significaba que él se viese afectado de la misma manera. Estaba dejándose llevar por su imaginación. Aun así, se quedó mirando las arrugas de su cara y no pudo evitar pensar que aquel hombre necesitaba desesperadamente ayuda, cariño... amor.

Amor...

La palabra le hizo olvidarse de su parálisis. Se apresuró a envolverse el cuerpo con la manta.

—Ya puedes darte la vuelta —le dijo.

Cuando lo hizo, había vuelto a ponerse la máscara. La máscara de amabilidad y preocupación que llevaba puesta desde que la llevase de vuelta a casa.

—Por el amor de Dios, siéntate, Sidonie —sonaba tan cansado como se sentía ella—. Parece que estás a punto de caerte.

Se acercó al lavamanos y echó agua en la palangana con tanta impaciencia que esta se desbordó. Cuando Sidonie se dejó caer sobre su silla, él regresó y se arrodilló a sus pies.

—¿Qué estás haciendo? —seguía siendo muy consciente de su desnudez bajo la manta.

—No puedes irte a la cama así —Jonas le levantó el pie derecho y comenzó a lavárselo con agua tibia.

Estaba ocultándose tras aquella amabilidad. Sidonie había podido ver sus verdaderos sentimientos cuando se había dado la vuelta. Aquel gesto de cuidador era falso, falso, falso.

—Para, Merrick —dijo apartando el pie.

Él levantó la cabeza y la miró sorprendido.

—Dios, Sidonie, ¿ni siquiera puedo tocarte el pie?

Apretó los labios con amargura. Su infelicidad no debería tener el poder de hacerle daño, menos después de tan pocos días. Pero así era.

—Te juro que no quiero hacerte daño —continuó él con aparente sinceridad. Se dispuso a ponerse en pie—. Si no aceptas mi ayuda, entonces despertaré a la señora Bevan.

Le parecía algo caprichoso pedirle que se quedara. Jonas era peligroso. Para escapar de él, había salido corriendo en mitad de una tormenta. Le tocó la mano antes de recordar que quería mantener la distancia.

—No.

Él frunció el ceño, pero no se apartó. No podía culparle por pensar que su comportamiento era confuso. Después de aquella noche, debía de pensar que estaba loca. Tal vez la lluvia le hubiera oxidado el cerebro. No se le ocurría otra razón para aquella vacilación.

–No quiero que actúes como mi sirviente.

–Una pena –respondió él con una sonrisa triste–. O yo o la señora Bevan.

Sidonie extendió la pierna hacia él. Tras una pausa, como si estuviera confirmando su cooperación, Jonas devolvió la atención a sus pies.

Finalmente dejó caer el trapo en la palangana y se puso en pie para llevarla al lavamanos. Regresó con las últimas toallas y comenzó a frotarle los pies.

–¡Merrick! –protestó ella.

La fricción le produjo un calor en la sangre que no era del todo resultado de la circulación. Cuando levantó la toalla y ella pudo verle, tenía una expresión severa en la cara. No se parecía al hombre que se había reído con ella, que la había besado. El hombre que le había mostrado el éxtasis. No debería querer que ese hombre regresara. Era una amenaza no solo para su virtud. Era una amenaza para todo lo que valoraba.

No le gustaba la distancia que ponía entre ambos. A pesar de estar rebajándose a modo de disculpa. Porque eso era lo que hacía, por mucho que asegurase ser un hombre sin conciencia. Aunque Sidonie no había entendido todas sus emociones al verle reflejado en el espejo, sí había reconocido el remordimiento. Se maldijo a sí misma por haberse comportado como una mojigata histérica y haber salido huyendo como si un simple «no» no bastase para hacerle parar.

«No» era algo que le costaba mucho decir.

La manta resbaló sobre su hombro y dejó ver la parte superior de su pecho. Ella se apresuró a taparse de nuevo.

Él no pareció darse cuenta. Debería sentirse agradecida porque la tratara con respeto y no como si fuera un caramelo que pudiera llevarse a la boca cuando quisiera. Sin embargo, Sidonie era una criatura contradictoria y se sentía molesta.

Hacía una hora, Jonas la había deseado. El deseo no podía morir tan deprisa. Ella no lo sabía. No estaba familiarizada con el deseo como para poder juzgar.

Miró hacia el espejo situado al otro lado de la habitación y contuvo un grito de angustia al ver a una bruja reflejada. No era de extrañar que Jonas no estuviese interesado. Tenía el pelo enredado, la cara pálida y los ojos desencajados.

–¿Has terminado? –preguntó, insatisfecha consigo misma, con Jonas, con el mundo entero.

–Ya queda poco –Jonas le rellenó la copa de brandy y se la entregó–. Si te dejo sola un momento, ¿prometes no salir corriendo?

Ella se sonrojó y aceptó la copa. No podía culparle por tratarla como a una niña maleducada.

–Ya he corrido suficiente.

–Me alegra oírlo –él agachó la cabeza y se marchó.

Cuando regresó, se había puesto una camisa y unos pantalones. Sus cuidados le habían hecho recuperar el calor y la energía. Incluso tuvo un momento para lamentar que ya no estuviese casi desnudo.

Chica perversa.

Jonas dejó otra camisa al pie de la cama.

–¿Qué es eso? –preguntó ella con desconfianza.

–No sé dónde ha puesto la señora Bevan tu camisón –respondió él.

–Oh –se sintió decepcionada por su consideración. Por supuesto que no deseaba dormir junto a él desnuda. Pero le había prometido que dormiría sola, ¿verdad?

Otra punzada de decepción.

Se había peinado el pelo y brillaba como satén negro sobre su cabeza. Alcanzó su cepillo, que estaba sobre el tocador como si aquella fuese su habitación. Aunque ella solo fuese una ocupante temporal.

Tenía que recordar aquello.

Jonas se acercó más y llevó el cepillo a su pelo.

—No —contestó ella apartándose. No deseaba más consideraciones falsas. Deseaba al hombre de verdad.

—Calla —Jonas le acarició la mejilla con la palma de la mano y la sujetó mientras le desenredaba el pelo suavemente.

La habitación quedó en silencio. Solo se oía el crepitar del fuego. El susurro del cepillo. La lluvia golpeando las ventanas. La tormenta de fuera pareció calmarse, igual que la tormenta entre Jonas y ella.

Él le cepilló el pelo hasta dejárselo casi seco. Tuvo que estirar el brazo para alcanzar la copa de brandy. Ella sintió el placer al ver su mano sobre la suya. Con cada pasada del cepillo iba quitándole una capa de resistencia. Después de todo el miedo y toda la rabia, se sentía dócil. Tal vez la llevase pronto a la cama. Sin duda no hablaría en serio al decir que dormiría sola.

Jonas dejó el cepillo a un lado y la tomó en brazos. Ella murmuró algo medio dormida y se apoyó en su pecho. Sentía calor. Él estaba caliente. Todo a su alrededor era cálido. Bostezó y cerró los ojos.

Jonas...

Tal vez hubiera dicho su nombre en voz alta. Hundió la nariz en su torso y aspiró el aroma a lluvia. Le pareció oír que él gemía. No estaba segura. Estaba tan cansada que no estaba segura de casi nada.

Él la dejó sobre la cama y la tapó con las sábanas. Cuando la soltó, Sidonie sintió que aquella pérdida penetraba en su cerebro medio dormido. Murmuró algo a modo de protesta y esperó a que él se tumbara a su lado.

Mantuvo los ojos cerrados. Mirarlo a los ojos habría sido como admitir que había dejado de luchar. Le oyó suspirar. Su aroma inundó sus sentidos cuando le dio un beso en la frente y después la besó en la boca muy brevemente.

Sidonie esperó a que se tumbara en la cama.

Y esperó.

Finalmente abrió los ojos y vio a Jonas apagando las velas hasta que solo quedó la luz del fuego. Con el destello de las llamas, su expresión parecía sombría. Estaba tan cansada que resultaba difícil sentir pánico, pero supo que algo iba mal.

–¿Jonas?

Él se dirigió hacia la puerta sin mirarla.

–Buenas noches, Sidonie.

–¿Qué…?

Aunque intentó levantarse y seguirlo, la dejó sola y cerró la puerta tras él.

El sonido de las cortinas despertó a Sidonie. La tormenta de la noche anterior había dado paso a los rayos del sol. Estaba sola.

Solo había dormido unas pocas horas. El errático comportamiento de Jonas le había quitado el sueño. Al ver que no regresaba, había ido a buscarlo. Al final, el frío y el fracaso de su búsqueda le habían hecho regresar a la habitación.

–El té está sobre la mesa –anunció la señora Bevan mientras recogía los restos de suciedad de la noche anterior. Las toallas arrugadas, la manta tirada en el suelo, la ropa rota. Sidonie se sonrojó cuando la mujer levantó los restos de su extravagante vestido, pero el ama de llaves apenas le prestó atención.

–Buenos días –murmuró Sidonie. Se incorporó y se recostó sobre las almohadas. Se remangó la camisa de Jonas.

–El señor ha dicho que pidáis el carruaje cuando estéis lista –contestó la señora Bevan.

¿Qué?

–No... no lo entiendo –dijo Sidonie con una voz quebradiza que era reflejo de su corazón–. ¿Por qué iba a querer el carruaje?

El gesto de la señora Bevan al encogerse de hombros resultó increíblemente expresivo para una mujer tan taciturna.

Como no sabía qué otra cosa hacer, Sidonie se volvió hacia el té que había sobre la mesilla. Después de servirse una taza se fijó en el fardo de papeles atados con un lazo azul de seda sobre la bandeja.

–¿Qué es esto?

–El señor ha dicho que os lo entregara –respondió la señora Bevan con una mirada desinteresada.

Sidonie se quedó con la mano suspendida sobre los papeles, como si fueran a morderle.

–¿Dónde está el señor Merrick?

–Por ahí –tras darle aquella información inútil, la señora Bevan abandonó la habitación.

Fuera lo que fuera lo que hubiese en esos papeles, Sidonie no obtendría con ellos lo que deseaba. De eso estaba segura.

Agarró el paquete. Los papeles estaban arrugados y eran de distintos tamaños. Desató el nudo y desdobló el primer documento. Reconoció entonces la letra aniñada de Roberta. Todos los mensajes eran simples. Y mostraban enormes sumas de dinero que se le debían a J. Merrick. En todos aparecía la firma de Roberta.

Su hermana le había mentido.

En Barstowe Hall, la cantidad que decía haber perdido frente a Jonas ya le había parecido horrible. Pero el total de aquellos papeles era astronómico. Mucho más de lo que su hermana podría haberle pagado nunca. Mucho más de lo que William poseía.

—Oh, Roberta…

Entonces le quedó claro el auténtico significado de aquellos papeles.

Jonas la había liberado.

Capítulo 13

Sidonie siempre había dicho que estaba allí solo para saldar la deuda de Roberta. Jonas, con una magnanimidad que debía sorprenderle, pero no lo hacía, le había perdonado la deuda incondicionalmente.

«Vete. Huye», se dijo a sí misma.

Su lado práctico insistía en que aprovechara la oportunidad. Ya tenía lo que quería. Era libre. Más concretamente, Roberta era libre. Sidonie podía volver a su vida real, planear el rescate de Roberta y una nueva vida independiente para las hermanas Forsythe. Una vida independiente que, de pronto, empezaba a parecerle muy solitaria.

Nada le obligaba a quedarse en el castillo de Craven. Nada salvo la expresión fugaz en los ojos de un hombre cuando creía que no le veía. Nada salvo las risas compartidas, las caricias de un hombre y el fin de una soledad que hasta ese momento no se había dado cuenta de que le pesaba en el corazón.

Nada...

Tal vez eso fuera lo que sintiera Jonas en aquel momento. Nada.

Se negaba a aceptar que eso fuera cierto.

Tras un día largo y frustrante, temió que debiera aceptar que fuese cierto. A última hora de la tarde, ya se había dado cuenta de que Jonas no deseaba ser encontrado. Al menos por ella.

Sidonie regresó por fin al inhóspito salón, preguntándose si habría pasado por alto en su búsqueda algún lugar evidente. La señora Bevan se encontraba barriendo en un rincón. La luz que entraba por una estrecha ventana captaba las motas de polvo.

–Podéis marcharos –dijo el ama de llaves con lo que Sidonie interpretó como satisfacción.

–No –respondió ella, aunque estuvo tentada de aferrarse al poco orgullo que le quedaba y marcharse. Al fin y al cabo, la ausencia de Jonas dejaba claro su desprecio. Una mujer sensata se daría cuenta y regresaría a la seguridad y a la comodidad de lo que le era familiar.

Pero ella no deseaba la comodidad de lo familiar. La trágica realidad era que deseaba a Jonas. Deseaba a Jonas con todo su corazón. Al condonarle la deuda a Roberta, lo había cambiado todo entre ellos.

Ella había pasado su vida jurando que nunca se entregaría al poder de un hombre. Tras presenciar cómo la autoridad masculina había destruido a su madre y a su hermana, había prometido que nunca sometería su cuerpo o su voluntad a la tiranía del hombre. Pero en los últimos días había visto a Jonas como al hombre entre un millón que no era un tirano. Durante los dos últimos días había estado a punto de ceder. Sus cuidados y su remordimiento de la noche anterior habían inclinado la balanza para siempre. Y, ahora que le había dado libertad para marcharse, Sidonie estaba impaciente por destruir todas las barreras que había entre ellos.

Su cautela innata se burlaba de ella por decirse a sí misma que aquel lugar y aquel hombre eran diferentes a otros lugares y a otros hombres. No hizo caso a esa cautela innata. Por una vez pensaba hacer caso a su corazón y no a su cabeza. Deseaba ser la amante de Jonas Merrick, y lo deseaba con una alegría que habría dejado perpleja a la chica que había llegado al castillo de Craven pocos días antes.

Tal vez fuera demasiado tarde para decirle a Jonas lo que deseaba.

O para que a él le interesase en lo más mínimo su confesión.

—Si queréis llegar a Sidmouth antes de que anochezca, tendréis que marcharos pronto.

—Voy a dormir aquí —respondió Sidonie con una obstinación que no reflejaba los nervios que sentía en el estómago.

—Como queráis. Pero el señor dijo que os marcharíais enseguida.

—El señor no lo sabe todo —respondió Sidonie sentándose en una de las sillas de roble situadas junto a la pared.

—El señor está montando. Se marchó antes del amanecer. A veces tarda días en volver —la señora Bevan le dio aquella información con retraso e hizo una pausa en sus tareas para mirarla con desaprobación—. Podríais quedaros ahí sentada hasta el día del juicio final y él no aparecerá para hacer vuestra voluntad.

—No me importa —dijo Sidonie con un vuelco en el corazón. ¿Y si Jonas tardaba días en volver? No podía quedarse allí como una intrusa para siempre.

Se preocuparía por eso cuando llegara el momento.

Jonas pensaba que saldría corriendo en cuanto saldara la deuda de Roberta. ¿Por qué iba a imaginar otra cosa? Pero, al ver la inesperada lástima en los ojos cansados de la señora Bevan, Sidonie no pudo seguir ignorando el triste hecho de que estaba quedando en ridículo.

Otra vez.

—¿Aún seguís aquí, señorita?

Al oír la pregunta de la señora Bevan, Sidonie se desperezó. Se había quedado dormida en la silla. Se estiró y frunció el ceño cuando sus músculos se quejaron después de pasar tanto tiempo en esa postura incómoda.

−¿Qué hora es?

El farol de la señora Bevan hacía que las sombras parecieran más oscuras.

−Casi las ocho. ¿Queréis cenar?

Sidonie apenas había comido en todo el día, pero pensar en comida le daba náuseas.

−No, gracias.

−Os he traído esto.

Sorprendida, Sidonie vio como la señora Bevan le ofrecía una taza de té.

−Gracias.

−¿Por qué no os vais a la cama? No podéis quedaros aquí toda la noche. Puede que el señor tarde una semana en volver.

−No me importa.

−Sois muy testaruda. Si estáis decidida a esperarle, ¿por qué no hacerlo en la biblioteca? Puedo encender el fuego y se estará mejor.

Una parte supersticiosa de su cerebro insistía en que debía ver a Jonas según entrase por la puerta, de lo contrario perdería la oportunidad y regresaría a Barstowe Hall después de todo. No podía explicarle aquello a la señora Bevan. Incluso a ella misma le parecía irracional.

−Estoy bien aquí.

El resoplido de la mujer indicó lo que pensaba.

−Estáis tan loca como el señor.

Probablemente.

Sidonie levantó la taza y dio un trago. Agradeció el calor. Al llegar la noche, la temperatura había bajado considerablemente. Esperó a que la señora Bevan se marchara, pero el ama de llaves siguió mirándola como si contemplase una exposición en una feria. O más bien en una institución psiquiátrica.

–Puede que no os lo creáis, pero el señor era el muchacho más dulce que he conocido.

No solo una taza de té, sino también confidencias. ¿Qué estaba pasando allí? Aun así, Sidonie no pudo fingir que no le interesaba.

–¿Lleváis mucho tiempo con la familia?

–El señor Bevan y yo entramos a trabajar al servicio del difunto vizconde poco antes de que su esposa muriera. Fueron unos días tristes. El señor tenía por entonces solo dos años. El difunto vizconde se quedó perdido en su propio mundo después de que su esposa muriera. Estaba consumido por la pena. El señor Bevan y yo tuvimos que criar al muchacho. Por entonces vivíamos en Barstowe Hall, claro. El vizconde casi siempre estaba fuera buscando libros antiguos. Yo no le veía sentido. El joven señor vivía en casa sin su padre y era un muchacho muy alegre y cariñoso.

A Sidonie le costaba trabajo imaginarse al oscuro y complicado Jonas Merrick como un niño alegre. Sobre todo porque la infancia que describía la señora Bevan le parecía muy solitaria.

–Entonces el chico fue declarado bastardo y comenzaron los problemas. El mundo es cruel con los bastardos. No ha habido mucha luz en la vida de Jonas Merrick desde que cumplió ocho años.

–¿Fuisteis con la familia a Venecia?

–Sí.

La señora Bevan debía de saber qué había causado las cicatrices de Jonas, pero Sidonie no se lo preguntó. Él se enfadaría si supiera que lo había averiguado a sus espaldas.

–¿Estuvisteis mucho tiempo en Italia?

–Hasta que murió el vizconde. Debía de ser el año 17.

Venecia es un lugar que huele muy mal. Hay agua en lugar de calles. Aunque me alegré de estar allí cuando el vizconde se iba al este antes de que al joven señor se le curasen las heridas. No confiaba en los sirvientes extranjeros. No me gusta hablar mal de los muertos, pero el vizconde no hizo bien en marcharse de esa forma. Debería haberse quedado al menos hasta que el muchacho dejase de estar a las puertas de la muerte, pero, tras la muerte de su esposa, no soportaba quedarse mucho tiempo en el mismo lugar.

Horrorizada, incrédula, Sidonie se tensó en su silla. No podía creerlo, sobre todo después de oír lo bien que Jonas hablaba del difunto vizconde. ¿Su padre le había dejado al cuidado de los sirvientes después del ataque? Le parecía algo increíblemente egoísta. Y Jonas era joven cuando fue atacado, no más que un adolescente; lo había deducido por las pocas cosas que le había contado. No era de extrañar que Jonas estuviera decidido a no confiar en nadie que no fuera él mismo, convencido de que el mundo le daría la espalda.

—¿Por qué me contáis esto?

La señora Bevan se encogió de hombros y alcanzó la taza vacía.

—Pensé que os parecería interesante. Pensé que tal vez querríais iluminar la vida del señor. Ahora, id a dormir como una buena cristiana.

—No. Esperaré aquí.

—Como queráis —la señora Bevan se alejó después de detenerse a encender una lámpara situada en uno de los baúles de madera—. Buenas noches.

Sidonie se quedó mirando a la oscuridad, pensando en todo lo que acababa de descubrir. Siempre había sabido que Jonas había tenido una vida difícil. No hacía falta más que mirarle la cara para saberlo. Pero descubrir que se había convertido en un hombre completamente distinto le causaba un tremendo pesar en el corazón. Sobre todo porque sabía que su espíritu generoso y cariñoso seguía viviendo en su interior, por mucho que luchara contra su existencia. Había visto destellos de ese carácter, sobre todo la noche anterior, después de que ella saliese huyendo en plena tormenta.

Admiraba que siguiera habiendo en él parte de ese niño dulce y cariñoso. Su vida no había sido más que una traición desde el momento en que fuera declarado bastardo. Incluso antes de eso, cuando su madre murió y su padre se quedó consumido por la pena.

Ella no podía seguir traicionándole.

Cuando regresara a Barstowe Hall, se aseguraría de que Roberta escapase de las garras de William, aunque eso significara que su hermana se viese obligada a vivir como una fugitiva. Después escribiría a Jonas contándole la verdad sobre su legitimidad. Probablemente debiera decírselo de inmediato, pero no podía olvidar el modo en que le había hablado al duque, despreciando las súplicas de Roberta para poder vengarse de su primo. Cuando su hermana estuviese a salvo, Jonas Merrick podría recuperar su herencia.

Cansado y dolorido, Jonas se bajó de Casimir. En vez de quitarle al caballo los aperos, se apoyó en el animal. Era tarde, casi medianoche. Y hacía mucho frío. Había salido antes del amanecer después de pasar días sin apenas dormir. Había abandonado a Sidonie, se había alejado de la tentación y había ido a una de las edificaciones que había en la finca.

Casimir relinchó y giró la cabeza para acariciar a su amo. La compañía del caballo era lo único que podía soportar aquel día.

Aunque tampoco deseara tener compañía. En la casa

que le esperaba faltaba la única persona que le había dado vida. Desde la infancia, se había sentido solo y despreciado, pero nunca antes había caído tan bajo. Se sentía como un perro callejero abandonado en la calle.

Sentía pena de sí mismo.

Era imposible recuperar la determinación obstinada que siempre le había ayudado a superar las vicisitudes de la vida. Lo único en lo que podía pensar era en que estaría solo el resto de su vida.

Aquella mañana había hecho lo correcto. Enviar a Sidonie Forsythe de vuelta con su familia tan inocente como cuando había llegado, le situaba a él del lado de los ángeles.

Casi igual de inocente.

No, se negaba a recordar su placer. O sus besos. Así solo tendría tristeza. Su padre siempre decía que hacer lo correcto era en sí mismo una recompensa. En aquel momento, Jonas habría discrepado de aquella opinión.

No supo cuánto tiempo se quedó junto al caballo. Agradecía la tranquilidad del animal. Pero un hombre no podía pasar su vida escondido en un establo, por mucho que deseara hacerlo. Dejó a Casimir y se dirigió hacia el castillo. La luz de su vela iluminaba su camino a través de la casa fría y silenciosa. Se había acostumbrado al frío y al silencio antes de la llegada de Sidonie. Volvería a acostumbrarse.

Aquella idea le resultaba tan vacía como sus pisadas sobre el suelo de piedra.

Esa noche podría dormir en su propia cama. Pero ¿cómo podría soportar dormir en unas sábanas que olían a Sidonie? Hasta que le preparasen otra habitación de acuerdo a sus exigencias, dormiría en el vestidor.

Tampoco le importaba. Probablemente no pudiese dormir.

En aquel momento, aunque le escocían los ojos y le

dolían los músculos después de pasarse el día montando a caballo, dudaba que alguna vez pudiera volver a dormir. Se rumoreaba que el castillo de Craven estaba encantado. Para él lo estaba. El recuerdo de Sidonie se quedaría allí para siempre.

Ahora que su perverso plan se había ido al traste, podía marcharse. El problema era que, a no ser que Sidonie le esperase al final de su viaje, no tenía interés en ir a ninguna parte. Si tuviera energía, debía agarrar una pistola y quitarse de en medio.

Acostumbrado a aquella atmósfera tétrica, entró en el salón. Nada, ni siquiera la amenaza de los fantasmas vengativos, podía competir con el frío que sentía dentro. Algún día volvería a la vida. La gente lo hacía, salvo que el destino interviniese de forma drástica.

Estaba tan sumido en su melancolía que ya había recorrido media estancia antes de advertir una luz en el otro extremo. Era improbable que la señora Bevan le dejara una lámpara encendida después de haber salido a beber. Aunque aquel día no tuviese estómago para eso. Algún día encontraría un consuelo fugaz en el fondo de una jarra. Aquella noche su pena iba más allá del alcance del alcohol.

Se acercó para apagar la lámpara. Y se detuvo como si se hubiera chocado contra una pared de cristal, asombrado al darse cuenta de por qué estaba encendida.

–¿Sidonie? –susurró, temiendo que, si hablaba demasiado alto, pudiera desaparecer. El corazón le latía con tanta fuerza que le sorprendió que ella no se despertara.

Si hubiera estado bebiendo, no se habría creído lo que veían sus ojos. A no ser que se hubiese vuelto loco desde aquella mañana, Sidonie Forsythe no se había marchado a la primera oportunidad. En su lugar, estaba estirada sobre dos de las incómodas sillas que conformaban el mobiliario principal del salón.

Ella se movió al oír su nombre, pero no se despertó. Jonas levantó la vela con una mano temblorosa para observarla. Tenía la mejilla apoyada en la mano y estaba acurrucada como un gato bajo una de sus viejas chaquetas. Sus pestañas largas le conferían un aire inocente. Se sentía como un sátiro por desear lo que deseaba de ella. Por eso se había pasado la noche en una pagoda de piedra, maldiciendo al deseo y a las mujeres virtuosas.

Maldición, debería haberle dejado una nota diciéndole que podía irse. La noche anterior le había escrito miles de palabras en su cabeza. Y, como no podía decir suficiente, no había dicho nada. Había dado por hecho que Sidonie comprendería de inmediato que renunciaba a su poder sobre ella.

¿Por qué diablos no se habría marchado?

El mundo le consideraba un hombre valiente. No estaba seguro de ser lo suficientemente valiente para dejar marchar a Sidonie cuando la tenía a su alcance. Así de cobarde era el infame Jonas Merrick. A pesar de haber intentado evitarlo, tendría que decirle adiós a la cara. La idea de pegarse un tiro en la cabeza le parecía cada vez más atractiva.

–Sidonie –repitió con más insistencia.

Ella abrió los ojos y se quedó mirándolo medio dormida. Por un instante se perdió en sus profundidades marrones y se sintió tan feliz de verla que se olvidó del resto del mundo.

Sidonie no estaba segura de dónde se encontraba. Pero había oído a Jonas decir su nombre. Solo con oír su voz se sentía feliz.

Se quedó mirándolo, paralizada por el placer evidente en su rostro. Entonces él se enderezó y dio un paso hacia atrás. Su expresión se volvió fría y dejó de parecerse al hombre que le había sonreído como si fuera su tesoro más preciado.

Cuánto deseaba ser su tesoro más preciado.

–¿Qué estás haciendo aquí? –le preguntó abruptamente.

Desorientada y dolorida por la postura, Sidonie intentó incorporarse. La señora Bevan debía de haberle echado la chaqueta por encima en algún momento. Aun así, estaba helada.

–¿Es tarde? –le preguntó.

–Más de medianoche –contestó él, aún con el ceño fruncido–. Respóndeme.

No se le ocurrió mentir para salvar su orgullo. ¿Qué sentido tenía? Pronto descubriría que había bajado sus defensas. Se apartó los mechones de pelo suelto de la cara. Debía de tener un aspecto horrible.

–Estaba esperándote.

Jonas hizo un gesto de impaciencia.

–No. Me refiero a qué estás haciendo en el castillo. Pensé que te habrías marchado.

Ella se estremeció. Parecía molesto. Sidonie no era tan tonta como para esperar por su parte una declaración de devoción eterna, pero aquella reacción le parecía excesiva.

–Pensaba…

Él la silenció moviendo la mano con vehemencia.

–Esto es una locura. Ya le he perdonado la deuda a Roberta. No esperaba una despedida. Esperaba que te marcharas corriendo con tu preciada castidad.

Sidonie se sonrojó mientras terminaba de despertarse. Santo cielo, había cometido un error terrible.

–Pensé que… –le temblaba la voz, así que empezó de nuevo–. Pensé que le habías perdonado la deuda a Roberta para que yo pudiera decidir libremente lo que ocurriera entre nosotros.

–Por eso lo hice, para que pudieras poner fin a este desastre.

Fue directo hasta llegar a ser desagradable. Solo lo conocía desde hacía unos días. No debería ser capaz de romperle el corazón solo con unas pocas palabras. Ella había catalogado el orgullo como un lujo inútil al decidirse a desafiar su rechazo. Ahora el orgullo insistía para que no llorase delante de él.

–Debería irme –dijo con voz temblorosa.

–Exacto –Jonas dio un paso hacia atrás como si su presencia le ofendiera–. Pero esta noche es demasiado tarde.

Sidonie se puso en pie, sentía náuseas y deseaba estar en cualquier lugar menos allí, deseaba haber captado aquella poderosa indirecta y haberse marchado por la mañana.

–Lo siento.

Él frunció el ceño. ¿Se habría imaginado la sonrisa nada más verla?

–¿Qué es lo que sientes? –hablaba con amargura, pero ella no entendía por qué–. Toda la culpa de esto es mía.

–Anoche actué como una idiota.

–Déjalo, Sidonie –parecía cansado. Cansado y asqueado con todo–. Vete a la cama.

Aun así, ella no se movió. No sabía por qué. En realidad sí lo sabía. Era por una sonrisa. Y porque de pronto recordó su expresión en el espejo después de creer que la había puesto en peligro.

Estaba haciendo un buen trabajo para fingir indiferencia. La noche anterior no se había mostrado indiferente. Ella se negaba a creer que pudiera ser tan superficial como para cambiar en unas pocas horas. Se enderezó y lo miró directamente.

–¿Por qué le has perdonado la deuda a Roberta?

Él soltó un gruñido de frustración. Ella se preguntó

por qué no le asustaría su temperamento en lo más mínimo.

—¡Por el amor de Dios, Sidonie!

—Jonas...

Se quedó callada cuando él le agarró la mano, la sacó del salón y la metió en la biblioteca. Por suerte en aquella habitación el fuego estaba encendido. La soltó nada más entrar. Como si de una colegiala traviesa se tratara, se quedó de pie, temblando, sobre la alfombra turca situada frente al escritorio.

Levantó la barbilla. Tal vez quisiera que se marchara, tal vez le pareciera despreciable. Si algo de eso fuera cierto, se aseguraría de que se lo dijese claramente.

—¿Por qué le has perdonado la deuda a Roberta? —preguntó de nuevo.

—Para que te marcharas.

Ella estiró la columna. Ya sabía que aquello no sería fácil.

—¿Por qué quieres que me marche?

—¿Por qué quieres quedarte? Anoche estabas desesperada por marcharte.

—Ya sabes por qué salí corriendo —respondió ella sonrojada.

Él suspiró y se dio la vuelta, pero no antes de que Sidonie pudiera ver la desolación en su rostro. No, no era el monolito furioso que pretendía hacerle creer. Un destello de esperanza comenzó a abrirse paso hacia la luz y evitó que retrocediera.

—Sé que insistí tanto que solo deseabas escapar.

Sidonie sintió la culpa. ¿Por qué habría sido tan mojigata?

—No estaba huyendo de ti.

—A mí me lo pareció.

—Lo que ocurrió... me asustó. Estaba huyendo de mí misma.

Esperó ver una pizca de comprensión. En su lugar, Jonas se acercó a la ventana y descorrió las cortinas, tras las que se veían los acantilados iluminados por las estrellas.

–Eso no cambia nada.

–Sí que lo cambia.

–Sidonie, escúchame –volvía a parecer cansado, triste e inflexible–. Vete a la cama. Por la mañana, usa mi carruaje y vete donde quieras. Al infierno, si te apetece. No sé qué esperas conseguir con este enfrentamiento, pero lo que fuera que compartimos se ha terminado.

En aquel momento se alegró de que no estuviese mirándola. Sospechaba que su cara revelaba su desesperación.

–¿Cómo puede haber terminado cuando ni siquiera ha empezado? –preguntó con la voz rota.

Jonas se quedó mirando por la ventana y se preguntó en qué diablos se había metido. Qué curioso que aquella noche todo estuviese tranquilo fuera cuando su paisaje interior era un auténtico caos. Debería haber seguido cabalgando y no haber regresado jamás.

–¿Qué es lo que deseas, *bella*? –preguntó con una despreocupación que no sentía–. ¿Sangre?

Oyó que Sidonie se acercaba. Sintió su mano en el brazo. Rara vez le tocaba; a no ser que él la engañase. Ahora que no llegaría a ninguna parte perdía su timidez.

–Deseo... sinceridad.

Jonas luchó contra la necesidad de apartarla. Incluso a través de la manga de su chaqueta, el roce de su caricia ardía. Ansiaba regresar al entumecimiento que le invadía antes de que ella entrara en su vida. Lo que él deseara no importaba. Hacía tiempo que había aprendido esa lección. Resistió el impulso de tocarse las cicatrices.

—¿Por qué? —preguntó mientras agarraba con fuerza las cortinas de terciopelo dorado.

—Jonas, háblame. Ayer me deseabas. ¿Acaso eso ya no es cierto?

Parecía que sí que quería sangre. Jonas se volvió hacia ella con reticencia.

—Te dejo marchar por tu propio bien.

—¿Eso significa que aún me deseas?

¿Qué podía decir? Podía mentir, pero tenía la sensación de que ella nunca le creería.

—No deseo desearte.

Sidonie estaba tan cerca que su fragancia tentadora le invadía los sentidos.

—Yo tampoco deseo desearte.

En esa ocasión, Jonas consiguió apartar su mano y dar un paso hacia atrás, diciéndose a sí mismo que él controlaba aquella conversación. Cuando en realidad sabía que estaba a su merced.

Qué despiadada podía ser una mujer dulce.

Seguía llevando su chaqueta. Eso le confería a su apariencia un aire incongruentemente majestuoso. Tenía el pelo revuelto. La imagen resultaba muy sexual, como si estuviera empezando a desnudarse para un amante.

Intentó no soltar un gemido. Era justo lo que necesitaba pensar cuando estaba intentando por todos los medios ser noble. Su instinto animal le gritaba que Sidonie estaba allí; por una vez no parecía reticente, y la alfombra era lo suficientemente suave para lo que tenía en mente.

—Te destruiré —le dijo.

—Puede que seas mi salvación.

—Yo no soy la salvación de nadie, y mucho menos la tuya —sabía que no era sensato prolongar aquel encuentro, pero no podía ponerle fin—. Anoche estabas convencida de que era la encarnación del demonio. ¿Qué ha provocado este autosacrificio?

—No es un autosacrificio —la mirada que le dirigió contrastaba con la inocencia de sus mejillas sonrosadas—. Si me tocas, prometo no salir corriendo.

El impulso de aceptar su invitación y tenderla bajo su cuerpo era abrumador. Pero había aprendido el valor del autocontrol hacía tiempo.

—Tengo intención de deshonrarte.

Una expresión cínica impropia de ella apareció en su rostro.

—Hoy pensaba que habías perdido el interés en deshonrarme.

—Maldita sea, Sidonie... —Jonas se dio la vuelta, se sentó en el asiento de la ventana y se quedó mirando sus manos, entrelazadas a la altura de las rodillas. Si seguía mirándola a ella, la tocaría. Si la tocaba, sus buenas intenciones quedarían reducidas a nada.

Tras una pausa, Sidonie se sentó a su lado. Muchacha temeraria. ¿Acaso no se daba cuenta del riesgo? Se apretó las manos con tanta fuerza que los nudillos se le pusieron blancos.

—Pensarás que soy asquerosamente directa —murmuró ella.

Jonas no se atrevía a mirarla.

—Vete, Sidonie.

—He decidido que preferiría... que me deshonraras.

Acabó la frase en voz baja y él necesitó unos segundos para darse cuenta de lo que había dicho. Levantó la cabeza tan deprisa que se hizo daño en el cuello. Se quedó mirándola con incredulidad.

—¿Qué diablos...?

Ella levantó la barbilla y lo miró a los ojos. Jonas vio la incertidumbre y la valentía en su rostro.

—He dicho que...

Jonas se puso en pie como si él fuese la virgen ofendida y ella el canalla libidinoso.

–Has perdido la cabeza.

Sidonie permaneció sentada, observándolo como si poco a poco fuese encontrándole sentido a su comportamiento. Él deseaba poder hacer lo mismo.

–Tenías una semana para seducirme, Jonas –cometió la insolencia de sonreírle–. Enhorabuena. Lo has conseguido.

Capítulo 14

Si hubiera estado menos nerviosa, Sidonie habría sonreído al ver su reacción de sorpresa. Su rendición había desconcertado a aquel hombre de mundo. Su rendición también la desconcertaba a ella, pero en los últimos minutos había obtenido respuesta a algunas preguntas, por poco comunicativo que se mostrase Jonas.

Iba en contra de sus instintos cuando le decía que se fuera. Aún la deseaba. Eso aclaraba los asuntos más importantes. El resto ya lo solucionaría.

Al sentarse a su lado, se había dado cuenta de que su cuerpo temblaba. A lo largo de los últimos días, había aprendido mucho sobre aquel hombre y sus reacciones. Le entusiasmaba imaginar todo lo que le quedaba por aprender. Tenía miedo y ganas. Si renunciaba a aquella oportunidad de explorar la pasión que había entre ellos, lo lamentaría el resto de su vida.

–No lo dices en serio –contestó él con el ceño fruncido.

Sidonie se levantó al ver que retrocedía.

–Claro que sí.

–No lo haré.

–Que Dios nos asista, Merrick. Estás sufriendo un exceso temporal de honor. Lo superarás.

–Las instigaciones de mi conciencia no son ninguna enfermedad sin importancia. Estoy intentando hacer lo correcto.

–Lo sé –Sidonie vaciló y buscó palabras para explicar su rendición–. Al perdonarle la deuda a Roberta, me he dado cuenta de que no deseaba abandonarte.

Si esperaba que aquella confesión acabara con su reticencia, se equivocaba. La expresión de Jonas siguió siendo austera.

–Ya eres libre.

–Libre de entregarme a ti.

–¿Por qué?

Desconfiaba de ella. En la vida no le habían tocado buenas cartas y había aprendido a desconfiar de la felicidad, del amor y de la amabilidad. Sentía pena por él. Lo deseaba con su cuerpo, pero, más que eso, ansiaba poder alejarlo de sus demonios. Porque, a pesar de su fuerza y su determinación, los demonios le atormentaban. Lo había sabido desde que viera aquel dormitorio bizarro lleno de espejos.

Se humedeció los labios con la lengua y retorció las manos contra su falda.

–Porque lo deseo.

–No es suficiente.

Se acercó a él con el corazón desbocado. Había llegado directamente desde los establos. Los olores a caballo, a cuero y a aire libre se mezclaban en una fragancia sorprendentemente agradable.

–A mí sí me lo parece.

Jonas dio un paso hacia atrás para mantener la distancia entre ellos.

–De pronto estás muy segura de ti misma.

Sidonie se atrevió a acercarse más. Él se tensó como si pudiera oler el peligro. Hombre listo. Pensaba ser peligrosa. Pensaba acabar con sus frágiles escrúpulos y convertirlo en su amante.

–¡Por el amor de Dios, Merrick! Pareces un gato asustado en mitad de una tormenta.

–Esto no es para tomárselo a risa.

–Sí que lo es. Desde que llegué, no podía darme la vuelta sin sentir tu aliento en el cuello. Ahora tú actúas como un pastor con un feligrés obstinado.

Jonas se dio la vuelta y ella tuvo que esforzarse por oírle.

–Cuando anoche saliste corriendo...

Sidonie le agarró del brazo. Se preparó para su rechazo, pero él se quedó quieto, con los músculos en tensión.

–Fui una niña estúpida y me asustaba lo que no entendía. Jonas, me dijiste que esta semana experimentaría una libertad que nunca antes había vivido. He tardado demasiado tiempo en darme cuenta de que tenías razón. Hasta ahora, mi vida ha estado vacía. No me devuelvas al frío, no sin el recuerdo de la felicidad que mantenga el calor en mi interior.

¿De dónde sacaba el valor para decir esas cosas? Nunca antes le había hablado así a nadie. Había estado tan ocupada reforzando sus defensas que no le había permitido a Jonas ver su alma. En aquel momento le habría servido su alma en bandeja si se lo hubiera pedido. No se lo estaba pidiendo y, sin embargo, estaba sirviéndosela de todos modos.

–No me hagas suplicarte, Jonas.

Él suspiró y, cuando se volvió hacia ella, algo en su rostro había cambiado. Aun así, Sidonie no vio el deseo que buscaba. En todo caso su cara parecía más severa.

–¿Y si te dejo embarazada?

Sidonie le apretó el brazo con fuerza y aguantó la tentación de patalear. ¿Qué diablos le pasaba a aquel hombre?

–Anoche eso no te preocupaba tanto.

–Anoche, el deseo que sentía por tu cuerpo no me permitía pensar. Ahora mismo estoy moderadamente cuerdo. Dime, hermosa Sidonie, ¿y si tienes un hijo?

Era un oponente más duro de lo que había imaginado. Duro y listo. Si quería vencer, tendría que ser más dura y más lista.

—Roberta y yo ya hablamos de eso —dijo.

Las Forsythe no eran una familia prolífica. La madre de Sidonie solo había tenido dos hijas en su largo matrimonio. En ocho años, Roberta había tenido solo dos hijos. Era probable que, si se entregaba a Jonas, no se quedara embarazada.

—Y elaborasteis un plan descabellado digno de tu hermana.

—Eres cruel —respondió ella, apartó la mano de su brazo y dio un paso hacia atrás.

Él negó con la cabeza.

—No. Estoy intentando hacerte ver la realidad, no una idea romántica y confusa. Ayer, cuando saliste huyendo, *amore mio*, eras más sensata.

—Si tan decidido estás a mantenerme alejada, ¿por qué me llamas esas cosas?

Él relajó la boca ligeramente.

—Tienes razón. No es justo. Mi transformación en un hombre de principios no está completa, *bella*. Estoy esforzándome.

—Me gustabas más cuando eras un canalla sin escrúpulos.

—No es cierto. Dime qué ideasteis Roberta y tú.

—Viviré de mi legado en algún lugar aislado y me haré pasar por viuda. Es la solución evidente si... si me dejas embarazada —entornó los párpados al ver su desaprobación, aunque había de admitir que el plan sonaba endeble—. Roberta dice que hay maneras de evitar la concepción.

—¿De verdad dice eso?

—¿Las hay? –preguntó Sidonie con las mejillas sonrojadas.

—No hay nada que sea totalmente fiable.

Ella tomó aliento. Aquello era más como regatear por el precio del pan que entregarse a cuatro días de abandono sensual.

—No tienes por qué preocuparte.

Jonas le agarró la mano. Era la primera vez que la tocaba aquella noche. Tal vez hubiese hecho algún progreso después de todo.

—No estoy preocupado –sonaba diferente, más como el hombre que le había hecho alcanzar el éxtasis. Aquel cambio abrupto la dejó impresionada y le hizo desconfiar.

—¿No? –tomó aire y entrelazó los dedos con los suyos. Ahora que la había tocado, no pensaba soltarle hasta que tuviera que hacerlo.

—Si te dejo embarazada, quiero que me prometas que me lo dirás.

—No creo que…

—Quiero que me prometas que me lo dirás y nos casaremos.

Sidonie intentó apartar la mano.

—¿Casarme? ¿Contigo?

—Por favor, no tengas miedo a herir mis sentimientos.

A Sidonie le horrorizaba ver hasta dónde había llegado su temeridad. Había llegado hasta el punto de estar dispuesta a confiarle su cuerpo a Jonas. La idea de confiarle el resto de su vida presionaba contra unas barreras que había pasado años reforzando.

—Ya sabes que no deseo casarme.

—Ningún hijo mío nacerá bastardo.

—Tú no deseas casarte conmigo.

—Se me ocurren destinos peores –contestó él con las cejas arqueadas.

—Bueno, pues yo no deseo casarme contigo.
—Obviamente, pero esa es mi oferta.

Sidonie se estiró y, en esa ocasión, él la soltó.

—Después de todo el flirteo, los besos y las promesas de seducción, ¿me echarás si no accedo a eso?

Jonas apretó la mandíbula, pero ella vio el arrepentimiento en sus ojos.

—Ridículo, ¿verdad?
—Anoche no me dijiste esto.
—Sí, bueno, anoche aprendí la lección sobre las consecuencias que tiene buscar el placer de manera egoísta.
—¿No se te ocurrió pensar en el embarazo? No me lo creo.
—Me parecía contraproducente sacar el tema demasiado pronto.

¿Por qué estaba haciendo eso? ¿Por qué no la tomaba en brazos y la besaba?

—Es contraproducente sacarlo ahora.

Un gesto oscuro ensombreció sus rasgos.

—Sé que nadie piensa que esté hecho para ser un marido, Sidonie.

—Ningún hombre está hecho para ser un marido —respondió ella amargamente, desafiando lo que esperaba que fuese una mentira—. Tal vez deba regresar a Barstowe Hall después de todo.

Antes de que Jonas hablara, ella supo que no cedería. Claro que no. Entendía demasiado bien el estigma de la ilegitimidad.

—Eres libre.

Libre de regresar a su vida aburrida en Barstowe Hall. Libre de dejar escapar su única oportunidad de disfrutar del placer prohibido. Libre de no volver a ver jamás a Jonas Merrick. Aquella idea la dejó helada, como el viento en los acantilados la noche anterior.

Era libre, pero maldecía su libertad.

–No quiero abandonarte –dijo mirándole a la cara en busca de alguna señal.

Por un instante creyó haber ganado. Jonas se acercó a ella y levantó una mano para tocarla.

Pero se detuvo antes de hacerlo.

–No quiero que te vayas.

–El matrimonio es un…

Jonas se quedó mirándola con un brillo perspicaz en la mirada, como si supiera lo que estaba pensando.

–Un paso muy serio.

La idea del matrimonio hacía que le costase trabajo respirar. Se sentía más atrapada que cuando se había ofrecido a salvar a Roberta. Eso era por una noche, como mucho una semana. El matrimonio significaba una vida de esclavitud.

Racionalmente sabía que Jonas no era William. No importaba. Seguía sintiendo el miedo a la opresión masculina. Nunca se sometería al poder de un hombre como una esposa se sometía a un marido. Como Roberta se había sometido a William. Como su madre se había sometido a su padre.

–Tal vez no sea necesario.

–Tal vez no –convino él–. Pero hay que tener en cuenta las contingencias.

–Esperaba tener un amante apasionado, no un abogado puntilloso.

–Siento decepcionarte, *tesoro* –dio media vuelta y se dirigió hacia la puerta–. Consúltalo con la almohada. El carruaje sigue estando a tu disposición.

–No quiero que seas un buen hombre –respondió ella, frustrada y enfadada.

Él frunció el ceño al mirar hacia atrás.

–No soy bueno. Soy un bestia y un bruto. ¿No te lo dijo Roberta?

–Mi hermana se equivocaba.

–No, *bella* –dijo él con una sonrisa triste–. No se equivocaba.

Se marchó y la dejó sola en la biblioteca.

Las recompensas de la virtud eran escasas.

Jonas contempló el camastro del vestidor y pensó en el colchón de plumas que podría estar compartiendo en aquel momento. Amplio, cálido, suave. Y lleno de los encantos de Sidonie Forsythe. Por todo eso no podía arrepentirse de haberle dado un ultimátum.

Suspiró y se sentó en la cama para quitarse las botas. Al menos la señora Bevan había encendido el fuego para que en la habitación no hiciese tanto frío. El frío estaba solo en su corazón anhelante.

Se quedó mirando al vacío con una bota en la mano y la otra aún puesta. Qué feliz había sido al encontrar a Sidonie abajo. Por un instante todo en su mundo había estado bien. Se encontraba tan mal que verla cuando creía que no volvería a hacerlo le había parecido una bendición.

Aunque fuese una maldición.

Cuanto antes abandonara su vida, como haría inevitablemente, antes la olvidaría.

No tenía sentido decir que nunca la olvidaría.

Sidonie era solo una mujer más. La convicción de que vería su rostro al cerrar los ojos por última vez, probablemente siendo un anciano resentido y solo, no era más que una tontería. Nadie podría llegarle al corazón de esa manera en cuatro días. Tal vez pensara que lo hubiera hecho, pero prevalecería el sentido común. Algún día.

Dejó la bota en el suelo y se quitó la otra. Cada momento le parecía inútil. Después llegaría otro momento, luego otro. Así hasta el final. No habría luz, ni amor, ni risas en ninguno de esos momentos.

Se levantó sintiéndose como un anciano y se quitó la camisa. Vertió agua en un cuenco y se limpió con una esponja. El agua estaba caliente, pero le parecía fría. Todo le parecía frío. Su vida era como un invierno inmutable.

«Oh, Sidonie, si supieras el dolor que me estás causando», pensó.

Se volvió para agarrar una toalla y algo, tal vez un soplo de aire, le hizo levantar la mirada. Sidonie estaba de pie en el umbral de la puerta con el pelo suelto.

Jonas contuvo un gemido. ¿Cuánto más podría soportar antes de romperse? Los encuentros a medianoche con su único objeto de deseo ponían a prueba su determinación. Sobre todo cuando su único objeto de deseo no llevaba puesta más que su camisa blanca, que le llegaba hasta los muslos.

Se le cayó la toalla de la mano mientras las gotas de agua resbalaban por su torso desnudo.

–¿Qué sucede, *tesoro*? ¿Ocurre algo?

Estaba pálida y su tensión era visible incluso en la distancia. Al ver que no respondía de inmediato, la preocupación le hizo dar un paso hacia ella.

–¿Estás enferma?

Sidonie negó con la cabeza. Lo miraba fijamente como si estuviera ahogándose y él fuese su única esperanza de llegar a la orilla.

–Sidonie, ¿qué sucede?

–No –murmuró ella, y su delicada garganta se movió cuando tragó saliva. Jonas no pudo evitar recordar lo suave y dulce que era su piel ahí. Le había dado más de lo que debería. Maldición, no le había dado lo suficiente.

–¿No qué?

–No… digas nada.

¿Qué diablos? Aquello no tenía sentido. Antes de que pudiera preguntarle nada más, Sidonie se abalanzó corriendo con los pies descalzos hacia él.

Jonas la atrapó automáticamente. Su mente tardó unos segundos en registrar su calidez y su suavidad. Su corazón experimentó un momento de gratitud al tocarla. Solo un momento.

Con manos temblorosas, Sidonie le agarró la cabeza y tiró de ella para besarlo.

Jonas había hecho tantos esfuerzos por convencerse para no volver a besarla que aquel gesto le dejó perplejo. Su aroma inundó sus sentidos y se mezcló con el jabón de limón que había usado para lavarse. Apretó los dientes mientras ella le besaba torpemente. No había dulzura. Solo la determinación ciega y furiosa de imponerse.

Transcurridos unos segundos, Sidonie se apartó para mirarle fijamente a la cara. Parecía estar a punto de echarse a llorar y respiraba entrecortadamente, como si le causara un dolor insoportable.

–Bésame, maldita sea.

–Sidonie...

–Bésame –repitió ella mientras le agarraba y le soltaba los brazos con un ritmo frenético.

–Tranquila, *tesoro*, tranquila –Jonas le puso las palmas de las manos en las mejillas y la sujetó. El corazón le dio un vuelco bajo las costillas al ver la sangre en su labio inferior, probablemente porque la hubiese mordido sin darse cuenta.

–No –murmuró ella, y volvió a lanzarse para besarlo de nuevo con la misma vehemencia. Presionó los pechos contra su torso. Era como si estuviera desnuda. Sus pezones erectos le atormentaban a través de la tela de la camisa. A pesar de sus dudas, aquel ataque salvaje le excitó tremendamente. Se tambaleó con el entusiasmo, aunque sintió más angustia que placer en su beso.

No, no podía hacer eso. No estaba bien. Apartó la boca y se resistió a la fuerza de sus manos, que tiraban de él.

–Sidonie, ¿qué diablos es esto?

—Te estoy seduciendo —respondió ella, estirándose para deslizar la boca sobre su mandíbula. Los suaves mordiscos que le dio hicieron que su miembro erecto palpitara con deseo. Le volvía loco de deseo.

—No debería ser así —dijo Jonas con la voz rasgada mientras enredaba las manos en la parte de atrás de su camisa. Se dijo a sí mismo que debía apartarla, pero algunas cosas iban más allá de la voluntad de los mortales.

—Sí debe ser así.

Sidonie se restregó contra su cuerpo, deseosa, cálida, suave. Él cerró los ojos y rezó para mantener el control. ¿Qué diablos le pasaba? Temía que estuviese allí en contra de su voluntad, aunque no entendía por qué. Ya no tenía poder alguno para hacer que se quedara.

Ella se retorció entre sus brazos, colocó una pierna detrás de su rodilla y se aferró a sus hombros. Aquello le excitó más, le dio más ganas de poseerla, pero aun así luchó por mantener la cabeza fría. Sus manos soltaron la camisa y se deslizaron hasta agarrar sus nalgas.

Al sentir su piel satinada con las palmas, se quedó sin respiración. No llevaba nada debajo de la camisa.

—Santo Dios…

Se dijo a sí mismo que debía obligarla a ir más despacio. Comprobar que aquello era lo que deseaba. Confirmar que se casaría con él si la dejaba embarazada. Pero, cuando lo tocó, fue como si se burlara de su determinación. Aun así podría parar si tenía que hacerlo. No era un animal. Era un hombre racional, no un simple juguete en sus manos. Se dijo a sí mismo un sinfín de cosas mientras iba acariciándola y explorándola. Recorrió suavemente la curva de su trasero y fue bajando muy despacio.

Cuando le tocó sus partes más secretas, ella dio un respingo.

—Shh —le dijo para tranquilizarla.

Estaba increíblemente húmeda. Jonas gimió y ocultó

la cara en su hombro. La oscuridad que veía tras sus ojos se convirtió en una llama cuando la acarició. El deseo de hundirse en ella se convirtió en una tormenta capaz de rivalizar con el temporal salvaje de la noche anterior.

—No me dejes ir —le rogó ella.

—No creo que pudiera —respondió él con desesperación. Se apartó el tiempo suficiente de apagar las velas y dejar la habitación iluminada solo por el fuego. Habría preferido oscuridad total, pero la penumbra tendría que servir. Racionalmente sabía que Sidonie había dejado de estremecerse hacía tiempo por sus cicatrices, pero su corazón vulnerable no soportaba que se acercara tanto a la rendición para darse cuenta después de que estaba en brazos de un monstruo.

Sidonie estaba jadeando cuando volvió a abrazarla. Siguió besándola y acariciándola. Cuando la giró hacia la cama, cayó él primero para no aplastarla con su peso. Ella se colocó encima y lo besó. La necesidad física superó a la cautela. Jonas abrió la boca y la devoró con los labios, con la lengua y con los dientes.

La tumbó boca arriba y se colocó encima.

—Voy a hacer pedazos esta camisa.

—Deja que me la quite —dijo ella casi sin aliento. Tenía los labios hinchados y los párpados medio cerrados. Él se sentó a horcajadas sobre sus piernas. La camisa se le levantó y dejó ver los rizos oscuros de su sexo. Era preciosa. Todo su cuerpo lo era.

Sidonie lo miró como si deseara devorarlo. Recordaría aquella expresión de deseo mientras viviera. Y se consideraría afortunado, incluso aunque no pudiera disfrutar de ella más que esa noche.

—No me mires así —le dijo.

Su sonrisa le provocó un vuelco en el corazón.

—Me gusta mirarte.

Su confesión fue como una bofetada. Parecía que hablaba en serio. Debía recordarle que era horrible por dentro y por fuera. Advertirle de que se arriesgaba a quedar destruida por entregarse con tanto entusiasmo.

Pero sus protestas quedaron sin decir cuando ella se abrió la camisa y le mostró sus pechos. Redondos. Perfectos. Jonas le besó un pezón y ella se arqueó con un gemido de placer. Era una criatura increíblemente sensual. Un alma brillante.

Le encantaba su alma brillante. Por desgracia le encantaban muchas más cosas además de esa.

Aquella idea reptó por su cabeza como una serpiente. Después, Sidonie suspiró y él dejó de pensar con claridad. Lo único que le quedó fue su deseo de poseerla. Le separó las piernas y se deslizó entre sus muslos. Ella volvió a suspirar. Aquellos suspiros dulces le harían perder el control antes de penetrarla. Exploró sus pliegues satinados y acarició su clítoris. Una vez. Dos veces. Tres. Ella gimió y empujó contra su mano.

La necesidad de poseerla invadía su cabeza. Aun así, su virginidad templó su osadía. Introdujo un dedo en su interior con una suavidad que le hizo estremecerse. Su calor húmedo hizo que su miembro se agitase. Sidonie tensó los músculos a su alrededor. Él se apartó muy despacio y después la penetró con dos dedos.

Estaba muy tensa. Penetrarla sería como entrar en el paraíso, pero temía hacerle daño. Empezó a gemir al ritmo de sus caricias, y aquello resultó increíblemente excitante. En aquel momento, cualquier cosa en ella era excitante. Podría recitar los verbos irregulares en latín y le habría vuelto loco.

Sabía que debía esperar, pero no podía. Se apartó y la miró a los ojos, oscuros como el café, brillantes y cargados de incertidumbre y deseo.

Le temblaba la mano cuando se abrió los pantalones.

–Sidonie, perdóname –dijo con su último aliento.

Capítulo 15

El placer de Sidonie disminuyó al sentir la presión entre las piernas. Gimoteó al notar la incomodidad y le clavó las uñas en los hombros a Jonas. Él se detuvo de inmediato. Hundió la cabeza en su cuello y se estremeció. Había algo conmovedor en aquel hombre fuerte y experimentado que temblaba de deseo entre sus brazos.

Sidonie se movió para aliviar la sensación entre sus piernas. Hasta el momento, el acto era desagradable, pero no doloroso. Volvió a moverse y oyó como él gemía sobre su piel, notó su aliento caliente y húmedo.

—Sidonie, si haces eso, no podré parar.

—No pares —había llegado tan lejos que ya no podía echarse atrás.

Jonas apoyó el peso sobre sus brazos, pero, aun así, su cuerpo la aprisionó sobre la cama y le cortó la respiración. O tal vez fuesen los latidos de su corazón. La intimidad de aquella conexión no se parecía a nada de lo que hubiera imaginado. No había visto esa parte de su cuerpo antes de que la penetrara. Parecía del tamaño de un ladrillo. Y dos veces más duro.

Cuando había decidido acabar con su reticencia y hacer que la poseyera, no había contado con lo profunda que podría resultar la experiencia. Era aterrador sentirse tan dominada. Si hubiera sido cualquier otro hombre, habría intentado zafarse. Se quedó inmóvil mientras el pulso se le aceleraba, no solo por la excitación que disminuía, sino también por ese miedo tan antiguo a la opresión masculina.

«Es Jonas», se dijo. «Es Jonas. No te hará daño».

Tomó aire y sus músculos se relajaron un poco. Él la penetró un poco más con una suavidad que le sorprendió. Soltó un gemido al sentir aquella plenitud y él volvió a pararse. El corazón le latía con fuerza contra su pecho y bajo sus manos; su espalda estaba sudorosa y resbaladiza. El placer que siempre había experimentado en sus brazos se multiplicó. Aquello era pegajoso, incómodo y muy físico. No era en absoluto como se sentía cuando la besaba. Le encantaban sus besos. Pero aquello no le gustaba.

Aunque, a pesar de la incomodidad, aquella unión resultaba fascinante. Nunca antes se había sentido tan cerca de otro ser humano. Era como si respirase por los dos.

–No te resistas, Sidonie –murmuró Jonas, como si también fuese presa de un hechizo–. Si lo haces, te harás pedazos como un cristal.

Sidonie cerró los ojos y volvió a tomar aire.

–No sé qué hacer –dijo mientras clavaba los dedos en su piel húmeda.

Él dejó escapar un aliento que podría haber sido una carcajada. Ella notó que los músculos de su espalda se tensaban y se relajaban.

–No pasa nada, *tesoro*. Conmigo estarás a salvo. Confía en mí.

Lo abrazó con más fuerza, aunque el impulso de apartarse de él le diese ganas de gritar. En aquel momento, Jonas era todo lo que deseaba y todo lo que no deseaba. Le acarició el cuello con los labios y encontró un lugar muy sensible. Para su sorpresa, notó una excitación fugaz. Ella que pensaba que había perdido cualquier posibilidad de sentir placer.

Jonas tensó la espalda y empezó a moverse con más decisión. En esa ocasión, cuando la penetró, su mundo explotó con un dolor escarlata.

El grito de Sidonie resonó en la habitación durante lo que pareció ser una eternidad. El dolor era horrible, como si Jonas la hubiese partido por la mitad. Se había quedado muy quieto, aunque su pecho subía y bajaba sobre el de ella. Daba miedo ser tan consciente de su respiración, de todos sus movimientos. ¿Por qué diablos hacían eso las mujeres? Estuvo a punto de pedirle que se apartara de ella.

Jonas volvió a besarle el cuello, como para disculparse, y, mezclado con el dolor, ella experimentó un suave escalofrío. El placer empezó a crecer. Se estremeció, abrumada por aquellas sensaciones encontradas. Su aroma almizcleño. La dura realidad de su cuerpo. La presión dolorosa entre sus piernas.

Jonas le mordió suavemente los nervios situados en el hueco que había entre su cuello y su hombro. En esa ocasión, ella no tomó aire para aguantar el dolor. Después, él se movió ligeramente. Estaba tan contactada con su cuerpo que aquel mínimo movimiento le pareció un terremoto.

Jonas le agarró un pecho, le retorció el pezón y fue como si un hierro encendido recorriera todo su cuerpo. Suspiró y, en esa ocasión, el sonido fue algo más que una queja. Con un gemido suave, Jonas se apartó cuidadosamente de su cuerpo. Ella notó un leve estremecimiento por la fricción, después nada.

Abrió los ojos y se quedó mirando las vigas del techo. Merrick tenía la cara todavía hundida en su hombro. Ahora que se había apartado, debería sentirse aliviada. Sin embargo, se sentía molesta y decepcionada.

¿Eso era todo?

Antes de que pudiera expresar cualquier reacción, él la penetró lentamente. En esa ocasión su cuerpo se abrió para recibirlo.

Se preparó para sentir el dolor. Hubo incomodidad, pero nada comparable al placer que recorrió su cuerpo. La poseyó de un modo que no la había poseído al arrebatarle la virginidad. Sus músculos se expandieron como un pájaro al salir volando o una flor al abrirse. El efecto fue extraordinario. Antes había gritado, pero aquella hermosa sensación de plenitud hizo que los ojos se le llenaran de lágrimas.

—Oh, Jonas —susurró—. No lo sabía.

—Hay más —él se incorporó sobre sus brazos para mirarla a la cara. Lo que había sido una invasión cruel ahora era algo ardiente y satisfactorio.

Parecía más joven, más amable, una imagen más brillante del hombre que conocía. Un hombre al que la vida había tratado mal o traicionado. A pesar del dolor de aquella unión, le gustaba ser capaz de ofrecerle aquella paz momentánea. Aquel encuentro pasó de lo físico a un plano diferente. Un plano que revelaba un nuevo paisaje emocional. Se sentía aturdida, perdida.

Parpadeó para contener las lágrimas y se apartó de la frente un mechón de pelo. La ternura la iluminaba desde dentro. Como si aquel hombre fuese su otra mitad. Como si estuvieran destinados a estar juntos.

Qué estupidez.

—Te he hecho daño.

—Ahora no —respondió ella con una sonrisa.

—Me alegro.

Con cuidado fue saliéndose de su cuerpo. Ella cerró los ojos al notar la pérdida, aunque aquel gesto despertó un sinfín de sensaciones nuevas.

—Prepárate para sorprenderte, *il mio cuore* —le dio un

beso en el hombro. La reverencia de aquel gesto la conmovió tan profundamente como todo lo demás en aquel encuentro doloroso y sorprendente.

—Enséñamelo, Jonas —murmuró, sorprendida al ver la facilidad con que se entregaba a lo que fuera que deseara hacerle. En aquel momento, si le hubiera pedido que volase hasta la luna, le habría dado la mano y le habría preguntado hacia dónde saltar.

—Será un placer.

Volvió a penetrarla. La cama crujió con fuerza bajo sus cuerpos. Ella se aferró a sus hombros y levantó las caderas. Aquel cambio de ángulo disparó su placer.

Él gimió con aprobación y le dio un beso apasionado en los labios. Entraba y salía de su cuerpo con la misma fuerza con la que el océano golpeaba los acantilados. La ternura dio paso al deseo, aunque su recuerdo permaneció allí como el eco de una música lejana.

Jonas fue llevándola cada vez más alto. Ella iba abriéndose bajo su cuerpo mientras la embestía. Abrió los ojos y vio que él tenía tensos los tendones del cuello y la boca apretada. Tenía un aspecto salvaje. Parecía desesperado. Parecía un hombre al que podría confiarle su vida.

Durante un instante cegador estuvo al borde de algo que iba más allá de lo que podía comprender. Algo salvaje, liberador y sincero. Después la tensión aumentó, explotó y ella cayó a un abismo de fuego. Las llamas abrasaban su cuerpo por todas partes. El placer la llevó a un lugar donde nunca antes había estado. Al océano embravecido. Al centro del torbellino. A mezclarse con los rayos de la tormenta.

En la distancia oyó un gemido gutural, después Jonas se tensó y ella sintió el calor líquido en su interior. Él se movió una vez, dos veces, tres, después se dejó caer sobre su cuerpo con otro gemido.

Sidonie se quedó boca arriba, jadeando y mirando al

techo. El cuerpo de Jonas la aprisionaba contra el colchón. Sus brazos la rodeaban, su esencia inundaba su interior. La había llevado de viaje hasta el éxtasis. Ahora volvía lentamente a la tierra con todas sus ideas preconcebidas hechas pedazos.

Volvió con reticencia al mundo real, aunque ese mundo hubiese cambiado para siempre. Bajo el placer que aún permanecía empezó a sentir la inquietud. Casi deseaba que Jonas no le hubiese mostrado aquella alegría radiante.

Porque, al haberla saboreado, ¿cómo podría ahora vivir sin ella?

A través de aquella niebla dorada, Jonas se dio cuenta de que tenía que moverse. Debía de estar aplastando a Sidonie con su peso.

No quería moverse. Temía que, si rompía el contacto físico entre ellos, experimentaría un destino horrible. No confiaba en la felicidad. Apenas había sido feliz desde el escándalo de su padre. Hacer el amor con Sidonie Forsythe era lo más cerca que estaría jamás del paraíso.

Un minuto más. Su parcela de felicidad podría abarcar un minuto más. ¿Sería demasiado pedir?

Ahora que empezaba a poder pensar de nuevo, fue consciente de que le dolían las rodillas por tenerlas clavadas en aquel horrible camastro. Por lo demás, estaba en el cielo. Tenía la nariz hundida en el hombro de Sidonie y su aroma le rodeaba. Limón. Mujer. Un rastro de sudor después de haberle hecho el amor.

Debería sentirse avergonzado. Se había odiado a sí mismo al oírla gritar. Después había empezado a gemir y el mundo se había convertido en fuego.

Sus brazos le rodeaban la espalda y el pelo se le pegaba como la seda a la cara. Le encantaba su cara. En ese momento no se le ocurría nada de ella que no le encantara. Intentó culpar a su bienestar de aquel encuentro sexual tan asombroso. El buen sexo siempre dejaba a un hombre de buen humor. Aquel era el mejor sexo que había tenido nunca, a pesar de la inexperiencia de Sidonie. A pesar de aquel momento de pánico en el que había gritado porque le hacía daño.

Entonces había estado a punto de parar.

Por suerte, ella se había adaptado deprisa después de eso. El corazón le dio un vuelco de placer al recordar cómo sus músculos se apretaban en torno a su miembro al alcanzar el clímax. Un recuerdo que iluminaría una vida entera.

Sidonie emitió un sonido suave, tal vez de incomodidad. Tal vez de cansancio. Realmente debía moverse. Apretó los brazos y desafió al destino a robársela. No confiaba en el destino. El destino y él compartían desde hacía tiempo una relación tormentosa.

Ella se movió. Aquel movimiento estimuló su miembro y volvió a excitarse. No era un salvaje. No podría poseerla de nuevo. Tampoco podía pasar la noche aprisionándola contra su cama por miedo a perderla. Finalmente separó su cuerpo del de ella y se echó a un lado con gran reticencia.

Se había olvidado de lo estrecha que era la cama.

—¡Maldita sea!

Estuvo a punto de caerse al suelo de manera humillante. Logró encontrar el equilibrio al borde del colchón y de pronto fue consciente de la imposibilidad de aquella situación. Le había robado la virginidad y había disfrutado haciéndolo. Podía haberla dejado embarazada. Ella pensaba abandonarlo en cuatro días.

Oyó entonces un sonido dulce que le sacó de aquella niebla de autodesprecio y le devolvió al mundo soleado que había habitado por un momento. Miró a Sidonie y el asombro que sintió hizo que estuviera a punto de caerse de la cama otra vez.

La mujer a la que acababa de quitarle la virginidad estaba sonriendo. No, estaba riéndose. Había esperado lágrimas y recriminaciones.

La camisa se le resbaló sobre los hombros cuando se recostó contra las almohadas. Estaba arrebatadora. Su barba le había irritado la piel de la cara y del cuello. El hombre primitivo que llevaba dentro se alegró al verla con sus marcas. Tenía el pelo revuelto sobre los hombros.

Había levantado la sábana para cubrirse los pechos. Su recato le recordó que era nueva en eso y una extraña ternura le inundó el corazón.

–Este camastro no es lo suficientemente grande para los dos, ¿verdad? –preguntó ella.

–¿Estás riéndote de mí?

Ella se apoyó en la pared sin soltar la sábana.

–Sí.

–¿Qué te ha hecho seducirme aquí cuando hay una cama grande y cómoda al otro lado del pasillo?

Sidonie se sonrojó. Le encantaba que aún pudiera sonrojarse. Su inocencia reflejaba la pureza de su alma. Él no creía en muchas cosas, pero había llegado a creer en la bondad de Sidonie. Su sonrisa hechizante se esfumó y le dirigió una mirada de incertidumbre.

–No me gustan los espejos.

Debía de creer que era el hombre más vanidoso del mundo. Imaginó que debería explicarle la decoración, pero ¿por qué echar a perder aquel momento tan maravilloso? Se apoyó en un codo sin dejar de vigilar el borde de la cama y le estrechó la mano.

–¿Estás bien?

–Sí –respondió ella tras un momento de incertidumbre.

Él esperó a que dijera más, pero permaneció callada. Para ser mujer, era condenadamente reservada. Cómo deseaba que confiara en él.

¿Por qué iba a hacerlo?

Pero sí le había confiado su cuerpo. No subestimaba lo que aquello significaba. Deseaba darle las gracias. Deseaba rogarle que se quedara. Deseaba decirle que era el ser más maravilloso de la creación. La emoción le hizo guardar silencio, hizo que fuese imposible expresar lo que tenía en el corazón. Se llevó su mano a los labios y le dio un beso en la palma con una devoción que le salió del alma.

No era lo suficientemente bueno para ella. Pero pensaba hacer que fuera feliz mientras estuviera con él.

Capítulo 16

Cuando Jonas la arrastró hacia el dormitorio, Sidonie ocultó la cabeza en su hombro. Sentía los nervios en el estómago. La noche anterior no había tenido que soportar los espejos.

–¿No podemos dormir en la otra habitación? –murmuró contra su camisa.

Jonas se rio y la rodeó con los brazos.

–Valor, *bella*.

–No puedo verme haciendo... eso.

La había besado y tocado durante todo el día, pero no había ido más allá con sus caricias. Sidonie suponía que estaría siendo considerado, dejando que se recuperase de la noche anterior, pero ya había dejado de apreciar su consideración. Estaba a punto de volverse loca por la frustración.

–Confía en mí –la tomó en brazos con una facilidad que le cortó la respiración. Ella tragó saliva para no protestar y le rodeó el cuello con los brazos. Debería insistir en caminar, aunque solo fuera para confirmar que su mirada no hacía que le temblaran las rodillas.

Cuando la dejó sobre la cama, Sidonie se encontró con su mirada a través del espejo del techo. Se recostó sobre las sábanas con su vestido de seda de color rubí. Bajo la mirada del cristal, la conexión entre el hombre y la mujer era palpable. Jonas se inclinó sobre ella con intención inequívoca.

—Estás convirtiéndome en una sibarita.

—Un hombre vive de esperanza —respondió él mientras le quitaba una horquilla del pelo. La dejó caer sobre la mesilla de noche y se sentó en la cama junto a ella, rozándole la cadera con la suya.

Ella se incorporó para apoyarse en el cabecero y observó a Jonas con un deseo que no se molestó en intentar ocultar. Sus rasgos angulosos mostraban la tensión de las largas horas de autonegación. Había advertido la urgencia con la que la había sacado a rastras del comedor después de la cena.

—No te he dado las gracias por mi regalo.

Aquella noche, cuando Sidonie había subido a cambiarse, había visto la caja de joyería sobre la cama. Se había estremecido al pensar que Jonas quisiera proclamar su conquista con alguna baratija estrafalaria. Pero, como siempre, era un hombre de gran sutileza. Dentro de la caja había una docena de horquillas resplandecientes en forma de helechos y flores. Nunca había tenido nada tan bonito.

—Estoy deseando ver tu gratitud —dijo él mientras seguía quitándole las horquillas.

—Estoy segura —imaginaba que debía sentirse avergonzada por lo que pensaba hacerle a aquel hombre en aquella cama esa noche. A pesar de una vida de virtud intachable, no sentía remordimiento alguno. En su lugar se sentía... libre.

Jonas le quitó la última horquilla, le apartó el pelo suelto de la cara y le besó el cuello. El mismo punto sensible que había descubierto la noche anterior mientras la penetraba. Sidonie experimentó un escalofrío cargado de recuerdos y expectativas.

Le agarró un brazo con la mano.

—Pensaba que... pensaba que podrías humillarme con diamantes —dijo mientras él iba dándole mordiscos hasta llegar al hombro.

—¿Los diamantes son una humillación, *amore mio*? Obviamente me relaciono con las mujeres equivocadas.

—Obviamente —respondió ella amargamente, sin querer imaginárselo con otras mujeres. Antes o después de ella. Otras amantes sentirían cómo temblaba entre sus brazos. Otras amantes oirían ese gemido profundo al alcanzar el clímax. Otras amantes quedarían repletas y satisfechas después de que les hubiera mostrado el paraíso.

Jonas levantó la cabeza y se quedó mirándola con un cariño que le recorrió el cuerpo entero. Le rodeó la cintura con los brazos.

—¿Estás celosa, *tesoro*?

—Mucho —contestó ella sarcásticamente, aunque odiaba a esas mujeres sin cara. Deseaba arrancarles los ojos y tirarles del pelo, advertirles para que se mantuvieran alejadas de lo que era suyo. Resultaría divertido si no fuese trágico. Salvo por unos pocos días, Jonas no era suyo, por mucho que esa fantasía floreciese en su cabeza—. ¿Qué sucede? —preguntó al ver su expresión. Entonces le agarró el brazo con más fuerza—. Oh, no. Dime que no. Son diamantes, ¿verdad?

—Diamantes pequeños, *tesoro* —dijo él en tono de disculpa. Le brillaban los ojos con algo que intentó no interpretar como deseo.

—Entonces supongo que no importa.

—¿Me darás las gracias con un beso?

—¿Debería? Al fin y al cabo, solo son diamantes pequeños —no pudo resistirse a deslizar la mano por la mejilla sin cicatrices. Sintió su piel firme y suave. Debía de haberse afeitado antes de la cena. Tiró de él para que la besara y él obedeció.

–No logras meterte en situación –se quejó él contra sus labios.

–Es por el espejo.

–Yo lo arreglaré –se inclinó para abrir el cajón de la mesilla y sacó algo antes de volver a besarla.

El beso terminó demasiado deprisa. Ella murmuró algo incoherente, lo siguió, y siguió besándolo. Él sacó la lengua para acariciarla, pero después se apartó de nuevo.

–Cierra los ojos.

–Merrick... –había llegado a un punto en el que su tortura le molestaba más que divertirle. Él le dirigió aquella media sonrisa que le aceleraba el corazón.

–Cierra los ojos. Por favor, Sidonie.

Aquel «por favor» logró su objetivo. Ella se apartó del cabecero y cerró los ojos. Fue un alivio no verse reflejada en un sinfín de espejos.

–Y me llamo Jonas –agregó él–. Después de lo de anoche, supongo que podrás llamarme por mi nombre.

Sidonie sabía que estaba siendo ridícula. Llamarle Merrick le hacía mantener la ilusión de que no estaba dejándose hechizar.

Merrick la atormentaba y había planeado deshonrar a Roberta. Merrick era sarcástico y poderoso. A Merrick podía resistirse, por atractivo que resultara.

Pero Jonas...

Jonas era otra persona completamente diferente. Jonas ocultaba su asombrosa generosidad al mundo. Jonas había luchado la noche anterior hasta llegar a sentir dolor con tal de ahorrarle a ella el sufrimiento. Jonas estaba tan solo y herido que ella habría vendido su alma para curarlo. Jonas le llegaba al corazón como nadie antes le había llegado.

–Jonas –quiso sonar decidida, pero el nombre le salió como un suspiro de concesión.

–Eso está mejor.

No le hacía falta abrir los ojos para confirmar que su expresión era de satisfacción.

—¿Puedo mirar ya?

—Aún no.

Sidonie agarró la sábana con fuerza. Estar ciega le agudizaba los demás sentidos, pero no podía evitar sentirse indefensa. Aspiró el olor a jabón de limón bajo su fragancia única e individual. Sentía la cama suave bajo su cuerpo. Tenía el pelo suelto alrededor de los hombros.

El colchón crujió cuando Jonas se puso en pie. Oyó como sus botas acariciaban la alfombra. Se le puso el vello de punta cuando se detuvo a su lado. No la tocó, pero Sidonie era tan consciente de su presencia que fue como si lo hubiera hecho. De pronto algo suave y frío le cubrió los ojos.

—¿Qué estás haciendo? —preguntó, y dio un respingo cuando Jonas comenzó a mover las manos por detrás de su cabeza. Abrió los ojos y solo vio oscuridad. Levantó una mano para quitarse la venda.

—Nada de espejos —dijo él al agarrarle la mano.

—Siguen ahí —respondió ella—. No me gustan estos juegos.

—Diez minutos, *tesoro*. Es lo único que te pido. Después, si no te gusta, jugaremos a otra cosa.

Ella resopló, molesta.

—Crees que, porque me lo pidas amablemente, te saldrás con la tuya.

—La educación lo es todo en un hombre, *amore mio*.

—¿Siempre les vendas los ojos a tus amantes?

—Con frecuencia —sabía que quería decir «siempre». Se estremeció, sin saber si sentirse horrorizada o atraída. De pronto recordó que había apagado las velas la noche anterior antes de poseerla.

—Eres un diablo manipulador, Merrick.

—Jonas.

—Merrick durante los próximos diez minutos.

Su respuesta fue permiso suficiente para que continuara. La soltó y ella oyó que se movía otra vez. Ya era dolorosamente consciente de su presencia cuando podía verlo. Adivinar sus movimientos solo mediante el sonido amenazaba con volverla loca. Dejó de pensar cuando Jonas le dio un beso en los labios. Se agarró con fuerza la falda y luchó contra la tentación de agarrarlo por las orejas y hacer que la besara en condiciones.

—Gracias —susurró él.

—Diez minutos —contestó ella, aunque tenía la impresión de que cada minuto duraría una hora.

—Llevo la cuenta, *tesoro*.

Intentó localizarlo y giró la cabeza. Dio un respingo cuando él le agarró la mano y le dio un beso en la muñeca. Sin el privilegio de la vista, su piel parecía extrañamente sensible.

Se mordió el labio y dio un respingo cuando Jonas presionó con un dedo su carne. Su caricia fue como un beso. Sintió que el aire se movió y entonces la besó. Después succionó su labio mordido. El corazón se le desbocó. Antes de que pudiera devolverle el beso, él se apartó. Ella sentía la frustración creciendo en su vientre. Estiró los brazos para agarrarlo, pero él la esquivó.

Maldita venda.

Suponía que podía quitársela. No estaba prisionera. Algo le hizo dejársela puesta. Pero era horrible esperar sus caricias procedentes de cualquier lugar.

—Estás jugando conmigo —no le gustaba que su voz sonara sin aliento. Por fin logró agarrarlo del brazo para que se estuviera quieto.

—Oh, sí.

En esa ocasión recibió una advertencia. Sintió su aliento cálido en el cuello y se le erizó el vello. Después empezó a mordisquearle un tendón hasta que se estremeció.

—¿Ya han pasado diez minutos? –preguntó Sidonie con la voz rasgada.

—Aún no –respondió él mientras le mordisqueaba la mandíbula–. Eres el plato más delicioso de la creación, *dolcissima*.

Jonas le besó la comisura de los labios y ella soltó un gemido. Él sonrió contra su mejilla. A pesar de echar de menos poder ver, había algo muy seductor en el hecho de sentir sus expresiones en vez de verlas. Lo que le hacía parecía algo prohibido, como si fuera una aventura sensual y perversa.

Hundió los dedos en los músculos de su brazo.

—A este ritmo, cumpliré noventa años antes de que hagas algo al respecto.

—Paciencia –respondió él mientras se zafaba.

Sintió que el colchón se hundía cuando Jonas se arrodilló tras ella. No debería importar dónde estuviera. No podría verlo de todas formas. Pero tenerlo detrás le ponía nerviosa.

Perdió la capacidad de hablar cuando él tiró de su vestido. Cuando la prenda se abrió, notó el aire frío en la espalda. Los dientes de Jonas en el lóbulo de su oreja provocaron otra intensa respuesta. Se le aceleró el pulso entre las piernas. Tomó aire, pero le costaba trabajo respirar.

—Haces que me vuelva una licenciosa –murmuró a pesar de la excitación.

—Una licenciosa maravillosa –respondió él mientras le bajaba lentamente el vestido–. Llevas un corsé muy provocativo.

Se le sonrojaron las mejillas. Se había puesto la más reveladora de sus nuevas prendas interiores. Una camisa tan fina que era casi como si no llevara nada. Y un corsé que elevaba sus pechos para las manos de un hombre. Para las manos de Jonas, había pensado con entusiasmo mientras la señora Bevan se lo apretaba. El corsé estaba decorado con rosas y lirios entrelazados, que le hacían pensar en miembros enredados durante el encuentro amoroso.

—Es pecaminoso —susurró intentando no taparse el pecho con las manos.

—Exacto, *bella* —notó el asombro en su voz. La venda hacía que se le agudizara tanto el oído que era consciente de todas las emociones en su tono de voz. Aquel precioso barítono la envolvía como una manta cálida en una noche invernal.

De pronto sintió que necesitaba los ojos. Para comprobar si se mostraba depredador o triunfante. O quizá peor, para comprobar si la miraba o no como a la rosa más perfecta de su jardín. Teniendo en cuenta que luchaba para resistirse al poder que ejercía sobre sus emociones, aquella era la opción más terrorífica de todas. Se puso de rodillas y se llevó las manos temblorosas a la venda.

—No, Sidonie —dijo él agarrándole las manos.

—Quítame la venda, Merrick —ordenó ella.

Sus carcajadas fueron como una caricia aterciopelada sobre su piel. Solo con su voz se quedaba sin aliento. Quedaría completamente indefensa cuando la tocara de verdad.

—Todavía no —le levantó más las manos y le cubrió de besos los nudillos. Fue una caricia fugaz como una brisa de verano. Sentía la excitación en la tripa. Tomó aire e intentó mantener la cabeza despejada. Si insistía, Jonas acabaría por quitarle la venda. Pero le había pedido que confiara en él. Aunque aquella petición hiciera que se pusiera nerviosa, no podía negárselo.

Pobre Sidonie. Pronto sería incapaz de negarle nada.

Jonas seguía agarrándole las manos. Ella sentía que su fuerza aumentaba con aquel gesto. Estiró la columna y notó sus pechos contra la camisa.

—¿Sidonie? —preguntó él suavemente, y dejó caer sus manos sobre su regazo.

Si insistía o la avasallaba, ella se resistiría. Pero hizo que su nombre sonara como una invitación a descubrir secretos maravillosos.

Tras una pausa, asintió vacilante con la cabeza.

—Muy bien.

Capítulo 17

Jonas dejó escapar el aliento y se negó a admitir que se sentía aliviado. Cómo deseaba poder pintar a Sidonie en aquel momento, arrodillada frente a él, con su cuerpo envuelto en una fina capa de seda. Deseaba tenerla así para siempre, para poder revivir aquel momento en sus noches frías y solitarias.

¿Qué artista podría recrear la belleza sensual de Sidonie? Un pintor de brocha gorda no podría captar el olor femenino que inundaba el aire. Ni expresar el patrón irregular de su respiración. Tenía la piel sonrojada. El pulso le latía en la base del cuello. Tenía los labios hinchados y oscurecidos, aunque apenas la había besado.

Reflejada una y otra vez en los espejos, emergía del vestido abierto como un nenúfar en mitad de un lago. Él se cernía sobre ella como una pesadilla. Normalmente obtenía una satisfacción retorcida con el contraste entre una mujer hermosa en su cama y su deformidad física. Le quitó uno de los lazos rosas que sujetaban su camisa y ella dio un respingo.

–No tengas miedo, Sidonie –le dijo mientras le acariciaba un hombro con la mano. Parecía tan frágil, y aun así era más fuerte que los muros de piedra que les rodeaban.

–No tengo miedo –obviamente eso era mentira. Sabía que se sentía insegura, incluso asustada. La venda debía de parecerle algo extraño y perverso. Su valentía le llegaba al corazón. Se habría enfrentado al mismo diablo con aquella barbilla levantada y arrogante.

—Ya has hecho esto antes.

—Pero entonces podía verte —respondió ella.

—Sin la vista, los demás sentidos se agudizan.

—Haces que me sienta cohibida —murmuró Sidonie en voz tan baja que tuvo que acercarse para oírla.

Captó entonces aquella fragancia tan tentadora y característica en ella. Cerró los ojos y respiró profundamente para que su aroma le llegase a los pulmones.

La necesidad de estar dentro de ella era cada vez más fuerte. Aun así, siguió acariciándola con suavidad mientras deslizaba la mano sobre su pecho y la dirigía hacia el borde de su camisa. Si la mantenía en su cama los próximos tres días, si bebía sus besos hasta embriagarse, si exploraba cada misterio de su cuerpo, sin duda quedaría saciado. Pero ya sabía que su apetito solo se alimentaría de deseo. Nunca se cansaría de ella.

Bajó lentamente la tela y dejó al descubierto un pezón rosa y erecto. Sobresaltada, ella dio un respingo. Cuando le agarró el pecho, soltó un suave gemido. Le desató el corsé con dedos temblorosos y se lo quitó. Era adorable. Podría venerar su cuerpo durante una eternidad y aun así sentir que no le había hecho justicia.

Con cuidado de no quitarle la venda, le sacó el vestido rojo y después la camisa por encima de la cabeza. Estiró sus largas piernas antes de quitarle los zapatos y las medias. Dejó caer al suelo las prendas de seda y deslizó las manos por su piel satinada hasta detenerlas justo por debajo de su sexo.

—Es un pecado tapar a una mujer tan gloriosa. Ordeno que te quedes desnuda.

Ella soltó una carcajada y se apoyó sobre sus manos para no perder el equilibrio.

—Escandalizaría a la señora Bevan.

Jonas deslizó las manos por sus muslos y sintió como sus músculos se estiraban. Su postura hacía que sus pechos sobresalieran. Cuando se llevó un pezón a la boca, ella se estremeció. Se estremeció con más fuerza aún cuando centró su atención en el otro pecho.

Sidonie enredó los dedos en su pelo para mantenerlo cerca.

—Deduzco que sigues vestido —murmuró.

Él levantó la cabeza.

—¿Cómo lo sabes?

—Merrick, hablas con demasiada superioridad como para que sea de otra forma.

Dos segundos antes deseaba arrodillarse ante ella y venerarla. Ahora deseaba reírse. Sidonie era una mezcla asombrosa.

—Jonas.

—Maldito, lascivo y mentiroso Jonas —murmuró ella con una dulzura empalagosa.

Jonas la tumbó boca arriba.

—Dices unas cosas preciosas.

Ella le agarró la camisa con ambas manos cuando se tumbó encima.

—Sabía que no te habías desnudado.

—Todo a su tiempo, *la mia vita* —apoyó el peso en sus brazos para quedarse mirándola. Estirada bajo su cuerpo, parecía una diosa malhumorada—. ¿A qué viene tanta prisa?

—El amanecer llega pronto.

—El amanecer no significa que se acabe el placer —respondió él.

Su diosa se sonrojó tanto que el color asomó por debajo de la venda. Era una preciosidad. Más exquisita que el *baklava* de la señora Bevan. Era algo exótico. Como las especias y la miel que se quedaban en la lengua y le hacían desear más. Desear atiborrarse comiendo.

Se arrodilló, se quitó la camisa por encima de la cabeza y la tiró a un rincón. Volvió a situarse sobre ella. Su suave suspiro de placer cuando rozó el torso desnudo contra sus pechos le llegó hasta los huesos. Se apartó hasta quedar separados por escasos centímetros. Ella exploraba su pecho y su vientre duro con manos fuertes y elegantes. Sus caricias rápidas hicieron que el vientre no fuese lo único que se le endureciera. Sentía las palpitaciones dolorosas en su miembro erecto. Sidonie le acarició un pezón y él tuvo que hacer un esfuerzo por no gemir.

Luchaba por contenerse. La noche anterior no le había concedido mucho tiempo. Pero ahora pensaba compensárselo. Le separó las piernas muy lentamente y vio la luz de las velas reflejada en sus pliegues húmedos. Aspiró su esencia embriagadora.

Ella intentó taparse.

–Estás mirándome, ¿verdad? –preguntó con voz nerviosa.

–Eres preciosa.

Cuando Sidonie intentó juntar las piernas, él le puso una mano en el muslo. No hizo presión, pero el corazón le dio un vuelco cuando ella se quedó quieta de inmediato. Apartó entonces la mano de su sexo.

Al inhalar aquel aroma a mujer excitada, Jonas supo que estaba en el paraíso. La besó con pasión desenfrenada. Ella se abrió de inmediato. Él succionó su lengua y la devoró. Cubrió de besos su cuerpo y se dejó llevar tanto por el placer que estuvo a punto de olvidar su objetivo. Ella se movía sin cesar y abría cada vez más las piernas. No podía saber cuáles eran sus intenciones, pero su cuerpo se preparó instintivamente para ello.

Sidonie tensó todos los músculos de su cuerpo al sentir la boca de Jonas en su lugar más privado.

–¿Qué... qué estás haciendo?

Intentó incorporarse. Cuando Jonas levantó la cabeza, ella respiró aliviada. Intentó cerrar las piernas, pero él estaba en medio.

–Tienes que ser más aventurera, *bella* –le dijo, y Sidonie pudo oír su sonrisa.

Empujó las manos contra sus hombros, pero no se movía.

–No puedes querer poner la boca... ahí.

Jonas se rio suavemente.

–*Tesoro*, sabes más dulce que el vino.

Sidonie quería morirse de la vergüenza. Podía quitarse la venda, pero no deseaba verle la cara. Jonas había visto partes de su cuerpo que jamás pensaba que alguien vería, partes que ni siquiera podía nombrar.

–Yo no... –las palabras se le atascaron en la garganta. Hundió la mano en su pelo y lo sujetó entre sus muslos–. Por favor, Jonas. No me hagas hacer esto.

El silencio se alargó. El rugido lejano del mar era el contrapunto a los latidos caprichosos de su corazón.

–Lo último que deseo es asustarte –dijo él con seriedad. Se incorporó y deslizó su cuerpo sobre el de ella antes de darle un beso en cada pecho.

Su tensión se alivió al darse cuenta de que no la forzaría. Besarla entre las piernas le parecía algo excéntrico y casi perverso.

–Gracias –murmuró, y le acarició el pelo como muestra de agradecimiento.

Jonas se frotó contra ella y la aprisionó contra el colchón. La noche anterior se había sentido demasiado abrumada para explorar su cuerpo. Ahora sentía curiosidad. Poseía otros sentidos además de la vista. El oído. El olfato. El gusto. El tacto.

Deslizó las manos por su torso hasta llegar a sus hombros. Juzgándolo solo por el tacto, parecía más grande, más fuerte. Se atrevió entonces a acariciar su miembro. Jonas se tensó y ella se preguntó si le gustaría o no lo que estaba haciendo. Después empujó contra su mano con una urgencia que aumentó su excitación. Sidonie se retorció sobre las sábanas para aliviar el calor que sentía entre los muslos.

—Dios, Sidonie —murmuró él, y Sidonie oyó el placer en su voz.

No hizo nada más que tocar su miembro, sin saber lo que era permisible, lo que le daría placer y lo que no. Parecía lleno de vida. Y resultaba increíblemente grande. Era difícil creer que hubiese metido eso dentro de su cuerpo la noche anterior.

Notó su respiración rasgada en la oreja. Era asombroso que hubiese llevado a aquel hombre tan experimentado hasta el límite con tanta rapidez. Se mordió el labio, se armó de valor y cerró los dedos en torno a su miembro. Él se estremeció, acercó la cabeza a su hombro y murmuró blasfemias que parecían oraciones. La suavidad sensual de su pelo rozándole la mejilla contrastaba con el poder viril que sentía en su mano.

Descubrir su cuerpo solo con el tacto resultaba fascinante. La había explorado con la atención de un cartógrafo entregado a una costa desconocida. Mientras que él seguía siendo territorio desconocido.

Pero no después de esa noche.

Empezó a quitarle los pantalones, sintiéndose la mujer más valiente de la creación.

—Bella...

—Túmbate boca arriba —por mucho que le molestase llevar la venda, dudaba que pudiese reunir el valor necesario si lo mirase a los ojos.

Esperó a que Jonas se burlase de sus palabras, pero el colchón crujió cuando se movió. Sidonie se arrodilló frente a él para acariciar su miembro a través de los pantalones abiertos. Apretaba y relajaba la mano con un ritmo primitivo.

–Maldita sea –parecía que le hacía daño.

–¿Paro?

–Dios, no –Jonas demostró su sinceridad levantando las caderas–. ¿Por qué diablos sabes hacer eso?

–Quiero darte placer –cambió la presión y subió la mano hasta la punta. Extendió con el pulgar la humedad que encontró allí.

–Santo Dios –se apartó e hizo que le soltara.

–¿Qué estás haciendo?

–Desnudarme –respondió él.

Ella aguardó con impaciencia.

–¿Puedo quitarme la venda?

–No –se inclinó sobre ella y la tumbó boca arriba sobre el colchón.

Cuando le mordió un pezón, dio un respingo de placer. Se retorció y dobló las rodillas para rodear sus caderas. Cuando estiró el brazo para continuar con sus intrigantes experimentos, él le agarró la mano.

–No, Sidonie.

–Has dicho que te gustaba.

–Si me tocas, explotaré –contestó él con una carcajada.

–Nunca he... –tomó aliento antes de seguir–. El cuerpo del hombre es un misterio.

–Mis disculpas por limitar tu investigación.

Era curioso cómo el humor avivaba el deseo. La noche anterior, entregarse había sido un asunto desesperado. Ahora la risa le daba chispa a la pasión.

–Seguiré con mis exploraciones más tarde.

–Si sobrevivo –respondió él con un gemido exagerado.

Le encantaba su risa. Le encantaba que se enfrentase al mundo con una sonrisa temeraria en su rostro marcado. El corazón le dio un vuelco. Se dio cuenta de algo. Algo que no tenía nada que ver con el deseo que hacía que su sangre ardiese.

No solo deseaba a Jonas Merrick. No solo le resultaba fascinante. Le gustaba aquel libertino. Le gustaba más que nadie. Cuando se marchara, echaría terriblemente de menos al amante. Pero la verdadera tragedia era que echaría de menos al propio Jonas. Nada lograría llenar el vacío que dejaría en su vida.

Jonas deslizó la mano sobre su cuerpo hasta llegar a su monte de Venus. Experimentó otra oleada de calor húmedo y se olvidó de la vergüenza cuando la besó con pasión. Sin dejar de besarla, empezó a acariciarla entre sus pliegues. Encontró un lugar particularmente sensible y lo rodeó con el dedo hasta hacerle gemir y hundir los dedos en sus hombros. Deslizó un dedo en su interior y empezó a sacarlo y a meterlo. El pulso se le aceleró y empezó a respirar con gemidos entrecortados. La conducía hacia el abismo, pero, cada vez que se acercaba demasiado al borde, paraba y volvía a empezar.

–Maldito diablo –murmuró ella mientras se retorcía incansablemente. Veía luces destellantes detrás de los ojos. Jonas dobló los dedos en un lugar interior que vibraba de placer. Sintió que empezaba a caer, a derretirse, a dejarse llevar. Y él volvió a apartarse–. Deja de atormentarme –tenía los nervios a flor de piel. El placer se le escapaba entre los dedos y era más una agonía.

–Todavía no.

Otra diabólica caricia. Otra respuesta apasionada que la acercó al abismo, pero no le permitió alcanzarlo. Le ardían los músculos y solo Jonas tenía acceso al agua fría que calmaría su ardor.

–Me dejas sin orgullo –se estiró hacia arriba en un intento instintivo de recuperar su placer.

–Quiero ver tu deseo –por primera vez oyó la contención en su voz. Aquel largo proceso de seducción también era agotador para él. No le quedaba mucho para perder el control.

—Ya siento deseo —admitió sin apenas ser consciente de lo que decía.

—No el suficiente.

—¿Vas a torturarme hasta que renuncie a todo? —preguntó ella, y clavó los talones en la cama para cambiar el ángulo de aquellas caricias tormentosas.

—Dios, sí —Jonas se inclinó sobre su pezón.

La fricción de su lengua hizo que se convulsionara contra la mano que le acariciaba. Llevó una mano hacia su cabeza. En esa ocasión, cuando metió los dedos en su interior y volvió a sacarlos, ella le tiró con fuerza del pelo y le hizo gruñir.

—Eres un bestia.

—¿Me deseas, Sidonie?

Le besó el pecho con tanta ternura que abrió un abismo en su corazón. Un abismo que sospechaba que nunca se cerraría. Era el mismo diablo.

Y, junto a él, ella estaba maldita también.

Le besó el otro pezón con la misma ternura arrebatadora. La mano que tenía agarrando su pelo se relajó y empezó a acariciarle. Su orgullo le parecía algo insignificante comparado con aquella necesidad. Aquel deseo. La admiración. La... afinidad a la que se negaba a dignificar con un nombre más potente.

—Maldito seas, Jonas, claro que te deseo —admitió con vehemencia.

Por fin la tocó donde más lo deseaba y el clímax le sobrevino entre oleadas de placer.

Capítulo 18

Jonas no le dio oportunidad a Sidonie de recuperarse del orgasmo. Empezó a penetrarla y notó su resistencia tentadora. Ella se aferró a sus hombros y levantó las caderas con un gemido para recibir su miembro.

–¿Estás bien? –le preguntó Jonas con voz rasgada, y se quedó quieto para que pudiera acostumbrarse a su tamaño. La noche anterior le había hecho daño. No podría soportar volver a hacerlo. Los segundos que tardó en responder le parecieron una eternidad. Se preparó para apartarse, aunque sería horrible. Pero entonces, milagrosamente, su cuerpo se abrió y ella tomó aliento–. ¿Sidonie?

–Estoy bien –sus carcajadas recorrieron todo su cuerpo y estuvo a punto de derramarse en su interior–. Mejor que bien.

Gracias a Dios.

Hundió la cara en su hombro y dejó que sus sentidos se saciaran con ella. Su aroma almizcleño, sus suaves gemidos cuando tomaba aire, la suavidad de su piel, el roce delicado de su pelo. Cerró los ojos y disfrutó sabiendo que, en aquel momento, era inequívocamente suya. Su comunicación era silenciosa y plena. Existían en un mundo de luz al margen de la realidad sombría.

Si aquella conexión pudiera durar para siempre...

Sidonie relajó las manos sobre sus hombros. Él disfrutaba sintiendo sus músculos alrededor de su miembro, acariciándolo desde el interior. Nunca antes se había sentido tan valorado. Apretó las nalgas y la penetró más. Ella dejó escapar un sonido gutural.

–Estás… sonriendo –murmuró casi sin aliento mientras le acariciaba los brazos.

–¿Cómo lo sabes? –preguntó él entrelazando los dedos con los de ella para apoyar el peso sobre los codos. Aquella unión, cuerpo con cuerpo, mano con mano, mente con mente, resultaba sobrenatural. Llegaba a todos los rincones de su alma.

–Lo siento sobre mi piel –contestó ella–. Es… agradable.

–¿Qué me dices de esto? –preguntó él mientras levantaba las caderas.

Ella volvió a incorporarse y soltó otro intrigante murmullo de placer. Un hombre podría hacerse adicto a aquellos murmullos, del mismo modo que un consumidor de opio se volvía esclavo de su droga.

Se retiró lentamente de su cuerpo y disfrutó de cada centímetro. Ella tomó aliento con la respiración entrecortada y suspiró cuando volvió a penetrarla. Sintió de inmediato ese calor indescriptible. ¿Cómo podría vivir sin eso? Había pasado frío toda su vida. Sidonie hacía que se sintiese vivo.

Sidonie le apretó las manos y se arqueó. Él se vio abrumado por un torrente de deseo y comenzó a embestirla con fuerza. Pero, incluso en aquella situación extrema, seguía sintiendo el vínculo entre sus cuerpos, entre sus manos unidas.

Ella estaba acercándose al abismo. Él se tumbó encima y aceleró el ritmo. Aquella fricción abrasadora le condujo hacia el precipicio. Pensaba que iba a rompérsele la mandíbula con el esfuerzo por contenerse.

Al fin Sidonie soltó un grito desgarrador y le apretó las manos. La pasión recorrió su cuerpo como un fuego incontrolado. Se estremeció sobre ella y derramó su semilla en su interior. Cuando finalmente cayó agotado entre sus brazos, supo que nunca volvería a ser el mismo. Sidonie había dejado su nombre grabado en su alma.

Sidonie se despertó en la oscuridad. No en la oscuridad de la noche, sino en la de la venda. Las manos de Jonas se deslizaban lentamente sobre su cuerpo desnudo.

Se movió automáticamente para quitarse la venda, pero él le agarró la mano.

–No.

–Jonas, quiero verte –le había hecho el amor tres veces la noche anterior y ella siempre había tenido los ojos vendados.

Le dio un beso en la mano que tenía agarrada.

–Es mejor así.

Sidonie luchó contra el impulso de dejar que se saliera con la suya siempre y cuando siguiera tocándola.

–¿Mejor para mí o para ti?

–Para los dos.

–Mentiroso –se zafó y consiguió quitarse la venda. Como imaginaba, era ya por la mañana. Jonas había abierto las cortinas y la luz del sol inundaba la habitación, convirtiendo los espejos en reflejos deslumbrantes. Él estaba tumbado a su lado, con la cabeza apoyada en un brazo doblado y las mantas a la altura de la cintura.

–No –dijo mientras giraba la cara hacia el otro lado.

–Sé cómo es tu cara –respondió ella agarrando la sábana para taparse los pechos. Algo en la luminosidad, en los espejos y en la venda hacía que se sintiese cohibida, a pesar de no haberse sentido así durante la apasionada noche.

—Yo también lo sé —dijo él con una voz severa en comparación con el tono aterciopelado con que se había dirigido a ella durante la noche.

—¿Crees que voy a empezar a gritar porque me he dado cuenta de que mi amante tiene cicatrices?

—Preferiría no recordarte que estás en la cama con un monstruo.

—No estoy en la cama con un monstruo. Estoy en la cama con Jonas Merrick, el hombre más increíblemente excitante que jamás haya conocido —tomó aliento e intentó tener paciencia—. ¿No confías en mi deseo, Jonas? ¿Después de lo de anoche?

—¿No confías tú en mí si no puedes verme?

—¿No confías en mí si puedes verme?

La venda no era solo por una cuestión de confianza, aunque entendía que desempeñaba un papel importante. También se debía a esa distancia emocional que, a pesar de la satisfacción física que habían compartido, él seguía esforzándose por mantener. Cuando le había seducido en el vestidor, no había tenido oportunidad de levantar sus defensas. A pesar de la felicidad que había experimentado la noche anterior, sabía que él había luchado por establecer distancia entre ambos. Una brecha infinitesimal entre el amante arrebatador que le había conducido al éxtasis y el hombre real. Incluso mientras la penetraba, un rincón oculto de su alma permanecía apartado.

¿Sería demasiado codicioso por su parte desear que aquel rincón oculto también fuese suyo?

—Tus cicatrices no importan.

—Claro que importan —respondió él con rabia en la mirada.

—Oh, Dios... —susurró Sidonie. Estaba tan herido. No podía soportarlo—. Olvídate de tu aspecto. El conjunto de lo que eres es mucho mayor que lo que ves reflejado en esos espejos.

Cuando Jonas habló, su voz sonó fría y su mirada se volvió de piedra.

–A las mujeres con las que me he acostado a veces les resultan excitantes mis cicatrices. Les permite contemplar los horrores góticos.

–Te subestimas –mientras hablaba, Sidonie sabía que su autodesprecio estaba tan arraigado que no le haría caso. Ella odiaba a esas mujeres desconocidas que le habían convencido de que era menos que los demás hombres.

–Cuando era más joven y menos arrogante, quizá advirtiese un elemento de compasión en una amante. ¿Una aventura espantosa para una viuda aburrida o para una mujer casta? Cualquiera de las opciones me resulta asquerosa. La venda garantiza la igualdad. Los espejos me recuerdan que solo la ceguera perpetúa esa igualdad.

De nuevo el corazón se le encogió de dolor por él. El mundo había magullado su espíritu noble, hasta que empezó a vencer a sus enemigas jugando a su propio juego. Conociéndolo como lo conocía, se imaginaba que disfrutaría convirtiendo en esclavas del placer a las mujeres que se habían reído de él. ¿Sería eso lo que sentía cuando la miraba? No podía soportar esa idea.

–Sabes que te deseo.

–Eso no es ningún misterio. Eres una chica inocente que ha descubierto los placeres de la cama. Un hombre con mis desventajas aprende deprisa a dar placer a una mujer.

Su respuesta cruel hizo que el estómago le diese un vuelco cargado de rabia. Ni siquiera después de la noche que habían pasado lograba confiar en ella. Cada día que pasaba con él le otorgaba mayor capacidad para hacerle daño. Siempre había jurado que jamás estaría a merced de un hombre. Parecía que, al abrirse a Jonas, se había abierto a un mundo de dolor. Había hecho bien en desconfiar. Pero era demasiado tarde para protegerse.

–No nos insultes a ambos.

Jonas suspiró y se apoyó en el cabecero.

–No discutamos. Tenerte entre mis brazos es una alegría. No lo estropees.

–No hace falta que me vendes los ojos para disfrutar, Jonas –respondió ella para intentar meterle la verdad en la cabeza.

–Deja que lleve a cabo mis juegos, Sidonie. No hacen daño a nadie.

Sidonie sintió la frustración en la tropa. No admitiría que era diferente a las otras mujeres que habían marcado su alma igual que algún asaltante había marcado su rostro.

–La primera vez hicimos el amor sin la venda.

–Me atacaste antes de que hiciera los preparativos habituales –dijo él con una sonrisa sombría.

–No ofreciste mucha resistencia.

–Pensé que me habías abandonado para siempre. No era yo.

Por fin. Había admitido que sentía una necesidad, aunque no la reconociera como tal. Eso le hizo albergar la esperanza de que tal vez, antes de que terminara la semana, le entregaría todo su ser.

–¿Y eres tú cuando me vendas los ojos?

–Eso es –recogió la venda y la estiró. Sidonie vio que estaba levantando sus defensas como si estuviera construyendo un muro entre ambos–. Es una excentricidad mía, pero no soporto que alguien me mire cuando estoy con una mujer.

–No soportas la idea de perder el control.

–Sí, eso también –confesó él con una sonrisa–. ¿Estás quejándote?

Sidonie suspiró. Maldito corazón suyo. La necesitaba y, si el único regalo que iba a aceptar era el placer sexual, viviría con eso. Por el momento.

—No —estiró el brazo y le quitó la venda—. Lo haremos a tu manera.

—Estoy seguro de que no te arrepentirás —esperó a que se tapara los ojos, después se lanzó sobre ella y la besó con una pasión que le hizo olvidar sus dudas.

Los dos días siguientes fueron un torbellino de sensualidad. Sidonie existía en un plano que no tenía nada que ver con su vida antes de que Jonas Merrick se la llevase a la cama. Debía sentirse avergonzada por lo licenciosa que se había vuelto. En su lugar, por primera vez se sentía completamente fiel a sí misma. Pero, a pesar de toda la alegría que encontraba en brazos de Jonas, era muy consciente de que las horas que les quedaban juntos estaban contadas.

Su última tarde llegó de forma inevitable. Ninguno de los dos lo mencionó, pero la certeza de que se acercaba el momento de despedirse flotaba en el aire como un fantasma. Sidonie observó a Jonas, situado al otro lado de la biblioteca, y memorizó cada detalle, porque pronto los recuerdos serían lo único que tendría.

«¿Podré soportar marcharme mañana?».

Habían bajado las escaleras una hora antes. El dormitorio se había convertido en un universo privado del que ninguno deseaba escapar. Pero Jonas había mencionado algo de un libro, la ruta de un viaje en barco que había hecho con su padre por la costa griega. Estaba recostado en el asiento de la ventana con un atlas enorme abierto sobre su regazo.

Desde que se convirtiera en la amante de Jonas, las horas doradas de placer físico se habían convertido en una eternidad. La idea de renunciar a esa conexión tan vibrante nada más haberla descubierto le daba ganas de llorar. Aunque no había llorado. Ni una vez. Ya tendría tiempo para hacerlo cuando se marchara.

–¿Qué sucede? –Jonas pasó una página del atlas antes de levantar la mirada.

–Me pregunto qué hay para cenar –estaba sentada en el escritorio. Llevaba el vestido rojo y el pelo revuelto le caía por la espalda.

–¿De verdad? –preguntó él con una sonrisa que iluminó sus ojos.

Sidonie le dirigió una mirada que sabía que le volvía loco.

–De acuerdo, ¿quieres que te diga lo que estoy pensando realmente?

–Si tienes que hacerlo.

La luz que entraba por los ventanales se reflejaba en su pelo negro. Llevaba unos pantalones y una camisa suelta abierta a la altura del cuello. ¿Cómo podría resistirse a tocarlo? Aunque la demora aumentaba el suspense.

–Tengo que hacerlo –sonrió y balanceó los pies descalzos de forma provocativa–. Pensaba que, si hubiera sabido lo divertido que era el libertinaje, habría perseguido a los jardineros años atrás.

Jonas cerró el atlas, se puso en pie y recorrió en tres zancadas la distancia que los separaba.

–Mantente alejada de los jardineros, señorita.

–A ellos no les importaría –¿en qué momento se había convertido en una ramera insaciable? No debían gustarle tanto sus celos.

–Estoy seguro de que no –plantó las manos a ambos lados de su cuerpo para aprisionarla. No la tocó, pero su cuerpo grande y poderoso estaba tan cerca que podía sentir su calor–. Pero no puedes acercarte a ellos. Y tampoco a los sirvientes, ni a los carteros, ni a los carniceros, ni a los panaderos, ni a los cereros.

Aspiró su aroma para llenarse los pulmones. Incluso temblando de deseo, luchó por mantener un tono despreocupado. Le gustaba tomarle el pelo. A lo largo de los últimos días, había descubierto que tomarle el pelo tenía un resultado asegurado.

Le gustaba ese resultado aún más de lo que le gustaba tomarle el pelo.

Se echó hacia atrás hasta que su pecho puso a prueba el escote del vestido. Al ponérsela por primera vez, la prenda le había parecido indecente. Después de pasar dos días principalmente desnuda, llevar algo de ropa le parecía una concesión al decoro.

–Qué aburrimiento.

–Exacto –Jonas se quedó mirando su escote y se le hincharon las fosas nasales. Ella siempre había considerado que tenía los pechos demasiado grandes, pero enseguida había descubierto que a Jonas le gustaban así.

–E injusto.

–A mí me parece muy justo –se inclinó más hacia ella, hasta que quedaron separados por dos centímetros de distancia–. Eres un arma demasiado peligrosa como para que te manejen unas manos inexpertas. Deberían encerrarte donde no pudieras causar ningún daño. Conmigo.

–¿Y cómo pasaríamos el tiempo? –adoptó un aire de aburrimiento. El corazón le latía con tanta fuerza que seguro que podía oírlo. Echó el cuello hacia atrás y dejó que su melena cayera sobre el escritorio.

–Deja que te lo demuestre –su risa recorrió su columna como si fuera aceite perfumado–. Prepárate.

–Bueno, qué romántico. Las sirvientas deben de desmayarse con tu fina palabrería.

–Se desmayan solo con oír mi nombre. Siempre me tropiezo con sirvientas inconscientes. Es increíblemente aburrido.

–Estoy segura –apenas sabía lo que decía. ¿Qué sería de ella cuando finalmente le pusiera las manos encima?–. ¿Subimos al dormitorio?

—Sí.

Comenzó a bajarse del escritorio, pero él la agarró por la cintura para mantenerla ahí. Incluso a través del vestido, el contacto le provocó un vuelco en el estómago. Levantó la mirada, sobresaltada.

—¿Jonas?

—Después —a juzgar por su mandíbula apretada, pensaba poseerla allí en la biblioteca.

—No podemos. ¿Y si entra la señora Bevan?

—No pareces tan decidida como hace unos minutos.

Ella se sonrojó, y se maldijo a sí misma por ello.

—¿Y si entra?

—Créeme, la señora Bevan sabe que debe esperar a que la llame —para su sorpresa, la besó y la dejó sin aliento—. Me encanta poder hacer que te sonrojes —murmuró en voz baja.

—Aún me queda algo de moral.

—Te la quitaré enseguida. Prepárate, *bella*. Tu educación continúa.

Le dio la vuelta para doblarla sobre el escritorio, con los pies apoyados en el suelo entre los suyos. Colocó las manos sobre el papel secante del escritorio para no caerse. Jonas le apartó el pelo y empezó a darle besos en la nuca. Ella se estremeció y notó que le temblaban las rodillas.

Cuando le levantó la falda por encima de la cintura y la dejó al descubierto, no pudo evitar soltar un grito nervioso.

—¿Qué estás haciendo?

—Ya lo verás.

De hecho probablemente no pudiera verlo. No tenía los ojos vendados como en las otras ocasiones, pero aun así no permitió que le viese la cara. Ansiaba poder mirarle a los ojos cuando hacían el amor. Cada vez que le negaba ese privilegio, su anhelo se volvía más fuerte.

–Vamos arriba –insistió ella. Imaginaba que pensaba montarla como un animal. Aquella brutalidad debería molestarle. En vez de eso, el corazón le latía con fuerza por la excitación.

–Todavía no –respondió él, le puso una mano en la espalda y la empujó suave, aunque inexorablemente hacia abajo. Ella se estremeció al sentir el aire en sus lugares más privados. Sabía que estaba mirándola... ahí. Se debatía entre la curiosidad y la decencia que pensaba que había abandonado junto con su virginidad.

–Qué apropiado que no lleves bragas, *la mia vita* –su voz vibraba con aprobación. Y con deseo.

–Si me dices que confíe en ti, te golpearé con el tintero –murmuró Sidonie, y cerró los puños sobre el escritorio.

–¿Ya te he descarriado?

–No has hecho otra cosa que descarriarme –respondió ella secamente, preguntándose cómo esperaría que pudiera hilar más de dos palabras seguidas.

–Necesitarás algo a lo que aferrarte.

–¿A ti?

Jonas se rio. Le rodeó las caderas y le acarició las nalgas.

–Más tarde –murmuró.

Sidonie se estiró para agarrarse al borde del escritorio. Al apoyar la frente en el papel secante, levantó el trasero.

–Me siento ridícula.

–Tienes un trasero precioso, *tesoro*.

Le mordió una nalga y ella dio un respingo, incluso mientras sentía el calor en su sexo. Murmuró una protesta ininteligible e intentó apartarse, pero Jonas deslizó una pierna entre las suyas para atraparla.

–Oh, Sidonie, Sidonie, Sidonie.

Siguió levantándole el vestido por la espalda y eso intensificó su reacción. Aquella postura daba miedo y resultaba casi incómoda, pero era increíblemente estimulante esperar a que Jonas la montase como un semental montaba a una yegua. Apoyó la cara sobre su antebrazo extendido para amortiguar un gemido.

Al sentir su boca contra la pierna, dio un respingo. Antes de que llegara a lo alto del muslo, ya estaba temblando como si tuviese fiebre. No podría besarla allí, no cuando se lo había prohibido.

La liberó. Y el cese abrupto de sus caricias la dejó con ganas de más, y sintiéndose un poco idiota con el trasero al descubierto.

—Hazlo —exigió sin importarle ya el orgullo.

—¿Dejarás que lo hagamos a mi manera?

—Como si alguna vez lo hiciéramos de otra forma.

La sangre le ardía de deseo y el pulso le latía a toda velocidad. Si no la tocaba pronto, se rompería en mil pedazos como el cristal sobrecalentado.

Sintió esas manos fuertes y despiadadas subiendo por sus piernas con una determinación que le provocó un escalofrío. Oyó que se arrodillaba tras ella. Cuando le separó las piernas, el estómago le dio un vuelco. Aquello era pecaminoso, muy pecaminoso.

Cuando colocó la boca entre sus piernas, el placer recorrió todo su cuerpo. Antes de poder asimilar lo que estaba ocurriendo, Jonas deslizó la lengua sobre sus pliegues.

—Jonas, eso es muy perverso —se derrumbó sobre el escritorio cuando al fin le fallaron las rodillas.

Jonas la estimuló con los dientes y el placer se centralizó. La exploró con la boca, succionando, mordiendo, lamiendo hasta que la cabeza empezó a darle vueltas. La penetraba con su lengua para hacerle sentir el calor húmedo. En mitad de aquella tormenta, oyó el grito ahogado de una mujer. Todo eran sensaciones abrasadoras. Era como si sus huesos estuvieran derritiéndose.

Habría podido ser terrorífico precipitarse por los confines del cielo. Pero unas manos firmes la mantenían anclada al suelo y las palabras susurradas de un hombre resultaban el contrapunto perfecto a los latidos salvajes de su corazón.

Capítulo 19

Jonas le sujetaba las nalgas mientras ella se estremecía de placer.

Debía sentirse triunfal. Se había derrumbado como imaginaba que haría. En su lugar, sentía que debía quedarse de rodillas y dar gracias a un dios en el que no sabía si creía. Le dio un beso reverencial en cada nalga.

Se alegraba de que no pudiera verlo. Si hubiera visto su expresión, habría podido adivinar la profundidad de su reacción. Incluso mientras la poseía con la boca, ella le había poseído a él. Tenía la impresión de que le había poseído para siempre.

Sidonie empezó a incorporarse. Debía de pensar que ya habían terminado. Pero no era así.

–No te muevas –era sorprendente lo difícil que le resultaba hablar.

–No lo haré –aquella obediencia era otra muestra de lo alto que la había llevado.

Tomó aliento y se incorporó con unas piernas humillantemente temblorosas. Estaba muy excitado y empezó a desabrocharse los pantalones.

–Abre las piernas –le dijo con brusquedad. Ya había perdido la capacidad para ser gentil y se dejaba llevar por el deseo.

A ella no pareció importarle su tono. Al abrir las piernas, su aroma almizcleño le inundó los sentidos. Jonas agarró su miembro e inclinó las caderas hasta presionar con la punta la entrada de su sexo húmedo. Ella soltó uno de esos gemidos lascivos que siempre le hacían querer estar en su interior. Sidonie se echó hacia atrás para alentarlo y el roce de sus pliegues contra su miembro estuvo a punto de hacerle perder el control.

Empujó levemente mientras oía sus jadeos entrecortados. Estaba apretada e hinchada después del clímax. Su gemido en esa ocasión transmitió cierto tono de protesta. Él se detuvo y respiró profundamente para mantener el control.

Sidonie volvió a echarse hacia atrás para seguir recibiendo su miembro erecto. La rigidez de su conducto le provocó gran placer. Era un bárbaro por disfrutar tanto de aquello cuando ella no estaba preparada. Pero la humedad ardiente que recubría su falo indicaba que lo deseaba. Cuando volvió a restregarse contra él, no pudo resistirse más. La penetró con un gemido largo y resistió el impulso de moverse. Deseaba saborear aquella perfección. El mundo, que siempre le parecía tan discordante, tan inhóspito, parecía un lugar más amable cuando estaba dentro de Sidonie. Se inclinó sobre ella y le acarició el trasero con el vientre. Se abrió bajo el peso de su cuerpo con un suave gemido y el cambio de posición aumentó su placer.

Empezó lentamente, retirándose muy despacio. Pero enseguida la locura se apoderó de él. Le dolían los testículos terriblemente desde que la había tendido sobre el escritorio. Colocó una mano bajo su corpiño y encontró un pezón erecto. Oyó que su respiración cambiaba. Le soltó el pecho, la agarró por las caderas y siguió embistiéndola con más fuerza.

Con una mano temblorosa, encontró su sexo bajo su

falda. Ella dio un respingo y soltó un grito de sorpresa. Todo su mundo se disolvió en un torbellino de placer.

Tras lo que le parecieron años vagando por las estrellas, Sidonie regresó a la realidad y descubrió que tenía la mejilla pegada al papel secante y el vientre contra el borde del escritorio. Jonas estaba tendido sobre su cuerpo y tenía la cara hundida en su pelo. Estaba cortándole la circulación en un brazo. Ella flexionó los dedos, sintió los pinchazos y emitió un gruñido de dolor. Jonas se tensó antes de apartarse.

—Todavía no —protestó ella, aunque su cuerpo pesaba y el papel secante era una almohada incómoda.

—Debo de estar aplastándote —su voz rasgada indicaba que aquel encuentro había sido conmovedor para él también.

—Así es, pero me gusta.

—Estás loca.

Le encantaba que iluminara su mundo con el éxtasis. Le encantaban aquellos momentos tranquilos en los que disfrutaba de una cercanía que no había sentido con nadie. En esas ocasiones, incluso la ligera distancia que mantenía se volvía casi transparente, de modo que ella podía imaginar que había entre ellos algo más que simple atracción física.

Jonas Merrick era único. Como hombre. En su vida.

No habría otro.

El corazón le dio un vuelco. Su felicidad dependía de algo muy frágil. El más mínimo soplido de la realidad la echaría abajo.

El recuerdo de aquel momento ardiente en el que había poseído a Sidonie desde atrás le nublaba la mente mientras la seguía escaleras arriba después de la cena. Se la nublaba tanto que solo captó su expresión calculadora después de haberse quitado la camisa.

Se fijó en cómo se apoyaba con actitud aparentemente despreocupada en uno de los postes dorados de la cama. Fuese accidental o no, el efecto resultaba espectacular. Sidonie con el pelo revuelto y aquel vestido de seda rojo.

Ahora que lo pensaba, había estado inusualmente callada toda la velada. Como si maquinara algo. A él la satisfacción sexual le daba sueño. Aunque en aquel momento no se sentía especialmente satisfecho. Sentía deseo por ella, un deseo avivado por la certeza de que aquella era su última noche.

Su última noche…

A su alrededor los espejos reflejaban un sinfín de Sidonies. Una ya le causaba suficientes problemas. Lo que no significaba que tuviese prisa por despedirse de ella. Ya sabía que, cuando se marchara, sentiría como si alguien estuviera sacándole el hígado con una cuchara.

—¿Qué estás tramando? —le preguntó con desconfianza, de pie en mitad de la habitación con la camisa arrebujada en una mano.

—No tengo ni idea de lo que estás hablando —intentó aparentar inocencia.

Algunos días antes no le habría hecho falta intentarlo. Le había encantado su inocencia, pero más aún le encantaba la riqueza de aquella mujer en que se había convertido. Nunca había pensado que pudiera existir una mujer así en aquel mundo malo y aburrido.

Por fin comprendió en un sentido visceral la ira de su padre al oír que su adorada esposa era considerada una ramera. Jonas siempre se había creído incapaz de experimentar el amor duradero que su padre había sentido por su madre. Como en su vida no había habido amigos o amantes cercanas, había dado por hecho que era un hombre más vacío y menos resuelto que el difunto vizconde.

Aquella última semana había empezado a preguntarse si podría desear a una sola mujer. Si ella sería la mujer adecuada.

Intentó borrar aquellos pensamientos inquietantes.

—Eres demasiado evidente, *amore mio*. Estás tramando algo.

—En absoluto —respondió ella con una media sonrisa. Maldición, no confiaba en esa sonrisa. Se quedó mirando la parte de su anatomía que delataba su interés y su sonrisa se intensificó.

—Espero que tu plan perverso nos incluya a ambos en esa cama.

Su sonrisa se esfumó y le dedicó una mirada sorprendentemente inquisitiva. Le asombró darse cuenta de que, bajo su apariencia, estaba nerviosa. ¿Por qué iba a estar nerviosa?

Antes de que pudiera preguntárselo, ella empezó a hablar.

—Por favor, quítate la ropa y túmbate en la cama.

Sus músculos se pusieron alerta. ¿Por qué una petición como aquella, que sin duda obtendría su cooperación inmediata, hacía que estuviera nerviosa? Él mantuvo un tono de voz neutral. Fuera lo que fuera lo que pretendía, se dio cuenta de que era importante. Tenía que mantener la cabeza despejada. Con Sidonie siempre era difícil.

—Deja que te vende primero los ojos.

—No —respondió ella con firmeza.

Oh. Parecía que al fin se rebelaba. Debería haberlo imaginado antes. Se preguntó por qué no insistió en salirse con la suya como había hecho siempre que ella se quejaba de la venda. Tal vez porque le excitase la idea de renunciar temporalmente al control en su última noche juntos. Tal vez porque ella hubiera demostrado en repetidas veces que confiaba en él y le debiera un favor a cambio. El estómago le dio un vuelco al imaginarse haciendo el amor con ella cara a cara, pero no dijo nada.

Con cualquier otra mujer que no fuera Sidonie habría insistido. Con Sidonie, estaba dispuesto a dejarle cierta libertad. No le permitiría ir demasiado lejos.

—Como desees —sin apartar la atención de ella, dejó caer la camisa al suelo.

Ella tomó aliento y le observó con una fascinación descarada mientras se quitaba los pantalones.

—Dios mío, qué grande.

Su admiración le hizo reír.

—Siempre sabes lo que tienes que decir, *tesoro*.

Sidonie se sonrojó, pero no apartó la mirada.

—Nunca antes me habías dejado verte.

—Los ojos están sobrevalorados —respondió él, aunque fuese mentira. El reflejo de Sidonie en los espejos demostraba que la vista era un regalo sin igual. El destino no podría ofrecerle peor castigo que privarle de ver a Sidonie después del día siguiente.

Ella apretó los labios al oír su comentario. Cuando se cruzó de brazos, su pecho grande asomó por encima del corpiño.

—Llevas demasiada ropa puesta.

—Más tarde. Ahora quiero que te tumbes.

Jonas ya estaba más caliente que el sol y ni siquiera la había tocado aún. ¿Quién hubiera imaginado que una mujer mandona podría alterarle tanto?

—¿Vas a besarme todo el cuerpo?

—Posiblemente —el brillo de sus ojos contradecía a sus remilgos.

Con los nervios a flor de piel, Jonas se acercó a la cama y se tumbó sobre las sábanas blancas. Sidonie vaciló un instante antes de seguirle. ¿Cuál sería su juego?

—Gracias —se inclinó hacia abajo y le ofreció la arrebatadora visión de sus pechos bajo el corpiño antes de besarlo en los labios. El beso terminó enseguida, pero incluso aquel contacto fugaz le excitó tremendamente. Sidonie contempló su miembro erecto con una de esas sonrisas misteriosas, le levantó un brazo y lo estiró hacia el cabecero.

Él inclinó la cabeza para mirarla y las sospechas atemperaron su deseo.

—¿Qué estás haciendo?

Ella se mordió el labio. El modo en que sus dientes blancos y pequeños se clavaban en su piel sonrosada siempre era increíblemente excitante.

—No te resistas.

—¿Por qué iba a resistirme?

Sidonie sacó una cuerda de debajo de la almohada y le ató la muñeca al poste de la cama. Maldita complacencia suya. A ese ritmo no tendría ocasión de volver a ponerla en su lugar. Sorprendido, se retorció y comenzó a incorporarse.

—¿Qué diablos?

—No —contestó ella presionándole el pecho desnudo con una mano.

No ejerció mucha presión. Y, aunque lo hubiera hecho, él era lo suficientemente fuerte para resistirse. Pero el calor de la palma de su mano sobre su piel le hizo detenerse, como si se hubiera vuelto de piedra. Se quedó apoyado en el brazo que no le había atado y la contempló con rabia y desconcierto.

—Este es un juego muy arriesgado, *amore mio*.

Tiró de la cuerda con la esperanza de que se aflojara, pero Sidonie había hecho un nudo con gran eficiencia. No debería sorprenderle. Lo hacía casi todo con eficiencia. Admiraba eso, salvo cuando usaba esa maldita eficiencia en su contra.

–Hazme el favor –respondió ella con rubor en las mejillas.

Jonas miró más allá de ella y los vio reflejados una y otra vez. Desnudo y atado como un animal, parecía extrañamente indefenso. De pie junto a él, Sidonie parecía distante, dominante, omnipotente. No le gustaba lo que veía.

Ella se colocó en el otro lado de la cama.

–Dame la mano.

–No –respondió él, y estiró el brazo para desatarse.

Sidonie le agarró la mano.

–Por favor.

Su petición no le apaciguó. Su rabia aumentó; era una combinación peligrosa con el deseo, siempre presente.

–No llevamos haciendo esto tanto tiempo como para que ya te hayas cansado de los juegos habituales –le dijo con malicia, y se arrepintió al ver el dolor en sus ojos.

–Soy demasiado inexperta para conocer los juegos habituales.

Al ver que lo miraba con súplica en los ojos, supo que no podría desatarse la muñeca.

–Créeme, *tesoro*, lo que estás haciendo ahora va más allá de las barreras que suelen permitir casi todas las esposas.

–Yo no soy una esposa. Soy tu amante.

El corazón le dio un vuelco a modo de protesta. Una amante implicaba una mujer de carácter temporal que iba de cama en cama. No sentía eso por Sidonie.

–Odias los espejos –dijo con la esperanza de que volviera a cooperar con él.

–Odio más la venda.

El temblor delator en la mejilla de Jonas le dijo a Sidonie que estaba presionándolo demasiado. El estómago se le encogió por el miedo, pero ya no podía echarse atrás. Estaba a punto de derribar las últimas barreras que había entre ellos. Su primera noche juntos le había dejado con unas impresiones confusas. Desde entonces, Jonas le había vendado siempre los ojos. Aquella era su última oportunidad de ver su expresión cuando sus cuerpos se juntaban. Deseaba atesorar ese recuerdo para el futuro. Quería que Jonas la mirase a los ojos mientras la poseía, para que dejase de ser una mujer sin cara a la que daba placer y pasase a ser Sidonie, Sidonie, Sidonie. Y eso destruiría la distancia que mantenía entre ambos.

Era una salvaje. Pensaba grabar su nombre en su corazón con letras de sangre que le dejarían más marcas que las cicatrices de su cara. Pensaba volverse inolvidable.

Al menos ese era el plan.

–Eres mala, Sidonie –el tono de desesperación de su voz hizo que el corazón le diese un vuelco de angustia. Esperó a que dijera más, pero permaneció callado. La miraba como si la odiase. En ese momento probablemente lo hiciera. Incluso allí sentado, desnudo y con una mano atada al poste de la cama, parecía lo suficientemente fuerte para hacerle sucumbir si no hubiera estado tan decidida.

–No te niegues, Jonas –murmuró suavemente, y colocó una mano sobre su corazón acelerado. Su expresión atormentada indicaba que se sentía atacado.

Jonas se llevó la mano libre a la cara antes de darse cuenta de que aquel gesto le delataba. Ella ya había visto antes ese gesto. Era una tonta al no haberse dado cuenta de lo que significaba. En el interior de aquel hombre se escondía un mundo de dolor. Siempre lo había sabido, pero a veces, como en esa ocasión, su sufrimiento le ponía tan furiosa que deseaba gritar como una loca.

Jonas tiró de la cuerda.

–Estás incumpliendo nuestro acuerdo, Sidonie.

No empleó ninguna extravagante palabra en italiano, sino su nombre.

Si necesitaba pruebas de lo enfadado que estaba, allí las tenía. Aun así se mantuvo firme e intentó ignorar el miedo que sentía en las tripas.

—Me liberaste de aquel acuerdo —le dijo.

Él se dio la vuelta para centrar toda su atención en desatar la cuerda.

—Ya he tenido suficiente.

—No —insistió ella con voz temblorosa.

Él detuvo los dedos y la miró fijamente. Era asombroso cómo aquellos ojos plateados eran capaces de convertir en cenizas su valentía. Si reculaba en ese momento, no volvería a tener otra oportunidad de desafiarlo.

«Claro que no. Mañana vuelves a Barstowe Hall», se recordó a sí misma.

Se esforzó por ignorar la voz de su cabeza y sintió las lágrimas en los ojos.

—Ahora me toca a mí pedirte que confíes en mí.

Al igual que su voz, su sonrisa expresaba más arrepentimiento que ira.

—El camino al infierno está lleno de buenas intenciones, *bella*.

Para su sorpresa, tras un silencio tenso, se quedó tumbado boca arriba y levantó la mano libre por encima de su cabeza. Sidonie sintió compasión por él al darse cuenta de lo mucho que le costaba aquella concesión.

No dejó de prestarle atención mientras le ataba la muñeca al otro poste. Se apresuró a bordear la cama para apretarle el primer nudo. Se esforzó por no contemplar aquel magnífico cuerpo tendido sobre las sábanas. Ya le temblaban suficientemente las manos.

Se dispuso a atarle los pies. Sintió la tensión al levantarle los tobillos. No le gustaba lo que estaba haciendo. El hecho de que aun así se lo permitiera hacía que se sintiese agradecida.

—¿Vas a vendarme los ojos? —su expresión tensa hacía

que sus cicatrices resaltaran más en su rostro. Su nuez se movió al tragar saliva. Era por naturaleza un macho dominante. Aunque hubiese descubierto recientemente que sus juegos estaban motivados por la inseguridad que le producían sus lesiones, sabía que no le gustaría que ella tomara el control.

Aunque lo que hacía tenía beneficios evidentes. No pudo evitar detener la mirada mientras la deslizaba por su cuerpo hasta su cara.

–¿Quieres que te los vende?
–Lo que yo quiera no importa.
–Hablas como si tuvieras cinco años.

Para su tranquilidad, él se rio.

–Es fácil burlarte cuando me tienes donde deseas.

En esa ocasión, sus ojos lo devoraron y se detuvieron en aquella virilidad erecta e imponente entre sus muslos.

–Sin duda, te deseo.
–Demuéstramelo –contestó él con los párpados entornados.

Capítulo 20

Jonas se debatía entre el deseo y la vergüenza. Se quedó mirando estoicamente hacia el espejo del techo, pero lo que vio no le tranquilizó. Un hombre grande y feo desnudo y con las piernas abiertas en una cama. Su miembro estaba erecto y sus ojos brillaban con pánico.

Sidonie podría hacer con él lo que quisiera. La idea era odiosa, aunque la parte racional de su mente le recordara que se trataba de Sidonie, que siempre le había tratado como a un hombre. Pero las heridas causadas por las burlas y el desprecio rara vez se curaban. No tenía más que ver sus cicatrices para saber que algunas heridas no se curaban nunca. Aquella vulnerabilidad era la razón por la que nunca renunciaba al control cuando poseía a una mujer.

Cuando Sidonie colocó la mano plana sobre su abdomen, él se estremeció al sentir el placer. Apretó el vientre hasta tenerlo duro como una piedra. Su miembro erecto palpitaba, y ella ni siquiera había empezado con su seducción.

Empezó a dibujar círculos con la mano. El corazón se le aceleró hasta parecer que iba a explotar y la respiración se le entrecortó.

–No era necesario que me ataras.

–Sí lo era.

Sí, probablemente fuese cierto. Ambos sabían que a él le gustaba estar al mando. Esa era una de las recompensas de sus juegos con las vendas y los espejos. Tenía la impresión de que su ascendencia terminaría esa noche.

–¿De dónde has sacado las cuerdas? –tampoco era que le importara. Lo único que le importaba era que moviera la mano y le tocara donde más lo deseaba.

–De las cortinas –Sidonie se sentó sobre la cama y la curva de su cadera le acarició el costado a través de la falda. El corazón le dio un vuelco al recordar que no llevaba nada debajo del vestido. Abrió y cerró las manos como si pudiera tocarla–. Me has engañado.

En su recorrido errático, deslizó la mano hacia abajo y, por un instante, le rozó el vello situado en la base de su erección. Jonas soltó un gemido de frustración y sintió que su miembro palpitaba.

–¿Cómo? –preguntó.

Sidonie se inclinó, el pelo le cayó hacia delante y le rozó la piel del abdomen. Él tomó aire al sentir el deseo recorriéndole. Movió la mano automáticamente para tocarle el pelo, pero se encontró con la resistencia de la cuerda.

Sidonie deslizó las manos por sus costillas. Jonas pensaba que se había olvidado de su pregunta. Él estaba a punto de olvidar hasta su nombre. No podía condenar su distracción, y menos cuando le dio un beso en mitad del pecho.

–Has estado ocultando tu magnificencia –respondió ella, y le mordió un pectoral aunque él se retorció a modo de protesta.

–No me dejes en ridículo.

Jonas lamentó su respuesta al ver la compasión en su mirada. Sidonie le rodeó la cara con ambas manos y él intentó mirar para otro lado, pero le tenía atrapado.

—Oh, Jonas...

Aquel murmullo resonó en el corazón que él intentaba proteger. Era como si tuviera su alma en la palma de la mano. ¿La reduciría a cenizas? Su experiencia en el mundo le decía que sí. Su experiencia con Sidonie le hacía desear confiarle todo lo que era.

—Me encanta tu cuerpo —murmuró ella—. Es precioso.

Jonas sintió un nudo en la garganta. No habría podido hablar aunque se le hubiera ocurrido algo que decir. Nadie le llamaba «precioso» nunca.

—Eres arrebatadoramente excitante. Has convertido mis noches en fuego. Has iluminado todo mi mundo.

—Sidonie... —ninguna otra mujer le dejaba sin palabras. Ella lo hacía todo el tiempo sin ni siquiera intentarlo.

—Calla —recorrió su cara con los dedos.

Dios. No quería que se detuviera en su horrible rostro. Intentó apartarse. Si no hubiera estado atado, habría salido corriendo de la habitación como el cobarde que era.

¿Por qué estaba haciéndole aquello?

—No —le dijo.

—Calla —repitió ella antes de posar sus labios en la gruesa cicatriz que le seccionaba la ceja.

—No —insistió él, pero Sidonie no pareció oírle. En su lugar, centró sus atenciones en la marca que dividía su mejilla. Él cerró los ojos con fuerza y deseó que le hubiera puesto la venda en la cara.

No le gustaba aquello. Lo odiaba.

—Estás temblando —Sidonie habló contra su sien y le acarició el pelo con su aliento.

—Para —dijo Jonas apretando los puños.

—Oh, mi amor —respondió ella con ternura.

Aquellas palabras de cariño le llegaron al corazón. Aunque no soportaba la compasión, anhelaba su ternura. Ninguna mujer había compartido esa suavidad con él. Le hacía sentir débil, necesitado, pero no podía evitar que su corazón se abriera a ella. Cuando le besó la nariz rota, sintió las lágrimas quemándole detrás de los ojos. Dios, no. Se negaba a llorar como si fuese un mojigato. Pero no logró decirle que dejara de intentarlo porque ella le besó antes en los labios.

Jonas era muy orgullo. Demasiado orgulloso.
Incluso mientras Sidonie le ofrecía consuelo para su sufrimiento, luchaba por imponerse sobre debilidades humanas como el dolor y la soledad. Estaba tan acostumbrado a enfrentarse al mundo solo que no se daba cuenta de que ella estaba de su parte.
Se agitó violentamente, como si estuviera atrapado y desnudo en una cueva de hielo. Ella deseaba calentarlo, acercarlo al fuego para que ya no tuviera más frío.
Abrió los labios y ella saboreó una ternura que hizo que se le llenara el corazón de deseo. El beso se volvió apasionado. Jonas asaltó su boca como si quisiera castigarla por dejar atrás el deseo y adentrarse en el peligroso mundo de la emoción.
Sidonie levantó la cabeza sin aliento y se quedó mirándolo. Él la miró a la cara y después contempló su corpiño. Ella se arrodilló a su lado por instinto y descubrió con los labios sus hombros firmes, su clavícula, el pulso de su garganta. Oyó la excitación en su gemido cuando le mordió el cuello.
Se lamió los labios y notó su sabor salado. Deseaba más.
Jonas tiró de las cuerdas.
—Tengo que tocarte.
Ella negó con la cabeza.
—Sidonie, desátame —añadió él en voz baja para intentar seducirla.
—No.

Si le soltaba, tomaría el control. Lo único que demostraría ella sería que no podía resistirse a él. Jonas ya sabía eso. Agarró su miembro con la mano. Esa noche era su última oportunidad de tocarlo, saborearlo y atormentarlo como quisiera. Una justa venganza después de que él la hubiese atormentado tanto. Observar su reacción a aquellas caricias fue algo mágico.

Siguió bajando la mano y se detuvo. Después reunió el valor para seguir. Lamió con delicadeza la cabeza de su miembro erecto. El sabor nubló sus sentidos; tenía un sabor más áspero que su piel. Aunque Jonas gruñó a modo de protesta, ella se metió su miembro en la boca.

Jonas dejó escapar el aliento al sentir la boca de Sidonie rodeando su falo. Apenas podía creer que estuviera haciendo aquello. Sentía la piel tan caliente que debía de salirle humo del cuerpo. Intentó no levantar las caderas. No quería asustarla. No cuando ella prometía llevarlo al paraíso.

Necesitaba hundir las manos en esa melena. Pero, cuando intentó bajar los brazos, recordó que le había atado. Sentir su boca suave y húmeda en él le hizo olvidarse de todo lo demás.

Le atormentó con la lengua, después se apartó y lo miró inquisitivamente a los ojos. Él no tenía derecho a pedirle que continuara. Que hiciera... más. Aun así estuvo tentado de hacerlo.

Entonces, para su sorpresa, Sidonie agarró su miembro con más fuerza y volvió a metérselo en la boca. Succionó tentativamente. Él se retorció contra las cuerdas de los tobillos y soltó una blasfemia ahogada.

Ella se apartó sobresaltada.

«Dios, Sidonie, no pares», pensó. «No pares ahora».

—¿No te gusta? —preguntó ella.

Jonas intentó que se le despejara la visión. Incluso sus experimentos inseguros le dejaban desconcertado, como si le lanzara a un abismo desde lo alto de una montaña.

—Claro que me gusta —respondió.

Sidonie tenía las mejillas sonrojadas y los labios húmedos y rojos. Él deseaba sentir esa boca más de lo que deseaba vivir.

—No pareces muy cómodo —añadió ella con el ceño fruncido—. ¿No estoy haciéndolo bien?

—No tienes por qué hacerlo —no podía creerse que hubiera dicho eso. ¿De dónde diablos había salido aquel maldito caballero con armadura?

—Deseo hacerlo —se relamió los labios como si disfrutara con su sabor.

Jonas sintió la presión en los testículos, como si fueran a explotar. Se quedó mirándola en busca de cualquier señal de duda.

—Dios, Sidonie, ni siquiera deberías haber pensado en esto.

Para su sorpresa, ella sonrió.

—Tengo una imaginación muy activa.

El cerebro empezó a funcionarle a pesar de la niebla del deseo. Era un tonto. No se trataba de una señorita recatada. Se trataba de una mujer desvergonzada que le había atado a su cama. Se trataba de la mujer valiente que no se estremecía al ver su cara marcada.

—Dios, sí que deseas hacerlo.

—Sí.

—Desátame y te mostraré lo que tienes que hacer.

—No eches a perder la diversión. Prefiero descubrirlo yo sola.

—Puede que no sobreviva a la experiencia.

—¿Dónde está el valiente Jonas Merrick?

—Solo soy un hombre.

Su sonrisa se volvió toda seducción.

–Sí, sí que lo eres.

Cualquier respuesta que pudiera haberle dado se evaporó cuando agarró su miembro con firmeza y empezó a mover la mano arriba y abajo. Una gota de líquido transparente apareció en la punta. Jonas apretó los dientes y se dijo a sí mismo que no se derramaría en su mano.

Una expresión extraña apareció en la cara de Sidonie.

«Por favor, que no sea repulsión».

Antes de que pudiera protestar o rogarle, ella se agachó y le lamió aquella prueba de su excitación. La abrasión de su lengua le hizo apretar los puños. Si seguía así, acabaría reduciendo las malditas cuerdas a cenizas. Entonces al fin sería libre para demostrarle lo que deseaba.

Sidonie levantó la cabeza. El corazón le dio un vuelco en el pecho al ver como movía la garganta. Tomó aire con esfuerzo. Le tenía tan excitado que se le olvidaba respirar. Sabía que nunca ocurriría, no con una mujer como Sidonie, pero la idea de llenar su boca con su semilla y después ver como se lo tragaba le volvió loco de deseo. El tiempo pareció detenerse. Con los párpados entornados la vio agachar la cabeza de nuevo.

Si se detenía, lo mataría.

Sin duda se detendría.

Pero tuvo que contener un gemido cuando volvió a metérselo en la boca.

Sidonie había perdido la timidez. Empezó a succionar con fuerza. Ni en sus sueños más húmedos habría imaginado que pudiera hacer aquello. No por propia voluntad. Se mostraba algo torpe. Pero, curiosamente, su falta de familiaridad aumentaba el placer. Y le llegaba al corazón, por mucho que lamentara la implicación de su corazón en aquel asunto.

Ella arqueó el cuello hasta meterse casi todo su miembro en la boca. Jonas volvió a gemir y levantó las caderas.

–Sidonie, *bella*...

Sidonie aumentó la presión, él cerró los ojos e intentó contenerse. Malditas cuerdas. No podía tumbarla boca arriba y penetrar su cuerpo como deseaba. Aunque tampoco habría durado más de unos pocos segundos.

—Sidonie, para —insistió con la voz rasgada.

Ella levantó la boca lentamente.

—Quiero seguir —murmuró con una voz profunda y aterciopelada como nunca antes le había oído. La mujer que se lamió los labios para saborearlo sabía que le había poseído.

Claro que sí.

—Quiero estar dentro de ti —se estremeció al oír lo poco que quedaba del hombre que solía ser—. Desátame.

—Oh, no —su sonrisa era provocadora. ¿Dónde había aprendido a sonreír así? La mujer que había llegado a su castillo hacía una semana no sonreía así—. No ahora que te tengo donde deseo.

—Ten piedad, *anima mia* —nunca antes le había llamado eso, aunque fuera cierto. Era su alma. Cuando se marchara al día siguiente, se llevaría consigo su alma. Que Dios se apiadara de él.

Se sentó a horcajadas encima de él y se colocó donde más lo deseaba. Se levantó la falda alrededor de las caderas y le mostró los deliciosos rizos oscuros de su sexo. La certeza de lo que estaba a punto de hacer, montarlo aunque nunca antes hubiera probado esa postura, golpeó su cuerpo como si fuera un hacha. Se le quedó la boca seca y empezó a darle vueltas la cabeza.

No era de extrañar. Toda la sangre se le había ido al miembro.

Su aroma almizcleño le provocaba. Aunque no la había tocado, estaba excitada. Apoyó una mano en su pecho y, muy lentamente, empezó a bajar las caderas, utilizando la otra mano para conducirlo hacia el interior de su cuerpo. Introdujo la punta con delicadeza y él soltó un gemido cuando se detuvo. Esperó a que siguiera. En su lugar, Sidonie se levantó y estimuló la punta hinchada de su pene con sus pliegues húmedos.

La muy perversa le había torturado durante toda la noche. No podría aguantar mucho más. Era inhumana. Y él temía que fuese demasiado humano. Contemplaba la humillante posibilidad de derramar su esencia sobre las sábanas.

–Sidonie –se retorció contra las cuerdas y levantó las caderas torpemente. Había dejado atrás la delicadeza. Había dejado atrás el pensamiento. Tal vez fuese mejor que Sidonie llevase todavía el vestido puesto. Si estuviera desnuda, habría perdido la cabeza hacía horas.

Aun así, la muy perversa, se mantuvo apartada. Jonas levantó las caderas en dos ocasiones y las dos veces ella se alejó lo suficiente para que pudiera seguir sintiendo su calor. Se rio con excitación. Tenía las pupilas dilatadas. Aquellos juegos también tenían en ella un efecto incendiario.

–Maldita seas, Sidonie. Estás disfrutando con esto.

–Oh, sí –se dejó caer peligrosamente cerca.

En esa ocasión movió las caderas y lo bañó con un calor líquido. Jonas oyó sus gemidos por encima de su corazón desbocado. Sidonie enredó los dedos en el vello de su torso. Lo agarró con fuerza y se hundió sobre él con más decisión. Él aguardó tembloroso a que volviera a apartarse.

Pero ella tomó aliento, se deslizó hacia abajo y dejó escapar un sonido de placer.

–Por Júpiter y todos sus ángeles –murmuró él al sentir su calor rodeando su falo.

La sensación superaba a toda experiencia previa. La demora le había hecho aumentar el deseo hasta el punto de dejar de sentirse conectado con la tierra. Sidonie reclamaba todo su cuerpo. Aquel acto le satisfacía por completo, desde las plantas de los pies hasta el pelo de su cabeza. Le había marcado para siempre. Más profundamente que las cicatrices que desfiguraban su cara.

Justo cuando alcanzó los límites de la contención, ella hizo lo mismo. Se abrió a su alrededor y se convulsionó mientras se retiraba levemente. Después volvió a bajar y recibió toda su erección. Él gimió y aquel suave movimiento desencadenó nuevos estremecimientos. Ella suspiró con placer. A él se le aclaró la visión. Contempló aquel rostro hermoso, con esa expresión de abandono, los labios hinchados y las mejillas sonrojadas. Su miedo le había privado de muchas cosas. La venda le había privado de aquello. No sabía lo que estaba perdiéndose.

Los pezones erectos de Sidonie presionaban contra el corpiño. Él retorció las manos sobre su cabeza. Tenía que desatarlo. No podía soportar no tocarla. Pero, antes de que pudiera pedírselo, ella se echó hacia atrás, con menos control en esa ocasión. Y, con un gemido entrecortado, se dejó caer con fuerza sobre él y el mundo explotó.

Capítulo 21

Cuando Sidonie regresó a la tierra después de aquel clímax asombroso, se sentía agotada, como si hubiera construido una montaña ella sola con una pala. Reunió la energía suficiente para desatar a Jonas y sacarse el vestido arrugado por encima de la cabeza. Después se acurrucó entre sus brazos y esperó a que llegase el sueño.

Cuando se despertó, se sentía satisfecha y a salvo. Hacer esperar a Jonas había sido duro para ella, pero había merecido la pena. Había sido suyo como nunca antes. Y sabía que, en lo más alto de su placer, la conciencia siempre presente de sus cicatrices se había evaporado. Ella había ansiado hacerle olvidar sus tormentos. Al mirarlo a los ojos mientras se dejaba llevar, supo que lo había logrado.

No se movió por miedo a molestarle. Entonces se dio cuenta de que gran parte de su sensación de bienestar actual se debía a las suaves caricias en su espalda. Jonas la acariciaba como si fuese un gato. Y, como un gato, se estiró y ronroneó de placer, disfrutando del roce de su piel contra la de él.

—¿He dormido mucho? —su voz sonaba áspera, como si no la hubiera usado en mucho tiempo. O como si hubiera estado gritando de placer.

—No mucho.

Aquella noche era demasiado corta para malgastarla durmiendo. Sidonie frotó la mejilla contra el suave vello de su torso. Era imposible creer que, por la mañana, se pondría su antigua ropa y se subiría al carruaje de Jonas para marcharse. Había imaginado que aquella última noche sería una experiencia melancólica. En su lugar, habían fortalecido su vínculo en vez de decirse adiós por última vez.

Al incorporarse sobre un codo, los espejos iluminados por las velas reflejaron a una mujer desvergonzada, desnuda sobre su amante. Al encontrar su mirada en el espejo, reunió el valor para hacer lo que pensaba hacer. Necesitaría más valor del que había necesitado para atar a Jonas a la cama y dominarlo.

Pensó que tiraría de ella para darle un beso, pero se quedó mirándola como si estuviera hipnotizado por todos los poros de su piel. Deslizó la mano por sus rasgos. Su frente. Sus ojos. Su nariz. Sus mejillas. Su barbilla. Sus labios.

—Te has vuelto muy aventurera, *bella* —sonaba adormilado y reflexivo. A la luz de las velas, sus ojos grises se mostraban suaves como la niebla en la mañana.

Ella sonrió bajo sus dedos.

—¿Me perdonas por haberte atado?

—Si puedo devolverte el favor.

—Por supuesto —se estremeció con anticipación, pero después la tristeza invadió su excitación al darse cuenta de que el tiempo que les quedaba juntos se contaba en horas. Lo besó en los labios con la esperanza de poder expresar todo lo que había sentido a lo largo de los últimos días. El beso era también una disculpa tácita. No se engañaba pensando que él apreciaría lo que pensaba hacer.

Jonas intensificó el beso y el gesto se volvió apasionado.

Ceder resultaba tentador. Pero no podía. Levantó la cabeza lentamente y le apartó el pelo de la cara. Había llegado a conocerlo muy bien. Más imperiosa que su curiosidad era la necesidad desesperada que sentía en él de liberar su alma solitaria. Deseaba por encima de todo darle paz.

Como si hubiera adivinado sus intenciones, la expresión de Jonas dejó de ser relajada y ella lo lamentó. «Valor, Sidonie», se dijo.

Tomó aliento antes de continuar.

–Jonas, ¿cómo te hiciste las cicatrices?

Jonas sintió un vuelco en el estómago. Debería habérselo imaginado. Lo cual no hacía que la pregunta de Sidonie resultase más fácil de responder. Ya se lo había preguntado en una ocasión y él se había negado, pero, después de esa noche, habían llegado a un punto en el que no podía seguir negándole la verdad.

Incapaz de aguantarle la mirada, se dio la vuelta para sentarse en el borde de la cama de espaldas a ella. Gracias a los espejos vio que se arrodillaba tras él. Conocía aquella expresión testaruda demasiado bien como para imaginar que iba a librarse del interrogatorio.

Por desgracia para sus esfuerzos por mantenerla fuera de su cabeza y de su corazón, la determinación no era la única emoción que expresaba. Peor que la testarudez era la vulnerabilidad que veía en la comisura de sus labios, y la incertidumbre de sus ojos marrones. Unos ojos que no juzgaban, que solo se preocupaban por él; y era una preocupación que un hombre más sentimental que él habría podido describir como amor.

–No quiero hablar de eso –respondió tapándose la cara con las manos para no tener que contemplar su horrible reflejo.

—Sé que no quieres –la voz de Sidonie parecía llena de tristeza.

Él levantó la cabeza.

—Es nuestra última noche, *carissima*. Deberíamos dejarnos llevar por el placer.

—Cuéntamelo, Jonas –ella tomó aliento y después le rodeó con las manos. Él se tensó, a pesar de que deseara aceptar su abrazo. Sus brazos eran protectores, como si le defendieran de terrores desconocidos. La sensación de que alguien cuidara de él no le era familiar y resultaba terriblemente atrayente.

Jonas se estremeció cuando ella colocó la mejilla sobre su espalda y apretó los pechos contra él. Su piel era sedosa y cálida. Era curioso lo conmovedores que resultaban aquellos gestos de consuelo. Luchaba por insistir en que su gentileza no significaba nada, pero ni siquiera él se lo creía. Era revelador que no pudiera recordar a nadie que le hubiera ofrecido afecto en toda su vida. Su padre le había querido, pero había sido un inglés con las inhibiciones propias de un inglés. Un apretón de manos o un brazo sobre los hombros de su hijo excedía los límites del cariño. Y el afecto de su padre hacia su hijo siempre había palidecido en comparación con la pena que sentía por su esposa.

El silencio de Sidonie y su abrazo relajado destruyeron las defensas que había estado reforzando durante más de veinte años. Entrelazó las manos con las de ella.

—No es una historia agradable –le dijo.

Sidonie no había estado convencida de que Jonas fuese a contárselo. No tenía ninguna razón real para hacerlo. Sentía la tensión en su cuerpo. Había sabido casi desde el principio que sus cicatrices eran una zona vetada a la curiosidad y ahora estaba obligándole a enfrentarse a los acontecimientos que le habían dejado terriblemente marcado. Pronunciar las palabras que describieran los horrores del pasado sería muy doloroso.

Le dolería incluso a ella.

Pero Jonas habló justo antes de que ella renunciara a toda esperanza.

—Ocurrió cuando tenía diez años. En Eton.

Ella le abrazó con más fuerza. Estaba a punto de descubrir el misterio definitivo. Si se lo negaba, no podría soportarlo.

—Unos chicos mayores no estaban de acuerdo con tener a un bastardo entre ellos, y decidieron expresar su opinión con los puños.

Sidonie sintió el horror en la garganta.

—¿Te torturaron deliberadamente?

—Los niños son como bárbaros, *amore mio*.

—No te lo merecías —a pesar de sus esfuerzos por permanecer calmada, se le quebró la voz por la emoción.

Él se dio la vuelta y la rodeó con los brazos. Ahora era él quien le ofrecía consuelo. Le secó una lágrima de la mejilla.

—No llores, *tesoro*. Fue hace mucho tiempo.

Y lo revivía todos los días como si volviese a suceder. Sidonie sabía lo suficiente de él como para darse cuenta de que su estoicismo era mentira.

—Esa no es la cuestión. Estuvo mal.

Apareció una expresión extraña en su cara, una ironía que Sidonie no pudo interpretar.

—Fue una experiencia beneficiosa. Una lección para aprender a no ser un engreído. Un bastardo no debería darse aires propios de sus camaradas legítimos.

Sus palabras le resultaban siniestramente familiares. De pronto Sidonie lo entendió todo, como si fuera un puñetazo en el estómago. Y deseó no haberlo hecho. Probablemente nadie más reconociera aquella entonación entrecortada y despectiva. Pero ella había vivido con William seis años. Le había oído despreciar a Jonas. Al quejarse del éxito de su primo, había usado esas mismas palabras.

—Fue William quien te hirió —no era una pregunta.

—Eso es mucho suponer.

—Pero es cierto.

Imaginó que se apartaría de ella y le acarició la mejilla marcada. Él se quedó quieto y después, con un sonido de aceptación, presionó su palma con la cara.

—Qué inteligente por tu parte haberte dado cuenta.

—Debería haberme dado cuenta antes —le temblaba la voz. Había estado ciega. Las pistas habían estado delante de ella, en la venganza que Jonas buscaba contra un hombre que no era merecedor de su tiempo. Recordó las palabras que le dirían que era vizconde de Hillbrook, pero no dijo nada. Ya sabía que, en su venganza contra William, Roberta y sus hijos no le importaban. Primero llevaría a Roberta a algún lugar seguro y después le enviaría a Jonas el acta matrimonial.

—William congregó a una docena de abusones y me acorralaron detrás de la capilla.

—Qué injusto. Tú no eres responsable de los pecados de tus padres.

—Puede que no, pero así es la crueldad de los niños, ¿no?

Había estado completamente ciega. Antes de ir al castillo de Craven, se había mostrado muy superficial al pensar que la ilegitimidad de Jonas no le afectaría. Pero, cuanto más descubría sobre él, más cuenta se daba de que su desheredamiento era la tragedia de su vida.

—Lo siento mucho, Jonas.

—No pensé que fuesen a pegarme más de lo habitual, hasta que William sacó un cuchillo. Dijo que el mundo tenía que saber que yo era inferior a los mediocres.

Sidonie se estremeció y trató de controlar las náuseas.

Todo aquello era propio de William. La jactancia, la crueldad, la cobardía de atacar a su enemigo con superioridad numérica. Jonas habría luchado como un demonio. Pero un niño pequeño, por valiente que fuera, no podría vencer a un grupo de chicos mayores.

–Tienes suerte de que no te matara.

El gruñido de Jonas no fue exactamente una carcajada.

–Estuvo a punto de hacerlo. Por suerte, dos de mis compañeros de clase me rescataron.

–¿Solo dos?

–Hicieron tanto ruido que William y sus secuaces huyeron. Puede que los maestros despreciaran a un bastado, pero no podrían tolerar un asesinato en el colegio.

–El duque era uno de los chicos –en aquel momento quedó clara parte de la conversación que había mantenido en la biblioteca con el duque de Sedgemoor.

–Richard Harmsworth y Carden Rothermere. Luchadores robustos, aunque pareciera que Richard fuese a salir volando con un soplo de aire y Cam siempre había sido muy disciplinado. Una pelea no era su estilo en absoluto.

Sidonie distinguió un rastro de afecto en su voz. Se alegraba de que Jonas no hubiese sido siempre un lobo solitario. Le daba pena que la amistad se hubiese desgastado durante los años, aunque sabía que no debía decirlo. Por lo que había dicho el duque, Jonas se había distanciado deliberadamente de sus rescatadores.

–Me alegra que tuvieras amigos.

–No creo que se nos pudiera llamar amigos. Éramos más bien huérfanos en una tormenta, siempre juntos para protegernos. Eton no era un lugar amable con los chicos de dudosa procedencia.

–La escuela debió de ser una pesadilla para todos vosotros.

–Richard hacía parecer que no le importaba nada, y eso le daba cierto caché con los abusones. Los rumores sobre el origen de Cam le afectaron, pero, fuera o no hijo de su padre, era heredero de un ducado, así que la gente no se metía tanto con él como con un simple campesino como yo. Por entonces, él solo tenía doce años, pero se comportó como un auténtico duque al ordenarles a aquellos brutos que se marcharan.

–Me sorprende que no perdieras la consciencia –se estremeció al imaginarse la escena. ¿Jonas habría gritado? Solo era un niño y estaría aterrorizado, temiendo por su vida y con un terrible dolor.

Él le rodeó la cintura con más fuerza.

–Durante un tiempo estuve inconsciente.

–¿Por qué no seguisteis siendo amigos los otros chicos y tú?

Su expresión se endureció.

–No fue un momento muy brillante para mí. Dudo que alguno de nosotros quisiera recordarlo, aunque mi humillación quedase grabada en mi cara para siempre.

Una vez más, Sidonie había estado ciega. La vergüenza explicaba muchas de las acciones de Jonas. La vergüenza le hacía enfrentarse al mundo solo. La vergüenza le hacía rechazar toda amistad. Interpretaría la amabilidad o la buena voluntad como señal de condescendencia. Por muy ilógico que fuera, ella entendía que considerase sus cicatrices como vestigios de la humillante derrota a manos de su primo. Su orgullo le había ayudado a sobrevivir en un mundo hostil, pero no había hecho que su vida fuera más fácil.

–Incluso tu padre te abandonó.

Notó que se ponía rígido. Más vergüenza. Debería haberse dado cuenta hacía tiempo de que al menos parte de su actitud defensiva se debía a unas humillaciones demasiado dolorosas para soportarlas.

–¿Cómo lo sabes?

–Se lo saqué a la señora Bevan.

–Mi padre era un hombre roto –dijo él con un suspiro–. Nunca superó haber perdido a mi madre y, cuando su matrimonio fue declarado inválido, su espíritu quedó reducido a la nada. Me quería, pero las investigaciones eruditas llenaron su vida. Después de llevarme a Venecia, un compañero descubrió un asentamiento romano en Valaquia. Me dejó allí con nuestros empleados para ir a ver si el hallazgo apoyaba sus teorías.

De nuevo, Sidonie entendió sus razones para desconfiar de las relaciones personales.

–Eso es terrible.

La respuesta despreocupada de Jonas no sonó muy convincente.

–No iba a quedarse junto a mi cama, y al menos se quedó hasta que mi vida dejó de correr peligro.

–Muy generoso –respondió ella con ironía.

–No le conocías –dijo Jonas con cariño–. Era un hombre maravilloso, listo, intrépido, con visión de futuro. Me enseñó a defenderme solo. Era una lección que necesitaba aprender.

Su generosidad quedó patente de nuevo en el hecho de que siguiera idolatrando a su padre, que a ella le parecía un hombre egoísta.

–No sabía que hubieran expulsado a William.

–No lo hicieron. Era el futuro vizconde de Hillbrook. Y al fin y al cabo eran cosas de niños.

Sidonie se estremeció al oír su tono cínico. Aunque, ¿quién podía culparle por sentirse furioso? No había encontrado ayuda en aquellos que debían cuidar de él.

Jonas seguía hablando.

–Mi primo fue azotado con una vara y enviado a casa el resto del curso. Que yo sepa, lo aceptaron de nuevo al año siguiente después de que prometiera comportarse bien.

–Eso es asqueroso.

–Sí, lo es. Lo peor de todo es que no mostró remordimiento alguno. Se reía mientras me rajaba la cara, bromeaba con sus amigos sobre su arte con el cuchillo.

Sidonie se estremeció de nuevo. No le costaba trabajo imaginarse el disfrute de William mientras desfiguraba a su primo, que era superior a él en todo salvo en sus orígenes. Jonas hablaba de forma prosaica, pero ella no pudo evitar imaginarse los detalles desagradables del incidente. Solo era un niño inocente.

Contuvo un sollozo y le besó las cicatrices. Jonas tembló, pero no se apartó. Ella sintió las lágrimas en los ojos y parpadeó para controlarlas. Si lloraba, Jonas pensaría que estaba compadeciéndole y eso lo aborrecía. No se compadecía de él. Le admiraba más de lo que nunca había admirado a nadie.

—Me alegro de que no murieras —maldijo lo inadecuado de sus palabras.

Él giró la cara hasta que sus labios se encontraron.

—Ahora mismo, *bella*, yo también me alegro.

—Odio que tuvieras que pasar por eso. Lo odio —Sidonie sentía la indignación en su voz. No podía dejar de imaginarse a William jactándose triunfante de su primo.

Jonas le apartó el pelo de la cara con una ternura que le llegó al corazón.

—Odio que ganara William.

Ella le agarró la muñeca con fuerza.

—Eras un niño y no podías estar a la altura de tus oponentes. No eres culpable. Todo es culpa de William. Y de los perros cobardes que te redujeron. Me alegra que le hayas ganado en todo desde entonces. Me alegra que tu éxito haga que no se sienta como un hombre. Porque no lo es. No es ni medio hombre. No es hombre en absoluto.

En esa ocasión su sonrisa no pareció tan tirante.

—Qué fiera, *tesoro*.

Sidonie reculó, pero él le impidió con los brazos llegar muy lejos.

–No te burles de mí.
–De hecho me desconcierta que estés de mi parte.
Sidonie se quedó mirándolo y deseó poder hacer que se viera a sí mismo como le veía ella.
–Siempre estoy de tu parte.
Le rodeó con los brazos y lo acercó a su cuerpo. Por una vez el contacto no fue sexual, sino simplemente reconfortante. Ya había cuidado y protegido antes a otras personas. A Roberta. A los hijos de Roberta. Pero la profundidad de lo que sintió al abrazar a Jonas sobrepasó cualquier experiencia anterior.

«Siempre estoy de tu parte».
Nunca nadie le había dicho esas palabras. Sidonie le abrazó contra su pecho sobre la cama revuelta. Su aroma le rodeaba, el aroma de una mujer satisfecha. Nunca permitiría que lavaran esas sábanas. Deseaba que la fragancia de Sidonie le rodease para siempre.
Cuando ella se hubiese marchado.
La rodeó los brazos como si quisiera desafiar al mundo a arrebatársela. Ella estaba llorando. Su historia le había disgustado. Deseaba no habérsela contado, a pesar del alivio que hubiera experimentado al compartir su horror.
–*Bella*, lo siento.
–No, yo lo siento.
La besó en la coronilla, que era lo único que podía alcanzar. Parecía decidida a esconderse contra él. Cuando ella le dio un beso en el pecho, su miembro se agitó de manera predecible. No hizo nada al respecto. En su lugar, se acurrucó a su lado para mantenerla a salvo. Igual que ella le había mantenido a salvo cuando le había contado las humillaciones de su infancia. Normalmente se sentía enfadado con el mundo, pero en aquel momento todo le parecía perfecto. No tenía frío, estaba físicamente sacia-

do, y la mujer a la que más deseaba yacía entre sus brazos.

El tiempo se desenmarañaba como una madeja de oro y, a pesar de su intención de no perder un solo segundo aquella noche, se quedó dormido.

Sidonie se despertó despacio y se encontró con la oscuridad y el placer. Las velas se habían consumido y el fuego desprendía un brillo débil en la chimenea. Jonas fue besándola desde el ombligo y después se incorporó para unir su cuerpo al de ella. En aquel momento perezoso entre el sueño y la vigilia, aquel gesto posesivo le pareció una declaración de amor.

Jonas se movía incesante como la marea, penetrándola con fuerza en cada embestida. La sensación era asombrosa. Tierno, pero despiadado. La rodeaba con fuerza, con pasión, con cariño. Su aliento emergía entrecortado de sus labios abiertos. El olor del deseo y del sudor masculino resultaba embriagador.

Sidonie suspiró, aún medio dormida. Sentía como si sus huesos fueran de agua y fluía junto a Jonas como la seda. Él dejó de moverse y la llenó tanto que le llegó al corazón. La conexión era perfecta, en cuerpo y alma.

Todo en aquel encuentro era lento, como si alargaran cada segundo hasta le eternidad y más allá, y con esa lentitud ella se arqueó para presionar los pechos contra su torso. No sentía la necesidad de hablar. Y él aparentemente tampoco. Solo existía el roce de sus cuerpos, el susurro de la respiración.

Le acarició la espalda y notó que sus músculos se flexionaban. Le agarró las nalgas e hundió las uñas en su carne para sentirlo dentro. Él gimió. Su siguiente embestida fue más enfática, aunque la ternura permanecía allí como la puesta de sol en el horizonte.

Ella levantó las rodillas y cambió de ángulo. Dejó a un lado los pensamientos coherentes. Él aceleró el ritmo y la acercó más al clímax. La cama crujía y ella gemía. El deseo se aferraba a ella con sus garras. Apretó los muslos alrededor de sus caderas para que continuara.

Para cuando Jonas perdió el control, ella estaba gimiendo de placer. Sus embestidas eran salvajes; la piel que acariciaba con sus manos resbalaba con el sudor. Se tensó a su alrededor. Él gimió como un hombre al límite, la penetró una vez más y entonces la luz explotó detrás de sus ojos. Sintió que Jonas la llenaba y derramaba su semilla en su interior.

Abrió los ojos a la luz. Había llegado el nuevo día. Jonas le había hecho el amor por última vez, la había llevado a un paraíso más allá de lo que pudiera imaginar. Parpadeó para contener las lágrimas mientras el placer la inundaba.

La despedida fue espectacular. Pero fue una despedida en cualquier caso.

Jonas se apartó de Sidonie y se quedó tumbado y jadeando a su lado. Aquella separación le cortó como un cuchillo, como la separación que pronto se sucedería. Estaba agotado. Le había dado todo lo que tenía. Nunca se había sentido tan consumido. La noche había sido asombrosa, inolvidable.

Pero la noche había terminado.

Miró a Sidonie a la cara. Estaba llorando. Odiaba ver sus lágrimas. Le hacían sentir como si alguien estuviera sacándole las tripas con un rastrillo. Intentó buscar palabras de consuelo, pero lo que acababan de hacer le había dejado sin palabras. No le había mirado desde que habían hecho el amor. Él se quedó mirando el espejo del techo. Ella estaba tumbada a su lado. Sus lágrimas expresaban una tristeza que no podía explicarse con palabras, y eran más dolorosas que el silencio.

Sidonie le dio la mano, entrelazó los dedos con los suyos con una dulzura que le provocó un vuelco en el corazón. Se llevó su mano a los labios y le besó los nudillos con devoción y gratitud.

¿Y amor?

No lo sabía. Pero, mientras miraba el espejo, sintió un picor en los ojos provocado por aquel gesto tan conmovedor. Tragó saliva y la apretó con fuerza para que no pudiera marcharse aunque quisiera. Le sorprendió descubrir lo difícil que era encontrar la palabra que necesitaba después de aquellos días maravillosos. La única palabra que no tenía derecho a decir.

Se obligó a pronunciar aquella palabra prohibida.

–Quédate.

Capítulo 22

Jonas sintió que el cuerpo de Sidonie perdía su suavidad. Intentó apartar la mano, pero él se aferró. Pensaba aferrarse a mucho más que eso.

Sabía lo que diría antes de que hablara.

–Jonas, no puedo –contestó ella con la voz rasgada por las lágrimas. Intentó de nuevo zafarse, aunque sin mucho entusiasmo.

–Claro que puedes.

No tenía ganas de abandonarlo. No podía haber malinterpretado de ese modo la situación. Por el amor de Dios, acababa de estar llorando como si se le hubiera roto el corazón. Se incorporó sobre un codo para observarla. La débil luz del día que entraba en la habitación iluminaba su cara. Parecía triste y derrotada.

Se volvió para mirarlo y de nuevo Jonas se vio frente a aquellos abismos marrones. Nadie le miraba como Sidonie. Por suerte le había hecho abandonar la venda. El corazón le dio un vuelco al recordar cómo la miraba a los ojos mientras se movía dentro de ella. Había sido como entrar en la eternidad. Era insoportable pensar que nunca volvería a experimentar aquella conexión indescriptible.

–Tú mismo lo dijiste. Solo tengo una semana de libertad. Si tardo en regresar, me descubrirán.

Él frunció el ceño y se llevó sus manos unidas a los labios. Le dio un beso en la muñeca.

–¿Tan malo sería?

–No quiero que la gente diga que soy una ramera. Te echaré igualmente de menos aunque pase un día más en tus brazos.

Con la despedida tan próxima, aquella confesión no le apaciguó. Se inclinó sobre ella como si la simple presencia física pudiera hacerle cambiar de opinión.

–No estoy hablando de un día más, Sidonie.

Ella apretó los labios y le acarició la mejilla con esa dulzura que siempre le atravesaba el corazón.

–Otros dos días. Tres. Una semana. Solo serviría para retrasar lo inevitable.

Jonas tomó aliento, sabiendo que estaba a punto de desafiar al destino de una manera temeraria.

–Podrías quedarte para siempre.

Ella se estremeció como si la hubiera golpeado.

–Jonas... –bajó la mano y agarró las sábanas con ella–. Es imposible.

–¿Por qué?

–En el fondo soy una criatura convencional –respondió con una sonrisa amarga–. Piensa en el escándalo si el mundo descubriera que has tenido a la hermana de lady Hillbrook como amante.

Jonas volvió a tomar aliento y se preparó para decir lo que debería haber dicho antes.

–Entonces, cásate conmigo.

Sidonie se quedó perpleja. Se sentía abrumada, sorprendida y tremendamente agradecida. Se quedó mirando a Jonas a la cara, preguntándose si se habría vuelto loco.

–¿Casarme contigo? Pero si todavía no sabes si estoy embarazada.

—No te lo pido por eso —se apoyó en el cabecero y la miró con una luz en los ojos que nunca antes había visto—. Piensa en ello, Sidonie. ¿Por qué no deberíamos casarnos?

—Porque... —se quedó sin voz. Al fin consiguió liberar la mano. Y echó de menos la conexión.

—Esa es una buena señal —murmuró él.

Sidonie se arrodilló para estar a su mismo nivel. Era muy consciente de que ambos estaban desnudos, pero le parecía demasiado recatado taparse con la sábana, después de la noche que habían pasado.

—No puedes hablar en serio.

Él apretó los músculos de las mejillas, señal de que aquella sorprendente conversación no era un capricho momentáneo.

—Yo no tengo esposa. Tú no tienes marido. No hay ningún impedimento legal.

—Hay que tener en cuenta algo más que las cuestiones legales, y lo sabes.

—Tú misma dijiste que no eres feliz con Roberta y William. Yo soy uno de los hombres más ricos del reino. Tal vez eso compense mis deficiencias personales.

Aquel autodesprecio le dolió. A ella le daba igual su dinero. Solo le importaba él.

—No seas tonto. Sabes que yo...

Aunque deseaba decirlas, se tragó las palabras que la comprometerían a una vida entera con él. Le sorprendía que su primera reacción a su proposición no fuese una negativa categórica. La idea de no casarse había sido uno de los pilares de su existencia desde que descubriera la desigualdad en las relaciones entre los maridos y las esposas. Jonas había tardado solo una semana, una semana muy apasionada y emotiva, en lograr que la idea del matrimonio no resultase aborrecible. De todos los cambios que había desencadenado en ella, convertirla en una mujer sensual, hacerle ver el mundo desde otra perspectiva, aquel era el mayor.

Pero el matrimonio seguía significando someterse voluntariamente al poder de otra persona durante el resto de su vida. Aunque el deseo de aceptar su propuesta bullía en su interior, apeló a la cautela. Lo conocía desde hacía solo una semana. Tenía que resolver el dilema de Roberta antes de contarle a Jonas la verdad sobre sus orígenes y quizá, solo quizá, acceder a ser su esposa. Por no hablar de la posibilidad de que, cuando descubriese que había estado ocultándole esa información, ya no quisiera casarse con ella.

Los nervios hicieron que le temblara la voz.

—Sabes que te deseo. Cualquier mujer sería afortunada de tenerte.

La mirada de incredulidad que le dirigió fue como un golpe en el corazón.

—Cualquier mujer que pudiera soportar a un trol.

La rabia alimentó su valor. Se enderezó y le agarró la cara con las manos.

—Eres el mejor hombre que conozco.

Jonas respondió con una carcajada cargada de cinismo.

—Y por eso ahora estás buscando la manera de decirme que no.

Sidonie le dio un beso apasionado antes de soltarlo.

—Eres tonto, Jonas Merrick.

Él apretó la mandíbula y su expresión no se relajó. A Sidonie le dio un vuelco el estómago al darse cuenta de que seguía convencido de que no la merecía.

—¿Eso significa que te quedarás? Lo dudo.

—Jonas, siempre he jurado que no me casaría.

Jonas se apartó de las almohadas, le puso una mano en la nuca y enredó los dedos en su pelo revuelto.

—Yo no soy William.

—Claro que no. Pero aun así, yo sería de tu propiedad.
—Firmaré cualquier cosa. Te daré dinero, derechos, terrenos, casas.
—Seguiría siendo tu esposa.
—No es ninguna sentencia de muerte.
—Lo siento —contestó ella—. Si me casara con alguien, sería contigo. No espero que lo comprendas.

Apenas podía creer que el canalla sarcástico y despectivo que había conocido una semana antes estuviera dispuesto a renunciar a su orgullo para declararse. Apenas podía creer que, a pesar de todo lo que sabía sobre el matrimonio y todo lo que les quedaba por resolver entre ellos, estuviera considerando su oferta.

—¿Realmente crees que la vida sola es mejor que la vida siendo mi esposa? —la soltó y la miró fijamente—. Hablas de todo lo que perderás si te casas. ¿Y qué me dices de lo que ganarás? ¿No quieres tener hijos? ¿No querrías tener a alguien a quien recurrir cuando tuvieras problemas? ¿Puedes vivir sin las caricias de un hombre?

La pregunta no era si podría vivir sin las caricias de un hombre, sino si podría vivir sin las caricias de Jonas. Extendió la mano para suplicarle perdón en silencio. Aun así, una parte de ella se preguntaba si tan malo sería decir que sí.

—Jonas, no tomo esta decisión a la ligera.

Él ignoró su gesto y la desolación inundó su voz.

—No te culpo por negarte. No soy un gran premio, al fin y al cabo.

—Deja de sentir pena de ti mismo.

—Es cierto.

—Eres el hombre más listo que conozco —se preguntó por qué discutía cuando él parecía dispuesto a aceptar su negativa. Aun así insistió. Tenía que darse cuenta de que era un gran hombre—. Eres considerado y divertido, además de un amante asombroso. Si empezaran a gustarme los lujos, cosa que puede que ocurra después de esta semana, podría comprarme ropa interior de oro y no te darías cuenta.

Él le dirigió una sonrisa insegura; aun así era una sonrisa. Su tristeza se alivió ligeramente.

—Me daría cuenta de cualquier cosa que hicieras con tu ropa interior, *amore mio*.

Ella se sonrojó.

—Subestimas tu atractivo, Jonas. ¿Cuánto tardaste en llevarme a la cama? ¿Tres días? ¿Cuatro? Y yo era una mujer de incuestionable virtud.

—Cuidado. A este paso, aceptarás ser mi esposa.

—Ha pasado una semana.

Si supiera lo cerca que estaba de ceder y olvidarse de todo lo demás. Pero, aunque ansiara lanzarse a sus brazos y desafiar al mundo entero, no podía olvidar el último ataque de William a Roberta, ni su miedo al enterarse de que estaba perdiendo la cabeza. Primero debía llevar a su hermana a algún lugar seguro, después contarle a Jonas la verdad sobre sus orígenes. Solo entonces podría decidir si su futuro estaba a su lado.

—Yo me decido deprisa, *bella* —hizo una pausa—. Y sospecho que tú también.

—Apenas me conoces.

—No seas tonta, Sidonie —en esa ocasión su sonrisa no tenía sombras, solo una ternura infinita. Por un instante, Sidonie se quedó mirando su cara y todos los obstáculos se disolvieron como la niebla bajo el sol. Una vida entera con aquel hombre tan fascinante le parecía el paraíso.

—Me siento halagada por tu oferta, Jonas, pero no puedo.

Jonas perdió el brillo en la mirada y se acercó al borde de la cama.

—Estás en tu derecho.

Sonaba frío, distante. Bajo ese frío, Sidonie oyó la

pena. No debía sonar así. No después de una semana. Estiró el brazo hacia él, pero se detuvo antes de tocarlo.

–Lo siento.

Él se encogió de hombros. En otra ocasión, su indiferencia habría podido resultar convincente. Al fin y al cabo, el hombre al que había conocido una semana antes le había parecido manipulador y vengativo. Ahora sabía que no era así.

–No me has prometido nada.

Pero sí lo había hecho. Con el corazón. Con el cuerpo. Con un sinfín de suspiros de rendición. ¿Le subestimaba? ¿Sería posible que, si admitía lo que sabía, Jonas encontrase alguna solución al dilema de Roberta? Era atrevido, tenía recursos y su fortuna le otorgaba un poder que ella no podría igualar.

Pero entonces recordó las palabras que le había dicho al duque de Sedgemoor. «Con eso no puedo hacer nada».

La seguridad de Roberta era demasiado importante como para arriesgarla por un hombre al que conocía desde hacía solo una semana. Ya resultaba sorprendente que quisiera comprometerse sin dudar, pero no podía olvidarse de su responsabilidad hacia su hermana.

Se quedó mirando fijamente a aquel hombre que le había proporcionado tanta alegría y decidió tomar el camino fácil y cobarde.

–Jonas, necesito pensar.

Cuando la miró, no parecía más feliz. Era lo suficientemente listo para imaginar que estaba medio decidida a no casarse con él.

–Tengo la sensación de que, si te vas, nunca te volveré a ver.

–Dame un mes. Todo ha ocurrido muy deprisa.

–Una semana.

Sorprendentemente, dado la dificultad de la conversación, ella se rio.

–Eres muy exigente. Una mujer ha de estar segura de sí misma para aceptarte.

–Tú estás a mi altura, *carissima*.

La tragedia era que ella también lo creía. Agachó la cabeza. Su voz apenas resultó audible cuando habló.

–Una semana.

Capítulo 23

Jonas miró a Sidonie, que estaba sentada junto a él en el carruaje. A regañadientes había accedido a que ella abandonara su ropa nueva, pero no le gustaba aquel horrible vestido de muselina blanca. Debería haberle dicho a la señora Bevan que lo quemase en vez de lavarlo sin más. Cuando Sidonie regresara junto a él, como sin duda tendría que hacer, la cubriría de seda y diamantes.

Y sin duda quemaría esa maldita capa.

Sidonie iba muy rígida, con las manos enguantadas sobre su regazo y con la atención puesta en el paisaje. Durante casi todo el viaje había ido dormitando con la cabeza apoyada en su hombro. Él la había mirado a la cara y había advertido las señales del cansancio y de la preocupación.

Había estado extrañamente callada durante el camino desde Devon. De hecho, había estado extrañamente callada desde su impulsiva propuesta, exceptuando la inevitable discusión cuando él había insistido en acompañarla a casa.

Era última hora de la tarde y estaban aproximándose a Ferney, la mansión que había comprado para provocar a su primo. Era sorprendente lo mucho que una semana podía cambiar. O una semana como la que él había pasado con Sidonie. Se había jactado al levantar aquel llamativo monumento a su éxito frente a las puertas de William. Lo había planeado como un recordatorio permanente de que, aunque fuese un bastardo, era un bastardo con mucho dinero.

Ahora su sed de venganza le parecía algo infantil.

El tiempo que había pasado con Sidonie había hecho que sus viejas heridas dejasen de estar infectadas. Tal vez fuese sensato olvidarse del castigo de su primo. Se estremeció al recordar que había utilizado a la hermana de Sidonie en sus maquinaciones. Roberta iba buscando problemas, pero él se había aprovechado de eso. Sidonie no había tardado en perdonarle por ello. Sus intenciones habían sido viles en extremo.

Más importante que la venganza era la necesidad de convencer a Sidonie para que se casara con él. Su proposición había sido impulsiva, pero, nada más hablar, supo que aquella relación no podría tener otro resultado. Sidonie era una mujer que un hombre desearía de por vida. Era una criatura de fuego y luz. Ansiaba ese calor como ansiaba el aire. Cuando estaba con él, se sentía en consonancia con la humanidad. Se sentía como un hombre al que una mujer podría llegar incluso a... amar.

Contempló el cuerpo de Sidonie en el interior del carruaje. ¿La habría dejado embarazada? Era un canalla por tenderle una trampa tan deshonrosa, pero la idea de que Sidonie engordara con el embarazo le parecía de lo más atractiva.

Ella volvió la cabeza para mirarlo. Jonas esperó que no hubiese adivinado sus pensamientos.

–No puedes entrar en Barstowe Hall. Si William descubre que he estado contigo, habrá represalias.

–Hobbs tiene órdenes de dirigirse hacia Ferney, después te acompañaré por el parque. Tu reputación estará a salvo, *bella* –no solo deseaba mantener a salvo su reputación. Deseaba que ella le confiara toda su vida.

«Despacio, Jonas, despacio. La paciencia tiene sus recompensas».

–No es necesario que vengas. Dudo que me asalten unos bandidos en mitad de Wiltshire.

–¿Me privarías de los últimos minutos en tu compañía, *dolcissima*?

–¿Crees que esto es fácil? –preguntó ella–. ¿Dejarte después de lo que hemos compartido?

Jonas le agarró la mano. La tormenta que bullía por sus venas se apaciguó de inmediato. Solo con tocarla, el mundo empezaba a girar en la dirección correcta. Esperó a que ella se apartara. Salvo cuando estaba dormida acurrucada a su lado, apenas le había tocado en todo el día. Su proposición había destruido la comodidad física que sentían el uno con el otro.

Hasta aquel momento.

Sidonie le apretó la mano con fuerza y él sintió su desesperación. Tal vez la semana que pasaran separados jugase en su favor. Ella tendría tiempo para darse cuenta de que echaba de menos tener un hombre en su cama. Salvo que Jonas quería de ella algo más que mero deseo físico. Quería aquel corazón generoso que la llevaba a ofrecerse a un monstruo en lugar de su hermana. Sonaba mezquino y necesitado, pero deseaba que le quisiera como quería a Roberta. Con la misma devoción incondicional, con el mismo aprecio ciego. Por egoísta que pareciera, deseaba que le quisiera más de lo que quería a Roberta.

–No es necesario que te vayas, *tesoro* –le dijo amablemente–. Puedo dar la vuelta al carruaje y regresaremos mañana a Devon. O nos quedaremos en Ferney. No repararé en ofrecerte un dormitorio. Preferiblemente el mío.

–No me tientes –comparada con sus sonrisas habituales, aquella era una caricatura. Se frotó la frente con la mano que tenía libre, como si le doliese la cabeza. Él se sintió culpable. No tenía derecho a atormentarla. Ella suspiró con tristeza–. Haces que todo parezca sensato cuando ambos sabemos que está mal.

–¿Qué me importan a mí los escándalos? ¿Qué te importan a ti? Eres la esclava de William y el peón de Roberta. Yo he vivido con el escándalo desde que invalidaran el matrimonio de mi padre. Enfréntate a ello con la cabeza bien alta y lo demás dará igual.

–Me prometiste una semana antes de tener que decidir.

–Puedes hacerlo en Ferney.

–Haces que me resulte imposible pensar con coherencia.

¿Eso significaba que se quedaría? Al ver su expresión decidida confirmó sus dudas.

El carruaje se detuvo lentamente frente a la estrafalaria casa. Cuando Jonas hubo sacado la maleta de Sidonie y la hubo ayudado a bajar, Hobbs continuó hacia los establos. Un sirviente abrió las puertas con una reverencia, pero Jonas le hizo pasar dentro.

Por primera vez aquel día, vio auténtica diversión en los ojos de Sidonie cuando contempló la fachada de piedra, con las balaustradas, los frontones y las columnas.

–¿Sabes? Siempre había querido ver el interior de Ferney. A los vecinos les asombra la extravagancia. Me quedé decepcionada al ver que el recibidor del castillo de Craven apenas tenía muebles.

Jonas se quedó mirando el pórtico y la gran escalera doble.

–Comprarla fue una niñería.

–Oh, no sé. Molestó mucho a William. Creo que fue un dinero bien gastado.

No podía dejarla marchar. Todavía no.

–¿Por qué no te quedas una hora? Te enseñaré la casa. Los sirvientes no cotillearán. Les pago demasiado como para poner en riesgo su puesto.

Ella negó con la cabeza y miró hacia abajo para que el gorro le tapara la cara.

—Jonas, no lo comprendes —murmuró. Jonas se dio cuenta entonces de que su compostura era puramente superficial. Bajo esa aparente aceptación, era infeliz y estaba insegura—. Si no me voy ahora, temo que no me iré nunca.

Jonas le apretó la mano como si no fuese a soltarla nunca.

—Entonces no te vayas.

Ella levantó la cabeza y se quedó mirándolo. Estaba pálida.

—Has necesitado una semana para hacer que me vuelva loca y me plantee casarme contigo. Dame una semana para decidir si quiero cambiar las intenciones de toda una vida.

Le parecía razonable. Era razonable.

—Me quedaré en Ferney. No tienes más que venir.

Sidonie le acarició la mandíbula con un gesto tierno que le recordó a un sinfín de gestos tiernos más. Él resistió la tentación de insistir. Sabía que no cedería. Aquella mujer era fuerte y resuelta. Si se embarcaba en una vida con él, tendría que serlo.

Aun así se quedó mirándolo como si fuese a morirse si mirase hacia otro lado. ¿Sabría que estaba a punto de tomarla en brazos y llevársela de allí?

—Gracias —dijo.

Le tocó los labios a modo de despedida y él advirtió el brillo de las lágrimas. Atrapado en aquella mirada marrón, sintió que se avecinaba la declaración fatal. Se tragó las palabras, aunque Sidonie debía de saber que la amaba. Todos sus gestos delataban sus sentimientos, por arriesgadas que fueran las palabras.

—Sidonie…

—Oh, Dios… —se le quebró la voz y se tambaleó. Él le

rodeó la cintura con los brazos–. No me pongas esto más difícil.

–Al menos come algo antes de irte.

–Sigues intentando alimentarme –contestó ella con una sonrisa temblorosa.

–Algo que te devuelva las fuerzas después del viaje –su orgullo se quejaba al ver cómo le rogaba otro minuto, otra hora, pero ya no le importaba.

–No, Jonas.

–«No, Jonas» es lo que dices siempre –respondió él. Sabía que estaba siendo injusto, pero se sentía muy triste.

–No siempre.

Él cerró los ojos al verse abrumado por el recuerdo de sus noches salvajes. A ese paso, acabaría llorando como un bebé.

Ella volvió a tocarle la mejilla marcada.

–Solo... dame un beso de despedida –le dijo.

Jonas se dijo a sí mismo que regresaría en una semana. Sin duda entraría en razón al enfrentarse a su realidad solitaria. Le echaría de menos como él a ella. Pero no era así como se sentía. Se sentía como si estuviese abandonándolo para siempre.

La condujo hacia una sombra de la escalera para ocultarla de cualquiera que hubiera en la casa. La rodeó lentamente con los brazos y disfrutó de cómo encajaba contra su cuerpo. Ella deslizó las manos por su pecho y las entrelazó por detrás de su cuello. Se quedó mirándola, memorizando cada rasgo. Sus ojos grandes y brillantes; sus cejas marcadas; su barbilla puntiaguda y decidida, que indicaba que era testaruda bajo su apariencia dulce. ¿Acaso no lo sabía él? Si no fuese testaruda, seguiría en su cama. Si no fuese testaruda, no la querría tanto.

Agachó la cabeza. Ella abrió los labios y emergió la pasión, como siempre que se besaban. El mundo empezó a arder. Jonas le metió la lengua en la boca para aceptar todo lo que ella le negaba con palabras, pero afirmaba con cada caricia. Sidonie gimió y le devolvió los besos con voracidad, como si estuviese intentando resumir toda una vida en un solo abrazo.

El beso cambió, el fuego fue apagándose hasta que solo quedaron las ascuas. La certeza de que aquello era una despedida amenazaba con partirle el corazón en dos. Ella soltó un suspiro de protesta y se apartó lentamente.

Jonas la soltó. ¿Qué otra opción tenía? Le había prometido libertad si se casaba con él. Si insistía, demostraría que era el tirano que ella temía en un marido.

Sidonie bajó los brazos muy despacio, como si no soportase renunciar al contacto. Sus ojos oscuros brillaban con lágrimas contenidas, pero mantenía la cabeza alta.

–Llévame a Barstowe Hall, Jonas.

Sidonie necesitó su llave para entrar en Barstowe Hall por las cocinas. A esa hora los empleados solían reunirse allí a tomar el té. Para su sorpresa, la estancia subterránea estaba vacía. Había ensayado historias sobre su visita a Londres, pero nadie estaba presente para oírlas. Tampoco tuvo que mentir diciendo que una de las amigas de Roberta de la ciudad la había dejado en la puerta de camino a otro sitio.

Ni se encontró con ningún sirviente mientras recorría la casa. El silencio resultaba asombroso y siniestro. Un escalofrío recorrió su piel. Las habitaciones estaban frías y en penumbra.

–¿Hola?

La única respuesta fue el eco de su voz. ¿Qué diablos había ocurrido en su ausencia? ¿Habría despedido William a los empleados? Sabía que las cosas le iban mal a su cuñado, pero no sabía que su economía hubiese llegado a ese punto.

Iba de camino a su dormitorio por el pasillo de la segunda planta cuando oyó un golpe amortiguado procedente de las aulas de arriba. Sintió miedo. ¿Habría entrado un ladrón? No había mucho que llevarse. William había vendido cualquier cosa de valor. Lo poco que había quedado después de que el padre de Jonas saqueara la casa antes de su muerte.

Dejó su maleta en el suelo y agarró un jarrón de cerámica partido que había en una mesa. Si hubiese estado entero, William lo habría vendido hacía tiempo.

Subió el siguiente tramo de escaleras. Abrió lentamente la puerta de la habitación de los niños y levantó el jarrón por encima de su cabeza. Pero después lo dejó caer sorprendida.

–¿Roberta? –preguntó.

Su hermana, que estaba vaciando las estanterías de una pared, se dio la vuelta al oír su voz. A sus pies había dos maletas abiertas. Una estaba llena de juguetes. La otra estaba vacía.

–Santo Dios, me has dado un susto de muerte –Roberta esquivó los pedazos de cerámica del suelo y abrazó a su hermana–. ¿Estás bien? Estaba muy preocupada por ti.

Sidonie le devolvió el abrazo y sintió la tensión de Roberta. Su hermana siempre se mostraba frágil, pero aquello excedía su nerviosismo habitual. Algo iba mal.

–Estoy bien.

Roberta se apartó y la miró con el ceño fruncido.

–Me parece una respuesta algo simple para acabar de regresar de la guarida del monstruo.

–No es un monstruo.

–¿No te ha hecho daño?

–No.

–Me alegro. Aunque me cuesta creerlo. Tienes que contármelo todo, pero ahora no. Ahora tienes que ayudarme —Roberta se volvió para agarrar otro puñado de juguetes de las estanterías y meterlos en la maleta vacía.

Sidonie sintió aprensión al fijarse detenidamente en su hermana. Roberta tenía un aspecto horrible. Estaba desaliñada y mal vestida, cuando lady Hillbrook siempre aparecía en público como tenía que hacerlo. Su vestido de muselina verde tenía polvo en el dobladillo, llevaba una mejilla manchada y el pelo medio suelto.

—¿Qué diablos estás haciendo? ¿Dónde están los sirvientes?

Con manos temblorosas, Roberta metió una pizarra rajada.

—Les he dado la tarde libre. Son todos espías y mentirosos.

Como de costumbre, Sidonie se quedó mirando a su hermana en busca de señales de violencia, pero parecía ilesa.

—¿Estás bien?

Roberta evitó mirarla a los ojos y agarró un juego de soldados de plomo que los niños no habían tocado en años. Trató de meterlo todo en la maleta.

—Claro que estoy bien. Por el amor de Dios, ¿por qué no cabe?

Sidonie se acercó, le agarró las manos y las sujetó hasta que logró captar la atención de Roberta. A tan poca distancia observó el pánico que yacía bajo la confusión de su hermana. Solo había una persona que pudiera aterrorizarla tanto.

—¿Qué sucede, Roberta? ¿Qué ha hecho William?

¿Qué diablos estaba pasando allí? ¿Se habría enterado William de que su esposa había perdido frente a Jonas? ¿La inestabilidad mental que el duque había mencionado en el castillo de Craven se habría convertido en locura absoluta?

Sidonie vio que Roberta estaba demasiado distraída

para pensar más allá del momento presente. Ni siquiera el peligro al que la había enviado a ella era capaz de traspasar el miedo actual.

—No podemos hablar ahora —Roberta se zafó y se dio la vuelta para agarrar más juguetes—. Tenemos que irnos antes de que llegue William.

—¿Le vas a abandonar?

Roberta dejó caer los juguetes de cualquier manera. Una pelota de cricket con una costura rota se salió de la maleta y rodó por el suelo.

—Sí.

A Sidonie no le entristeció la noticia, aunque se preguntó cómo sobrevivirían su hermana y ella hasta que el legado se hiciera efectivo en enero.

—Pero ¿por qué?

—Ese hombre es un cerdo.

—Ha sido un cerdo desde que te casaste. ¿Por qué abandonarlo ahora?

—No hay tiempo para explicaciones —los ojos de Roberta brillaban con un miedo atroz—. Por el amor de Dios, ayúdame a hacer las maletas.

Sidonie reafirmó su tono para intentar calmar a su hermana. En ocho turbulentos años de matrimonio, nunca había visto a Roberta así.

—Dime qué está pasando.

Roberta miró por encima del hombro de Sidonie como si esperase que William apareciera como si fuera el coco en un cuento infantil, dispuesto a devorar a su víctima.

—Sidonie, no insistas.

—Este comportamiento me parece lunático. ¿Qué haces con los juguetes de los niños?

—No seas tonta, Sidonie. Necesitaré dinero. El muy cerdo ha dejado la casa sin nada de valor. ¿Tú encontraste algo interesante en la biblioteca?

Sidonie negó con la cabeza.

–Todo es basura. ¿Qué te ha hecho decidirte a abandonar a William?

Roberta por fin dejó de lanzar juguetes y la miró.

–He perdido a las cartas.

Sidonie, que aún estaba desconcertada tras separarse de Jonas, se tambaleó. El horror hizo que le diera vueltas la cabeza. Sin apenas creer lo que estaba oyendo, se llevó una mano temblorosa al corazón. Estaba demasiado horrorizada para enfadarse, aunque se enfadaría pronto.

–Roberta, no es posible. ¿Después de haber perdido una fortuna contra el señor Merrick?

Roberta tuvo la decencia de parecer avergonzada, pero siguió hablando antes de que Sidonie pudiera continuar con la censura.

–Fue una tontería. Doscientas guineas al piquet contra lord Maskell. El muy canalla insistió en que le pagara y después amenazó con decírselo a William.

La escala de aquel desastre superaba todo lo imaginable. Sidonie había dado por hecho que su hermana quedaría tan escarmentada tras escapar por los pelos de la deshonra con Jonas que cambiaría sus hábitos. Qué ingenua había sido. Roberta nunca cambiaría. Era adicta al juego igual que un borracho era adicto al brandy.

–Roberta, ¿cómo has podido seguir jugando después de lo que ocurrió con el señor Merrick?

Roberta se encogió de hombros de manera poco convincente. Sabía a lo que se arriesgaba, pero aun así había seguido jugando.

–Tuve una racha de suerte. Solo un idiota abandona la mesa cuando tiene buenas cartas.

–Hasta que perdiste doscientas guineas –concluyó Sidonie amargamente–. ¿Dónde piensas ir?

«Oh, Jonas, ojalá me hubiera quedado contigo», pensó. «Ojalá nunca hubiera abandonado tus brazos y el castillo de Craven».

–Pensaba en Brighton o en Harrogate. Algún sitio divertido.

Sidonie apretó los labios, pero se negó a gritar. No serviría de nada.

–¿No has tenido ya suficiente diversión?

–No te enfades –contestó Roberta con los labios temblorosos.

–No puedo evitarlo –Sidonie tomó aliento e intentó buscar solución a aquella catástrofe. El acta matrimonial le otorgaba cierto poder sobre William, pero eso significaba no contarle nunca a Jonas la verdad sobre su legitimidad. Y, si Roberta hería el orgullo de William, era posible que él, por rencor, insistiera en que siguiera viviendo a su lado, con o sin título. Sidonie también necesitaba tiempo para pensar en cómo hacer que William renunciase a la custodia de sus hijos. La huida histérica de Roberta enfadaría tanto a su marido que este nunca negociaría. Sidonie sabía por experiencia lo irracional que se volvía cuando se reían de él.

Intentó hablar con calma.

–William te encontrará si te vas a una ciudad popular. Tienes que desaparecer. Al menos hasta que el legado entre en vigor. Ni siquiera entonces William debería saber dónde estás. La ley está de su parte si quiere recuperarte.

El frenesí desapareció de los ojos de Roberta y, por un momento, volvió a ser la hermana mayor que ella siempre había querido.

–Ya sabes cómo ha sido mi vida. Tú más que nadie deberías apoyar mis ansias de libertad.

–No lo has pensado bien –contestó Sidonie.

–Lo pensaré cuando me haya ido –con agitación renovada, Roberta agarró un juego de mikado que había en una estantería junto a ella–. Debemos irnos. Él sabrá que he venido aquí. Es el primer lugar donde buscará.

A través de su rabia, Sidonie vio que la expresión de

Roberta cambiaba. Su hermana se quedó blanca como la nieve. Se tambaleó y los palos del mikado cayeron al suelo.

En ese momento la voz de William inundó la atmósfera.

–Es gratificante saber que me conoces tan bien después de ocho años de felicidad marital, querida.

Capítulo 24

A Sidonie se le heló la sangre.
–William...
William la empujó contra la pared y la dejó sin aire cuando pasó por delante. Se acercó a su esposa y la intimidó con su presencia.
–Intentabas marcharte, ¿verdad, zorra?
–No... no sé lo que quieres decir, querido –contestó Roberta mientras retrocedía hasta chocar con las estanterías vacías que tenía detrás.
Sidonie sintió el miedo en el estómago. Nada más ver los párpados entornados de William y sus mejillas encendidas, supo que se acercaba el momento que durante tanto tiempo había temido. William estaba a punto de matar a Roberta.
Se acercó con piernas temblorosas para interponerse entre ellos.
–¡No la toques!
–¡Quita de en medio, zorra inútil!
Sin dejar de mirar a su esposa, William agarró a Sidonie del brazo con fuerza y la tiró al suelo. Al caer se golpeó la cabeza. Sintió un gran dolor y, por un momento, todo se volvió negro. Intentó desesperadamente recuperar la visión. Las voces resonaban a su alrededor, palabras

que iban cobrando sentido poco a poco por encima del pitido de sus oídos.

—¡No hagas daño a mi hermana! —gritó Roberta, y se lanzó frente a ella.

—Cállate, vaca estúpida —Sidonie vio como William agarraba a Roberta del pelo y la obligaba a ponerse de rodillas. Tiró con fuerza hasta que ella torció el cuello y lo miró a los ojos.

—¡William, por favor, te lo ruego! —exclamó su hermana con las lágrimas resbalando por sus mejillas.

William tenía la cara roja y baba en las comisuras de los labios. Levantó un puño amenazante sobre su esposa. Sidonie sintió un vuelco en el estómago.

—Maskell me ha contado lo que te proponías.

—¡Por favor, no me pegues! —Roberta intentó zafarse, pero se detuvo cuando William le retorció el pelo.

—¡Suéltala! —gritó Sidonie.

Se levantó lentamente y se lanzó sobre William. Le clavó las uñas en la mano con la que sujetaba a su hermana y logró hacerle sangre. Durante unos segundos no estaba atacando al marido violento de Roberta, sino al chacal que había desfigurado a Jonas y se había reído mientras lo hacía.

—¡Maldita seas, perra! —William soltó a Roberta, que cayó al suelo jadeante, y se volvió hacia ella.

William era gordo, pero aun así era un hombre grande y poderoso para una mujer del tamaño de Sidonie. Le quitó los dedos de encima y le dio un puñetazo. Ella sintió el dolor en todo su cuerpo y cayó de nuevo al suelo, entre trozos de cerámica rota y juguetes desperdigados. Se llevó las manos a la cabeza y se hizo un ovillo para protegerse. Intentó no perder la consciencia y se preparó para que William le diese una patada. Tras ella, oyó que Roberta se alejaba por el suelo de su marido.

—¿Qué...? —oyó decir a su hermana con la respiración

entrecortada, después hubo ruido de botas y un fuerte golpe.

–Tócala otra vez y eres hombre muerto.

La sorpresa hizo que Sidonie se quedara acurrucada en el suelo. Los oídos debían de estar jugándole malas pasadas. Estaba segura de que aquella era la voz de Jonas. Pero no podía ser. Había dejado a Jonas en Ferney.

Bajó los brazos lentamente. Jonas estaba de pie con los puños apretados frente a William, que yacía en el suelo.

–Jonas... –murmuró ella. El alivio que sintió era más mareante que los golpes de William. Intentó ponerse en pie, pero aún no podía coordinar sus miembros.

–Levántate para que pueda volver a derribarte –le dijo Jonas a William.

William sacudió la cabeza para despejarse después de lo que debía de haber sido un fuerte golpe e intentó incorporarse. Se llevó una mano a la mandíbula y miró a Jonas con tanto odio que Sidonie se estremeció.

–Sal de mi propiedad, bastardo asqueroso.

–Jonas, ¿qué estás haciendo aquí? –preguntó Sidonie.

Sin apartar la atención de su primo, Jonas se apartó para ofrecerle una mano.

–¿Estás bien?

–Sí... sí –sintió su mano fuerte y cálida. Al levantarse, la cabeza empezó a darle vueltas y tuvo que aferrarse a él hasta recuperar el equilibrio.

–¿Qué diablos pasa aquí? –preguntó William poniéndose en pie con furia renovada. Sidonie se pegó a Jonas mientras el miedo recorría su columna–. ¿Llamas a esta rata por su nombre? ¿Te has levantado la falda por este bastardo, maldita zorra?

–Cierra la boca –Jonas se apartó de Sidonie y alcanzó a William.

William se lanzó hacia delante para estrellar a Jonas

contra las estanterías. Aterrizó con un golpe seco y tiró los juguetes que quedaban. El gruñido de dolor de Jonas hizo que a Sidonie se le encogiera el estómago.

–Maldito bastardo, ¿cómo te atreves a poner un pie en mi casa? –preguntó William, y echó el brazo hacia atrás para darle un puñetazo a su primo en la cara. Jonas se enderezó a pesar del dolor y, con un gemido, empujó a su primo. Mientras William se tambaleaba, Jonas le dio un puñetazo en la barbilla con tanta fuerza que la cabeza se le fue para atrás.

A pesar de tambalearse, William logró darle un puñetazo a Jonas en el estómago que hizo que se doblara de dolor. Aprovechó la oportunidad, se acercó y le golpeó en los riñones. Jonas respiraba entrecortadamente mientras se hundía bajo los puños de William. Sidonie estaba aterrorizada mientras esperaba a que William le asestara otro puñetazo. Pero, sorprendentemente, Jonas se recuperó para contraatacar. La sangre brotó de la nariz de su primo y se esparció por todas partes.

Sidonie se quitó de en medio y vio que Roberta estaba agachada bajo la ventana. Se dio cuenta de que estaba rezando. Repetía lo mismo una y otra vez. «Que gane Jonas. Que gane Jonas. Que gane Jonas».

Los dos hombres estuvieron peleándose durante lo que pareció una eternidad. Tropezando con la basura. Esquivando golpes. Dando puñetazos. El combate no tenía nada de civilizado. Era como ver a animales salvajes en una lucha a muerte.

Sidonie tragó saliva y miró a Roberta, que contemplaba la pelea con ojos desencajados y asustados. Por el momento estaba a salvo. Apartó la mirada y buscó un arma por si acaso William vencía. Sacó dos bolos de una bolsa. Se enderezó y sintió que le sudaban las palmas de las manos sobre la madera. Vio entonces que Jonas se libraba del ataque de William y por fin empezaba a acorralarlo.

La mirada de odio de ambos hombres prometía una muerte segura. Ella no quería mirar, pero no podía evitarlo.

William era grande y poderoso, pero Jonas era más joven y estaba más en forma. Sidonie tomó aliento por primera vez en lo que le parecían horas al ver que William empezaba a cansarse. Sus golpes eran cada vez más lentos y menos certeros. Respiró de nuevo y agarró con fuerza los bolos. Deseaba atacar a William, pero temía distraer a Jonas si entraba en el combate.

Poco a poco William fue retrocediendo bajo una oleada de puñetazos. Su defensa no resultaba efectiva y tenía la visión nublada. Se movía pesadamente por el suelo, golpeando las paredes y las estanterías, borracho de odio y de dolor. La cara de Jonas fue endureciéndose hasta que se convirtió en un desconocido. Su rostro inexpresivo mientras golpeaba a su primo le dio más miedo que cualquier ataque de ira.

William cayó en un rincón, atrapado bajo el ataque de su primo. Jonas le asestó un puñetazo en la barbilla y después se acercó para contemplar a su enemigo derribado mientras un hilillo de sangre resbalaba por su sien.

—Levántate —le dijo a William—. Levántate, maldita escoria, para que pueda terminar lo que he empezado.

Sidonie dejó caer los bolos con un sollozo y corrió para agarrar la mano que Jonas abría y cerraba sin parar. Tenía los músculos duros como una roca y vibraba con una furia que ella sabía que había estado cociéndose durante años.

—Jonas, no —le dijo con voz temblorosa.

Jonas no la miró. Tenía la atención puesta en William, que se apoyó medio inconsciente contra la estantería que tenía detrás. Tenía un ojo hinchado y sangre por toda la cara.

—Quiero matarlo.

—Lo sé, pero no puedes —Sidonie no tenía deseo de

prolongar la triste vida de William, pero no podía permitir que Jonas lo asesinara–. No merece la pena. Ni siquiera después de lo que te hizo hace tantos años.

–Dios, eso no me importa –al fin la miró y sus ojos brillaban con una violencia apenas contenida–. Nadie te pegará mientras yo siga con vida.

La sorpresa hizo que le diera un vuelco el corazón. Jonas se había enfrentado a William no por lo que había ocurrido en Eton, sino porque no quería que a ella le hicieran daño. Había sido su defensor, no un vengador. Se quedó perpleja y experimentó una emoción que iba más allá de la simple gratitud. Roberta había sido su protectora cuando era una niña pequeña, pero, desde entonces, había librado sola todas sus batallas.

–Gracias –susurró, aunque la palabra fuese del todo inadecuada. Se olvidó brevemente de su público, levantó su puño y le dio un beso reverencial en los nudillos–. Pero no puedes matarlo.

Con el beso, aquel frío inhumano desapareció de la expresión de Jonas. Gracias a Dios. De nuevo volvía a ser el hombre que ella conocía. Tomó aliento y Sidonie sintió que su tensión se aliviaba.

–Como desees.

El estómago le dio un vuelco de alivio. Con una mano temblorosa le limpió la sangre de la cara. Después se apartó y cojeó hasta donde Roberta seguía acurrucada bajo la ventana, sollozando en silencio. Se agachó junto a su hermana y le pasó un brazo por los hombros.

–Todo saldrá bien, Roberta.

–Quiero que abandones esta casa –le dijo Jonas a William en un tonto autoritario.

William miró a su primo y soltó una carcajada despectiva. Se pasó una manga por la cara para limpiarse la sangre.

–Esta es mi casa, asqueroso bastardo. Por mucho que no te guste.

Jonas le dirigió una sonrisa maliciosa que expresaba desprecio y rechazo a partes iguales.

–Puedes aferrarte a tus bagatelas. Con los abogados pisándote los talones, no podrás hacerlo durante mucho tiempo. No perderás las casas; están en la herencia, como bien sabemos. Pero perderás todo lo demás, incluyendo a lady Hillbrook.

–¡Ni hablar! –exclamó William poniéndose en pie, utilizando las estanterías para incorporarse. Miró a Jonas con odio y apretó los puños–. Roberta es mi maldita esposa.

–No por mucho tiempo –respondió Jonas.

–Eres muy valiente con una pistola en la mano –dijo William. Sidonie se dio cuenta entonces de que Jonas llevaba una pequeña pistola en la mano.

–No más valiente que tú con tu ejército de matones para protegerte de un niño de diez años. No me sorprende que hayas seguido aterrorizando a las mujeres. Siempre elegías oponentes que no pudieran defenderse –miró entonces a Roberta y a Sidonie, que estaban agarradas la una a la otra–. Lady Hillbrook, ¿queréis venir conmigo? Me llevo a la señorita Forsythe a Ferney.

–Si te vas con este cerdo, no volverás a ser bien recibida en esta casa, maldita ramera –le dijo William a Sidonie.

–Vigila tu vocabulario.

Jonas levantó la pistola con una elegancia que le produjo un vuelco en el corazón. Recordó la rabia de su mirada cuando William estaba en el suelo. No haría falta alentarle mucho para que apretara el gatillo.

Sin dejar de apuntar a su primo, se acercó a Roberta y extendió una mano.

–¿Lady Hillbrook?

Roberta se puso en pie con la ayuda de Jonas antes de apartar la mano. Miró a William con los ojos desencajados por el pánico, como un ratón que miraba a una serpiente. ¿William la habría acobardado hasta el punto de no querer aprovechar la oportunidad de escapar? Sidonie dejó de sentir rabia hacia su hermana, como siempre, y empezó a sentir pena.

Jonas le ofreció una mano también a ella.

–¿Señorita Forsythe?

–No podemos abandonarla –Sidonie se puso en pie con su ayuda y apuntó con la cabeza en dirección a Roberta–. La matará.

–Fuera de esta finca, maldito bastardo –insistió William desde el otro lado de la habitación.

–Por favor, muéstranos la salida –respondió Jonas.

–Primero te mostraré el infierno.

–Por el amor de Dios, hay damas presentes –dijo Jonas, y señaló hacia la puerta con la pistola–. Tú primero, por favor.

William tenía la cara roja, como si fuese a darle una apoplejía. Una vena morada palpitaba en su sien y tenía el párpado del ojo sano entornado con odio. Cojeó hacia la puerta a regañadientes.

–Vamos, hermana –dijo Sidonie suavemente–. Con nosotros estarás a salvo.

–No estoy segura –Roberta fijó la mirada vidriosa en la espalda de su marido mientras este cruzaba el umbral.

Sidonie se apartó de Jonas para darle la mano a Roberta.

–No puedes quedarte aquí. Ya sabes lo que te hará.

Su hermana se quedó mirándola como si sus palabras no tuvieran sentido. Después asintió y los siguió dócilmente mientras salían de la habitación. Bajaron dos tramos de escaleras hasta llegar al rellano situado sobre el recibidor.

Al comienzo del último tramo de escaleras, William se dio la vuelta con una sonrisa de superioridad. A medida que iban pasándosele los efectos de la pelea, su arrogancia revivía.

—Disfruta de tu momento de gloria, bastardo. Puedes quedarte con la zorra, pero ningún tribunal de este país me quitará a mi esposa. Mejor aún, cuando revele la adicción a las cartas de la pobre lady Hillbrook, me darán permiso para encerrarla en un manicomio.

Sidonie se tambaleó horrorizada. Cada vez que pensaba que ya había visto lo peor de William, su cuñado se rebajaba un poco más. Hablaba de condenar a Roberta a un infierno en vida con el mismo tono que le había oído emplear para ordenar que ahogasen en el arroyo a una camada de cachorros que no deseaba.

—Veremos quién gana esa batalla en particular —dijo Jonas de nuevo con la pistola levantada—. El exceso de confianza en ti mismo siempre fue tu defecto.

—Qué final más apropiado para las preciosas hermanas Forsythe —a William le brillaban los ojos con odio mientras miraba a Roberta y a Sidonie—. Una la ramera de un bastardo y la otra pudriéndose en el manicomio de Bedlam.

Con la cara pálida, Roberta apartó la mano de la de Sidonie y se quedó de pie y temblorosa frente a las burlas de su marido. Sidonie se volvió para hablar con ella en voz baja y tranquila. No soportaba ver a la cobarde en la que William había convertido a su hermana en ocho años de matrimonio.

—No puede hacerlo, Roberta. Solo quiere ganar puntos frente a ti, frente a Jonas. Es un tigre sin dientes.

William se rio y se balanceó sobre sus talones con una actitud amenazante.

—¿Un tigre sin dientes? Ya lo veremos. Ya lo veremos.

—No estoy loca —insistió Roberta con voz aguda, rodeándose con los brazos sin dejar de mirar a William—. No puedes hacer que me encierren.

–Sí que puedo, mi codiciosa palomita.

–Lady Hillbrook, no hagáis caso. Sabe que ha perdido –dijo Jonas amablemente. Sidonie le dirigió una mirada de agradecimiento, pero Roberta no pareció oírlo.

–¿He perdido? –preguntó William mientras se apartaba de la pistola de Jonas. Apoyó las manos en las caderas con actitud dominante.

–No dejaré que me encierres –dijo Roberta con más fuerza, y se atrevió a dar un paso hacia su marido. Tenía los puños apretados y la barbilla levantada con un aire desafiante que Sidonie no le había visto en años.

William sonrió con una condescendencia que a Sidonie le provocó un vuelco en el estómago. Con su rostro manchado de sangre, aquella expresión resultaba macabra.

–No te quedará más remedio, querida.

Roberta dio otro paso hacia él.

–Sí que me quedará, maldito abusón.

William volvió a reírse.

–Dios mío, ¿el ratoncito se rebela? ¿Quién lo hubiera pensado? Si la víbora de mi primo no tuviese una pistola, no serías tan valiente, ¿verdad, cariño?

El brillo temerario en la mirada de Roberta hizo que Sidonie se tensara por el miedo. Si se acercaba demasiado, ¿su marido la golpearía?

–No he sido valiente, William –admitió Roberta con voz aflautada y las mejillas sonrojadas por la humillación–. En otra época lo fui, pero tú me lo quitaste a golpes.

–Era más divertido abofetearte que acostarme contigo. Lo cual no es decir mucho. Qué pena que aún te falte disciplina. Cuando te recupere, le pondremos remedio. Antes de que te encierre para siempre.

Roberta tomó aliento. Después salió corriendo y golpeó a William en el pecho.

—¡Púdrete en el infierno para siempre!

—Maldita zorra... —William se agitó para agarrar a su esposa mientras hacía equilibrios en lo alto de las escaleras. Había retrocedido sin darse cuenta y estaba muy cerca del borde. La agarró de la falda y le rasgó el vestido.

Roberta se apartó de sus manos. Por un segundo, William se tambaleó entre el desastre y la salvación. Agitó las manos inútilmente en busca de la barandilla.

Sidonie se quedó paralizada por el horror. Cuando Jonas se acercó para evitar el desastre, Roberta dejó escapar un grito de furia y volvió a empujar a William.

En esa ocasión, su marido perdió el equilibrio y, con un grito ahogado, se precipitó escaleras abajo.

Capítulo 25

Sidonie oyó horrorizada el ruido que hacía el cuerpo de William al golpear cada peldaño. Cuando finalmente aterrizó al pie de la escalera, el sonido retumbó como un grito.

Jonas corrió escaleras abajo mientras se guardaba la pistola en el bolsillo. Se inclinó sobre su primo y le buscó el pulso en el cuello. Roberta se quedó de pie en el rellano, con la mirada fija en el cuerpo inerte de su marido.

—¿Jonas? —preguntó Sidonie asomada a la barandilla.

Jonas miró hacia arriba con cara austera.

—Está muerto.

Sidonie había sabido que William estaba muerto desde que había visto el ángulo antinatural de su cuello. La caída podría no haberle matado, pero había caído de manera extraña. El impacto de su peso debía de haberle partido los frágiles huesos de la columna. El enemigo de Jonas ya no era tal. William no volvería a pegar a Roberta ni a aterrorizar a sus hijos. Sidonie debía sentir algo más que entumecimiento. Pero, contemplando el cuerpo de William, no sentía nada. Aparte de la premonición sombría de que sus problemas no habían hecho más que empezar.

Sidonie salió de su ensimismamiento y se dio cuenta

de que su hermana estaba temblando como un arbolillo en un vendaval y de que podría lanzarse detrás de William.

—No, Roberta —susurró mientras corría para agarrar a su hermana por los brazos desde atrás.

—¿Qué he hecho? —preguntó Roberta, se dio la vuelta y la miró con impotencia—. Dios mío, ¿qué he hecho?

Había desaparecido por completo la arpía que se había abalanzado contra su marido. Parecía perdida, pequeña y vulnerable. Las lágrimas inundaban sus enormes ojos azules mientras confiaba en que ella le resolviera el dilema, como había hecho en tantas ocasiones.

Jonas subió las escaleras hacia ellas.

—Tenemos que hacer que parezca un accidente o, en el peor de los casos, un suicidio.

—Pero William… —comenzó Sidonie.

Jonas le dirigió una sonrisa sombría.

—¿Era demasiado egoísta para suicidarse? Con un poco de suerte, el mundo no le conocía como nosotros. Debemos apartar las sospechas de lady Hillbrook.

De nuevo el corazón le dio un vuelco de admiración. Cualquier otro hombre habría alardeado de la muerte de su enemigo, pero Jonas solo se preocupaba por el bienestar de Roberta.

Roberta se derrumbó entre sollozos contra Sidonie y le dio la espalda al cuerpo sin vida de William. Ella rodeó a su hermana con los brazos y miró a Jonas. ¿Qué podrían hacer para salvar a Roberta? No se merecía ir a la horca por haber matado al hombre que había abusado de ella.

—Roberta —dijo Sidonie con miedo en la voz—. Enderézate y piensa. A no ser que quieras enfrentarte a los cargos por asesinato —incluso aunque Roberta asegurase que su vida corría peligro, era probable que la condenase un sistema legal que no toleraba a las esposas rebeldes.

La palabra «asesinato» hizo que Roberta se pusiera rígida y se apartara ligeramente.

—Era un bruto —murmuró con voz temblorosa.

—Sin duda —contestó Jonas con determinación—. Pero esa no es la cuestión. ¿Dónde están los sirvientes?

Roberta tomó aliento y pareció recuperar la visión.

—Los envié a la feria del pueblo de al lado.

—¿Volverán por la noche?

—Por supuesto.

—Regresarán pronto —Sidonie se zafó con dificultad de Roberta y miró por la ventana situada en lo alto de la escalera. La entrada, por suerte, estaba vacía, a pesar de estar anocheciendo—. Jonas, debes irte. Si alguien te encuentra aquí, será un desastre. Sospecharán de ti inmediatamente.

—Lo sé. Mi enemistad con William es demasiado famosa como para que me crean inocente. Pero no quiero dejarte aquí sola con todo esto.

Sidonie estaba acostumbrada a enfrentarse sola a todo tipo de situaciones imposibles. En esa ocasión podría confiar en Jonas. Ya le había confiado su cuerpo. Pero le confiaba su vida. Más aún, le confiaba la vida de su hermana.

Curioso momento para darse cuenta de lo mucho que se había enamorado de él.

Había luchado durante días contra aquella revelación. Ahora que al fin aceptaba la verdad, sentía una profunda paz en el corazón. Se había resistido a enamorarse de Jonas, por miedo a que la convirtiese en una mujer débil e incapaz de vivir sin él. Pero, al aceptar lo que sentía, lo que había sentido casi desde el principio, le invadieron una fuerza y un poder asombrosos. Fue como si se encontrara con una misteriosa fuente de energía que impulsara el mundo.

«Quiero a Jonas. Quiero a Jonas», pensó.

—¿Lady Hillbrook toma láudano? —preguntó él.

Su hermana nunca viajaba sin esa droga. Había días en

los que el láudano era su única vía para escapar del horror. Roberta miró a Jonas con miedo.

—No estaréis sugiriendo que me suicide, ¿verdad?
—No.
—Entonces, ¿qué?
—Tomad una dosis e idos a la cama.
—No podría dormir. No después de esto —su hermana apartó la mirada de la cara de Jonas como si sus cicatrices le ofendieran. Incluso aunque él estuviera haciendo lo posible por salvarla, Roberta no podía mirarlo a la cara y darle las gracias.

«Oh, mi amor, no me extraña que hayas aprendido a desconfiar del mundo».

—Escúchame, Roberta —le dijo Sidonie a su hermana con urgencia—. Él es tu única esperanza de evitar la horca.
—No creo que llegue a tanto —contestó Roberta.
—Claro que llegará —Sidonie intentó sorprenderla para que entendiera que estaban en una situación desesperada. Después miró a Jonas—. ¿Qué quieres que hagamos?

Él la miró a los ojos. El pánico que sentía en el pecho se apaciguó bajo la aprobación de sus ojos grises.

—Lady Hillbrook, quiero que toméis suficiente láudano para dormir. Cuando vuelvan los sirvientes, os descubrirán inconsciente en vuestra habitación. Si alguien pregunta, dormisteis toda la tarde y no sabíais que vuestro marido había llegado. Su muerte resultará una noticia inesperada.

—Sí —Roberta sonaba más fuerte—. Sí, puedo hacerlo.
—Sidonie, tenemos que limpiar el cuarto de los niños, después abandonarás la casa hasta que regresen los sirvientes. Regresarás por el parque, entrarás en la casa y descubrirás el cuerpo de William. Cuando lleguen las autoridades, dirás que volviste de Londres con Roberta y que te fuiste a dar un paseo mientras tu hermana se recuperaba del viaje. Tenemos que dejar claro que en la casa

había solo dos personas; Roberta, que dormía, y William, que se enfrentaba a la ruina económica. O se cayó o, en un ataque de desesperación, se lanzó escaleras abajo.

—Eso podría funcionar.

Roberta miró a Jonas con suspicacia.

—Os mostráis muy cariñoso con mi hermana, señor Merrick.

Jonas apretó los labios con impaciencia.

—Hablaremos de eso cuando no os enfrentéis a un arresto por asesinato, lady Hillbrook. Ahora debemos actuar.

Roberta frunció el ceño, pero se dio cuenta de que no había tiempo para un interrogatorio.

—Si no hay más remedio.

Sidonie suspiró aliviada.

—Roberta, ve a acostarte. Yo ayudaré a Jonas y después iré a prepararte el láudano.

Roberta agarró a Sidonie del antebrazo.

—No puedo creer que hayamos llegado a esto.

—Valor —respondió Sidonie abrazándola.

Roberta se apartó y asintió lentamente. Se volvió hacia su habitación, pero vaciló y habló con nerviosismo.

—No… no puedo. No puedo marcharme cuando él está ahí muerto. Es demasiado horrible.

—Cerrad los ojos, lady Hillbrook —Jonas se acercó y tomó a Roberta en brazos. Roberta soltó un grito de sorpresa, pero, tras unos segundos de silencio, le rodeó el cuello con los brazos.

—Imagino que duerme en los aposentos de la vizcondesa —le dijo a Sidonie por encima del hombro.

—Sí. Están en…

—Lo sé.

Claro que lo sabía. Había crecido en aquella casa.

Una vez a solas, su instinto le decía que evitara mirar a William, pero ganó la curiosidad macabra. Muerto, su cuñado parecía haber encogido, y la sorpresa y la rabia de sus últimos momentos desfiguraban su rostro. Sus ojos sin vida miraban más allá de ella y su cuerpo estaba retorcido de una forma grotesca sobre el suelo de piedra. Los efectos de su pelea con Jonas eran evidentes. Esperaba que nadie atribuyese los golpes y las heridas a otra cosa que no fuera la caída.

Seguía sin sentir nada. Ni alivio, ni pena, ni arrepentimiento. Le inquietaba ser tan fría. Debería sentir algo cuando un hombre cuya vida había compartido durante seis años, aunque fuera contra su voluntad, yacía muerto ante ella. Su única reacción real fue un deseo vengativo de que William se quemase en el infierno durante toda la eternidad.

Cuando Jonas se acercó, levantó la mirada. Había sacado una botella de brandy de Roberta para mezclárselo con el láudano. La expresión de Sidonie debió de delatar sus pensamientos atormentados, porque le dirigió una sonrisa tranquilizadora.

–Saldremos de esta, *tesoro*. Ten fe.

Sidonie le creía. Tal era el poder que ejercía sobre ella. Se acercó a él con una naturalidad que creía haber dejado abandonada en Devon.

–Gracias.

Jonas la abrazó para darle un beso rápido. Ella cerró los ojos mientras la besaba. Aquel contacto tan dulce terminó demasiado pronto.

Jonas se apartó para abrir el brandy y derramarlo sobre el cuerpo de William. El olor a alcohol inundó el aire. Después lanzó la botella contra el suelo con una violencia súbita.

–Muy inteligente –dijo ella dándole la mano–. Sigo sin entender por qué has venido aquí esta tarde.

–Quería asegurarme de que llegaras a casa sana y salva. Solo quería verte entrar, pero la casa me pareció vacía.

—Me alegra que quisieras comprobarlo. William estaba a punto de matar a Roberta.

—Ya no volverá a amenazarla nunca.

Sidonie se estremeció como si el fantasma de William le soplase en la nuca.

—Limpiaré la habitación y cuidaré de Roberta. Tú debes irte, Jonas.

Saboreó su reticencia a abandonarla en el beso rápido que le dio. Mientras le veía alejarse con su determinación habitual, parpadeó para contener las lágrimas. Le parecía mal que tuvieran que separarse. Cuánto había cambiado en una semana la orgullosa y solitaria Sidonie Forsythe.

El plan de Jonas para salvar a Roberta funcionó mejor de lo que Sidonie habría imaginado, incluso en sus momentos más optimistas.

Entró en la casa desde la terraza justo cuando el viejo mayordomo, al que no habían pagado en seis meses, comenzó a encender las lámparas. Por tanto descubrió el cuerpo de William y fue a buscarla a la terraza. Tras separarse de Jonas, no le hizo falta fingir angustia. Roberta, que se recuperaba de una generosa dosis de láudano, estaba medio dormida y apenas fue consciente de los acontecimientos cuando le comunicaron la noticia de la muerte de su marido.

Sir John Phillips, el magistrado local, llegó aquella noche para cumplir con el protocolo. Aceptó la historia de Sidonie, que le dijo que había estado fuera toda la tarde. Durante el breve interrogatorio, Sidonie insinuó que William pasaba dificultades económicas y mencionó que había empezado a recurrir al alcohol. Sir John, un caballero mayor de hábitos sedentarios, no mostró interés en investigar la muerte de William y lo consideró algo accidental. Para su tranquilidad, el nombre de Jonas no salió en la conversación.

Bajo su apariencia tranquila, Sidonie estaba terriblemente preocupada por Roberta. No podía olvidar aquel horrible momento en el que su hermana había parecido dispuesta a lanzarse detrás de su marido.

A la mañana siguiente le llevó una bandeja con el desayuno a su habitación. Tras depositar la bandeja sobre una mesa, descorrió las cortinas y abrió la ventana para que el aire fresco disipara el olor a láudano y a los fuertes perfumes que tanto le gustaban a Roberta. La única respuesta de su hermana fue un gemido lastimero.

–Por el amor de Dios, Sidonie, me duele terriblemente la cabeza.

Eso respondía a la pregunta sobre cómo se sentía. Sidonie se apiadó de su hermana y dejó las cortinas medio echadas para que la luz se filtrara.

–Sir John parece dispuesto a declarar la muerte de William como accidental.

–Bien.

Roberta se incorporó en la cama con otro gemido y se apoyó en el cabecero. A la luz del día, parecía diez años mayor de lo que era. El enfado de Sidonie con su hermana por seguir jugando dio paso a su amor incondicional. Cuando eran pequeñas, Roberta le parecía fuerte y lista. Ahora estaba perdida, indefensa, era un reflejo de su triste madre.

Se obligó a dejar a un lado los recuerdos dolorosos y le sirvió a Roberta una taza de té.

–Tenemos suerte de que sea tan vago.

Roberta gruñó al dar un sorbo al té. El cansancio, la angustia y los efectos secundarios de la droga enturbiaban sus ojos azules. Sidonie comenzó a ordenar la habitación, recogiendo ropa tirada, zapatos y joyas. Se hizo el silencio hasta que Roberta comenzó a temblar tan violentamente que repiqueteaba sobre el platito.

–Sidonie, ¿qué vamos a hacer? –las lágrimas comenzaron a resbalar por sus mejillas y soltó un sollozo ahogado.

–Oh, cariño. Roberta... –Sidonie dejó caer un puñado de pañuelos de seda que había recogido y corrió para rescatar la taza. Se sentó al borde de la cama y rodeó a su hermana con los brazos–. No pasa nada. No llores. Eres libre. Él no volverá a pegarte.

–William se ha ido. No puedo creerlo –hundió la cabeza en su hombro hasta que finalmente dejó de sollozar. Después se apartó para secarse los ojos–. No sé ni qué pensar.

–Saldremos de esta, Roberta –Sidonie repitió las palabras que Jonas le había dicho el día anterior y sacó un pañuelo del cajón de la mesilla de noche.

Roberta se secó los ojos y se sonó la nariz.

–Odio que hayamos tenido que confiar en ese hombre tan odioso –Roberta la miró fijamente y Sidonie se dio cuenta de que a su hermana ya no le preocupaba la muerte de su marido–. ¿Qué ocurrió en Devon? Ayer Merrick y tú parecíais grandes amigos. Pensaba que, después de lo ocurrido, aborrecerías incluso oír su nombre.

Sidonie no sabía si estaba preparada para mantener aquella conversación, aunque sabía que sería inevitable. Todavía no estaba segura de lo que deseaba contarle a Roberta. No toda la historia, eso seguro.

–Fue amable conmigo.

–Eso no parece propio del diablo despiadado que conozco. Por el amor de Dios, Sidonie, el muy canalla te obligó a meterte en su cama. Es un bruto –tras librarse por completo de los efectos del opio, Roberta fijó la mirada de un modo que le resultó inquietante–. ¿O conseguiste convencerlo para mantener tu virginidad?

–Ya te dije ayer que no me hizo daño –si se sonrojaba más, explotaría.

Sidonie no quería enfrentarse a más preguntas, pero

peor que el interrogatorio era la cara de arrepentimiento de Roberta. Su hermana le agarró las manos y se las apretó.

–Oh, mi querida hermana, lo siento mucho. Te has enamorado de él. Pensé que estarías a salvo. Es horrible y grosero. Pero, claro, tú no tienes experiencia con los hombres. Nunca debería haberte dejado ir. ¿Cómo podré perdonarme por esto?

Sidonie se zafó de las manos de Roberta, se levantó y se quedó de pie junto a la cama.

–No me forzó, aunque podría haberlo hecho. Pensé que eso te alegraría.

–Pero el muy ruin ha sido demasiado listo. Te sedujo para que cooperaras y ahora te romperá el corazón. Es parte de su venganza hacia esta familia. Me odia. Ya lo sabes.

–Odiaba a William.

–Si me fastidiaba a mí, fastidiaba a William. Y decidió fastidiarme a mí a través de ti.

Sidonie dio un paso atrás para distanciarse de las horribles insinuaciones de Roberta. Nadie podía ser tan maquiavélico como Roberta decía que era Jonas.

–Ayer te ayudó.

–Solo porque está tramando algo. Ya lo verás –Roberta se puso en pie con piernas temblorosas y se agarró al poste de la cama para no caerse. Su camisón de encaje color crema flotaba a su alrededor y añadía dramatismo a la situación–. Despierta. Ahora mismo estará en esa ridícula casa riéndose de tu ingenuidad.

–Él no es así. Si lo conocieras como yo...

–¡Escúchate! Hablas como una loca. Jonas Merrick se propuso arruinar a William y a todos los que se relacionaran con él. El muy villano lo ha logrado. William ha muerto después de ver cómo se arruinaban todas sus empresas. Yo estoy tan endeudada que no podré volver a aparecer en público. Y él te ha convencido de que es una especie de caballero con armadura. Buena venganza para todos nosotros, ¿no te parece?

Sidonie se negaba a escuchar aquella calumnia contra el hombre al que amaba.

—Tenía todo el derecho a odiar a William. William le marcó.

Incluso antes de que hablara, la tranquilidad de Roberta indicó que aquello no era ninguna revelación.

—Lo sé. Lo cual le da razones de sobra para destruir cualquier cosa relacionada con William.

Sidonie sintió náuseas. Quería a su hermana, pero a veces los cambios que había sufrido durante los años le horrorizaban. A Roberta no parecía importarle que su marido hubiera desfigurado a un niño por puro rencor.

—No me habías contado lo de las cicatrices de Jonas.

—No es algo de lo que presumir —contestó Roberta—. Y fue hace mucho tiempo.

Pero no era cierto. Jonas había sufrido toda su vida por lo que había hecho su primo. Roberta suspiró con impaciencia.

—Supongo que tú piensas que sus cicatrices son románticas. Pasas demasiado tiempo con la nariz metida en los libros. Sinceramente, Sidonie, pensé que tendrías más sentido común. Ese hombre es incapaz de tener sentimientos. Al fin y al cabo se propuso seducirme y después no tuvo reparos en quitarte la virginidad.

Sidonie tragó saliva para controlar las náuseas. Oír hablar a Roberta era como contemplar su semana en el castillo de Craven a través de un espejo distorsionado. Se negaba a hacer caso a las insinuaciones. Roberta se equivocaba. Ella conocía a Jonas. Sabía que a él también le había pillado por sorpresa la atracción entre ambos. ¿Acaso no le había pedido que se casara con él? Los sentimientos entre ellos eran fuertes y auténticos. Tenía que creer en eso. Si le amaba, tenía que confiar en él. Lo que significaba que había decidido aceptar su proposición.

Santo cielo, qué cambio tan importante para una mujer que antes estaba decidida a llevar una vida solitaria e independiente. Sidonie Forsythe estaba a punto de hacer lo impensable y entregarse a un hombre en matrimonio.

Roberta se quedó mirándola con el ceño fruncido.

—¿Qué pasa, Sidonie? Tienes una cara muy extraña.

Sidonie negó con la cabeza. Aquella mañana había esperado poder contarle a Roberta que Jonas era el auténtico vizconde, advertirle antes de que Jonas utilizara el acta matrimonial para reclamar el título. Pero la actitud de su hermana hacía que resultara difícil compartir la noticia con ella. Deseaba habérselo dicho a Jonas el día anterior, pero con la confusión y el pánico tras la caída de William, solo había podido pensar en ocultar el crimen de Roberta.

Esperaba que Jonas no se enfadase y retirase su proposición cuando se lo contara todo. Podría escribirle, pero le parecía un método cobarde de gestionar aquel último secreto que les separaba. Al fin y al cabo era solo un retraso de un par de días. Cuando William estuviese enterrado, iría a ver a Jonas igual que había ido a verle al castillo de Craven. Le entregaría el acta matrimonial, después le diría que le amaba y que deseaba ser su esposa. Él sabría que su respuesta no tenía nada que ver con su nuevo estatus social. Amaba tanto a Jonas Merrick que se casaría con él aunque fuera pobre.

Los siguientes días, Sidonie estuvo muy ocupada con los preparativos del funeral, la finca, su hermana y sus sobrinos, que llegaron del colegio. Ninguno de los chicos pareció disgustarse en exceso al saber que su padre había muerto. Roberta fue de poca ayuda. Pasaba casi todo el tiempo en su habitación bajo los efectos del láudano. Su inestabilidad emocional reafirmaba la impresión de que era una viuda consumida por la pena. Tras su amargo encuentro la mañana después de la muerte de William, Sidonie estaba agradecida de que su hermana no se implicara en los asuntos prácticos en Barstowe Hall.

Todos aceptaron tanto la historia ideada por Jonas que Sidonie casi creyó que William se había suicidado para evitar la vergüenza de la bancarrota. El miedo siempre presente a que arrestaran a su hermana fue disminuyendo hasta convertirse en un murmullo lejano. Parecía que Jonas tenía razón y saldrían de aquella.

Inicialmente, Sidonie había pensado escaparse para contarle a Jonas lo del acta matrimonial. Pero pronto se dio cuenta de que, para evitar que la gente sospechara de él, sería mejor no tener contacto directo entre Ferney y Barstowe Hall por el momento.

Sidonie acompañaba a Roberta por el pasillo de la iglesia del pueblo después del funeral de William. El fuerte aroma de los lirios adquiridos en Londres por una cifra desorbitada le producía dolor de cabeza; o quizá le doliese la cabeza porque Roberta se hubiese excedido con la esencia de rosas.

Parpadeó y notó que le escocían los ojos por el cansancio. Daba igual lo agotada que estuviera cuando se metía en la cama, porque no lograba dormir. Era extraño; había dormido sola durante veinticuatro años y solo había compartido cama con Jonas durante unos pocos días. Pero le parecía raro no estar en sus brazos por la noche y despertarse a su lado por la mañana.

La iglesia estaba llena de gente del pueblo, así como algunos conocidos de William, que habían ido desde Londres. Nadie parecía especialmente triste. Aunque William había dedicado casi todo su tiempo como vizconde a pelearse con sus vecinos y a enredarlos en disputas legales sin sentido. Nadie lamentaba su ausencia. Qué triste epitafio, pensó Sidonie, a pesar de lo mucho que hubiese odiado a su cuñado.

Se giró para mirar a sus sobrinos, que iban detrás de su madre. Nicholas, de siete años, había desempeñado su papel en el funeral de su padre con un valor estoico que había hecho que a Sidonie se le llenaran los ojos de lágrimas. El joven Thomas, de cinco años, se había puesto nervioso durante la misa, pero se había tranquilizado con la suave reprimenda de su hermano.

Frente a ellas, seis arrendatarios robustos llevaban el ataúd, que iba cubierto de lirios. Los habitantes del pueblo despreciaban a William porque había llevado la finca a la ruina y porque gritaba para ocultar el hecho de que no sabía nada de agricultura. Sidonie había oído decir a los sirvientes que en la taberna local habían brindado por el descenso definitivo de William a los infiernos.

Eran pensamientos inapropiados para una iglesia. Agarró el brazo de Roberta con más fuerza.

–¿Estás bien?

–Sí –el tono apagado de su hermana reflejaba un uso excesivo de láudano más que pena, aunque aquel día había representado a la perfección el papel de viuda abatida–. Me alegro de que ese hombre no haya tenido el valor de venir.

A Sidonie no le hizo falta preguntar a qué hombre se refería. La amabilidad de Jonas al acudir a su rescate no había suavizado la actitud de su hermana.

–Eres muy desagradecida –le dijo Sidonie, después se obligó a adoptar una expresión neutral para saludar a un vecino que las miraba con curiosidad.

Roberta no la oyó. Deliberadamente, sospechaba Sidonie.

La ausencia de Jonas fue como una puñalada para

ella. Había esperado verlo aquel día, aunque fuera una presencia silenciosa en la parte de atrás de la iglesia, pero no había aparecido. No era ningún hipócrita. No presentaría sus respetos en público a un hombre al que despreciaba.

Por suerte, a lo largo de los últimos días, la preocupación de Roberta por su hermana había desaparecido. No había estado en condiciones de seguir preguntando sobre lo que había sucedido en Devon. En cualquier caso, ¿qué iba a responder ella? «Pensaba entregarme a un monstruo, pero en su lugar me he enamorado de un príncipe».

Un príncipe que era el nuevo vizconde de Hillbrook. La carta que confirmaba la identidad del clérigo que había oficiado la boda de sus padres había llegado mientras ella estaba en el castillo de Craven.

Al salir de la iglesia, le cegó la luz del sol. Cuando se le despejó la visión, advirtió una extraña calma en la multitud, algo muy distinto al silencio respetuoso apropiado para un funeral. Perpleja, vio a un hombre imponente vestido de negro caminar con decisión hacia Roberta. No tenía idea de quién podía ser, pero de inmediato reconoció su aura de poder. Era una cualidad que Jonas compartía. Con un súbito escalofrío de miedo, Sidonie llevó a los niños junto al ama de llaves de Barstowe Hall.

–¿Lady Hillbrook? –dijo el desconocido con una reverencia–. Soy sir Pelham George, de Londres. ¿Puedo hablar en privado con vos? Lamento aparecer en un día tan triste, pero mi tiempo en Wiltshire es limitado.

Tal vez fuera abogado. A Sidonie le sorprendía que los deudores de William no hubieran aparecido ya como buitres. Aquel hombre no parecía abogado. Parecía alguien que gobernara un pequeño reino por decreto personal.

–No estoy en condiciones, sir Pelham –dijo Roberta con ese tono susurrante que había adoptado desde la muerte de William. Se levantó el velo y fijó su mirada azul y trágica en el caballero–. Os ruego que me perdonéis. Por favor, venid mañana a Barstowe Hall, cuando me sienta con más fuerzas.

A Sidonie no tenía por qué molestarle el teatro de su hermana. Al fin y al cabo, había convencido a todos de que lamentaba realmente la muerte de su marido, lo cual hacía que nadie sospechara de ella. Sidonie esperó a que aquel desconocido cayera víctima de la belleza de Roberta. Sin embargo, su expresión siguió siendo severa cuando le ofreció el brazo.

–¿Milady?

La multitud los contemplaba con curiosidad. Sidonie empezó a sentir el miedo crecer en su interior. ¿Sir Pelham habría ido allí para arrestar a Roberta? Pero su actitud parecía solícita más que amenazadora; y nadie salvo Roberta, Jonas y ella sabían la verdad que se escondía tras la muerte de William.

–Si insistís –el enfado de Roberta hizo que su papel de viuda triste y dócil fuese menos creíble. Apretó los labios y aceptó el brazo de su acompañante–. Nos acompañará mi hermana.

Sin decir palabra, sir Pelham le hizo una reverencia a Sidonie. Después llevó a Roberta a un lado mientras ella los seguía.

–Milady, esta noticia podría resultar preocupante.

Sidonie sintió el sudor frío en la piel mientras se preguntaba qué haría si aquel desconocido se llevaba a Roberta bajo custodia. Roberta desencajó los ojos por el pánico y tragó saliva.

–Señor, no sé qué más podría preocuparme, teniendo en cuenta que acabo de perder a mi marido.

La expresión del hombre se volvió increíblemente severa. Por alguna razón, Sidonie supo lo que iba a decir antes de que hablara. Había temido por la persona equivocada. Roberta no era la que corría peligro.

En la distancia oyó todas y cada una de las palabras de sir Pelham George.

–Tras investigar las pruebas con el magistrado local, Jonas Merrick ha sido arrestado por el asesinato de su primo, el vizconde de Hillbrook.

Capítulo 26

Sidonie se apretó la capa marrón y gastada alrededor de su cuerpo y cambió de posición sobre la silla de madera para aliviar su trasero entumecido. El miedo permanente que sentía casi le hacía olvidar su incomodidad. A su alrededor, unas caras romanas y austeras la miraban como si quisieran insistir en que no tenía derecho a estar allí, en el vestíbulo de la Rothermere House, la extravagante mansión londinense del duque de Sedgemoor.

Las estatuas parecían más severas a cada minuto que pasaba. Pero ni siquiera los arrogantes patricios de mármol alcanzaban la desaprobación expresada por el mayordomo del duque al abrirle la puerta a una mujer tan mal vestida. Una mujer que afirmaba ser la cuñada del insolvente y ahora difunto lord Hillbrook. Una mujer que decía no conocer al duque, pero que insistía en verle en nombre de un hombre que esperaba a ser juzgado por asesinato.

El mayordomo le había indicado en varias ocasiones que el duque no estaba en casa. Sidonie le había indicado en varias ocasiones que esperaría. Soportó la mala educación del sirviente por el bien de Jonas, igual que soportó aquella larga espera. La determinación le había hecho partir hacia Londres después del funeral dos días atrás y presentarse en la prisión de Newgate el día anterior. La determinación le había hecho permanecer en Rothermere House todo el día. Esa noche dormiría en Merrick House, la propiedad que William tenía en Londres, bajo la mirada despreocupada de sus escasos empleados. Al día siguiente la determinación le llevaría a cumplir su misión de limpiar el nombre de Jonas.

Sabiendo que era inútil esperar que un noble la recibiera antes, había llegado a casa del duque a media mañana. Ahora los largos rayos de sol que se filtraban por el cristal situado encima de la puerta mostraban que el día iba dando paso a la tarde.

Aún no había pasado del recibidor.

Otras personas habían pasado por allí, probablemente para ver al duque. Sidonie estaba lo suficientemente familiarizada con la aristocracia como para saber que «no estar en casa» significaba no estar en casa para gente que se presentara sin cita previa y con una actitud obviamente desesperada. El desfile de visitas programadas había cesado hacía una hora. Ella era consciente de que el mayordomo pronto la echaría a la calle. Estaba cansada, desalentada, dolorida por pasar tanto tiempo sentada, y tenía tanta sed que habría podido beberse el Támesis. Las visitas inesperadas no parecían merecer una taza de té o un vaso de agua.

El estómago le rugía por el hambre, pero lo ignoraba. No había comido nada desde la noche anterior, cuando había ingerido algo de pan con queso tras un infructuoso día intentando convencer a los carceleros de Jonas de que le permitieran verlo. Ingenuamente había imaginado que solo tenía que solicitar una visita con un prisionero y se la concederían. Pero no había conseguido atravesar las puertas por mucho que se lo había rogado.

Al ver el edificio siniestro y oscuro de la prisión por primera vez, había sentido miedo y horror. Las piedras de Newgate parecían rezumar tristeza. Aquel no era lugar para Jonas. El lugar de Jonas estaba junto a ella. Le salvaría de la horca aunque fuese lo último que hiciera.

Se mordió el labio y hundió los dedos en la muselina blanca de su falda. A Jonas no le gustaría verla vestida así. Obviamente era una opinión que el altivo mayordomo compartía. Había pensado en ponerse uno de los vestidos de Roberta, pero la esbelta figura de su hermana implicaba que todo lo que ella se probaba le quedaba apretado. Sidonie había albergado la esperanza de que la ropa no fuera importante. Mencionaría el nombre de Jonas y el duque la recibiría. Al fin y al cabo, Camden Rothermere había salvado a Jonas en Eton. Y había ido al castillo de Craven para advertirle del comportamiento errático de William. Su experiencia en aquel gélido recibidor indicaba que la insolencia de Jonas con el duque en Devon había terminado de romper cualquier vínculo de la juventud que pudiera quedar entre ellos.

¿Dónde la dejaba eso?

Se apretó la falda con tanta fuerza que los nudillos se le pusieron blancos. Los demonios de la desesperación habían estado pisándole los talones desde que descubriera que Jonas había sido arrestado. Ni siquiera había esperado a ver qué pruebas tenían contra él antes de partir hacia Londres. Aunque podía imaginárselas. El odio entre los primos era conocido por todos y el duque había dicho en el castillo de Craven que William buscaba una compensación legal por el proyecto fallido de las esmeraldas. No sería difícil que las sospechas se centraran en el primo de William si las autoridades decidían considerar la muerte de lord Hillbrook como algo no accidental.

Iba a salvar a Jonas. No podía fracasar. Ella era su única esperanza.

Tal vez debiera probar con el otro amigo de Eton, Richard Harmsworth. Había dado por hecho que el duque sería la persona adecuada a la que recurrir, pero el episodio de aquel día indicaba que el duque se mantendría fuera de su alcance a no ser que lograra distraer a sus perros guardianas. Pero ella apenas sabía nada sobre las costumbres de los caballeros londinenses. El mayordomo hacía bien al tratarla como a un ratón de campo. No sabía lo suficiente de aquel mundo sofisticado como para elaborar un plan efectivo.

«Bueno, puedes aprender», se dijo a sí misma.

Tal vez debiera marcharse y acicalarse un poco. El problema era que no tenía mucho dinero. Ni tiempo. Tenía que sacar a Jonas de Newgate, donde esperaba su juicio. Ella no disponía de tiempo para esperar a que una modista le confeccionara un vestido estiloso. Incluso aunque pudiera permitírselo. Solo tenía lo poco que había podido ahorrar administrando Barstowe Hall. Y el beneficio que había obtenido al vender sus horquillas del pelo.

Las horquillas de diamantes eran un recuerdo muy preciado. Había esperado lamentar la pérdida. Pero, ¿qué eran unas cuantas piedras preciosas comparadas con la amenaza hacia el hombre a quien amaba? Había renunciado a ellas sin lamentarlo. Lo que lamentaba era el poco dinero que había recibido a cambio.

El ruido de las pezuñas de los caballos en el exterior interrumpió sus pensamientos. La puerta se abrió por completo. Un hombre entró en el recibidor junto con una ráfaga de aire frío que le hizo encogerse bajo su capa.

El mayordomo sonrió. ¿Quién hubiera pensado que fuera capaz? Sidonie observó a los sirvientes acercarse para recoger la capa, los guantes, el sombrero y el bastón del recién llegado.

Nunca había visto a un hombre tan elegante. Su atuendo era como una segunda piel. Ella escondió sus zapatos bajo la silla. A pesar de sus esfuerzos la noche anterior, era consciente de que tenía los zapatos y el dobladillo de la falda manchados de barro de las calles cercanas a Newgate.

—¡Sir Richard! —la amabilidad en la voz del mayordomo suponía un gran contraste con el recibimiento que le había dado a ella.

El corazón se le aceleró. ¿Sir Richard? ¿Sería aquel el rescatador de Jonas? ¿El hombre que le había pedido al duque que fuera al castillo de Craven? Oyó un ladrido procedente de fuera y el elegante caballero se giró para acariciar a un perro greñudo que entró corriendo tras él. Sidonie esperó a que el desagradable mayordomo expulsara al perro, pero se limitó a sonreír con indulgencia.

—Agua para Sirius, Carruthers.

—Por supuesto, sir Richard —el mayordomo le dirigió una mirada autoritaria a un sirviente, que desapareció enseguida para ir a buscarle agua al perro. Obviamente el animal estaba por encima de ella.

Sirius era increíblemente feo. Tenía algo de lurcher, algo de galgo inglés y algo de muchas otras razas que Sidonie no conocía. Era un perro de mediano tamaño con el pelaje manchado y una cola torcida. Resultaba un acompañante incongruente para el exquisito sir Richard. Como si hubiera advertido su curiosidad, el perro la miró y se acercó a investigar.

—Hola, Sirius —dijo Sidonie suavemente, se puso en pie y le ofreció una mano para que la olisqueara.

—No os morderá —respondió sir Richard, y entonces se dio cuenta de que él también se había acercado.

—No tengo miedo —dijo ella acariciando al perro detrás de las orejas—. Me gustan los perros.

—Le encanta flirtear. Ninguna dama hermosa se le escapa.

—Sir Richard, su ilustrísima os espera —tras ellos, el mayordomo resopló con desaprobación.

—Un poco de paciencia le vendrá bien al duque —respondió sir Richard sin apartar sus ojos azules de la cara de Sidonie.

Tal vez ella no estuviese familiarizada con los caballeros londinenses, pero reconocía a un canalla auténtico cuando lo veía. Sir Richard estaba acostumbrado a encandilar a las mujeres para que hicieran lo que deseaba. De cerca era tan guapo como feo era su perro. Tal vez por eso lo tuviera, para enfatizar el contraste.

–¿Estáis esperando para ver a Cam?

Sidonie no sabía por qué perdía el tiempo con ella, pero, si había alguna posibilidad de que aquel hombre le facilitase la entrada para ver al duque de Sedgemoor, no le desalentaría.

–Sí.

–La señorita Forsythe llegó sin cita previa –aclaró el mayordomo con frialdad.

–Necesito la ayuda del duque –respondió ella sin dejar de acariciarle las orejas a Sirius. El perro agitaba el rabo con deleite.

El hombre la miró de arriba abajo, como si estuviese intentando adivinar sus intenciones. Tal vez temiera que fuese una amante despechada, aunque seguramente ninguna conquista del duque se pondría un vestido tan viejo.

–Yo ayudaré en lo que pueda. ¿Cómo os llamáis?

–Sidonie Forsythe. Mi hermana Roberta está... estaba casada con el vizconde Hillbrook.

El rostro del hombre se endureció con una expresión de odio antes de recuperar de nuevo su afabilidad. Su instinto le decía que aquel debía de ser el Richard Harmsworth que había salvado a Jonas. Sintió que renacía la esperanza a pesar del cansancio de aquel día largo y frustrante.

–Mi más sentido pésame por vuestra pérdida, señorita Forsythe.

Sidonie apretó con fuerza el pelo de Sirius. Deseaba no haberse equivocado y que aquel fuese el aliado de Jonas.

—Gracias. He venido para hablar de Jonas Merrick.
—¿De Jonas? —sir Richard pareció sorprendido—. He oído que le han acusado del asesinato de Hillbrook.
—Es inocente.
—Parecéis muy segura.
—Lo estoy.
—Es un sospechoso evidente. El odio que se tenían los dos implica que...
—No mató a lord Hillbrook —le interrumpió Sidonie.

A sir Richard le intrigaron su vehemencia y su defensa de un hombre que era el enemigo de su difunto cuñado. Apretó la mandíbula de un modo que le hizo preguntarse si sería el dandi que aparentaba ser. Extendió el brazo.

—Señorita Forsythe, me resultáis muy interesante. Estoy seguro de que Sedgemoor pensará lo mismo. ¿Queréis acompañarme a la biblioteca del duque?

—Sir Richard, esta mujer no conoce a su ilustrísima —murmuró Carruthers tras ellos.

—Sin embargo es muy buena amiga mía. Por favor, anuncia nuestra llegada.

—Su ilustrísima dijo específicamente que no recibiría a ninguna visita inesperada.

—A mí me recibirá. Y la señorita Forsythe viene conmigo —sir Richard hizo una pausa—. Por cierto, Carruthers, llévate la capa de la dama. Me sorprende que le hayas hecho esperar sin prestar atención al protocolo.

Sidonie sonrió aunque diez minutos antes pensara que no volvería a hacerlo jamás. El destino le había ofrecido una oportunidad para salvar a Jonas. De ella dependía aprovecharla o no.

—Sir Richard Harmsworth, su ilustrísima, y la señorita Sidonie Forsythe —anunció Carruthers, y se echó a un lado cuando Sidonie y su escolta entraron en la lujosa biblioteca del duque. Cuando oyó el nombre de su acompañante, su esperanza desplegó las alas y se preparó para salir volando.

El hombre de pelo negro que ya le era familiar se levantó de detrás de un enorme escritorio, estiró la mano y frunció el ceño al fijarse en ella. Su estructura ósea era tan firme y pura que parecía tallado del mismo mármol que las estatuas de fuera. Sus ojos verdes no resultaban amables. Sidonie se estremeció y su optimismo disminuyó.

Sirius corrió hacia la alfombra situada frente al fuego. Se estiró allí y apoyó el hocico sobre sus patas delanteras.

—Señorita Forsythe, ¿a qué debo el placer? —preguntó el duque con voz fría, pero no hostil.

Sidonie hizo una reverencia y se recordó a sí misma que alguien con aquella presencia imponente era justo lo que necesitaba. Reunió el valor, levantó la barbilla y le devolvió la mirada.

—Su ilustrísima, necesito vuestra ayuda para salvar a Jonas Merrick, que ha sido injustamente acusado del asesinato de mi cuñado, lord Hillbrook.

El duque pareció entenderla con la mirada, pero no suavizó su expresión en lo más mínimo.

—Entiendo. Debería haberme dado cuenta cuando Carruthers ha dicho Forsythe. Sois la hermana de lady Hillbrook. No creo que nos hayan presentado, aunque veo que conocéis a Richard.

No tenía sentido mentir.

—He conocido a sir Richard en el recibidor, donde he estado esperando todo el día. Me ha ayudado a poder veros —respondió—. Siento las molestias, pero creo que el señor Merrick y vos fuisteis amigos en otro tiempo.

El duque arqueó las cejas con una arrogancia que le habría intimidado si hubiera estado menos desesperada.

—Merrick y yo éramos compañeros de clase. Desde entonces no hemos estado muy unidos.

Junto a ella, sir Richard hizo un gesto despectivo con una mano.

—Oh, tonterías, Cam. Jonas ha tenido una vida difícil desde que el matrimonio de sus padres fuese invalidado. Sabes que siempre ha sido un diablo orgulloso, incluso de niño. Es demasiado estirado para admitir que podría necesitar amigos.

«Oh, mi amor, has estado tan solo», pensó Sidonie. La idea de que probablemente ella fuese la única aliada de Jonas reforzó su determinación.

—Necesita amigos ahora.

—¿Os lo ha dicho él? —preguntó el duque con voz de aburrimiento mientras le hacía gestos para que se sentara.

—No me ha dicho nada —se sentó en una silla situada frente al escritorio y tragó saliva para humedecerse la boca—. No me permiten verlo.

El duque se sentó y se quedó mirándola con los dedos unidos a la altura de las yemas.

—La pregunta es por qué deseáis verlo. Todo el mundo sabe que Hillbrook y Merrick se odiaban. Creo que por eso le han arrestado. Uno pensaría que la lealtad familiar os situaría del lado de Hillbrook.

Sidonie se sonrojó y batió las pestañas avergonzada. Aquellos hombres debían de darse cuenta de que su interés era más intenso que el de cualquier mujer que buscara justicia para un desconocido.

—Todo ha sido un terrible error. Lord Hillbrook se suicidó. El señor Merrick es inocente.

—¿Y por qué necesitáis verlo?

«Porque, sin él, me siento vacía. Porque necesito tocarlo más de lo que necesito respirar».

—Puedo demostrar su inocencia.

—Cielos, eso es mucho decir, señorita Forsythe —sir Richard se acercó al aparador y se sirvió una generosa copa de brandy.

El duque no pareció impresionado. Volvió a arquear las cejas.

—Estoy seguro de que el señor Merrick tiene abogados muy competentes. Deberíais llevarles a ellos vuestras pruebas, sean cuales sean.

Sidonie se dio cuenta de que dudaba de la existencia de esas pruebas.

—No sé quiénes son.

—¿Queréis que lo averigüe?

—No, gracias, su ilustrísima. La información es... privada para el señor Merrick. Necesita conocer los detalles antes de continuar con el asunto.

El duque se quedó observándola durante varios segundos.

Sidonie sentía un nudo en el estómago mientras rezaba para que no la echara. Si lo hacía, recurriría a sir Richard. Si él no la ayudaba, localizaría a los abogados de Jonas, aunque en aquel momento no tenía ni idea de cómo hacer eso. Tal vez lo supiera alguien en Newgate. Ya había probado suerte con las oficinas de Jonas en la ciudad, pero la habían rechazado. Al día siguiente regresaría con más determinación. No pensaba rendirse.

—¿Señorita Forsythe?

Se volvió al oír la voz de sir Richard y se dio cuenta de que le estaba ofreciendo un vaso de agua. Sonrió agradecida.

—Gracias.

—Tal vez prefiráis una taza de té.

—No, gracias —respondió ella tras dar un trago al agua—. Solo... necesito ver al señor Merrick. Su puesta en libertad es lo único que importa.

El duque agudizó la mirada y ella se sonrojó, sabiendo que había confirmado su interés personal. Dejó el vaso sobre la mesa frente a ella.

—Esa es una expresión de lo más extraña, Cam, viejo

amigo –murmuró sir Richard con suspicacia–. ¿En qué estás pensando?

El duque relajó los labios hasta casi sonreír y no dejó de mirar a Sidonie.

–En ratones.

Sidonie se sonrojó y bebió más agua para ocultar su vergüenza. No podía haber adivinado que ella estaba en el castillo de Craven cuando había advertido a Jonas de la inestabilidad mental de William.

–A Sirius le cae bien –dijo sir Richard. Al oír su nombre, el perro levantó la cabeza y contempló a los ocupantes de la habitación.

El duque miró a sir Richard con impaciencia.

–Al contrario que tú, yo no juzgo a mis conocidos basándome en la opinión de un chucho.

–Duras palabras –sir Richard se dejó caer en la silla de cuero que había junto a la de Sidonie–. Deberías hacerlo. El perro es un maldito genio.

–Es más listo que su dueño, eso seguro –murmuró el duque, y Sidonie advirtió un inesperado brillo humorístico en aquel rostro austero.

–No tengo cerebro en absoluto. Jamás dije que fuera inteligente. Eres tú quien tiene la cabeza sobre los hombros, Cam. Siempre ha sido así. Por eso Jonas y tú erais tan amigos en la escuela.

Sidonie sospechaba que sir Richard no era tan tonto como aparentaba. Hasta el momento había logrado que todos hicieran lo que deseaba, y sin aparente esfuerzo. No podía olvidarse del momento en el que había decidido ayudarla. La mirada que le había dirigido había sido muy perceptiva.

–Esa no es la única razón –contestó el duque sin sonreír.

El vivaz sir Richard se puso serio por un instante. El cambio fue tan fugaz que Sidonie no se habría dado cuenta si no lo hubiera observado con atención. Recordó lo que Jonas le había contado sobre el escándalo que les había salpicado a todos sobre sus respectivos orígenes.

–No. No es la única.

El duque suspiró y se recostó en su asiento. Con el corazón encogido, Sidonie se preguntó si se habría imaginado aquella ligereza tan fugaz. Ahora sus rasgos habían adquirido una profunda severidad.

–Imagino que Sirius quiere que saque a Merrick de la cárcel.

Sir Richard se encogió de hombros.

–Puedes hacerlo. Si utilizas tus contactos con la aristocracia, Merrick quedará libre antes del desayuno.

–No estoy tan seguro –contestó el duque–. He oído que Pelham George lleva el caso.

Sir Richard chasqueó los dedos para indicar rechazo.

–Tú mandas más que George. Maldita sea, Cam, tú mandas más que cualquiera que yo conozca, y no solo porque seas duque.

–Puedo lograr que la señorita Forsythe vea a Merrick. Pero no sé si debo hacerlo.

–Pretendo ayudar al señor Merrick –intervino Sidonie agarrándose la falda con fuerza.

–Estoy seguro de ello, querida, pero estos son asuntos para los hombres de mundo. ¿No querréis decirme la naturaleza de la prueba o, mejor aún, mostrármela? Os prometo que haré todo lo que pueda.

Sidonie apretó la mandíbula al oír aquel tono condescendiente, pero mantuvo la voz tranquila.

–Lo siento, su ilustrísima. No puedo hacer eso.

–¿Aun a riesgo de dejar al señor Merrick languideciendo en prisión?

–Necesito ver al señor Merrick –insistió ella con la barbilla levantada–. Es muy urgente. Si no podéis organizar una visita, encontraré a alguien que sí pueda.

El duque fijó su mirada verde y fría en ella como si fuera un espécimen único bajo una lupa. No respondió.

–Vamos, Cam. Consigue que la chica pueda visitarlo. Podemos seguir desde ahí. Sabes que vas a ayudar –dijo sir Richard alzando su copa de brandy–. Yo tenía planeada una velada en Crockford's para esta noche. Apostaría más de lo que estaba dispuesto a perder allí a que pensabas pasarte la noche con papeleo. ¿No preferirías ayudar a una dama valiente en una misión misericordiosa?

–Haces que parezca un mal hombre si digo que no – respondió el duque con voz profunda y neutral.

Sidonie no sabía cuáles eran sus intenciones. El corazón se le aceleró mientras esperaba a que le ofreciese su ayuda o la echase de allí.

–Bueno, lo eres –dijo sir Richard, y bebió de su copa despreocupadamente, como si la vida de un hombre no dependiese de aquella decisión.

Sirius se levantó con un bostezo y se acercó para apoyar la cabeza en el regazo de Sidonie. Ella le acarició las orejas mientras miraba al duque. ¿Sedgemoor se pondría de su parte? ¿Prevalecería su lealtad hacia Jonas? ¿O decidiría que no le debía nada y que ella no era más que una molestia?

La pausa se prolongó. En el silencio de la habitación se oía el crepitar del fuego. Sirius soltó un gruñido de placer bajo sus caricias.

El duque suspiró y se puso en pie. No sonrió al mirarla.

–Muy bien. Señorita Forsythe, Sirius se ha salido con la suya. Vos y yo nos vamos a Newgate.

–No tan deprisa, Cam –intervino sir Richard levantándose–. Yo también estoy en esto.

Capítulo 27

Jonas estaba tumbado leyendo *Ensayos de Elia* sobre su lujosa cama, que, al igual que el resto de muebles de su celda, le habían llevado desde su casa de Londres. Cuando oyó las llaves en su puerta, dejó el libro a un lado con un suspiro de enfado.

¿Qué diablos querría su carcelero a esas horas? Después de tres días en prisión, Jonas conocía el procedimiento. Y el procedimiento era que pasaba todo el tiempo solo, salvo que estuviera preparando el juicio con los abogados ruinosamente caros que había contratado. El carcelero recibía suficiente dinero para no meterse en sus asuntos y mantener alejada a la legión de curiosos.

Se incorporó y se pasó las manos por el pelo. La puerta se abrió para dejar entrar al carcelero. Tras él iba una mujer. No cualquier mujer. La mujer que habitaba en sus sueños. La mujer a la que había echado terriblemente de menos en la semana que hacía que no la veía.

–Sidonie... –murmuró, preguntándose si se habría vuelto loco. No podía ser. Todo en su celda seguía igual que siempre. Su mera presencia transformaba la estancia en un paraíso. El corazón le dio un vuelco de felicidad inesperada.

–Media hora, señorita.

Sidonie se quitó la capucha y miró nerviosa al carcelero.

—Gracias.

—Supongo que queréis que la dama se quede, señor Merrick —dijo el hombre con expresión lasciva.

—Métete en tus asuntos, Sykes —respondió Jonas con un tono amenazador—. La dama es miembro de mi familia.

—Sí, señor —el hombre agachó la cabeza, se marchó y cerró la puerta tras él.

—¿Qué diablos estás haciendo aquí? —Jonas se acercó a ella y le estrechó las manos. Verla era como estar bajo la luz del sol tras un largo invierno, pero no se sentía cómodo reuniéndose con ella en aquel entorno.

—Oh, Jonas —respondió ella con voz quebrada antes de echarse a llorar.

—*Tesoro*... cariño, mi amor —dijo él mientras la estrechaba entre sus brazos—. No llores. Por favor, no llores.

En muchas ocasiones desde su arresto había recordado los abrazos que le daba. En muchas ocasiones desde su arresto, se había preguntado si sobreviviría a aquella crisis y volvería a abrazarla. La realidad de tenerla allí superaba a cualquier fantasía. Absorbió cada detalle. Su calor. El aroma de su pelo y de su piel. El modo en que se aferraba a sus brazos para mantenerlo cerca. En sus momentos más bajos, se había preguntado si se habría imaginado la pasión y la alegría de aquellos días en el castillo de Craven. Estaban tan alejados de la oscura realidad actual.

—Estaba muy asustada —murmuró Sidonie contra su hombro, rodeándole la cintura con los brazos.

Él la besaba todo aquello que podía alcanzar. El pelo. La mejilla. El hombro. El cuello. Sin dejar de dirigirle todo tipo de palabras cariñosas. Era incapaz de resistirse.

Tras un periodo de tiempo demasiado corto, ella tomó aliento y comenzó a apartarse. Él la agarró con fuerza.
–Aún no.
Cuando Sidonie levantó la cara, tenía los ojos hinchados y las mejillas sonrojadas. Era la criatura más hermosa que hubiera visto jamás.
–Jonas, no tenemos mucho tiempo. Tenemos que hablar.
–Prefiero tocarte –la agarró por los hombros y la devoró con los ojos. Ella le acarició la mejilla marcada. Ya no le importaba que tocara sus cicatrices. Hasta ese punto había cambiado.
–¿Estás bien?
–Sí –presionó la cara contra su mano. Estaba allí. Estaba allí. Apenas podía creerlo–. Ahora sí.
Sidonie miró a su alrededor y contempló la habitación, extravagantemente amueblada.
–Pensaba que…
Jonas sonrió al darle la mano y llevarla hacia la cama. Nunca había imaginado que se reiría en aquella prisión sombría, donde cada piedra le recordaba que se le había acabado la suerte y que no podría librarse de la ejecución.
–Lo sé. Grilletes. Agua fétida filtrándose por las paredes de piedra. Ser un hombre rico tiene sus ventajas, *carissima*. Esta celda cuesta una fortuna, pero no estaré mucho tiempo aquí. Las pruebas son circunstanciales como mucho. Estoy pagando mucho a mis abogados. Será mejor que se ganen el sueldo –esperaba convencerla con su falso optimismo. No podía soportar pensar que su destino le preocupara.
Se sentaron en la cama, mirándose, con las manos agarradas.
–¿Qué ocurrió? Todo iba muy bien.
–¿No lo sabes? Pensé que todos en Barstowe se habrían enterado.

—Me marché nada más enterarme de tu arresto. Por suerte, Roberta tenía su carruaje en Barstowe Hall. Ayer intenté verte, pero no me lo permitieron.

—Que Dios te bendiga —su lealtad le conmovía. No subestimaba sus dificultades para llegar hasta Londres. No tenía dinero, la gente hablaría de ella al marcharse precipitadamente, y no se imaginaba a Roberta apoyándola en sus esfuerzos por localizarle.

—¿Por qué se les ocurrió arrestarte?

—Una combinación de antiguos escándalos y mala suerte. Un vecino que pasaba por el camino trasero me vio atravesar los jardines de Barstowe Hall el día en que murió William. Además, una de las doncellas de Ferney se puso histérica en el interrogatorio y empezó a contar que yo había llegado a casa magullado el día del asesinato. La demanda de William contra mí por la mina de esmeraldas tampoco ayudó. Eso me daba un buen motivo para querer matarlo.

—Pero eso me parece... poco sólido.

—Lo es.

Se abstuvo de decirle que la enemistad entre su primo y él, que todos conocían, podría condenarlo. Pelham George no era tonto y solo le procesaría si pensaba que tenía motivos para enviarle a la horca.

—Jonas, yo puedo salvarte.

—Lo dudo. A no ser que Roberta firmara una confesión.

Sidonie le agarró con fuerza.

—Roberta... no quería que yo viniese a Londres.

Roberta temería que la gente dejase de sospechar de él y empezara a sospechar de ella.

—Lo imagino.

—Podrías haberla delatado.

Él se rio.

—Nadie se creería ninguna acusación contra ella. Y además no se merece morir por lo que hizo. Hay que pensar en sus hijos.

–Podrían colgarte.

–No estamos en un callejón sin salida.

Aunque en el fondo sabía que no era inocente. No había empujado a su primo por las escaleras, pero en muchas ocasiones había deseado su muerte. No solo por el ataque en Eton. Había deseado su muerte por robarle la herencia que siempre había creído que era suya.

Ahora estaba pudriéndose en la cárcel y nadie movía un dedo por ayudarle. Siempre había sabido que la sociedad le toleraba más que aceptarle. A las personas se les atragantaba su ilegitimidad, incluso a aquellas personas dispuestas a aprovecharse de su agudeza financiera. Aun así, confirmar tan categóricamente que, pese a su riqueza, seguía siendo *persona non grata* era una lección beneficiosa. Había dado por hecho que algunos de sus socios le ofrecerían ayuda, pero nadie lo había hecho. De joven pensaba que teniendo dinero sería invulnerable. Pero el dinero no le había librado de la humillación de la prisión. Tampoco había hecho que la gente acudiera en su ayuda.

Todos le abandonaban a su suerte.

Salvo Sidonie.

–Jonas, por favor, escúchame. Por favor.

–¿Qué sucede, *bella*? ¿Tienes algún plan? ¿Descender por la pared en mitad de la noche? ¿Un túnel hacia la calle? ¿Una pistola escondida en esa atrocidad de capa?

Ella le soltó las manos, se puso en pie y se alejó. Él se apoyó sobre los codos y la miró. Aunque no pudiera tocarla, verla era la cura para un hombre encerrado.

–No bromees –respondió Sidonie.

¿Qué diablos sucedía? De pronto perdió las ganas de bromear. Sidonie parecía asustada. Se incorporó y la miró directamente a los ojos.

–Estás poniéndome nervioso, Sidonie.

Ella empezó a manipular un pequeño bolso desgastado que llevaba atado a la cintura.

—Mira —le puso algo delante de las narices.

Jonas ignoró el gesto. En su lugar, se quedó mirando su cara. Su expresión le inquietaba.

—Jonas, míralo —insistió ella.

Él miró hacia abajo y se fijó en el papel amarillento que sostenía en su mano temblorosa. Lo agarró automáticamente. Tardó varios segundos en darse cuenta de lo que era. Levantó después la cabeza y se quedó mirando a Sidonie.

—¿Esto es real?

Ella se encogió ante su sorpresa, aunque Jonas estaba demasiado sorprendido para enfadarse.

—Sí.

—¿Desde hace cuánto tiempo lo sabes?

Eso era lo único que le importaba en aquel momento, aunque sabía que le importarían muchas más cosas cuando su mente asimilara lo que Sidonie acababa de entregarle. Desechó de inmediato la posibilidad de que hubiera encontrado el documento el día anterior. Parecía demasiado culpable para que eso fuera cierto.

—Lo... lo descubrí en la biblioteca de Barstowe Hall hace un par de semanas. Estaba... estaba doblado dentro del segundo volumen de *Don Quijote*.

—Y, claro, tú te diste cuenta de inmediato de la importancia que tenía el documento —Jonas habló con frialdad. Debía sentirse feliz. En su mano tenía el acta matrimonial de sus padres. Todos sus sueños de la infancia hechos realidad.

Sidonie parecía pequeña y vulnerable bajo sus palabras. Pero, en aquel momento, Jonas no tenía ganas de compadecerla.

—Claro.

—¿Y no se te ocurrió decírmelo?

Sidonie no se encogió, pero tampoco se comportó como la mujer valiente y desafiante que conocía. Aunque todo lo que conocía de ella resultaba ser falso. En un mundo mentiroso y mezquino, había creído que ella era la única criatura pura y limpia. Qué equivocado había estado.

Se puso en pie y se acercó a ella. Sidonie se estremeció y él se rio con amargura.

—El hecho de que ahora sea lord Hillbrook no significa que me haya convertido en William. No voy a pegarte.

Cuando Sidonie se mordía el labio, solía conmoverse. Y seguía ocurriéndole lo mismo. No era lo que él había creído. Era una mentirosa. La mujer a la que había considerado su vida y su alma no era más que un envoltorio hermoso que escondía un pozo de mentiras.

—Tenía... tenía mis razones para ocultártelo —susurró.

—Seguro.

—No sabes lo que era vivir con William y con Roberta. Lo terrorífico que era cuando le pegaba. Encontrar el acta matrimonial fue como un regalo del cielo. Pensaba usarla para chantajear a William y que dejase libre a mi hermana. Era el único poder que tenía frente a él.

—Mientras el mundo seguía pensando que mi padre era un tonto en el mejor de los casos y un mentiroso en el peor. Que mi madre... —hizo una pausa y tomó aliento—. Que mi madre era una prostituta.

Sidonie palideció y se retorció las manos.

—Sé que... sé que me equivoqué al ocultarlo, pero tus padres y tú erais desconocidos para mí. William estuvo a punto de matar a Roberta la última vez que le pegó. Su situación me parecía más desesperada que la tuya.

—Y al diablo con la justicia —contestó él amargamente. Intentó obligarse a verla como a una desconocida. Porque eso era. Qué tonto había sido. Qué tonto necesitado, crédulo y patético.

Casi podía entender lo que había hecho. Al fin y al cabo, la vida de su hermana había corrido peligro y nadie mejor que él sabía lo destructivo que podía llegar a ser el temperamento de William. Pero no podía perdonar las decisiones que había tomado. No podía perdonar que le hubiera hecho creer que era sincera cuando no lo era en absoluto. Pero sobre todo no podía perdonar que, al hacerle creer en ella, le hubiera hecho ser tan vulnerable como aquel niño que gritaba mientras su primo le rajaba la cara.

–Eres un hombre adulto –dijo ella con energía renovada–. No sabía… no sabía entonces lo mucho que habías sufrido, lo mucho que la ilegitimidad te había arruinado la vida.

Jonas resopló con desdén aunque su orgullo se estremeció al recordar todo lo que le había confesado durante aquellas dulces noches en Devon. Le había confiado muchas cosas que nunca había compartido con nadie más. Y, aunque ella fingía que le importaba, en realidad estaba traicionándole.

–No. Preferiste que William siguiera ostentando un título que deshonraba. Si no hubiera muerto, ¿me lo habrías dicho?

Ella apartó la mirada y habló en voz baja.

–Tenía que decidir qué hacer. Aquella semana… aquella semana contigo echó por tierra todas mis certezas. Pero entonces el duque te contó que William estaba perdiendo los nervios. Yo esperaba llevar a Roberta a algún lugar seguro y después contártelo, pero primero tenía que ver si estaba en peligro.

–¿No se te ocurrió contarme la verdad y dejar que yo cuidara de Roberta? –esa era gran parte de su traición, el no haberle dado la oportunidad de decidir su futuro ni de encontrar alguna solución que pudiera proteger a Roberta y a sus hijos.

–Yo…

–Claro que no. Puede que tuviera acceso a tu cuerpo, pero no me confiaste mucho más.

–No digas eso.

Sidonie cerró los ojos como si no pudiera soportar mirarle a la cara. Estaba blanca como el papel. Jonas se dijo a sí mismo que no se apiadaría de ella. No lo haría. Pero su tristeza aún le llegaba al corazón.

–Me sorprende que te entregaras a mí –sabía que debía callarse. Reprenderla solo confirmaba que había sido un idiota crédulo. Después de todos esos años sin confiar en nadie, había confiado en Sidonie. Y ella le había tomado por tonto–. Supongo que sentías curiosidad. O tal vez pensaras que me debías alguna recompensa por robarme mi herencia.

Ella tomó aliento y aquello sonó como un sollozo, pero no se apartó.

–Por favor, Jonas, sabes que no fue así.

Él volvió a reírse sarcásticamente. Podía reírse o llorar, y ya se había humillado bastante.

–Resulta que no sé nada de ti. Pensaba que tú eras lo único auténtico en mi desdichada vida. Y descubro que no eres más que un bonito recipiente lleno de mentiras, un metal común en vez de oro.

–No... no estás siendo justo –Sidonie levantó la cabeza y se quedó mirándolo con un brillo desafiante en los ojos–. Roberta es mi hermana. Yo te conocía desde hacía una semana. Solo una semana. Cuando descubrí lo dura que era para ti tu ilegitimidad, no supe si estaba haciendo lo correcto. Lo pasé muy mal.

Jonas dio un paso atrás, en parte para romper la atracción física que ella ejercía, a pesar de lo que acabara de descubrir.

–Pero no lo suficientemente mal como para contarme la verdad.

–Te dije la verdad sobre todo lo demás –susurró Sidonie, y se rodeó con los brazos en un gesto defensivo que no debía remorderle la conciencia.

–Esto convierte todo lo demás en mentiras –respondió él. Estaba enfadado, pero el enfado no era más que una débil defensa contra la devastación que le invadía. Si no la amara tanto, no podría hacerle tanto daño.

–Pero tú... –Sidonie tragó saliva y el movimiento de su garganta le pareció vulnerable.

Jonas luchó contra el deseo de estrecharla entre sus brazos y decirle que todo estaba perdonado. Porque no podía perdonarla. No cuando recordaba que su padre había muerto desolado, lejos de casa, despreciado por el mundo que en otra época le había admirado. No cuando recordaba las burlas en la escuela sobre la ramera de su madre. No cuando recordaba el dolor causado por el cuchillo de William al desfigurarle la cara y convertirlo para siempre en un renegado.

Sidonie lo observaba y, si él no hubiera desconfiado de todo lo que pensaba sobre ella, habría dicho que su rabia le rompía el corazón.

–Ahora me odias. No... no te culpo. Es demasiado tarde para arreglarlo. Tienes razón. Debería haber confiado en ti. Incluso aunque no hubiera confiado en ti, debería habértelo dicho. Cada día que William tuvo el título después de que yo descubriera el acta matrimonial, fui cómplice de su robo.

Lo que decía parecía razonable. No podía soportarlo. Quería que se fuera y le dejara ahogándose en su desesperación.

–¿Pretendes que te perdone?

–No –tras una pausa llena de tensión, su voz emergió con más fuerza. Parecía tan severa como un ángel de piedra. Aunque no había nada de angelical en ella–. Jonas, odiarme no es lo importante ahora. Lo importante es el uso que hagas de esta información. Si le dices a la gente que descubriste el acta matrimonial antes de tu visita a Barstowe Hall y que esa fue la razón por la que fuiste a ver a William, convencerás a las autoridades de que no tenías motivo para matarlo. Al ver que iba a perder el título, William tenía otra razón más además de las deudas para suicidarse.

—Parece un cuento de hadas —respondió él sarcásticamente. Se esforzó por no hacer una pelota con el acta matrimonial y lanzársela a la cara.

—Pero lo explica todo. Supongo que, cuando seas vizconde de Hillbrook, el mundo estará encantado de creer en tu inocencia —se metió la mano en el bolsillo de la capa y sacó otro papel—. Esto confirma que el reverendo Trask estaba en España cuando tus padres se casaron, y hay una carta con su firma para compararla con la del acta matrimonial.

Mirarla le dolía, le dolía mucho. Su vergonzosa esperanza de tener una vida con ella quedó reducida a cenizas. La odiaba. La odiaba casi tanto como la quería. Deseaba destruir ese amor. Pero tenía la sensación de que ese amor le destruiría a él.

—Ya me has dado la noticia. No te quiero aquí.

Sidonie palideció aún más y él experimentó otra punzada de culpa. Se merecía sufrir. Le había destrozado el corazón. Peor aún, le había hecho creer por un momento que alguien podría amar a un monstruo como él. Ese era su verdadero crimen. Jamás la perdonaría.

Los ojos le brillaban con las lágrimas que no había derramado, pero no retrocedía, por muy cruel que fuera con ella. Dio un paso al frente y dejó la carta sobre la mesa que había junto a la pared.

—Por favor, escúchame, Jonas. Esta es la llave hacia tu libertad. Si dices que fuiste a Barstowe Hall a decirle a William que eras un hijo legítimo, la gente sabrá que no lo mataste. En todo caso, él tenía motivos para matarte a ti.

–¿Por qué no habré mencionado esto hasta ahora? –preguntó él con más sarcasmo. Se odiaba a sí mismo, la odiaba a ella y odiaba al mundo entero–. ¿Se me habrá olvidado?

Ella se estremeció y él se sintió mal por burlarse. Estaba tan enfadado que deseaba mandarlo todo al infierno. Pero meterse con ella le hacía sentir como si estuviera torturando a un gatito. Aunque Sidonie no era tan indefensa. Ni tan inocente.

–Tienes... –tomó aliento antes de continuar–. Tienes todo el derecho a estar enfadado. Pero, por favor, escúchame. Si dices que esperaste a decírselo a la familia de William, y mi visita aquí lo confirma, la gente pensará que eres un héroe en vez de un villano. Un hombre que, aun arriesgando su vida, tuvo en cuenta los sentimientos de la viuda y de los hijos de un suicida.

Suspiró y se apartó el pelo de la cara. Lo tenía más revuelto que cuando había llegado. Jonas recordó como la había estrechado contra su cuerpo, como su corazón se había alegrado al verla. Cuando había entrado, se había sentido completo. Ya nunca volvería a sentirse así.

–Qué historia tan conmovedora. No se parece en nada a la realidad.

–No permitas que gane la rabia autodestructiva, Jonas. Cuando lo pienses bien, te darás cuenta de que este pedazo de papel, aunque tarde, te ofrece un futuro. Y un apellido. Y la manera de librarte de los cargos por asesinato.

–Muy alentador, querida –contestó él secamente–. Estoy deseando ponerme en acción.

Sidonie se enderezó y se quedó mirándolo. La desesperación de su mirada reflejaba la agonía que él sentía en el corazón. Intentó decirse a sí mismo que su angustia era otra mentira más, pero no se lo creía.

–No dejes pasar esta oportunidad porque me odies. Crees que hice mal y así fue. Tenía una buena razón, pero esa razón no justifica mis acciones.

–Fuera de mi vista –no podía soportar mirarla. No soportaba recordar todo lo que le había hecho sentir y saber que nada de eso era real.

Sidonie se tambaleó antes de cubrirse la cabeza de nuevo con la capucha de la capa.

–Te deseo lo mejor, Jonas –susurró mientras se daba la vuelta.

Por muy enfadado que estuviera, no podía dejar que se fuera así. Ni siquiera sabía si había ido sola o con una doncella. Newgate era un barrio peligroso de Londres y estaban en mitad de la noche.

–Sidonie...

–¿Sí?

No podía verle la cara, pero sus hombros rígidos indicaban que apenas lograba mantener el control.

–¿Ha venido alguien contigo? De lo contrario, pagaré a Sykes para que te acompañe a casa.

Sidonie se volvió para mirarlo.

–¿Acaso te importa?

La amarga verdad era que le importaba enormemente.

–No te deseo ningún mal.

–Qué considerado por tu parte –murmuró ella antes de golpear la puerta con fuerza.

–Sidonie, quiero que estés a salvo –dijo él con impotencia mientras Sidonie pasaba frente al carcelero–. Quiero que seas feliz.

Ella se había marchado y no le había oído.

Se derrumbó sobre la cama y se llevó las manos a la cara. Maravilloso. Al fin podía vengar a sus padres y recuperar su derecho. Debía sentirse eufórico.

Y sin embargo le daba igual vivir o morir.

–¿Merrick? Merrick, ¿qué diablos te pasa?

Jonas levantó la cabeza y vio a dos hombres altos y bien

vestidos entrar en su celda. Le llevó unos segundos reconocer al duque de Sedgemoor y a Richard Harmsworth. Los hombres que una vez le habían salvado la vida. Los hombres a los que había evitado durante años porque, cada vez que los veía, revivía aquel momento vergonzoso.

–¿Dónde está Sidonie? –se puso en pie y salió corriendo frente a ellos, pero el pasillo de fuera estaba vacío.

–He enviado a la señorita Forsythe a casa en mi carruaje –respondió Sedgemoor con desaprobación.

Más culpa. Jonas imaginó que Sidonie no habría podido ocultar su tristeza.

–Antes de marcharse nos ha pedido que ofreciéramos nuestros servicios –continuó Sedgemoor.

Qué valiente. No sabía cómo lo había logrado, pero, con la ayuda de aquellos dos miembros de la alta sociedad, podría librarse de la horca. Ojalá le importara.

–La dama dice que tiene pruebas de tu inocencia.

–Sí, las tiene.

Tomó aliento y se dio cuenta de que Sidonie tenía razón. Aunque no le gustase aceptar su consejo, no era estúpido. Tenía que demostrar su inocencia y la historia que ella había ideado serviría tan bien como cualquier otra. Una vez libre, valoraría lo poco que le quedaba en la vida. Y vería si merecía la pena arreglar algo.

Se quedó mirando a aquellos dos hombres que habían acudido en su ayuda tiempo atrás y que ahora volvían a hacerlo. Sedgemoor y Harmsworth nunca le habían despreciado por su ilegitimidad. Ambos, a pesar de sus pasados escandalosos, eran conocidos como hombres de palabra. Si decían que le ayudarían, lo harían. Estiró los hombros y trató de sonar decidido. No podía fracasar. Les debía justicia a sus padres.

–Tengo el acta matrimonial de mis padres.

–Dios mío –contestó Harmsworth–. Eres el vizconde de Hillbrook. Eso es como meter un gato en un palomar.

–Desde luego –era demasiado tarde para vengarse de William arrebatándole lo que más valoraba. Pero no era demasiado tarde para limpiar el buen nombre de sus padres–. Ahora que he recibido el permiso de la familia de mi primo para hacerlo público, pienso recuperar mi herencia.

Capítulo 28

–La señora Merrick desea veros, milord.

Al oír el tono estentóreo del mayordomo que había contratado para llevar su casa de Londres, Jonas dejó su pluma y se frotó los ojos cansados.

–¿Aquí, en la casa? –preguntó sorprendido.

Hacía tres meses que le habían reconocido oficialmente como vizconde de Hillbrook y acababa de empezar a desenmarañar el lío que William había dejado en la finca. Había comenzado con esos papeles antes del desayuno. Había llegado ya la tarde y no creía que fuese a terminar antes de la cena.

Ahora Roberta deseaba verlo. No había hablado con ninguna de las hermanas Forsythe desde aquel amargo encuentro en Newgate, cuando había pagado su rabia y su dolor con Sidonie. Tres meses era tiempo suficiente para controlar su temperamento, pero no habían servido para aliviarle el dolor del corazón. Su anhelo le impedía dormir. Si lograba quedarse dormido, soñaba siempre con ella.

Estaba pasándolo mal.

Tan mal que a veces se preguntaba si podría vencer a su orgullo y regresar junto a Sidonie con la esperanza de que ella se mostrase amable. Después del modo en que la había tratado, no esperaba su perdón. Le había salvado y él no había reaccionado con gratitud, sino con rabia. Pero la prudencia le exigía que la dejara en paz. Que la dejase libre para luchar por el futuro que no tenía intención de compartir con Jonas Merrick.

Había dejado eso más que claro.

Al establecer una pensión para Roberta y aceptar la responsabilidad económica sobre los hijos de William, también le había ofrecido a Sidonie dinero. En ese momento aún se sentía herido porque ella hubiese puesto a su hermana antes que a él; era horrible darse cuenta de que los celos habían sido en parte responsables de su estallido. Pero, incluso enfadado, no soportaba imaginársela malviviendo sin apenas dinero. Deseaba que fuera capaz de comprarse un vestido bonito o un sombrero nuevo.

En su nombre había respondido un abogado rechazando cualquier ayuda procedente de la fortuna Hillbrook. Sidonie no había reconocido el regalo como un asunto personal. Aquel rechazo le había hecho sentir como si hubiera reabierto una herida que apenas se había curado. El sentido común y de supervivencia insistían en que la dejara en paz. Pero el sentido común era un frío compañero de cama en una noche invernal y estaba a punto de mandarlo al diablo. Si iba detrás de Sidonie, se arriesgaba a ser humillado. La humillación le parecía un lujo comparada con aquel anhelo incesante y continuo.

En Devon, Sidonie le había deseado. Él se había equivocado en muchas cosas, pero no en esa. Tal vez si se rebajaba lo suficiente, ella se dignaría a concederle ese favor de nuevo. En su soledad se había vuelto patético. A lo largo de su vida había imaginado que, si recuperaba su herencia, si limpiaba la memoria de sus padres, si exculpaba al bruto de William por sus rencores, sería feliz. Sin embargo no recordaba una época en la que hubiera sido menos feliz.

Como él mismo decía, patético.

Hasta él estaba harto de vagar como un alma en pena por Merrick House. Necesitaba un buen impulso.

—¿Milord? —insistió el mayordomo, y le ofreció de nuevo la bandejita plateada con la tarjeta de visita de Roberta.

Jonas se dio cuenta de que había vuelto a quedarse ensimismado. Su constante falta de atención era otra de las cosas de las que podía culpar a Sidonie. Había sido alabado como el cerebro económico más incisivo de su generación. Nadie habría dicho eso últimamente.

Roberta estaba allí, en Merrick House. Probablemente para poner pegas a su pensión; Jonas había asegurado el pago con unas condiciones estrictas para poner fin a su adicción al juego y a sus extravagancias. Con tal de tener noticias de Sidonie, merecería la pena soportar un sermón sobre su tacañería.

Su orgullo estaba hecho trizas.

Miró al mayordomo.

—Haz pasar a la señora Merrick y pide que sirvan el té, Jenkins. Anuncia en los establos que quiero a Casimir ensillado cuando mi invitada se haya marchado.

Roberta debía de desear algo; nunca se acercaba a él de no ser así. En esa ocasión, él deseaba algo de ella a cambio.

Sidonie salió de la casa de Paddington y tomó aliento para aspirar el aire fresco de la mañana. Bueno, todo lo fresco que podía ser el aire de Londres. A finales de febrero ya olía a primavera, aunque el día anterior en Hyde Park había visto algunos copos de nieve valientes. Aquel año el invierno estaba durando una eternidad.

O tal vez ella llevase el invierno consigo.

Se estremeció bajo su capa marrón. Desde que llegara a la ciudad dos meses atrás, se había comprado un par de vestidos de segunda mano, pero no tenía interés en encargar un vestuario acorde con su nueva independencia. Apenas tenía interés en luchar por levantarse de la cama cada día.

Estaba bien entrada la mañana, pero no hacía mucho calor. Siendo una mujer que ya había dejado atrás la primera juventud y que residía en un barrio de clase media, al menos podía pasear sin carabina. Llegaba más tarde de lo normal. Aquel día le había costado especial trabajo levantarse y vestirse.

Como siempre últimamente, le angustiaba la necesidad de establecer todo tipo de acuerdos para asegurar su futuro. Durante semanas había luchado contra la apatía que se le había metido dentro desde que visitara a Jonas en Newgate. Al principio había estado demasiado devastada para importarle dónde ir, así que había regresado a Barstowe Hall. Pero pronto se hartó de los caprichos de Roberta y ella no pudo olvidarse de cómo su hermana había dejado abandonado a Jonas con las acusaciones por asesinato.

La vida en Wiltshire se volvía cada vez más insoportable mientras Roberta se lamentaba diciendo que Jonas Merrick le había robado su lugar en el mundo; Sidonie le explicó en muchas ocasiones que, si había un ladrón, ese era William y, por asociación, la familia de William. Como era lógico, tras ser declarado vizconde, Jonas exigió la posesión de Barstowe Hall. Eso provocó otro enfado de Roberta, quien finalmente se mudó y se instaló en una bonita villa en Richmond costeada por Jonas.

Tras abandonar Barstowe Hall, Sidonie decidió, por el bien de la cordura, vivir separada de su hermana. Su cumpleaños había pasado y ella había recibido su legado. Por fin le resultaba posible independizarse.

Pero se sentía incapaz de realizar las acciones necesarias para lograr esa independencia.

Alojarse con una antigua institutriz en Paddington suponía una solución temporal. Se proponía cada día hacer planes. Aunque solo fuera decidir dónde vivir. Pero cada día pasaba en una nube de desolación y terminaba sin ninguna idea concreta. No deseaba quedarse en Londres. Había decidido mudarse al norte, a Yorkshire o incluso a Northumberland. Aunque solo fuera porque estaban lejos de Devon. Pero ¿pueblo o ciudad? En aquel momento no tenía fuerzas para salir de Londres e irse a buscar una casa.

En su lugar pasaba demasiados días encerrada en su habitación como un animal herido, haciendo lo mínimo para mantenerse sana. No le gustaba aquello en lo que se había convertido, pero no sabía cómo librarse del arrepentimiento, de la culpa y del deseo. Hester, su anfitriona, había intentado meterla en su círculo social. Ella se resistía y lo único que deseaba era no sentir nada.

A medida que pasaba el tiempo, le costaba más trabajo mantener aquel estado de entumecimiento. Sentía la necesidad de actuar. Finalmente había decidido hacer caso a esa necesidad, pero en aquel momento avanzaba sin determinación, como una ramita en la corriente de un río.

Caminaba hacia el parque para dar su paseo diario e ignoraba el tráfico. Solo pensaba en los días grises e interminables que se agolpaban desde que abandonara el castillo de Craven. Ya casi se había acostumbrado al gris. En aquella especie de limbo, nadie la empujaba a sentir nada.

Cruzó hacia Hyde Park. Aunque nada le proporcionaba consuelo, lo más cerca que estaba de encontrarlo era cuando estaba entre los árboles. Se quedó mirando el agua verde del Serpentine. No supo cuánto tiempo estuvo allí, sin pensar, sin sentir, antes de que se le erizara el vello de la nuca.

En aquellos días, ser tan consciente de su entorno le

resultaba extraño. Levantó la cabeza y miró a su alrededor. Contempló la superficie grasienta del estanque, los cisnes, los patos, las gaviotas, los niños abrigados contra el frío, un trío de niñeras chismorreando en un banco.

Aun así tenía la sensación de que alguien la observaba.

Se dio la vuelta con reticencia. No le sorprendió ver a Jonas apoyado en el tronco de un olmo a varios metros de distancia. Tenía los brazos cruzados e iba mejor vestido de lo que recordaba. Aunque no podía ver su expresión bajo el gorro que llevaba, sabía que no se alegraba de verla.

Aun así no sintió nada. El gris había inundado su alma hasta el punto de no sentirse viva ni siquiera al ver a Jonas.

Jonas esperó a que Sidonie diese un respingo, o soltase un grito, o saliese corriendo. Pero se quedó mirándolo con aparente calma. Una calma poco habitual. Estaba muy pálida. Ahora que su energía se había esfumado se daba cuenta de lo esencial que había sido aquella cualidad en la Sidonie que recordaba.

—Jonas —dijo como si estuviera continuando una conversación.

—Buenos días, Sidonie —Jonas intentó mantener un tono neutral a pesar de su rabia y del innegable placer que experimentaba con su mera presencia. No deseaba asustarla.

—Supongo que estabas buscándome —su actitud no expresaba inquietud. Sus ojeras indicaban que había dormido tan poco como él desde su desagradable despedida—. Me parece demasiada casualidad que nos encontremos.

Parecía distante. No parecía la mujer vibrante y excitante que había compartido su cama. Aquella mujer era literalmente la sombra de lo que solía ser. Había perdido peso. No podía ver su cuerpo bajo esa maldita capa, pero se le marcaban mucho los párpados y tenía huecos en el cuello.

–Te he seguido desde tu casa.

Ni siquiera aquella confesión pareció molestarle. Tenía las manos sueltas y los hombros caídos.

–Supongo que Roberta te dijo dónde estaba.

Eso no era lo único que Roberta le había dicho.

–Sí. Vino a visitarme ayer.

Unos ojos marrones y cansados se quedaron examinando sus rasgos como si intentaran adivinar sus pensamientos.

–Dijiste que no querías volver a verme –murmuró.

–No quería –admitió él.

–¿Por qué estás aquí entonces?

–Las circunstancias han cambiado.

–Han cambiado para ti. He oído que recuperaste el título sin muchos problemas.

Tras despreciar su desheredamiento durante todos esos años, ya apenas le importaba ser el vizconde de Hillbrook o simplemente Jonas Merrick. Ambos eran unos desgraciados.

–Cuando se confirmó la firma del clérigo, las demás trabas se esfumaron.

–Enhorabuena –respondió ella con frialdad, aunque sin rencor. Era como si no le importara. A esa nueva Sidonie no parecía importarle nada–. ¿Ser vizconde es lo que esperabas?

–Tiene sus ventajas –aunque no se le ocurrió ninguna mientras contemplaba a la mujer que deseaba, pero que nunca podría tener–. Hay que hacer frente a muchos aduladores y pelotas.

–Entonces, ¿no merece la pena?

–Es lo que me corresponde por herencia –contestó él encogiéndose de hombros.

–Sí.

Se hizo un silencio incómodo. Jonas se había acercado a ella seguro de lo que quería decirle y de cómo quería decírselo. Pero aquella chica demacrada e impasible acabó con sus intenciones. Había considerado a Sidonie vulnerable en Newgate, mientras él desempeñaba el papel de abusón. Aquella mujer que tenía ante él era tan frágil que parecía que fuese a romperse en mil pedazos si la tocaba.

Sidonie se acercó al sendero cuidándose de mantener la distancia.

–Me alegra que obtuvieras lo que deseabas, Jonas. Me alegra que limpiaras tu nombre y de que el honor de tus padres ya no esté en duda. Te deseo lo mejor. Sé que no lo creerás, pero siempre te he deseado lo mejor.

Frágil o no, no pensaba dejar que se fuera así.

–No tan deprisa, *bella*.

Aquella palabra cariñosa le salió sin darse cuenta. Se maldijo a sí mismo. Se había prometido que, por muy enfadado que estuviera, se comportaría de forma tranquila y la trataría como a una hermosa desconocida. La persuadiría, no la intimidaría.

Debería haber sabido que Sidonie le haría olvidar sus buenas intenciones. Siempre le pasaba lo mismo con ella.

Tal vez no se atreviera a tocarla, pero aun así estiró la mano para agarrarle el brazo. Sintió su delgadez a través de la capa. No la apretó con fuerza, aunque hubiese pretendido ser severo, no tierno.

Sidonie no se apartó. Le dio la impresión de que apenas advirtió su caricia. Siempre había advertido sus caricias. Tres meses separados la habían convertido en alguien a quien no reconocía. Se quedó allí quieta, como si nada les uniera, como si aquella semana ardiente nunca hubiera tenido lugar, como si fueran, en efecto, simples desconocidos.

Jonas sintió la rabia, pero se controló. Tenía una misión que cumplir y perder los nervios no le ayudaría.

—¿No tienes algo que decirme?

Sidonie no le miró, pero se quedó pálida.

—No.

—No me mientas, Sidonie.

—No tengo nada que decirte, Jonas —se volvió hacia él muy lentamente y con la mirada vidriosa. Se llevó entonces la mano libre a los labios—. Por favor, suéltame.

—Ni lo sueñes —respondió él, agarrándola con más fuerza.

—Por favor... te lo ruego —para su sorpresa, empezó a tambalearse—. Por favor.

La Sidonie que conocía le habría desafiado, habría insistido en que le soltase el brazo. Aquella mujer en cambio hablaba con una voz apagada que le daba ganas de aplastar algo.

—Dios, Sidonie, me rompes el corazón —la atrapó cuando se le doblaron las rodillas y se desplomó hacia el suelo.

Capítulo 29

Sidonie disfrutó del calor y de la seguridad. Supo de inmediato que los brazos de Jonas la estrechaban contra su pecho. Cuánto había echado de menos aquella sensación. Había pasado tanto frío desde que se marchara. Con un sonido incoherente de satisfacción, presionó la mejilla contra la lana de su chaqueta. Si aquello era un sueño, no deseaba despertarse.

De pronto fue consciente de la realidad. Jonas solo la llevaba en brazos porque se había desmayado a sus pies. Qué humillante. Qué angustiante. Qué... revelador.

Aquella maravillosa fantasía en la cual Jonas la deseaba se rompió en mil pedazos para dejar paso a la realidad. Maldijo su debilidad. Había intentado desayunar, pero estaba demasiado cansada y mareada para tragar más que unos pocos bocados. La noche anterior se había obligado a comer, pero había vomitado.

¿Por qué no se habría marchado al norte de inmediato tras abandonar Wiltshire en vez de quedarse al alcance de Jonas? Pero tenía tantas náuseas todo el tiempo que el largo viaje en carruaje no se le hacía factible. Y además era consciente de que, si Jonas deseaba localizarla, probablemente lo haría.

–Bájame –por el bien de su orgullo, que era lo único

que le quedaba, deseaba estar al mando, pero su orden emergió como un susurro casi inaudible.

—No.

Jonas sonaba áspero. Cuando la había tomado en brazos, ella se había imaginado fugazmente que sonaba como el hombre que le susurraba palabras cariñosas mientras la llevaba a las estrellas.

Jamás volvería a oír a ese hombre.

El corazón se le aceleró con miedo y angustia.

—Por favor, Jonas, puedo caminar.

—De acuerdo.

Se detuvo de manera abrupta y la dejó en el suelo. De inmediato empezó a darle vueltas la cabeza. Tomó aliento para controlar las náuseas. No podía vomitar. En aquel momento no. No delante de Jonas. Eso sería demasiado vergonzoso. Además, necesitaría tener comida en el estómago para eso. Sintió la bilis en la boca. Comenzó a caer y todo se volvió negro.

En la distancia oyó que Jonas maldecía y volvía a tomarla en brazos. Intentó ponerse rígida a modo de protesta, pero sus músculos estaban tan flácidos como la muselina mojada. En el fondo de su corazón seguía siendo fuerte y decidida, pero su cuerpo no respondía. Esperó a que él dijera algo despectivo, pero se mantuvo callado. En esa ocasión no se engañó pensando que era algo más que un inconveniente.

—¿Dónde me llevas? —preguntó cuando recuperó el control temporal sobre su rebelde digestión.

—A mi carruaje —respondió él.

Sidonie se dijo a sí misma que no importaba que la odiase. Solo le importaba construirse un futuro mejor. En los últimos meses, esa idea le había ayudado a seguir hacia adelante. Pero perdía su poder tranquilizador cuando Jonas la abrazaba con fuerza en una parodia cruel de los abrazos que le había dado en otro tiempo.

–¿Me llevas a casa?
–No.
Sin la presión de tener que mantenerse en pie, empezaba a sentirse más como la antigua Sidonie Forsythe. La Sidonie que había sido antes de que su vida se desintegrara. Eso esperaba. Tenía la sensación de que aquel encuentro estaba a punto de volverse muy incómodo.

Su mente trabajaba frenéticamente. Jonas decía que había hablado con Roberta. Podía imaginarse lo que su hermana le había dicho. Sobre todo porque después se había propuesto encontrarla. Al fin y al cabo, podría haber ido a buscarla en cualquier momento a lo largo de los últimos tres meses y el silencio había sido bastante significativo. Aunque le había ofrecido una pensión, la correspondencia la había recibido de su secretario. Rechazar esa generosa oferta le había hecho sentir una satisfacción fugaz. Hasta que se había dado cuenta de que su respuesta probablemente no hubiera llegado más allá del escritorio de cualquier subordinado.

–¿Qué quieres? –le preguntó.
–Tenemos que hablar de eso –Jonas esperó mientras un sirviente abría la puerta de un enorme carruaje–. Entre otras cosas.
–Jonas, no... no quiero irme contigo –respondió ella. De pronto tenía miedo. Aquello parecía casi un secuestro. Se retorció sin ningún resultado–. Preferiría caminar hasta casa.
–Una pena –dijo él con determinación.

Pero su actitud fue amable cuando la metió en el carruaje. Se subió tras ella y el sirviente cerró la puerta con un suave chasquido que, para los oidos de Sidonie, extremadamente sensibles, pareció el sonido de las puertas de la prisión al cerrarse de golpe. El olor del cuero, de Jonas y de aquel espacio cerrado le inundó los sentidos, pero, por suerte, su estómago rebelde se quedó tranquilo.

—No tienes derecho a meterme aquí como si fuera un paquete —murmuró con aire desafiante, pero después se quedó callada cuando Jonas la cubrió con una manta cuidadosamente, como si estuviera protegiendo un jarrón de cristal para que no se rompiese.

En su lugar, lo que le rompió fue el corazón.

Salvo que su corazón se había roto meses atrás. No era de extrañar que se sintiese sin vida a pesar de recordarse a sí misma que debía mirar hacia el futuro. Nadie podía vivir sin corazón.

—Para, Sidonie. Y ni se te ocurra salir corriendo. En tu estado, no podrías atravesar la calle. Tendría que volver a levantarte —se sentó a su lado y se volvió para sacar una botella de brandy y un vaso de una bolsa de cuero que había en la puerta.

—Vomitaré si me bebo eso —respondió ella cuando el carruaje empezó a moverse.

—Es para mí.

—¿Tan terrorífica soy que necesitas el valor que te da el alcohol? —preguntó ella con una falsa dulzura.

—Desde luego —respondió Jonas sin sonreír.

Vertió el líquido dorado en el vaso y se lo bebió. Después devolvió la botella y el vaso a la bolsa con una lentitud deliberada que le puso nerviosa. Seguramente esa fuese su intención. Cuando se alargó el silencio, Sidonie ya no pudo soportarlo más.

—Te lo ha dicho Roberta, ¿verdad?

Jonas le dirigió otra de esas miradas indescifrables.

—Cuando estuvimos juntos, me hiciste una promesa.

—Después me dijiste que desapareciera de tu vista —esas palabras se le habían quedado grabadas durante meses.

—Eso no cambiaba tu compromiso.

Su máscara inescrutable pareció resquebrajarse y, por un instante, Sidonie pudo ver sus verdaderas emociones.

Estaba enfadado. Lo había sabido desde el principio. Había intentado ocultarlo, pero el músculo que palpitaba en su mejilla le delataba. Peor aún, estaba herido. Herido más allá de lo soportable. El estómago le dio un vuelco de remordimiento, arrepentimiento y amor.

La vergüenza le hizo guardar silencio, aunque no tenía mucho sentido ocultar la verdad. Al mencionar su promesa, supo que el juego había terminado. Maldita Roberta y sus intromisiones.

–Así que no quieres decírmelo –insistió él–. ¿Qué debo hacer para que confieses? ¿Sacar el aplasta pulgares?

¿Qué sentido tenía posponer el momento? Lo miró a los ojos y habló con una determinación que no había sentido desde que le abandonara.

–Estoy embarazada.

–Lo sé.

–No te pido nada.

–Esa no es la cuestión. Ningún hijo mío nacerá siendo bastardo.

–Tú no deseas casarte conmigo.

Se preguntó si lo negaría. Casi deseó que mintiera.

Pero, claro, no mintió. Apretó la mandíbula y dijo:

–No.

Sidonie luchó por mantener su argumento. Era difícil cuando se sentía tan cansada y mareada, y aquel encuentro con Jonas le recordaba todo aquello que había perdido. Poco después de su último y amargo encuentro, había descubierto que estaba embarazada. Desde entonces, se había sentido enferma casi todo el tiempo. Las náuseas matutinas parecían durarle todo el día.

–Te dije que nunca me casaría.

–Y también dijiste que, si te quedabas embarazada de mí, serías mi esposa.

No había dicho eso, al menos con esas palabras. Pero sus acciones habían dado un consentimiento tácito a su ultimátum. No podía fingir que la había abordado aquel día con una falsa excusa.

—No puedes obligarme a casarme contigo —le temblaba la voz porque, en ese momento, la decisión más fácil parecía ser dejarle todas las decisiones a él. Pero entonces se le ocurrió una idea desagradable; no estaba del todo de acuerdo con aquella afirmación—. No les retirarías la pensión a Roberta y a los niños, ¿verdad?

Vio que Jonas se planteaba admitir que esas eran sus intenciones. Pero después negó con la cabeza.

—No. Esto es entre nosotros dos —contestó—. O, mejor dicho, entre tu honor y tú. Tú mejor que nadie conoces la tristeza de mi infancia. No querrás causarle la misma desgracia a tu hijo o a tu hija.

—La gente no tiene por qué saber que no estoy casada —murmuró ella, y tiró de la manta para protegerse de sus comentarios y de la conciencia que, hasta el momento, la autocompasión había silenciado.

—La gente siempre se entera.

Probablemente tuviera razón. Se llevó una mano a la tripa. Apenas se le notaba aún, pero, en pocas semanas, su secreto ya no lo sería. Para entonces tenía que haberse marchado de Londres y haberse instalado donde nadie la conociera. Pero también tenía que ser capaz de viajar más de dos kilómetros sin vomitar. El viaje desde Wiltshire hasta Londres ya había sido suficientemente complicado. En aquel momento su estómago se comportaba, pero, claro, el carruaje de Jonas era todo un lujo y apenas se balanceaba.

De pronto cobraron importancia las decisiones que no había tomado antes por miedo. Estaba bien planear un futuro de incógnito haciéndose pasar por una viuda con un hijo en alguna aldea del norte, pero la idea de vivir una mentira hasta el día de su muerte le provocaba escalofríos. La idea de hacerlo todo sola sin el hombre al que amaba era demasiado cruel. Cuando Jonas mencionó el sufrimiento de su infancia, acabó con su dilema. Ella no quería que su bebé fuese un bastardo sin padre. Deseaba que creciera con dos padres que le quisieran.

En otra ocasión había estado a punto de aceptar la proposición de Jonas. Después había confiado en su aprecio. ¿Podría soportar casarse con él sabiendo que estaba furioso con ella? Tal vez algún día la perdonara por haberlo sacrificado en favor de Roberta. Además sabía que veía el secreto sobre su embarazo como otra traición.

Porque ambos sabían que era una traición.

El aire parecía vibrar con sus emociones reprimidas. Deseaba haberse quedado en el parque. Habría preferido mantener aquella conversación al aire libre. El carruaje, a pesar de sus lujos, le parecía estrecho y asfixiante cuando había tantas cosas que decirse.

–Sidonie, tenemos que casarnos –Jonas parecía triste, pero decidido.

Ella parpadeó para contener las lágrimas. Aquello estaba muy lejos de la proposición que deseaba. Claro, estaba aquel momento dulce en el castillo de Craven en el que le había pedido que fuera su esposa, pero los recuerdos posteriores empañaban aquel.

–Eres un abusón –murmuró mientras las mandíbulas de su destino se cerraban con fuerza. Apretó la manta con las manos.

–Piensa lo que quieras –respondió él con un suspiro cansado–. Ningún hijo mío sufrirá abusos por nuestros pecados. Acostúmbrate.

–No tiene que gustarme –Sidonie frunció el ceño al ver lo infantil que sonaba aquello.

Para su sorpresa, Jonas le dirigió una sonrisa fría. Hasta que se dio cuenta de que le había dado la victoria.

–Bien.

Jonas se recostó en un rincón y estiró las piernas entre

los asientos. Parecía ocupar todo el espacio disponible. Sidonie se encogió bajo su manta y se dijo a sí misma sin convicción que aquello era lo mejor que podía hacer. No estaba muy segura. La vida con Jonas cuando no la amaba prometía ser un desastre, a pesar de la legitimidad que eso le concediera a su bebé.

−Ahora, ¿quieres llevarme a casa? −preguntó con energía renovada, aunque ya no servía de nada. Estaba atrapada como una mosca en una tela de araña.

−No.

−¿Dónde me llevas?

Cuando sintió que el carruaje se detenía, se dio cuenta de que estaba a punto de descubrirlo. La sonrisa de Jonas indicaba triunfo, pero no placer.

−A St. Marylebone. A decir nuestros votos, mi amor infiel.

Ella frunció el ceño.

−Pero yo... no he accedido a casarme contigo.

El carruaje se detuvo y Jonas le agarró la mano con fuerza.

−Es suficiente. Y no toleraré ninguna escena en el altar. Ya está todo acordado, Sidonie. Debías de imaginar que sería así cuando me enteré de que estabas embarazada. Cuando Roberta me lo contó, adquirí una licencia especial. Tú y yo estamos a punto de unirnos en santo matrimonio, *amore mio*.

Horrorizada, Sidonie se quedó mirándolo en el interior penumbroso del carruaje. Aunque sabía que no era la objeción más significativa, no pudo evitar pensar que no iba vestida para una boda, con su vestido azul de segunda mano y su capa gastada.

−¿Ahora?

−No hay mejor momento que el momento presente −respondió él sin dejar de sonreír con ironía−. Si te dejo escapar, tengo la sensación de que volverás a desaparecer.

La vergüenza y el arrepentimiento se mezclaron en su estómago.

–Sigues sin confiar en mí.

–Ni una pizca.

El sirviente abrió la puerta, Jonas salió y le agarró la mano como si temiera que fuese a salir corriendo. Pero estaba demasiado desolada para retrasar su destino.

Jonas había ganado.

Experimentó de nuevo aquel entumecimiento tan familiar. Jonas era fuerte. Jonas era decidido. Se aseguraría de que su hijo estuviera a salvo. Lo demás no importaba.

–Vamos, Sidonie –entre su angustia distinguió un atisbo de amabilidad.

La amabilidad era más peligrosa que la insistencia. Si se mostraba amable, tal vez empezara a creer que se preocupaba por ella.

–Muy bien –respondió con voz entrecortada que ocultaba su caos interior.

Al encontrarse frente a la iglesia y contemplar la puerta por la cual entraría siendo soltera y saldría estando casada, se tambaleó. Aquello era demasiado. Se giró hacia la calle, dispuesta a salir corriendo.

Jonas la agarró con más fuerza.

–Valor, Sidonie –por un momento oyó la voz del hombre del que se había enamorado.

Tomó aire para no llorar. Su destino estaba decidido. Se casaría con Jonas, para bien o para mal. Se quedó mirando la acera y trató de controlar las náuseas. Quería sugerir que fueran a comer algo primero. Por encima del pitido que sentía en los oídos, oyó que Jonas chasqueaba los dedos, murmuraba algo y le entregaba unas monedas a alguien.

Cuando levantó la cabeza, vio que estaba mirándola fijamente. No sonreía. Le ofreció un ramo de narcisos y ella se dio cuenta de que había una anciana vestida con ropa vieja sentada en los escalones de la iglesia, vendiendo flores.

—¿Sidonie? —preguntó Jonas al ver que no aceptaba el humilde ramo.

—Oh —sin pensar aceptó las flores. Su color amarillo y alegre era un triste recordatorio de lo que nunca tendría.

«Valor, Sidonie».

Ya era suficiente. Por el amor de Dios, se negaba a arrastrarse en su boda como si fuese una mendiga. Entraría con la cabeza alta y se enfrentaría a lo que el destino le pusiera delante. Parpadeó para contener las lágrimas y estiró la espalda.

Podía hacerlo. Con la ayuda de Dios. Y de Jonas. Y de su hijo.

Jonas la soltó, como si se hubiera dado cuenta de que su espíritu renacía. Estiró el brazo con un gesto cortés. Tras una breve pausa, ella colocó una mano temblorosa en su codo. La miró y ella advirtió en sus ojos de acero algo que podría ser un tormento parecido al suyo. Pero entonces recuperó su expresión de piedra y se dio cuenta de que se equivocaba. Agarró los narcisos con fuerza.

—Nuestra boda nos espera, señorita Forsythe.

—Sí —susurró ella.

Mientras subían los escalones, la vendedora de flores les felicitó con tanta alegría que a Sidonie le dieron ganas de gritar.

—¡Qué Dios bendiga al novio y a la novia!

Sidonie permaneció en silencio mientras Jonas le hacía pasar a Merrick House. Conocía bien el lugar. Roberta y William habían pasado más tiempo de su vida de casados en la residencia de Londres que en Barstowe Hall. Aun así se detuvo, sorprendida, al entrar en lo que en otra época había sido un recibidor oscuro y tenebroso y encontrarse con un espacio lleno de luz.

Jonas no le dio tiempo para admirar los cambios en la decoración de la casa. En su lugar, después de que un sirviente les recogiera su ropa de calle, entró en la biblioteca, apenas utilizada por William o por su hermana, pero que ahora parecía el centro de operaciones.

–Milord.

Un joven dejó su pluma a un lado y se puso en pie tras el escritorio situado bajo las ventanas. Había otro escritorio más grande que debía de ser donde Jonas trabajaba.

Nunca antes había visto pruebas de sus actividades económicas. En el castillo de Craven había sido un hombre ocioso. Suponía que ahora, siendo su esposa, tendría que mostrar interés por sus asuntos financieros. Por desgracia, dudaba que Jonas confiara en ella lo suficiente como para contarle los detalles de su trabajo.

Jonas le señaló una silla de brocados situada junto al fuego y se volvió hacia el joven.

–Warren, puedes irte ya.

–Gracias, milord –el joven, que obviamente era un secretario, le hizo una reverencia a Sidonie–. Enhorabuena, milady.

Ella murmuró una respuesta, molesta porque Jonas hubiera estado tan seguro como para decirles a sus empleados que regresaría con una esposa.

Cuando se quedaron a solas, Jonas se acercó al otro extremo del escritorio.

–Dejaré a George Warren aquí contigo. Es un joven muy capaz que te ayudará a instalarte en la ciudad. Se pondrá en contacto conmigo si fuera necesario.

Sidonie se puso rígida y se giró lentamente para mirar a aquel hombre con quien se había casado sin hacer caso a su instinto. Habló con el poco control que le quedaba desde que se diera cuenta de que aquel era un matrimonio inevitable.

–¿Por qué diablos iba a tener que ponerse en contacto contigo?

–Por si necesitas fondos o por si hay algún problema con la casa –contestó él mientras abría y cerraba los cajones del escritorio.

Sidonie se dio cuenta de que no mencionó al bebé, cuando, si necesitaba ponerse en contacto con su marido, sería probablemente por algo relacionado con su embarazo.

–¿Por qué iba a recurrir al señor Warren, por muy eficiente y servicial que sea?

Jonas le pasó una carpeta de cuero por encima del escritorio.

–Todo lo que necesitas está aquí, incluyendo los detalles sobre las cuentas que te he abierto en el banco. Las cantidades deberían ser adecuadas, pero no pienso ser un marido tacaño. Si necesitas más, díselo a Warren –miró con desprecio su desfasado vestido de lana, que hasta ella se daba cuenta de que era inapropiado para la dignidad de una vizcondesa–. Estaré encantado de darte el dinero que quieras para comprarte ropa nueva.

–Sé que necesito ropa…

Jonas siguió hablando como si ella no le hubiera interrumpido.

–Necesitarás un médico. ¿Has pensado en alguien? Siendo mi esposa, no deberías tener problemas para que te acepten como paciente. El doctor podrá enviarme los informes.

Sidonie se puso en pie y frunció el ceño confusa.

–Jonas, ¿acaso tú no vas a estar aquí?

Él no la miró a los ojos. En su lugar, se acercó a la ventana y se quedó mirando hacia fuera como si le fascinasen los árboles sin hojas de su jardín. Tras una pausa que le heló la sangre, habló sin mirarla.

–Sidonie, no tengo intención de vivir contigo.

–¿Jamás? –no debería sorprenderle. Aquel día, Jonas se había esforzado por mantener la distancia. Ella ya se había preguntado si la aceptaría de nuevo en su cama ahora que era su esposa.

–Jamás –confirmó él con tono decisivo.

–Entonces, ¿por qué casarte conmigo? –preguntó ella amargamente. Apartó las manos del fuego y se rodeó la cintura con ellas para disimular el temblor.

Jonas se dio la vuelta, pero mantuvo el control sobre sus emociones.

–Ya sabes por qué. Por el bebé.

Sidonie se tambaleó y se agarró al borde de la repisa de la chimenea para mantenerse erguida. Cada vez que pensaba que había experimentado el máximo dolor de aquel amor, descubría otro nivel de angustia.

–Entonces, ¿no vas a intentar perdonarme? ¿Ni siquiera ahora que estamos unidos de por vida?

Él apretó los labios, no sabía si por rabia o por arrepentimiento.

–Sidonie, no viviré con una mujer en la que no puedo confiar.

–Puedes confiar en mí –soltó la repisa y se acercó, aunque la tensión de su cuerpo le advertía de que no le tocara.

–¿Dónde diablos está mi sentido común? –preguntó él con una carcajada–. Claro que puedo confiar en ti. Has demostrado que estarás siempre de mi lado.

Ella se estremeció al oír su sarcasmo.

–Ya sabes por qué te oculté el acta matrimonial.

–Sí que lo sé –contestó Jonas con voz neutral, como si estuviera hablando de negocios y no de su vida en común–. Y también sé por qué me ocultaste lo de tu embarazo. No eres el ejemplo de perfección que creía, pero tampoco eres el mal en persona. Tus razones incluso tienen sentido.

Aquello debería haber sonado como una concesión. No fue así.

El dolor le impedía moverse. Le dolía respirar. A juzgar por su modo de hablar, parecía que nunca más volvería a verlo. A lo largo de los últimos meses, había luchado por aceptar ese resultado, por planear una vida para su bebé y para ella. Ahora que estaban casados, la idea de separarse para siempre era demasiado devastadora. Aunque Jonas la odiara.

Estiró una mano temblorosa, deseaba aquel contacto, pero deseaba más aún borrar la soledad de su mirada.

—Entonces, por el bien de nuestro futuro, de nuestro hijo, ¿no intentarás convertir este matrimonio en algo real?

Jonas se quedó mirando su mano como si contemplara a una víbora mostrándole los colmillos.

—No.

—Jonas, yo te quiero.

Se puso pálido y ella sintió que se alejaba, aunque no diera un solo paso.

—Probablemente, hasta que algo nuevo reclame tu lealtad.

Dios santo, y ella pensaba que era amable. Se equivocaba. Temblorosa, se aferró al respaldo de la silla que le había ofrecido.

—Eso es injusto.

—Quizá.

—¿No deseas lo que teníamos en el castillo de Craven? —se le quebró la voz. No lloraría. No lloraría.

Vio un músculo palpitar en su mejilla, indicando que sus emociones eran intensas bajo su control, pero, aun así, Jonas la miró con ojos fríos como el hielo. La fisura a través de la cual había logrado ver su agonía se había sellado. Había vuelto a ser un monolito inescrutable. O un glaciar que resbalara por la montaña, imparable, destructivo, helado.

—Lo que tuvimos allí era una mentira.
—No lo era.
—Ya no importa lo que fuera o lo que no fuera, querida —respondió él con una sonrisa.

No había dulces palabras italianas para su esposa. Lo que daría por oír esas palabras, sin embargo continuó con voz implacable.

—No puedo pasar el resto de mi vida esperando a que vuelvas a traicionarme. Ya lo has hecho dos veces. Dos veces has estado a punto de destruirme. No soy tan temerario como para volver a pasar por eso.

—Jonas, no...

A pesar de su determinación por mantenerse fuerte, sintió las lágrimas en los ojos. Le había hecho tanto daño que no lo merecía. Incluso aunque tuviera en cuenta los maquiavélicos planes que tenía en mente cuando se conocieron, no se merecía el dolor que ella le había causado. Se sentía consumida por la desesperación y por el remordimiento.

Jonas se dirigió hacia la puerta sin mirarla.

—Os deseo un feliz día de boda, lady Hillbrook.

Le dedicó una reverencia fría y salió de la habitación.

Jonas entró en el dormitorio de espejos del castillo de Craven, la habitación que había presenciado aquellas noches gloriosas en brazos de Sidonie. Se había marchado de Londres nada más abandonar a su esposa en Merrick House. Había querido llegar allí lo antes posible para alejarse de la tentación de recordar que aquella era su noche de bodas y que, si deseaba acostarse con su esposa, tenía todo el derecho a hacerlo.

Se veía reflejado una y otra vez en los espejos. Alto, feo, vestido con su chaqueta negra y sus botas de montar. Parecía todo lo satánico que un hombre podía parecer a ese lado del infierno. Si lo viera en aquel momento, ¿su esposa seguiría diciendo que le quería?

El espejo más cercano le hizo aproximarse. Estaba sucio y cansado. Le dolían los ojos. No tenía buen aspecto. Asustaría hasta a los caballos. Parecía como si hubiera muerto su mejor amigo en el mundo. Como si ya no tuviera interés por la vida ni esperanza alguna en el futuro.

Estaba hecho un completo desastre.

–Maldita sea –susurró, porque, si hablaba en voz alta, perdería el control. Ni siquiera allí, contemplado solo por los espejos, podía permitirse perder el control.

Sin pensar, agarró con ambas manos el espejo de la pared. Le costó más trabajo del que esperaba, pero finalmente logró arrancarlo. El espejo se había rajado al quitarlo. El cristal roto distorsionaba sus cicatrices, pero no le volvía más repulsivo. Si un ángel del infierno hubiera entrado por la chimenea en ese instante para castigarle por sus pecados, habría aceptado de buena gana la aniquilación.

Observó a través del espejo sus labios apretados y la tristeza de sus ojos. Como si observara a otra persona realizar la acción, levantó el espejo y lo lanzó contra la pared.

El estruendo del cristal al romperse le llenó de satisfacción. Sonrió con amargura al dirigirse hacia el siguiente espejo, y después hacia el siguiente.

Tras una hora de estruendos, el único espejo que quedaba en la habitación era el situado sobre la cama. Fuera de su alcance, aunque había intentado arrancarlo también. El suelo estaba lleno de cristales rotos. En un rincón se apilaban los marcos dorados como si fueran un montón de leña. Las paredes estaban desnudas y solo se veían en ellas las marcas donde habían estado los espejos.

Jonas contempló la devastación sin moverse del centro de la habitación. Cómo deseaba poder reducir a escombros también su corazón.

Pero su corazón, su condenado corazón, seguía latiendo.

Capítulo 30

Las tormentas partían el cielo la noche en que Sidonie Merrick llegó al castillo de Craven decidida a aferrarse a su destino con ambas manos.

–Ah, sois vos –dijo la señora Bevan sin sorprenderse cuando le abrió la puerta.

–Buenas noches, señora Bevan –Sidonie se quitó su nueva capa y su gorro y se los entregó al ama de llaves. Tenía los nervios a flor de piel, pero mantuvo la voz serena. Por suerte su estómago se había comportado durante casi todo el trayecto desde Londres. Físicamente se sentía mejor de lo que se había sentido en meses–. He enviado a mi cochero a los establos. ¿Podéis encontrarle una cama?

–Sí –la señora Bevan le hizo pasar al recibidor–. Querréis ver al señor.

–Sí.

–Bien –antes de que Sidonie pudiera asimilar la expresiva aprobación de la señora Bevan, la mujer siguió hablando–. El señor lleva toda la semana de mal humor. Yo tendría cuidado si fuera vos.

–Lo tendré –curiosamente, saber que Jonas estaba de mal humor le resultaba alentador–. ¿Está arriba?

–Sí. ¿Queréis cenar?

—Ahora no, gracias.

La mujer se alejó hacia las cocinas. El recibidor estaba frío, como siempre. Había un candelabro encendido sobre uno de los baúles de roble, pero apenas proporcionaba luz. De nuevo, Sidonie sintió el aliento de los fantasmas en su cuello.

Comparados con aquello a lo que se enfrentaba, los fantasmas no le daban miedo.

Era tarde. Había planeado una entrada menos melodramática durante el día, pero las tormentas se lo habían impedido. Fielding, su cochero, le había rogado que se quedara en Sidmouth y continuara su viaje a la mañana siguiente, cuando al menos tuvieran luz. Pero ella le había obligado a continuar. Debía de pensar que su nueva jefa estaba loca. ¿Cómo podría saber que estaba quedándose sin valor para enfrentarse a Jonas en su guarida? Cualquier retraso podría hacerle volver corriendo a Londres con el rabo entre las piernas.

No, no pensaba huir. Había llegado demasiado lejos como para rendirse. Nada que Jonas pudiera hacerle sería peor que los cinco días que había pasado vagando por Merrick House, sabiendo que podría quedarse así para siempre.

Agarró el candelabro con determinación. Ya había pasado suficiente tiempo sintiendo pena de sí misma. Tenía que ir a buscar lo que deseaba.

Pero, mientras subía las escaleras de piedra, fue consciente de que tal vez fuera demasiado tarde para empezar de nuevo.

Sidonie se dirigió hacia el dormitorio. ¿Dónde si no estaría un hombre a esas horas? Si su marido estaba despierto, habría bajado a ver quién se presentaba en casa tan tarde.

La puerta estaba entreabierta y la habitación a oscuras. Aunque había pasado toda la semana ansiosa por ver a Jonas, aminoró la velocidad. Empujó la puerta con cuidado y entró. Ningún espejo reflejaba la luz del candelabro. Dio un paso más y algo crujió bajo sus botas.

Confusa, miró hacia abajo. El suelo estaba cubierto por una alfombra de cristales rotos. Levantó el candelabro muy despacio.

–Dios mío...

La habitación estaba completamente destrozada. Los espejos que en otro tiempo adornaran las paredes yacían hechos añicos en el suelo. Las sábanas y las cortinas estaban también hechas jirones. Algo en aquella destrucción salvaje le pareció increíblemente triste. Como si el hombre responsable hubiera perdido el control humano hasta que solo quedara su violencia animal.

Oh, Jonas...

Iluminó la cama. El colchón estaba descolocado. Al entrar había sabido que Jonas no estaba allí. La cama vacía lo confirmaba.

Se dio la vuelta y se encontró bajo la atenta mirada de su marido. Estaba apoyado en el marco de la puerta con una copa de vino en la mano derecha. A pesar de la distancia que les separaba, el corazón le dio un vuelco de alegría al verlo. Llevaba unos pantalones y una camisa blanca. La última vez que se habían visto, él iba vestido como el vizconde Hillbrook. Sidonie no conocía al vizconde Hillbrook, pero sí conocía a aquel hombre de pelo revuelto sobre la frente. Aquel hombre la había saludado a su llegada al castillo de Craven más de tres meses atrás. Conocía aquellos ojos fríos y aquella lengua letal.

–Espectacular, ¿verdad? –preguntó Jonas llevándose la copa a los labios.

–Si querías redecorar, podrías haber pedido que llevaran los espejos al sótano.

Él sonrió, aunque sus ojos permanecieron atentos.

—Me pareció más rápido encargarme del asunto yo mismo.

—Desde luego, te has encargado bien —contestó ella.

Jonas se enderezó sin acercarse a ella. Por otra parte, tampoco se alejó. Sidonie tampoco notó la distancia que él había mantenido entre ellos en Londres. No parecía enfadado ni hostil. Simplemente parecía... desconfiado.

Se quedó mirándolo fijamente.

—No te sorprende que esté aquí.

—He oído el carruaje —respondió él encogiéndose de hombros.

—Podría haber sido otra persona.

—No. No podría haberlo sido.

Sidonie suponía que no. Aunque existía la posibilidad de que, desde que no era un infame bastardo, los vecinos le hubieran aceptado. Sin embargo estaban en mitad de la noche. Hacía tormenta. Y el castillo de Craven seguía resultando tan excéntrico como siempre.

Intentó mantener la calma. La frialdad de Jonas resultaba inquietante. Sin duda ese era su objetivo.

—No duermes aquí, ¿verdad?

Él sonrió como si estuviera disfrutando de una broma privada.

—Qué propio de una esposa preocuparse por dónde duermo, mi amor.

Sidonie no se estremeció al oír su comentario sarcástico. Había esperado que estuviese resentido. Hasta el momento lo había tenido fácil. Jonas podría haberla echado de la casa.

—¿Dónde duermes?

Su marido dio un trago al vino sin dejar de mirarla. Ella no lograba interpretar su expresión, y no solo por la escasa luz de las velas.

—No duermo mucho últimamente.

¿Qué podía decir a eso? Ella tampoco había dormido mucho.

—¿Vas a ofrecerme una copa de vino?

Durante el camino desde Londres había jurado que se mantendría firme, dijese lo que dijese Jonas. Por suerte, en la última semana, habían disminuido las náuseas matutinas.

El día de su boda había sido una criatura muy débil. No era de extrañar que la hubiese abandonado. Si era fuerte, si exigía lo que deseaba, Jonas no podría ignorarla. Era su esposa y tenía sus derechos.

Pero, ahora que estaba allí, no se sentía tan segura. Se había olvidado de lo alto que era, de lo imponente que resultaba su presencia, de que solo con verlo se le aceleraba el corazón.

—Por supuesto. Te otorgué todos mis bienes materiales. Eso incluye mi clarete.

—Gracias —dijo ella agachando la cabeza.

—¿Quieres reunirte conmigo en la biblioteca?

—¿No hay otro sitio más cercano?

—No —dijo él, y se dirigió hacia las escaleras dando por hecho que le seguiría.

Por supuesto, le siguió. No pensaba perderlo de vista. Él sabía lo que se proponía. Ni por lo más remoto malinterpretaría el motivo de su presencia allí. Hasta el momento la había mantenido apartada con comentarios sardónicos. No le cabía duda de que recurriría a armas más poderosas si intentaba derribar las barreras que protegían sus emociones. Había ido preparada para que la bestia la desgarrara miembro por miembro.

Al llegar tan tarde, había existido la posibilidad de sorprenderlo en la cama y de que la naturaleza siguiera su curso. Suponiendo que aún la deseara. Su piel ansiaba sentir sus caricias, pero tal vez Jonas se hubiera olvidado de aquellos momentos radiantes en los que habían yacido unidos, en los que no sabía dónde terminaba él y dónde empezaba ella. Tragó saliva para aliviar el nudo de su garganta.

Había un sofá en la biblioteca. Y el escritorio. No todo estaba perdido.

En la biblioteca, Jonas le sirvió vino a Sidonie y le indicó que se sentara en una silla. El fuego que crepitaba en la chimenea indicaba que aún no se había retirado a dormir. Ya le había confesado que le costaba dormir. Sidonie deseaba que aquella confesión de vulnerabilidad hiciera que fuese más fácil que la escuchara.

Se rellenó su copa y se acercó a la ventana para contemplar el mar embravecido, iluminado esporádicamente por algún relámpago. Sidonie se sentó y observó su perfil. Parecía cansado y molesto. Durante los últimos días, había reforzado sus defensas. Su rabia yacía enterrada tan profundamente que, si no lo hubiera conocido tan bien, no se habría dado cuenta.

–Dime por qué estás aquí, Sidonie.

Sidonie dejó su vino sin tocar sobre una mesita. Había imaginado que conversarían un poco más. Había albergado esa esperanza. Cuando dijera lo que tenía que decir, si fracasaba, no le quedaría más remedio que volver a Londres, a su vida sin Jonas. Aquello daba más miedo que ofrecerse a un desconocido para salvar a Roberta. Los próximos minutos amenazaban con destrozarle el corazón y reducir su alma a cenizas.

Se enderezó sobre su silla, se dijo a sí misma que debía ser valiente y miró directamente a Jonas.

–Quiero un matrimonio de verdad. No podemos tener eso si tú te escondes aquí como un oso en una cueva.

Para su sorpresa, Jonas sonrió.

–Veo que has redescubierto tu espíritu desde la boda.

Ella inclinó la barbilla, aunque Jonas seguía mirando al paisaje.

–Pienso luchar por ti, Jonas. Por mi bien. Y por... nuestro hijo.

–Muy loable, querida –respondió él tras dar un trago al vino.

Sidonie esperó a que siguiera, pero permaneció callado.

–¿Es eso todo lo que tienes que decir? –le preguntó con el ceño fruncido tras una larga pausa.

Él seguía sin mirarla.

–Sí, aparte de desearte un buen viaje de regreso a Londres por la mañana.

–Eres cruel.

–No. Simplemente reitero lo que dije la última vez que estuvimos juntos –tensó los hombros, como si se obligara a sí mismo a continuar. Aquel gesto delator reforzó su valentía–. Siento que hayas venido hasta aquí con este tiempo para volver a oírlo. Nunca viviré contigo como tu marido.

–No lo acepto –contestó ella apretando los puños.

–Lo aceptarás –volvió a hacer una pausa–. Con el tiempo.

–Jonas, ¿no hay manera de solucionar esto? –ansiaba mostrarse orgullosa y fuerte, pero, enfrentada a su intransigencia, no podía contener su desesperación.

Sus ojos parecían de piedra cuando por fin la miró.

–No.

No dejó lugar a las negociaciones. ¿Realmente había fracasado? Después del amor, de la alegría y de la angustia, ¿debía enfrentarse a un futuro sin él? Impetuosamente dijo lo único que se había jurado no decir.

–Pero tú me quieres.

Se preparó para la negativa. En su lugar, Jonas volvió a sonreír, en esa ocasión con algo de cariño.

–Claro que te quiero.

Aquella confesión alivió ligeramente su corazón dolorido, aunque su voz tranquila parecía negar la importancia de aquella frase.

–Entonces tenemos una oportunidad –dijo ella poniéndose en pie con súbita esperanza.

Jonas negó con la cabeza y le dio la espalda.

–No, no la tenemos –su voz adquirió una austeridad que cayó en sus oídos como si fuera ácido–. No tenemos ninguna oportunidad.

Con una desolación que se aferraba a su estómago, Sidonie se acercó y se dio cuenta de que estaba viéndola reflejada a través del cristal de la ventana. Los reflejos habían sido importantes en muchas de sus interacciones. Era el momento de verse cara a cara.

–Jonas, te quiero. Tú me quieres. ¿Por qué deberíamos estar separados?

Se atrevió a tocarle el brazo. Él se apartó como si le hubiera quemado.

–No.

–De acuerdo –bajó la mano, pero aquel violento rechazo demostró que su presencia no le era indiferente–. Respóndeme.

Jonas tenía la mandíbula tan apretada que parecía que fuese a rompérsele.

–Porque no podemos estar juntos.

Su determinación por mantener la dignidad se disolvió irremediablemente.

–Sé que te hice daño –se apresuró a decir–. No puedes imaginar lo mucho que lamento lo que hice. Siento no haberte contado lo del acta matrimonial –a pesar de sus esfuerzos, se le quebró la voz–. Siento no haberte contado lo del bebé.

–Sidonie...

Ella siguió hablando antes de que pudiera rechazar su

disculpa. Tenía que hacer que la perdonara. Tenía que hacerlo.

—No volveré a ocultarte ningún secreto. No te mentiré ni te engañaré. Seré lo que tú desees.

—Ya eres lo que deseo —respondió él en voz muy baja—. Siempre has sido lo que deseaba. Pero vivir contigo me volverá un desgraciado. Sé buena, dulce Sidonie. Déjame con mi soledad.

—Tu soledad te matará —respondió ella con rabia.

—Ojalá que así sea —dijo Jonas amargamente.

—No me eches —en esa ocasión, cuando le tocó el antebrazo, lo agarró con fuerza para que no se apartara—. Dame una semana. Es lo único que pido. Yo te di una semana. Una semana en la que seamos amantes como lo fuimos antes. Una semana para recordarte lo que somos el uno para el otro.

Él permaneció quieto. Su palidez indicaba lo dolorosas que le resultaban sus súplicas. Si hubiera estado un poco menos desesperada, habría retrocedido por compasión.

—No necesito que me lo recuerdes.

—Una semana, Jonas —se acercó más y aspiró su esencia masculina. Era intenso el dolor de tenerlo tan cerca y a la vez tan lejos.

—Dices que me quieres —murmuró él como si estuviera hablando del tiempo. Pero temblaba bajo su mano como si estuviese helándosele la sangre.

Sidonie se acercó lo suficiente para que sus pechos rozaran su brazo.

—Sabes que es así.

Jonas le quitó los dedos de encima con una ternura cruel. Se apartó y la miró. Tenía la cara pálida y los ojos grises como el mar bajo nubes de tormenta.

—Si me quieres, te irás. Regresarás a Londres y a tu vida. Una vida de la que yo no formo parte.

Sidonie luchó por contener las lágrimas, pero era imposible.

—Eres el padre de mi bebé. Siempre serás parte de mi vida, estés o no conmigo.

—No estaré contigo —se colocó detrás del escritorio y Sidonie se dio cuenta de que lo usaba como barrera contra ella. Cuando dejó su copa de vino, la rotundidad del gesto le partió el corazón.

Se quedó mirando su cara marcada, más imponente de lo que podría ser la simple belleza, y se dio cuenta de que estaba decidido. Nada le haría cambiar de opinión. La fortaleza de carácter que desafiaba a las crueldades del mundo se había vuelto en su contra. Le había hecho demasiado daño. No se permitiría a sí mismo volver a ser vulnerable ante ella.

Había fracasado.

Se querían, pero el amor no era suficiente.

Jonas debió de advertir su rendición, porque se alivió la tensión de sus hombros.

—Duerme en el vestidor. Mañana no te molestaré con mi presencia.

¿Molestarla con su presencia? ¿No se daba cuenta de que sus simples palabras eran más dulces que la música?

—Entonces, ¿esto es una despedida? —susurró ella con la esperanza de ver algún signo de arrepentimiento.

No vio nada. Solo la implacabilidad y lo que parecía ser impaciencia por poner fin a aquel encuentro incómodo.

Ya se había enfrentado a él en esa biblioteca en una ocasión, cuando estaba decidido a echarla. En esa ocasión ella había vencido. Pero ahora estaba claro que había perdido. Aquella certeza fue como un puñetazo que amenazó con tirarla al suelo.

—Adiós, Sidonie.

—¿Me... me besarás una última vez? —preguntó ella.

–No –respondió él con irritación.

Sidonie se acercó al escritorio y se quitó el anillo del dedo. Si no volvían a verse nunca, debería quedárselo él. A ella ya no le pertenecía. Lo colocó suavemente sobre el papel secante del escritorio. Él no se movió para tocarlo, pero tampoco sugirió que se lo quedara.

Se quedó observándolo durante largo rato, recordando cada detalle. Intentó decirse a sí misma que la guerra aún no había terminado, que podría luchar de nuevo y tal vez ganar. Pero no se lo creyó.

–Que Dios te acompañe, Jonas.

Se dio la vuelta para recuperar el candelabro y dio un paso. Luego otro. Le pesaban los pies como si fuesen de plomo. La puerta parecía estar a kilómetros de distancia, al final de un terreno rocoso. Tomó aliento y se obligó a seguir avanzando.

Eso era todo lo que necesitaba. Un paso tras otro. Aquel año. El año siguiente. Así durante toda una vida yerma.

Un paso. Otro paso. Pronto llegaría al recibidor. Después subiría las escaleras. Llegaría entonces al vestidor. Al día siguiente regresaría a Merrick House. Era una cuestión puramente matemática. Tal vez se le rompiese el corazón, pero, si seguía andando, lograría escapar de aquella habitación.

Por fin llegó hasta la puerta. Tocó el picaporte. Giró con suavidad y la puerta se abrió. El mundo seguía existiendo a su manera ordenada, aunque el alma de Sidonie Merrick se hubiese secado como el desierto del Sahara.

Luchó contra el deseo de darse la vuelta y rogarle a Jonas que lo reconsiderase, que pensara en su hijo, que permitiera hablar a su amor y no a su miedo. Sería mejor aferrarse al poco orgullo que le quedaba. Mejor dejarle con la impresión de que era una mujer fuerte. Mejor no ser una criatura patética y llorosa que le rogaba que se quedara a su lado.

Un paso más y estaría en el recibidor, frío y oscuro como un anticipo de los años que le esperaban. Estiró el brazo para cerrar la puerta y oyó algo. Un golpe. Un golpe suave. Tal vez solo el temblor del aire.

Frunció el ceño y se volvió lentamente hacia la biblioteca. Jonas estaba de pie tras el escritorio. Estaba pálido, más pálido que en toda la noche, y aquel músculo errático palpitaba en su mejilla.

–¿Jonas? –aunque, ¿qué sentido tenía prolongar aquella agonía?

–Vete –respondió él. Sus ojos plateados parecían mirar sin ver, y tenía algo agarrado con tanta fuerza que la mano le temblaba. Sidonie tardó un segundo en darse cuenta de que el anillo con el rubí ya no estaba sobre la mesa.

–Oh, mi amor –dijo con una voz desgarrada que no reconocía–. No te hagas esto.

Recorrió en pocos pasos la distancia que les separaba y dejó el candelabro en el escritorio. Necesitaría ambas manos para aferrarse a su destino.

–No me toques –dijo él dando un paso atrás.

Le permitió atisbar su desesperación. Todo lo que ella deseaba estaba tan cerca que podía saborearlo. Abandonarlo a su suerte sería lo peor que podría hacer.

–Es demasiado tarde, cariño. No pienso irme.

–Debes hacerlo.

–Has sido un tonto, Jonas –contestó ella sonriendo mientras las lágrimas le nublaban la visión–. Yo también lo he sido. Ya es hora de dejar atrás esta tontería y empezar nuestra vida en común.

–Das muchas cosas por hecho –ya estaba contra la pared. A no ser que la empujara, no podría ir a ninguna parte.

–¿De verdad? –le acarició la cara con ambas manos. Él intentó zafarse, pero no le soltó–. Bésame, Jonas.

—No —levantó las manos para apartarla de su camino, pero, en el último momento, no la tocó.

Ella sonrió, aunque su corazón sufría por él. Sus traiciones eran solo las últimas de una larga lista de traiciones, grandes y pequeñas, comenzando por su padre, que le había enseñado a desconfiar del amor, de la esperanza y de la felicidad.

Ella pensaba enseñarle algo bien distinto.

Gracias a Dios y a todos los ángeles que ofrecían a los pecadores una segunda oportunidad. Daba igual lo mucho que él se resistiera, conseguiría su segunda oportunidad.

—Entonces te besaré yo.

Se acercó tanto que le rozó el torso con los pechos. Se le endurecieron los pezones de inmediato y la sangre se le encendió de deseo. Ignoró la llamada adictiva del placer. Aquella batalla no tenía que ver con el deseo. Ellos siempre habían tenido deseo. Aquella batalla tenía que ver con la confianza que solo el tiempo construiría. El tiempo de una vida entera.

Apenas podía esperar.

Él seguía temblando y finalmente dejó caer la mano que sujetaba el anillo. Apoyó la otra mano en la pared que tenía detrás. Podría haberla empujado con facilidad, pero no lo hizo.

Sin soltarle la cara, Sidonie se puso de puntillas y lo besó en los labios. Él dejó la boca quieta. La piel bajo las palmas de sus manos ardía como si las llamas estuviesen devorándolo desde dentro.

Ella no se dejó desalentar. Había aprendido el arte de la seducción de un maestro. Y siempre había sido testaruda. El pobre Jonas estaba a punto de adentrarse en la vida de casado con una mujer difícil. Sonrió contra su boca y volvió a besarlo, le mordió suavemente el labio y lo recorrió con la lengua.

Aun así Jonas no cedió.

Ella tampoco. Podría seguir besándolo así toda la noche, pensó mientras sentía el calor por primera vez en meses.

–Déjame en paz –murmuró él apartándose unos centímetros.

–Jamás.

–No puedo confiar en ti.

–Sí que puedes –se quedó mirándolo a los ojos con la esperanza de que pudiera ver su amor eterno y fiel, un amor que nunca le decepcionaría.

–¿Cómo diablos lo sé?

–Mira en tu corazón, Jonas. Tu corazón sabe la verdad, pero primero has de confiar en ti mismo –tomó aliento–. Has de confiar como yo confío en ti. Para siempre.

Él mantuvo una expresión imperturbable. Pero Sidonie no se rendía. Estaba luchando por su vida. Y por la de él.

Se inclinó para volver a besarlo. Él colocó la mano izquierda en su cintura. Se preparó para el rechazo.

Por un segundo el mundo dejó de girar.

De manera casi imperceptible, Jonas empezó a acariciarla. Dejó de apartarla y empezó a tirar de ella.

Finalmente relajó la boca y abrió los labios para que ella pudiera introducir la lengua en su interior.

–Maldita bruja –murmuró.

–Oh, Jonas –respondió ella antes de aceptar sus besos mientras él la estrechaba contra su cuerpo. Sintió sus mejillas húmedas bajo las manos, y ella había renunciado hacía tiempo a sus intentos por detener las lágrimas.

Jonas la besó apasionadamente, como si no fuese a soltarla nunca. La besó como si la quisiera más que a su vida.

Sin dejar de besarse se tumbaron sobre la alfombra turca. Finalmente, él se apartó. Le agarró la mano izquierda con una agresividad provocada por la urgencia y volvió a ponerle el anillo con tanta torpeza que le hizo daño. A ella no le importó. El deseo descarado de su mirada le llenaba de amor el corazón.

–Quédate, *bella*.
–Para siempre, mi amor.

Epílogo

Merrick House, Londres, agosto de 1827

La luz de la lámpara iluminaba a la mujer que estaba sentada en la cama. Jonas entró silenciosamente en la habitación y contempló a Sidonie y al bebé que acunaba contra su pecho.

Ella le dirigió esa sonrisa que siempre le hacía sentir como un rey. No le importaba lo que pensara el resto del mundo. Sidonie le quería. Ahora tenía una hija que le querría también. Porque él las quería a las dos más de lo que podía expresar.

–Jonas, ven a verla. Es perfecta.

Se había atrevido a subir antes, después de un largo día esperando abajo. Su esposa se había mostrado cansada, pero feliz. El bebé era pequeño, de pelo negro y con tendencia a los gritos. La enfermera le había echado de la habitación, insistiendo en que debía preparar a lady Hillbrook antes de que viera a su marido.

Por suerte estaba acostumbrado a las mujeres difíciles.

Al mirar a su hija a la cara, supo que allí había otra mujer testaruda dispuesta a complicarle la vida. El bebé bostezó sin abrir los ojos y se durmió. El corazón le dio un vuelco de amor. Protegería a aquella niña mientras viviera.

—Sois las dos preciosas —cuando se inclinó para besar a su esposa, Sidonie le acarició la mejilla. La caricia se había vuelto tan familiar que ya apenas se daba cuenta, aunque la primera vez que le había tocado las cicatrices sin estremecerse le había conmovido tanto que había estado a punto de romperle el corazón.

—Has tenido un día terrible, ¿verdad?

Jonas se rio suavemente y giró la cabeza para darle un beso en la mano. El anillo con el rubí brillaba con la luz de la lámpara. Ver su anillo en su mano siempre le proporcionaba una gran satisfacción.

—Sospecho que el tuyo ha sido mucho peor.

—No estoy segura —dijo Sidonie en voz baja para no despertar al bebé—. Al menos yo estaba ocupada.

—Sí que lo estabas. Y por un buen motivo.

—Estoy bastante orgullosa de mí misma.

Jonas volvió a besarla.

—Deberías estarlo. Es una obra de arte. Te quiero, Sidonie.

Ella se quedó mirándolo con brillo en la mirada.

—Te quiero, Jonas —parpadeó—. Malditas lágrimas. Esperaba no estar tan sensible después de tener al bebé.

Jonas se sentó en el borde de la cama con cuidado sin apartar la mirada de su esposa y de su hija. ¿Quién habría pensado que se convertiría en un padre de familia? ¿Quién habría pensado que el amor podría transformar una vida tan yerma como la suya? Sidonie había obrado un milagro al llegar a su vida; había convertido un desierto en un oasis. Él nunca había sido tan feliz como lo era desde que ella regresara a su casa el pasado febrero para luchar por su amor.

Cada día daba gracias a Dios por las mujeres difíciles.

—¿Has pensado en nombres?

Sidonie contempló al bebé con una ternura que le provocó un vuelco en el corazón.

–Claro. ¿Tú no? –lo miró de manera burlona–. ¿Richarda? ¿Camdenette?

–No –aunque entre las ventajas de aquella nueva vida estaba el privilegio de llamar amigos a hombres tan buenos como Camden Rothermere y Richard Harmsworth–. Roberta no.

Cuando quedó claro que la oferta de Roberta de quedarse y cuidar de ella durante el embarazo se tradujo en una vuelta a las mesas de juego, Jonas le había negado un lugar en Merrick House. Roberta había regresado enfurecida a su casa de Richmond, donde al parecer se entretenía deslumbrando a un rico mercader. A lo largo de los últimos meses, Sidonie y ella habían recuperado un contacto que esperaba, por el bien de su esposa, que se reforzara con los años. En cuanto a él, nunca sería amigo de Roberta, pero le deseaba lo mejor. Siempre y cuando no se metiera en su vida, estaría encantado de permitir que se fuera al infierno a su manera.

–Roberta no –convino Sidonie con una carcajada amortiguada–. Pensé que podríamos llamarla Consuelo, como tu madre.

Jonas se quedó sin aliento. Sidonie había ido curando todas sus viejas heridas. Ahora había curado otra más. Intentó sonreír, pero estaba demasiado conmovido para lograrlo.

–Eso... eso sería perfecto, *bella*.

ÚLTIMOS TÍTULOS PUBLICADOS EN HQN

Cuando florecen las azaleas de Sherryl Woods

Hombres de honor de Suzanne Brockmann

Dulces palabras de amor de Susan Mallery

Juego de engaños de Nicola Cornick

Cuando llegue el verano de Brenda Novak

Inmisericorde de Arlette Geneve

Desde que no estás de Anouska Knight

Amanecer en llamas de Gena Showalter

Castillos en la arena de Sherryl Woods

En un solo instante de Carla Crespo

La leyenda de tierra firme de J. de la Rosa

Encadenado a ti de Delilah Marvelle

Una mujer a la que amar de Brenda Novak

La distancia entre nosotros de Megan Hart

Cuando nos conocimos de Susan Mallery

Sin ataduras de Susan Andersen

www.ingramcontent.com/pod-product-compliance
Lightning Source LLC
LaVergne TN
LVHW030335070526
838199LV00067B/6287